e－オパール
『オペラ座の恋人　番外編　幕開けの夜』表紙
Illustration©Fumi Takamura

Opal
オパール文庫

オペラ座の恋人　番外編

シヲニエッタ

プランタン出版

Content

人物紹介

久世結花《くぜゆか》……… 貴臣の妻　　久世貴臣《くぜたかおみ》……… CUSE創業家の御曹司

真貴《まさき》…… 貴臣と結花の息子
花音《かのん》…… 貴臣と結花の娘
貴嗣《たかつぐ》…… 久世家先代当主。貴臣の祖父
万喜子《まきこ》… 貴嗣の妻
貴仁《たかひと》…… 久世家現当主。貴臣の父
絢子《あやこ》…… 久世家当主の妻。貴臣の母
唯臣《ただおみ》…… 貴臣の兄
和佳子《わかこ》… 唯臣の妻
佳奈子《かなこ》… 唯臣と和佳子の娘
唯人《ただひと》…… 佳奈子の兄
曉仁《あきひと》…… 貴仁の弟
紀代子《きよこ》… 曉仁の妻
靖臣《やすおみ》…… 曉仁の息子
奈央《なお》…… 靖臣の妻
千紘《ちひろ》…… 曉仁の娘
千煌《ちあき》…… 英国貴族に嫁いだ貴臣の姉
越智《おち》…… 経団連の元会長
耀子《ようこ》…… 越智の妻
美沙《みさ》…… 結花の専属使用人
立花《たちばな》…… 結花の護衛

矢野《やの》……… 結花の使用人
桜井《さくらい》…… 久世家料理人
嶋田《しまだ》……… 久世家使用人頭
五所宮《ごしょみや》…… 嶋田の助手
黒川《くろかわ》……… 貴嗣の使用人頭
阿久津《あくつ》… 黒川の息子。貴嗣の使用人
八雲《やくも》……… 貴嗣の料理人
水原《みずはら》……… 貴嗣の使用人
河合《かわい》……… 貴臣の元第一秘書
野元《のもと》……… 貴臣の第三秘書兼運転手
真野雪枝《まのゆきえ》 ……… スタイリスト
マクシミリアン・シュレジンガー…… 老ピアニスト
絵里《えり》……… 結花の親友
ローレンス・チェン
……… 通称ラリー。カレンの兄
カレン・チェン…… 陳財閥の令嬢。ラリーの妹
シャーリー・チェン……… カレンの叔母
ケイト…… 新人デザイナー
御影《みかげ》……… 貴臣の友人

※本作品の内容はすべてフィクションです。

晩夏の残照

Das Liebespaar der Oper

1

色濃く鮮やかに蒼い、真夏の空。

中天に差し掛かりかけた太陽から、強烈な熱と光が黒一色で装う人々へ容赦なく照り付ける。

「……相変わらず、酷い暑さだな。この時季の東京《とうきょう》は」

貴臣《たかおみ》にしては珍しい、内心の辟易がわかりやすく表に出た口調だった。

何しろ暑い。冷静沈着無表情無感動を常とする彼でさえ、何か一言言わずにはいられないほどの暑さだ。梢を揺らす風とてなく、灼けつく日差しを束の間遮る雲もない。そこへ更にジュワジュワと喧しい蟬の大合唱まで加わって、これでもかとばかりに盛夏を主張してくる。

北米東海岸の気候にだいぶ馴染んだ身体には、亜熱帯ばりの気温も湿気も何もかもが不快に感じた。

「結花《ゆか》、大丈夫か？　無理せず涼んでいてもいいんだよ」

僅かに上体を傾けて隣へそっと囁きかけると、つば広の黒い帽子の下から見上げた結花が、微かにふるふるとかぶりを振る。

「ん、まだ大丈夫。っていうか、むしろ貴臣さんたちの方が辛そう……」

同じ黒でも、透けない程度に薄い生地で誂えた衣装と帽子を纏う結花に対し、貴臣はじめ男性陣は見るからに暑そうなジャケットにシャツとネクタイ姿。

なのにそれだけ着込んでいても、生来の美貌にあくまで平然とした表情を保ち続ける久《く》世《ぜ》家の男たち（と、着物姿の絢子《あやこ》夫人）はいっそ天晴れであった。

貴臣もまた、暑いと言いつつ傍目には普段通り涼やかな、もとい冷ややかな顔つきで、小さく呟く。

「仕方ないな。夏の法事はこういうものだ」


久世本邸からそう遠からぬ西麻布《にしあざぶ》に、荘厳な七堂伽藍《がらん》を有する名刹。

歴史に名を遺した人々の墓が建ち並ぶ広大な墓地の一角に、一際広く立派な区画がある。

久世家代々を合祀した墓は、いかにも古く歴史を感じさせながらもよく手入れされ、白菊や白竜胆《りんどう》など数種類の白い花が供えられていた。

その墓前に、久世本家の主な面々が喪服姿で顔を揃えている。

八月十三日、盆の入り。

三月に逝去した、先代当主・貴嗣《たかつぐ》氏の初盆である。

通常、東京でお盆と言えば新暦の七月というのが一般的である。だが久世家の場合、会社《CUSE》全体の盆休みに合わせ、月遅れの八月に各種仏事を執り行っていた。

初盆、という言葉自体はなんとなく聞き覚えがある結花だが、いかんせん人生経験が圧倒的に乏しく、そもそもお盆が何なのかさえよく知らない。子供の頃から親戚付き合いさえまともにしてこなかったせいで、冠婚葬祭全般についての知識（というか常識）がほぼゼロなのだ。

結婚して最初の年は、特にお盆を意識することもなく——というより、結婚式の準備でそれどころではなかった。二年目、渡米して最初の夏は、妊娠初期だったこともあり、大事を取って帰省を取りやめた。そして三年目の今年、「祖父の初盆法要があるから盆休みに合わせて帰国する」と貴臣に言われ、生まれて初めて「お盆」というものを意識したのだが。

まずしたことは、インターネットで『お盆とは』と検索することである。

それまで結花にとってお盆といえば、単に夏休みの中の数日間であって、何か特別なイベントが発生するようなこともなかった。だが、久世家のような古い家では無論そうではない。お盆でなくとも、例えば義母である絢子夫人は、姑に当たる故・万喜子《まきこ》夫人の月命日には必ず、釜で湯を沸かしお茶を点てて献茶している。

世間知らずの小娘という自覚のある結花にとって、久世家の一員として参加する冠婚葬祭の全てが緊張と重圧の塊であった。何をどう準備すればいいのかさっぱりわからず、猛烈な不安に駆られて美沙《みさ》に相談してみたところ、「同じお立場の方にまずはお伺いしてみては」と提案され、無知な己を恥じ入りつつ兄嫁の和佳子《わかこ》に電話してみたのだが。

『初盆？　そうね、みんなで一緒にお墓参りしたり、菩提寺の御坊様に来ていただいてお経を上げてもらったりするの。ごく内輪でのことだし、そんなに気負うことないわ。貴臣さんも結花ちゃんも、アメリカからわざわざ帰ってきてくれるだけで十分よ』

なんていう風に言われたものの、これを真に受けていいのか、本当は何かやらなきゃいけないことがあるんじゃないかと、かえって一層不安になる始末。

結局、絢子夫人にも異口同音に言い諭されて、ようやく納得したのだった。


大都会のど真ん中にあって緑溢れる広大な久世本邸では、夏になると蜩の声がよく聞かれる。結花はこの家で暮らして初めて、カナカナカナカナ……という寒蟬《ひぐらし》のどこかもの悲しい声をまともに耳にした。

墓前で灯した火を持ち帰り、洋館の車寄せで迎え火を焚く。日本家屋の玄関には白提灯が吊るされ、使用人が一人つきっきりで火の番をしていた。

中庭に面した縁側付きの広い仏間に真菰《まこも》の茣蓙《ござ》が敷かれ、大きくて手の込んだ立派な盆棚が据えられている。毎年この時期になると、代々出入りの工務店が作りに来てくれるのだとか。吊るされた鬼灯《ほおずき》や飾られた花々は、御用達の花屋が毎朝切りたての新鮮なものを届けに来るという。お供えを載せた蓮の葉は、邸内の日本庭園の池から摘んできたものらしい。

対で並んだ行燈の揺らめく灯り、黄金色に輝く仏具。一番高いところに据えられた貴嗣氏の位牌に、万喜子夫人の位牌が寄り添っている。そのほかにも、久世家代々の位牌がずらりと。

都会のマンションで核家族で育った結花には、何もかもが生まれて初めて目にする不思議な光景だった。

「お盆て、大変なんですね……」

香炉の中央に線香を一本そっと立て、貴嗣氏の遺影を見上げながら呟く。

お供えの品々を準備する差配だけでも、相当なものだろう。盆棚の方へしきりに手を伸ばす真貴《まさき》を抱いてあやしつつ、和佳子が「そうね」と苦笑する。

「今年は初盆だから余計だけど、普通の家でこれをやろうと思ったら、そりゃあもう大変よ。この家は、人手にも物資にも困らないから毎年これができるのよね。うちの実家も一応それなりに古い家だったけど、ここまで本格的じゃなかったわ」

「和佳子さんのご実家でも、ですか？」

和佳子の実家は代々政界で権勢を振るう政治家一族であり、その地方でも最高の名士一門とされている。それはもう久世家並みに由緒正しい、立派なお家なのだろうと想像していたのだが。

「盆棚はあったけど、殆どが出来合いのもので、ここまで大掛かりじゃなかったし。父だって今じゃ母や秘書に任せきりで、ほんとに形だけだわね。地盤を継いだばかりの若い頃は、それなりに方々へ挨拶に出向いたりしてたけど」

「あ……政治家の先生方の、地元のお付き合いってやつですか？」

「そうそれ。田舎だから、冠婚葬祭は絶対疎かにできないのよね。今じゃお偉くなってふんぞり返ってるけど」

なんてことを話しているところへ、絽の喪服を着こんだ絢子夫人がやって来た。「花音《かのん》ちゃん、おばあちゃまのところへいらっしゃい」と、座布団の上に転がされていた花音をたおやかな腕に抱き上げつつ、会話に入ってくる。

「これでもね、昔に比べたら随分と簡素化しているのよ。先々代の頃までは、久世の家で冠婚葬祭と言ったらそれはもう盛大で。細かい仕来たりやらお作法やら、覚えなきゃいけないことが山ほどあったわ。お客様も本当に多くて」

代々引き継ぐ作法や仕来り。さすがは旧家としか言いようのない世界だが、嫁いできた嫁たちには苦労が多かったのは間違いない。うっすら疲労の滲む眼差しで、盆棚の上段に据えられた貴嗣氏の遺影を見やる。

威厳たっぷりに睥睨する眼差しはしかし、結花にはいつも優しかった。

「久世家の嫁が代々引き継ぐそうしたお作法を、あたくしはきちんと受け継ぐことができなかったの。義母である万喜子様が、あまりにも若くして亡くなられましたからね……。それで、貴仁《たかひと》様とも相談して、もう時代も変わったのだし、今後のことも考えて色々と簡素化していきましょう、ということになったの」

誰にとっても早すぎた、久世家の女主人の死。その影響は途方もなく大きくて、絢子夫人も当時はとにかくどうにかしなければと、死に物狂いで右往左往していたそうだが。

遠く過ぎ去った今となっては、あの苦労もただただ懐かしく思えるものね、なんてぽつりと呟いて。

「法事も昔のような大掛かりなものではなくなったし、ひっきりなしに誰かが挨拶に見えて百人からで会食、なんてこともなくなったわ」

「昔はそんなだったんですか⁉」

「ええそうよ。久世家の親戚筋から会社関係から、個人的に親しい人なんかも加えたら、かなりな数になるのが普通だったの。先々代の初盆は、大変な規模だったわ」

そう聞いて結花の脳裏に浮かんだのは、貴嗣氏の葬儀の風景だ。

花音の初節句を邪魔しないよう、気力だけで持たせていたという貴嗣氏が静かに息を引き取ったのは、三月五日の明け方のこと。

久世家の全員が既にその時を覚悟していて、全てが流れるように粛々と進んでいった。

熱海《あたみ》で仕えていた使用人たちが遺体を元麻布《もとあざぶ》の本邸へ運び、家族や使用人達で密葬。その後、菩提寺での本葬には、政財界の実力者が続々と訪れてご焼香の列を成し、各国大使館から外国籍の人々も多数参列していた。結花はひたすら頭を下げて数か国語で挨拶しつつ、客人たちの顔と名前を必死になって記憶する努力をしていたが。

それさえも、先々代の頃に比べれば相当控えめだというのだ。

「お義父様は生前からそうしたお付き合いを極力断ってらして、法要も身内だけでひっそりやるようにとのお言葉を遺されていらっしゃるから。このお盆は本当に、身内だけね」

「そうなんですね。……よかった、ちょっと安心しました」

ほっとした様子の結花に、和佳子がそっと苦笑する。

「結花ちゃん。身内だけといっても、親族だけでそれなりの人数いらっしゃるのよ。一昨年の園遊会の時より、多少少ない程度かしら」

なるほどあれか、と結花も思い出す。貴臣との結婚式前にこの本邸で開かれた、親戚達へのお披露目を兼ねた園遊会。確かに、身内だけなのにこんなにいるのかと驚いたものだ。とはいえ、マスコミを引き連れた各界のお偉方が入れ代わり立ち代わりする葬儀と比べたら、身内だけで集まる法要の方が気が楽なのは確かだった。

「さ。今日はもう、やることは全部済んだわ。そろそろ夕食の支度ができる頃よ。お盆のお食事は、肉や魚、五辛五葷《ごしんごくん》を避けた精進料理。この仕来りは、今でもちゃんと守られているの。結花ちゃんは、精進料理って召し上がったことあるかしら」

絢子夫人にそう言われ、知ってはいるけれど食べたことは……とふるふる首を振る結花に、和佳子が笑みを浮かべて教えてくれる。

「禅寺のお食事よ。殺生を避けるからお魚もお肉もないけど、野菜だけとは思えないくらい美味しいの。おまけに、健康にもダイエットにも凄くいいのよ。ちなみに、もし物足りなかったら、家の外へ食べに行く分には何を食べても大丈夫。うちの唯人《ただひと》なんか、毎年夕食の後に食べ直してくるってどこかへ出かけてるわ」

そうして話しているうちに、絢子夫人に抱かれた花音がぐずり始めた。これはじきに激しく泣き出すだろう、という感じの声。真貴も同じようにぐずぐずし始める。

「あら。真貴くんも花音ちゃんも、お腹が空いてきたかしら」

「そうですね、先に授乳してきます。はいはい、すぐあげるからちょっと待ってね！」

あっという間に大声で「おなか空いた！」と主張し始めた真貴の声を聞きつけたのか、不意に貴臣が「結花、ここか？」と仏間に顔を出した。

「そろそろだろうと思って探しに来た。お母さん、花音をもらいます」

そんな風に言いつつ両腕を差し出す貴臣を、実の母が両目を見開いてまじまじと見つめる。

「……貴臣が人の子の親になるなんて、本当に想像もつかなかったけれど。ちゃんと父性愛も持ち合わせていたのねぇ。ねえ和佳子さん、不思議なものだわ」

「あらお義母様。むしろ貴臣さんの方が、唯臣《ただおみ》さんより断然ちゃんとされているような……」

なんてことを言う女性二人に、貴臣はどこまでも素っ気なく言い捨てる。

「これでも、もう半年も父親をやってるんですよ。――結花、ミルクの用意をさせているから子供部屋へ戻ろう」

「はい、貴臣さん。お義母さま、和佳子さん、ちょっと行ってきます」

「ええ。終わったら食堂へいらっしゃいな。それまで待ってますから」

そうこうしているうちに、真貴につられて花音も盛大に泣き始めた。通りすがりの使用人が微笑ましげに見守る中、二人は足早に表の洋館二階の子供部屋へと向かう。

子供部屋、と一口に言っても、部屋数は一つではない。居間兼遊び部屋とは別に、専用の浴室がついた寝室にミニキッチンそして乳母《ナニー》の部屋と、複数の部屋をまとめた一つのエリアを総称して子供部屋と呼んでいる。貴臣も、乳児の頃はこの部屋で過ごしたらしい。

その子供部屋では、黒服達が既にミルクの準備を万端整えていた。この八月から母乳をやめ、ミルクと初期の離乳食へ移行し始めた双子は、小さく生まれた分を挽回しようとするかのように食欲旺盛だった。

貴臣は既に出来上がった哺乳瓶を受け取ると、吸い口を素早く口元へ差し出す。花音ははぷっと勢いよく吸い付くと、んっくんっくと夢中になって飲み始めた。よっぽど美味しそうな香りでもしたのか、真貴も早く寄越せとばかりに大声で泣きながらさかんに手を伸ばしてくる。

「はいはい、マキくんもおなか空いたね。いっぱい飲んでね！」

結花に抱っこされた真貴も、かぶりついて無心に吸い始めた。マキ、というのは「マサキ」がどうしても発音しにくい老マエストロがつけた愛称である。ポワポワの柔らかな髪を撫で、今日もよく飲むなぁと結花が小さな笑い声を漏らした。

「二人とも、よく飲んでるし食べてる。小さく生まれたことが少し心配だったが、杞憂で終わりそうだな」

「ね。小さいのは最初だけって、お医者さんが言った通り」

授乳する結花の隣に貴臣も腰を下ろし、すらりと長い脚を組んでから、片腕に花音を乗せて慣れた手つきでミルクを与えている。こうして立派に子持ちになったというのに、一向に所帯じみてくる気配がなく、相も変わらず端整で麗しい美男子ぶりであった。とはいえ、我が子を見つめる眼差しには確かな温もりが宿り、仕事中は冷ややかな声音も家ではだいぶ穏やかだ。

そんな貴臣は、哺乳瓶一本分のミルクをあっという間に飲み干した花音を縦に抱き、優しく背中を叩いてげっぷさせている。実に手慣れたその様子を初めて目にした久世家の面々は、誰もが驚愕に目を剝いたものだった。

「マキくん、もしかして一本じゃ足らない？　もうちょっと飲む？」

「結花様、追加はこちらに」

たっぷりとミルクを飲んで満足した双子は、親戚中から山ほど買い与えられたおもちゃの海に放されて、ぬいぐるみ軍団の最前線にはいはいで突進しながら遊び始めた。すかさず立花《たちばな》が監視活動に入る。イギリスの専門校に予約している乳母《ナニー》は年明けからやってくる予定で、それまでは黒服たち全員がベビーシッター代わりだ。

「もう少ししたら湯を使わせて、寝かしつけてくれ」

「承知しました、貴臣様」

「美沙さん、矢野《やの》さん、よろしくお願いします。もし全然寝ないようだったら、呼んでくださいね！」

「はい、結花様。お預かり致します」

こうして使用人たちに双子を預けた後は、夫婦二人の時間である。子供部屋から出た貴臣は、ドアを閉めた直後に結花の腰を抱き寄せて身を屈めた。同時に結花も、絶妙なタイミングでそっと背伸びする。

優雅なまでにさりげない動きで、ちゅっと唇が触れ合わされた。

2

久世本邸の壮麗な洋館一階にある食堂は、平服で着席するのが憚られるほど、広々として優美な空間である。

最大二十人が着席できるという大きなテーブル、その沢山の椅子がこんなに埋まっているところを、結花は初めて目にした。

当主である貴仁氏と、絢子夫人。

長男・唯臣と和佳子夫妻に、息子の唯人と娘の佳奈子《かなこ》。次男・貴臣と結花夫妻。

貴仁氏の弟である暁仁《あきひと》氏と、紀代子《きよこ》夫妻。その息子である靖臣《やすおみ》と、現在妊娠中の妻・奈央《なお》。

アメリカで弁護士をしている暁仁氏の娘・千紘《ちひろ》は、仕事で大きな案件に携わっている最中とのことで今回は欠席だが、それでも総勢十二人である。

もしかしたら、いずれここに——唯人の隣に、親友のカレンが加わるのかも。そうしたらきっと一気に賑やかになるな……なんてことを空想しながら頂いた精進料理のお膳は、びっくりするほど美味しかった。

確かに肉も魚もないが、蛋白質は豆腐から摂れるし、どの料理も趣向が凝らされている。

食材から調味料からお出汁から、全て植物性の材料しか使われていないにもかかわらず、風味豊かで味わい深く物足りなさを感じない。

「結花ちゃん、どう？　お口に合うかしら」

「はい！　本当に美味しいです、しかもすっごく身体に良さそう。特にこの胡麻豆腐、毎日でも食べたいくらいです」

和佳子の問いかけに結花が笑顔で頷くのを見て、貴臣が給仕についていた美沙に声をかける。

「美沙。これをアメリカで再現できるか、厨房で桜井《さくらい》に試させろ」

「承知しました。貴臣様」

食卓での会話も、ごく普通の家族の会話だった。

仕事の話は避けたプライベートな近況報告に始まり、結花と貴臣のアメリカでの様々なエピソードや、双子の日々の話。佳奈子は何かと結花にまとわりついては大学の話などをしたがり、唯人はといえば絢子夫人の「唯人さんはいつ頃お相手の方を連れてきてくださるのかしら」攻撃にじっと耐えている。

妊娠五か月を過ぎて体型が丸みを帯び始めた奈央は、「お腹が空いて仕方ないの」と恥じらいつつも、片っ端から料理を平らげていった。そんな妻の一挙手一投足を常に見守る靖臣は、隣にべったり貼り付いて甲斐甲斐しく世話を焼き、久世家の男らしい執着と溺愛ぶりを発揮している。

当主である貴仁氏も、そんな様子を上座から眺めつつ「我が家はちょっとしたベビーラッシュだな」と相好を崩し、祖父母としての心得について弟夫婦に蘊蓄《うんちく》を垂れていた。

食事の時間は和やかに過ぎ、水菓子の水蜜桃まで全て美味しく頂くと、真っ先に唯人が退屈そうに席を立った。どうやら今年も外へ買い食いしに行くらしい。和佳子と佳奈子それに奈央は離れの家へお喋りしに行き、めっきり心配性になった靖臣も小判鮫のようにくっついていく。

それ以外の男性陣は暖炉のある談話室《サロン》へ移動すると、各々飾り棚《キャビネット》から好みの酒を引っ張り出してグラスを傾け始めた。その様子を見ていた結花は、男性たちの会話の邪魔をするのもなんだし、双子の様子でも見に行こうかな……と一瞬立ち去りかけたのだが。

「結花ちゃん。よかったら、ピアノを弾いてくれないかしら」

たおやかに微笑む絢子夫人にそう声をかけられ、はたと振り向く。

「お盆でようやくこの家に帰ってらしたお義父様に、是非あのピアノを聴かせてあげてほしいの」

「あ、そっか。そうですよね！」

貴嗣氏が亡くなった直後は、とてもピアノを弾くどころではなかった。けれど今なら、もしかしたら万喜子夫人も一緒に、この家に帰ってきているかもしれない。そう思い至った結花は、素直に「喜んで」と答えたのだが。

淡い金色をした辛口のグラッパを口に含んで転がしていた貴臣が、「それはどうでしょうね」とうっすら皮肉げに言う。

「ようやくあの世で、愛しい妻と再会したんです。帰ってくる暇なんかありませんよ」

そんな言葉に暁仁氏が夫人と顔を見合わせて「さもありなん」と首肯し、貴仁氏も「一理あるな」と苦笑している。

だが絢子夫人はきゅっと柳眉を寄せ、美しくも高慢な仕草でつんと顎を上げながら息子を睨んだ。

「曾孫可愛さに、お二人揃ってお帰りになってるかもしれないじゃないの。大体、貴臣あなた、結花ちゃんのピアノを聴きたくないの？」

「まさか。それとこれとは話が別です」

母子の仲睦まじい（？）言い合いを繰り広げていた貴臣は、グラスを置いて立ち上がると結花の方へ歩み寄り、サロンの壁際に据えられたマホガニー色のピアノの前へエスコートした。

「祖父母の魂が那辺を彷徨っていようがいまいが、結花のピアノならいつでも特等席で聴かせてもらいますとも。結花は私の専属ピアニストですからね」

「だったらそうつべこべ言わず、黙って聴いてらっしゃい。ね、結花ちゃん、弾いてくださる？」

改めて絢子夫人に問いかけられ、結花は苦笑して頷く。帰国してから全く練習できていないのが不安だが、ぶっつけ本番にももう慣れた。リサイタルやコンクールではなく、家族の前で余興として弾くだけなのだから、出来の良し悪しには目を瞑ってもらおう。

「頑張りますが、酷い出来でも大目に見てくださいますか？」

「まあ、勿論よ！　どうぞ気楽に弾いて頂戴な」

そうして言い訳しながら結花が鍵盤の蓋を開けると、同時に貴臣が普段は開けない上部の屋根蓋を開放する。そうして椅子に腰掛けた結花は、このピアノを弾くのは久しぶりだなとわくわくした面持ちで鍵盤を見下ろした。

年季の入った象牙の白鍵は淡く黄色みを帯びて、うっすらと指の形に凹んでいる。初めて弾いた時からこうだったから、恐らく万喜子夫人の指の跡だろう。その窪みへ、結花はそっと指先を当ててみた。ぴたりと重なる指先の感触だけでなく、今は亡き女性《ひと》の意思や感情さえも読み取ることができそうな気がして。

ふと、貴臣が横からすっと結花の両手を摑んで持ち上げ、交互に唇を触れさせた。上手に弾けますようにという、二人だけのおまじない。ふにゃりと笑みを浮かべた結花と一瞬見つめ合い、そのまま貴臣はピアノの端に長身をもたれさせる。

束の間俯いて目を瞑り、呼吸を整えて精神統一していた結花が、「いきます」と小さく宣言してから、すぅと息を吸って鍵盤に指を置いた。

貴嗣氏に捧げる一曲は、浜辺に寄せる漣《さざなみ》のような旋律から始まった。若き日のロベルト・シューマンが、親の反対など様々な困難に打ち勝って結婚式を挙げる前日に花嫁クララに捧げた歌曲集『ミルテの花』。その第一番『献呈』を、当時一流のピアニストだったクララ自らピアノ独奏用に編曲したものである。

清らかで美しい和音が優雅に軽やかに打ち寄せ、そこへのびやかで美しい旋律が寄り添っていく。『きみは僕の魂、僕の心臓、無上の喜びであり痛み。きみは僕が生きる世界の全て、きみという天国で僕は揺蕩《たゆた》う。ああ、僕はきみという墓に悲しみを永久に葬り去った』――十九世紀の詩人リュッケルトの詩に乗せて、花嫁に対する溢れんばかりの愛と幸福を存分に表現したこの美しい曲は、シューマン夫妻が最も幸せだった瞬間を象徴しているかのようだ。

シューマン夫妻の友人だったフランツ・リストも同じ曲をピアノ用に編曲しているが、老マエストロはこの有名なリスト版ではなく、あえてクララ版を選んで結花にレッスンしていた。リスト版のような技巧を凝らした華やかさはないが、夫ロベルトの原曲に忠実でシンプルな編曲には、クララ自身の素直な思慕が込められているかのよう。

そうして三分少々の短い曲を指慣らし代わりに奏でてみせた結花へ、全員が熱烈な拍手を贈った。無事に一曲弾き終え、ふぅと安堵の息を吐いた結花はぴこんと立ち上がり、気恥ずかしげに振り向いて小さくお辞儀する。それを見つめる貴臣は、至極満足げに頷きながら両手を叩いた。

「いやこれは素晴らしい。財界の年寄りどもへ、いい自慢話ができた」

初めて結花の演奏をまともに聴いた曉仁氏が、その場に立ち上がって拍手しながら上機嫌に言う。

もっと聴きたいわ、と絢子夫人にねだられるまでもなく、結花はもう一度椅子に座って鍵盤に向き直った。大好きなピアノを久しぶりに弾いたらやっぱり楽しくて、一曲だけでは弾き足りない。

シューマンの次は、万喜子夫人が好きだったというバッハの『G線上のアリア』。かつてピアノ教室に通っていた頃は、インヴェンションだシンフォニアだとうんざりするほどバッハを弾いたが、当時と今とでは気持ちも腕前も全く違う。

あの頃はただ無心に、ある意味機械的に楽譜の音符を辿っていたけれど、今の結花には様々な思い入れがある。一曲一曲に貴臣との色鮮やかな思い出がある、となれば自然と音色も深みを増してくる。その素晴らしいことと言ったら、氷の入ったグラスを傾けて微かな騒音を立てることさえ、つい遠慮してしまうほど。

「結花さん、さすがね……素晴らしいわ……！」

「巨匠の薫陶を受けた成果なのでしょうね。前に聴かせてもらった時より、更に凄い……」

紀代子夫人と絢子夫人がそうして小声で興奮している声も、音の調べに身を委ねきった今の結花には全く聞こえない。このピアノは結花にとって、やはり別格だった。

貴臣と出会ってからというもの、結花は名器と呼ばれるピアノをいくつも弾いてきた。スタインウェイも、ベーゼンドルファーも、年代物と最新機種の両方を弾いたことがあるし、親友のディララと二人で弾いたのはイタリアの名機ファツィオリだった。マンハッタンの家では真新しいベヒシュタインを、CDの収録に付き合った時には古いベヒシュタインも弾かせてもらった。そのいずれも、文句のつけようのない素晴らしいピアノだったが。

やはり、弾いていて最も心地よく、最も理想的な音色を響かせてくれるのは、この万喜子夫人のアップライトだった。ベヒシュタイン特有のクリアな響きや音の粒が煌めくような硬質な音色を保ちつつも、古さゆえの円熟味をしっかりと感じさせてくれて、鳴りも豊かで申し分ない。コンサートホールで大勢の前で弾くとなったら話は別だが、主に室内で(というより自宅で)、親しい人(主に夫)のために弾くなら、やっぱりこのピアノが一番。

人に聴かせるためというより、もはや自分が楽しくて夢中になって弾いている結花を見つめる貴臣もまた、淡くも美しい微笑を浮かべて音色に聞き入っているようだった。

「……いやはや、大したものだな。音大でも出ているならともかく」

「まったくです。例のお歴々に気に入られるわけですよ」

何かと結花を可愛がっている財界の長老たちを思い浮かべ、暁仁氏と唯臣が声をひそめつつ感心したように呟く。巧い巧いと言われているが所詮素人のアマチュアだろう、などと侮っていたがとんでもない。自前で音楽ホールを建設してしまうような音楽好きの財界人達が、やたらと構いつけたがるのも道理である。泣く子も黙る某名門企業の老練な経営者が、結花にピアノで伴奏してもらったと経団連の会合ではしゃいでいたとかなんとか。

そのまま何曲か、結花はシューマンとバッハの小品を交互に奏でていった。それがまるで、貴嗣氏と万喜子夫人が二人で会話しているかのようで、その場の全員が酒を楽しむのも忘れてただ美しい音色に身を委ねる。

楽園で微睡むかのようなそんな心地よいひと時が、ふっと別のものに変化したのは、誰の耳にも聞き覚えのある無邪気で軽やかなメロディが聞こえ始めた直後のこと。
ド、ド、ソ、ソ、ラ、ラ、ソ、ソ、ファ、ファ、ミ、ミ、レ・レーミド。
きらきら星だ。ああ、今度はモーツァルトかとつい笑みを浮かべた貴仁氏が、閉じかけていた瞼を開いて結花の背中に目をやる。

――次の瞬間、目にした光景に全身がぎくりと凍り付いた。

ド、ド、ソ、ソ、ラ、ラ、ソ、ソ、ファ、ファ、ミ、ミ、レ・レーミド。

暁仁氏もまた、昔を懐かしく思い出しながら結花のほうへ視線を向け、直後にはっと息をのんで顔つきを強張らせる。

ソ、ソ、ファ、ファ、ミ、ミ、レ、レ、ソ、ソ、ファ、ファ、ミ、ミ、ミ、レ。

ソファから無意識に身を乗り出した唯臣は、眼と口をぽっかりと開きながら音色に神経を集中させた。そうして喘ぐ。

お祖母様の、きらきら星だ、と。

ド、ド、ソ、ソ、ラ、ラ、ソ、ソ、ファ、ファ、ミ、ミ、レ、レ、ド。

給仕をするためにその場に控えていた嶋田《しまだ》もまた、喉の奥から込み上げそうになる声を懸命に押し殺しつつ、結花と貴臣の姿を凝視していた。――否、あれは本当に、結花様と貴臣様なのか。奇妙な覚束なさに、じっとりと冷や汗がにじんでくる。

男たちがそうして呆然と言葉を失う中、結花の指が鍵盤の上を軽やかに疾走し始めた。目まぐるしく細やかに打鍵するそのタッチが、テンポが、緩急や強弱の付け方が。いつも必ず詰まってしまうところまで、ぞっとするほど同じ。

そうしてふと誰かが気付く。結花だけではない。傍で寄り添う貴臣もまた。

片肘をピアノの上部に置き、長い脚を軽く交差させながらピアノにもたれるあの立ち姿。あるやなしやの微笑を浮かべ、愛おしげに妻の横顔をじっと見つめるあの眼差し。時折悪戯するように妻の肩や頸に触れ、その度に妻がちらりと横目で「邪魔しないで」とばかりにひと睨みする、あの仕草！

……全部で十二ある変奏の、何番目まで弾いたのか。一体いつ曲が終わったのかもわからず、夢から覚めきらぬ眼差しで呆けている男たち（彼らがこんな間抜面を晒しているところなど、まず滅多に見られない貴重な光景）の目の前で。

ピアノにもたれていた夫は優しく妻にエスコートの手を差し出し、導かれるままに椅子から立ち上がった妻は自然な動きで夫を見上げた。そうして微笑みあう二人の唇が、素早く重なる。ごくなめらかな、慣れた動きで。

「――我々は先に部屋へ引き上げる」

愛妻と睦まじく身を寄せ合いながら言い放たれたその声は、一体誰の言葉だったのか。

「嶋田。呼ぶまで誰も近づけるな」

そう声をかけられた嶋田は、未だ思考がまとまらぬまま、脊髄反射的な動きで腰を折り頭を下げた。

「承知致しました、旦那様」

「あとは好きにやれ。――皆、良い夜を」

誰もが凍り付いている目の前で、夫は妻へ優しく肘を差し出し、妻はそこへ優雅に手をかけた。そうして見事に調和した身のこなしでサロンを出ていき、臙脂色の絨毯を敷いた大階段をゆっくりと上がっていく。今日びまず滅多にお目にかかれない、完璧に美しいエスコート。する方もされる方も、互いによほど慣れていなければここまで見事に格好がつかない。

当主夫妻の居室で二人を出迎えたのは、結花の筆頭黒服である美沙だった。その美沙を、夫が静かにひたりと見据える。

「黒服か」

にこやかに微笑んで主夫妻を迎えた美沙の身体が、ビクッと一瞬跳ねるように痙攣した。今のお声は、本当に貴臣様のお声だっただろうか。真夏だというのに何やら寒気がして、一瞬で全身にびっしり鳥肌が立つ。

「今夜はもうよい。下がれ」

短く命じられ、動揺を胆力で抑え込んだ美沙は無言で一礼すると素早く身を翻した。そうせざるを得ない何かを、うっすらとだが確かに感じていた。

パタン、と控えめな音を立ててドアが閉じられる。直後、妻が幼子のように無邪気な笑みを浮かべ、隣に立つ夫を見上げて呼びかけた。

「……貴嗣さま。」

鍛えられた胸元に頬をすり寄せ、うっとりと目を閉じる。その身体を優しく両腕でかき抱いた夫が、万感の想いで呟いた。

「万喜子。……ああ、万喜子」

見つめあう眼差しに篭もる、押し殺した激情と狂おしい何か。再び重ね合わされた唇から溢れて溶け合う二人分の吐息が、焔のように熱くて甘い。

唇を触れ合わせたまま、夫の腕が妻の両足を軽々とすくいあげた。そうして横抱きにして寝室の扉を開け、年代物の大きな寝台へゆっくりと倒れ込む。

――その夜、嶋田にも、黒服たちにも、主人たちのお召はなかった。

3

……うわぁぁぁん、という赤ん坊の火が付いたような泣き声が、どこからか細く漏れ聞こえてくる。

一瞬で覚醒し、すっと瞼を持ち上げた貴臣はそのまま身を起こそうとしたが、どういうわけかやけに身体が重い。まるで手足が鉛か鉄の塊にでもなったようだった。可愛いウサギと共寝した朝だというのに、うっすら頭痛までする。こんなことは初めてだ。

気にはなったがそれよりも赤ん坊の泣き声のほうが気がかりで、シーツから身を引き剥がすように起き上がると、ガウンを手に取りながら時計に目をやった。……まずい、法事は何時からだったたか。今頃美沙が、子供をあやしながらやきもきしているに違いない。

「結花。——結花？」

少し大きめの声で呼びかけながら、結花の寝顔を見下ろす。ぴくりともせず死んだように眠る姿に一瞬背筋がひやりとし、素早く片手で頬を包みつつ呼吸を確かめてから、デュベにくるまった肩に手をかけてそっと揺すぶった。

「結花、そろそろ起きよう。真貴と花音がだいぶご機嫌ななめなようだ」

双子の名前を口にした途端、結花がビクっと裸体を震わせて瞼をこじ開けた。がばっと起き上がろうとするものの、すぐにへなへなとベッドに倒れこんでしまう。

「おはよう。大丈夫か？」

「……お、はよう、ございます……何だろう、やけに身体が、重いっていうか、あれ……？」

「ひとまず美沙を呼んでも構わないか。手を焼いているらしい」

「へ？　ぅわ、ほんとだ！　ここまで泣き声が響いてくるって」

うわわわ、と慌てて身を起こした結花の肩に、薄く柔らかなシフォンとレースのガウンをふわりと着せかけてから、貴臣が枕元のベルを鳴らす。その直後、双子を抱いた美沙と矢野それに立花が急ぎ足で入ってきた。途端、鼓膜から天井まで突き抜けるような赤ん坊の甲高い泣き声。

「おはようございます貴臣様、結花様。申し訳ありません、私どもではだめだとの仰せで……」

「こちらこそ寝坊しちゃってすみません！　はいはい二人とも、そんなに泣いてどうしたの。寂しかったのかな？　ごめんね、ほら、ごはん食べようね！」

大声で泣きながら必死に手を伸ばしてくる双子を受け取り、結花と貴臣があやしている間に美沙と矢野が急いで離乳食をセットする。この八月から母乳をやめ、ミルクと離乳食だけの食生活を始めた双子は、特に好き嫌いもなく出されたものは何でも食べて、ごくごくミルクを飲んでいたのだが。

結花にしがみつきながら食べ始めた双子をひと撫でし、貴臣は先にシャワーを浴びておこうと浴室のドアを開けた。そうしてふと、鏡に映った己の顔に思わず眉を顰める。……ちゃんと眠ったのに、なぜこんなにげっそりした顔になっているのか。確かに、まともな夏休みを取るためここしばらくかなりの激務ではあったが、結花を抱いて眠れば一晩で回復できるはずなのに。

結花を抱いて、と考えたところでぴたりと足が止まる。

――昨夜、結花と交わった記憶が、ない。

だがこの腰回りのだるさと筋肉痛の前兆、何より一滴残らず出し尽くして空になった感。結花を朝まで抱き潰した時と似たような肉体感覚なのだが、それにしては、思い切りセックスに没頭した後のあの爽快感がない。それどころか記憶さえない。

妙だな、と考え込みつつ熱めの湯を浴び、最後に冷水シャワーをかぶって頭と身体を引き締める。そうして髪から水滴を滴らせたまま、適当な服に着替えて寝室に戻ると。

双子は離乳食を食べ尽くし、まだ足りないとミルクを要求したらしい。小さめの哺乳瓶に作ってあった予備のミルクを真貴は綺麗に飲み干し、花音がけぽりと少量吐き戻したところで終わりになった。双子はそのまま着替えのために部屋から連れ出され、起き抜けからてんやわんやだった結花もほっと息をついている。

「わ、やばい、時間！　私も急いでシャワー浴びてこなきゃ！」

スマホのアラームが控えめに鳴り出し、慌てて立ち上がった結花は直後に「ひッ!?」と素っ頓狂な声を上げた。

「どうした？」

貴臣が素早く歩み寄ると、結花はふるふるとかぶりを振って「大丈夫」と小さく返す。頬をほんのり朱に染めつつも、うっすら困惑顔で。

「急に動いたら、その……おなかの奥から、出てきちゃって……」

「……ああ」

胎の奥へと執拗に種付けした翌朝、子宮で飲み込み切れなかった白濁がこうして溢れ出てくるのも、そう珍しいことではない。――けれど。

それほどまでに穿ち尽くして奥へと放った記憶が、ない。

夫と妻が全裸で抱き合って眠っていたのだから、何があったかは疑う余地もないだろう。単に記憶が覚束ないだけ。思い出そうとしたのだが、昨夜食後にサロンへ移動して結花がピアノを弾き始めてからの記憶が、なんだか妙にぼんやりしている。

「とっ、とにかく流してきちゃいますね！」

「一人で大丈夫か？　美沙を呼ぶか」

「ん、大丈夫。急いで行ってきます！」

時刻は既に八時半を過ぎている。今日は十時から法要、その後来客を交えて会食というスケジュールだったはずだから、身支度する時間を考えるとかなりギリギリだ。朝食はここへ運ばせた方がいいな、と貴臣は内線で厨房の桜井を呼び出して指示を与えつつ、朝一番のメールチェックのために執務机へと歩み寄ったのだが。

机上に置かれたメモパッドに、何かが走り書きされている。傍には投げ出されたボールペン。その様子に目をやり、うっすら眉根を寄せた。自分以外にこの机を使う人間はいないはずだが、自分ならああも雑に筆記用具を扱わない。何より、昨夜そのペンを手にした記憶も、何かを書きつけた記憶もない。

訝しみつつメモパッドを覗き込んだ貴臣は、直後に鉛でも飲み込んだかのように喉の奥で低く呻いた。

――『熱海へ行け』。

たった一言、メモにはそう書いてあった。

自分の筆跡ではない。が、見覚えのある字だった。

止め跳ね払いを一つも疎かにしない、いかにも意志の強そうなその太く濃い文字は、亡き祖父の筆跡にそっくりだった。

菩提寺から高僧を招いての初盆法要は無事済んだが、結花はその後の会食を欠席して部屋で休むことになった。

疲労と倦怠感が著しく、ともすれば足元がふらつくほどで、この暑さで無理をすれば本格的に体調を崩しかねないと皆が案じ、「いいから安静にしていなさい」と早々に解放したのだ。

「夏ばてじゃないかしら。この暑さだもの、無理もないわ」

「きっと子育ての疲れも出たんでしょう。結花ちゃん、今日はゆっくり休んで。ね？」

絢子夫人と和佳子が口々にそう気遣う横で、佳奈子が俄然やる気を出している。

「せんせー、マジで顔色よくないよ。赤ちゃんたちのお世話はこっちに任せて、せんせーは寝てて！」

その背後で、極力興味のなさそうな顔を作った唯人が、ぼそっと低く呟いた。

「精進料理なんかより、もっと精のつくもん食わせた方がいいんじゃねえの。鰻とかさ」

「まあ唯人さん、その通りだわ！　嶋田、ちょっと誰か飯倉《いいくら》の野田岩《のだいわ》さんへ遣って、特上の鰻重でも……」

などと周りが騒ぎ立てるのを遮り、貴臣がさっさと部屋へ連れ戻すと、十分休ませるようにと命じて美沙に引き渡す。

化粧を落として寝間着に着替えさせられた結花は、どっしりした四柱寝台のど真ん中へ寝かしつけられたが、双子のことが気になって仕方ない。

「貴臣さん、真貴と花音は……?」

「和佳子さんが、離れで世話してくれるそうだ。大丈夫、赤ん坊の世話がしたくて仕方ない使用人が大勢いるから、心配はいらない」

「よかった。……大事な法要なのに、ごめんなさい……。ちょっと休めば、大丈夫だから」

結花が、ちょっぴり潤んだ瞳で貴臣を見上げながら詫びてくる。ふ、と淡い笑みを浮かべた貴臣は、片手を伸ばして桃のような頬を撫でつつさらりと髪を払った。

「そんなに気にするほどのことじゃない。まずはたっぷり眠って、ゆっくり身体を休めなさい」

「……はい。貴臣さん」

「いい子にしておいで。おやすみ。……美沙、頼んだぞ」

「お任せください貴臣様」

結花の唇にキスを一つ落としてから、天蓋の薄い垂れ布を全て下ろす。

黒い衣装に身を包んだ美沙が、深々と腰を折って主を見送った。

その後の予定は貴臣が一人でこなしたが、会食の最中もずっと頭の隅で別のことを考えていた。

どう考えても、おかしい。昨夜の記憶がやけに曖昧なのも、書いた覚えのないあのメモも。それだけではない。

結花ほどではないが、貴臣もまた、奇妙な疲れを感じていた。肉体感覚だけなら正に疲労困憊といったところだが、それとは少し違う感じがする。まるで、何かに生気と体力をごっそり吸い取られたかのような。

「おい貴臣、どうした。お前もなんだかやつれてないか?」

顔を覗き込んできた唯臣が、怪訝そうに言う。

「夏風邪でも引いたのか」

「いや、……ああでも、そういえば少し寒気がするような気もしますね」

「おいおい、気をつけてくれよ。休み明けから、また大車輪であちこち回ってもらわなきゃならないんだからな」

「人に押し付けてばかりいないで、たまには自分も動いたらどうです」

「あいにくこっちも、モグラ叩きと地雷処理に忙しくてなぁ。親父は親父で、政界と財界が構ってくれって最近益々うるさいし」

兄弟でこうした軽口を叩くのも久しぶりだったが、どうにもだるくて会話に身が入らない。まずいな、と小さく嘆息し、今夜は自分もさっさと休もうと決めた貴臣だったが。

法要後の会食を終え、客人達が全員引き揚げると、今度は家族と親族のみで仏間に集まる。葬儀の際には慌ただしくてできなかった形見分けを、今日この場でするとのことだった。

だが、久世家の顧問弁護士が同席しているのを見ると、単に故人の遺品を配って終わりというわけではないらしい。

「それではこれより、久世家先代・貴嗣様のご遺志に基づき、形見分けを行います」

当主夫妻の横に座った顧問弁護士が、盆棚に据えられた貴嗣氏の遺影と位牌に一礼してからそう切り出した。

その場に集まっていたのは、久世家の姻戚達の中でも特に指名された者、それに使用人達の代表者が数名である。

「なお、誰に何を遺すかは全て先代が自ら決めておられますので、どなたも異論を差し挟むことは許されません。ただし、受領した後でどうされるかは、各位の自由でございます」

誰に何をくれてやるかは全部あらかじめ決めてあるから、文句を言わずに受け取れ。異論も横取りも許さん。そういった趣旨の書面を、貴嗣氏は弁護士に託していたらしかった。

——ということは、異論が出そうなものがある、という意味でもある。当主である貴仁氏は、微動だにせず威厳を保って上座にどっしり構えたまま、「面倒なことにならなければよいが」と内心で盛大に溜息を吐き出した。

　そうして、弁護士が長いリストを読み上げていく。貴嗣氏は本当に、身の回りのささやかなものまで全て、誰に遺贈するかを決めていた。

「お身の回りの細々したもの、特に文具などは、多くが久世家の使用人や、会社時代の部下の方々に遺されております。こちらにつきましては、使用人頭の嶋田さんにまとめて委任致したく存じますが、旦那様、ご異存ありませんでしょうか」

「うむ、そのように進めてくれ。嶋田、よいな」

　下座でじっと控えていた嶋田が、「謹んで承ります」と深く頭を下げる。

　その後が、久世の一族に連なる者たちだった。淡々とリストが読み上げられ、呼ばれた者が前に出て、当主夫妻の前で目録を受け取り、後日品物を受け取る手はずとなる。姻戚関係の遠い順から呼ばれていくため、当然ながら貴臣が呼ばれるのは最後の方だったが。

　先に呼ばれたのは、結花の方であった。

「故・万喜子夫人の遺品の品々、それと楽器類は全て、結花様に遺贈されます」

　その言葉に、貴臣はうっすら眉間を強張らせた。「全て」だと？

「祖母のベヒシュタインの他にも、まだ何かあるのか」

「はい。熱海の別邸にも、もう一台ピアノがございます。それに加え、ここ数年先代が蒐集しておられた弦楽器が、計十三挺。詳細は目録をご確認ください」

　弦楽器の蒐集とは、確かにあの祖父ならいかにもやりそうな道楽ではある、が。

「こちらに関しましては、正式に所有権移転の手続きを行わせて頂きたく存じますが」

正式な手続きが必要になるほどの代物と聞いて、その場の空気が一瞬しんと静まり返る。けれど誰もが頭の中で異口同音に呟いたのは間違いない。あの貴嗣氏が買い集めた楽器だ、ひょっとしてストラディヴァリ級の何かなんじゃ、と。

厄介な代物でなければいいが、と貴臣は偏頭痛の気配を感じながら頷く。

「体調を崩しているから、今日は無理だ。後日、結花の顧問弁護士を事務所へ差し向ける」

「承知致しました。結花様にはどうぞ、くれぐれもお大事に……」

そんなやり取りを続けつつ、面倒なことをしてくれたものだと貴臣は内心嘆息する。

血縁の女性達を差し置いて万喜子夫人の遺品を受け継いだだけでも、結花が妬まれたのは間違いないというのに、今度は楽器ときた。あの祖父が、暇にあかして探して吟味し密かに手に入れた代物となれば、そこらの安物でないことだけは確かだ。そんなものを結花が所有して、一体どうしろというのか。

うっすら渋面を浮かべる貴臣から努めて目を逸らした弁護士は、「更に」と咳払いして言葉を継いだ。

「熱海の別邸それ自体は、相続人として貴臣様が指定されております」

ざわ、とその場の空気が大きく揺れる。不動産を丸ごと一つとは、形見としてくれてやるようなものではない。家長が相続するのではないのか。

そして貴臣もまた、別の意味で静かに息をのみ、正座した膝の上で無意識に拳を握った。

——「熱海へ行け」というのは、これのことか。

財界上皇と密かに渾名された貴嗣氏が、あの熱海の隠れ家に一体何をどれだけしまい込んでいたのか。何があるのか、あるいはないのか。それはもはや、現当主である貴仁氏でさえ把握し得ないパンドラの箱である。

それが全部、容れ物ごと、貴臣個人のものになったと。

「この件につきましては、先代の使用人頭であった黒川《くろかわ》さんに全て指示してあるとのことですので、そちらへお任せいたします。旦那様、貴臣様、黒川さん、宜しいでしょうか」

「……うむ」

「承りました」

無言で頷いた貴臣が下座のほうに目をやると、嶋田より更に年配の老人がびしりと背筋を伸ばし、貴臣の視線を受け止めてから丁寧に両手をついて頭を下げてきた。貴嗣氏が出てくる際には必ず付き従い、「御前様」と呼びかけていたあの使用人である。祖父の個人秘書、あるいは側仕えのようなものかと思っていたが、使用人頭だったのか。貴臣はごく冷徹な眼差しで、じっと相手を凝視した。

——久世家の使用人頭は、単なる住み込みの召使ではない。

経営者としての当主に仕える第一秘書と、久世家の総領としての当主に仕える使用人頭。この二人は久世家の家長にとって最も有用な手足であり、切り札であり、双璧ともいうべき重要な腹心である。とりわけ使用人頭は、第一秘書が出世や異動で折々に交代していくのと対照的に、一度任じられればそれこそ死ぬまで仕え続けるのが常だ。

当代当主である貴仁氏に仕える使用人頭が、嶋田。その嶋田が助手として育てている五所宮《ごしょみや》は、いずれ長男・唯臣が次代を継いだ際に嶋田の地位と職務を引き継ぐこととなる。そして嶋田を育てたのがあの、先代の使用人頭であった黒川というわけだ。ある意味、嶋田よりも更に上位の使用人ということになる。

その懐刀に、あの祖父は一体何を指示して逝ったのか——。

形見分けも終わり、貴臣が部屋に戻った時には結花はまだ眠っていた。

念のため寝台の垂れ布をそっと開いてみると、薄暗い中で顔色はよくわからなかったが、安らかな寝息が規則的に聞こえている。

……確かに、育児と酷暑の疲れが出たのかもしれない。しっかり休めば大事には至らないだろう、そう判断して安堵の息を吐く。ひとまず夕食までは、このまま寝かせておこう。

そうして寝顔を見つめながら、じっと考える。

この夏は、明後日の夕方に送り火を焚いた後、翌日から数日間はＣＵＳＥ《キューズ》本社で会議と打ち合わせそして国内の各方面へ挨拶回りをし、週末の便でアメリカへ戻る予定だった。丸一日自由になるのは、もう明日しかない。

……迷ったのは一瞬だった。迷うくらいなら、アメリカへ戻る前に実行するべきだ。

「――嶋田、黒川はまだいるか。そのまま少し引き止めておいてくれ」

今日のうちに熱海へ戻るという黒川をつかまえ、明日にでも別邸を見に行きたいのだがと申し出た。急ではあるが、次はいつ時間が取れるかわからないから、と。

黒川は、そう言われるだろうことをとっくに予期していたらしい。いかにも使用人頭然とした、折り目正しくも誇り高い仕草で恭しく腰を折る。

「どうぞお一人で、お越しくださいませ。使用人一同、貴臣様の御来訪を心よりお待ち申し上げております」

お一人で。――要するに、結花は連れてくるなと。

どことなく不穏な気配を感じつつも、貴臣は諾と返して老人を見送った。

4

熱海と言えば、かつて江戸時代には徳川将軍家の天領となって湯殿が建てられ、明治の御一新後には皇室も避寒のための離宮を構え、戦前は数多の文人や財界人の別荘が建ち並ぶ温泉保養地として名高かった。

かつては久世家も純和風の広大な別邸を所有していたが、徐々に使われなくなり、老朽化も進んでいたためだいぶ前に売却していた。戦後の紆余曲折を経て大部分が失われたものの、残った部分は改修されて今では高級温泉宿になっているらしい。

その熱海の、繁華街からだいぶ離れた山あいに、貴嗣氏が小さな洋館を建てて引き篭もったのがもう三十年以上も前のこと。

魂の片割れたる最愛の妻を喪い、無自覚な狂気を内包したまま働き続けた貴嗣氏は、ある日突然正気に返るなり絶望したらしい。まだ若い長男に家長の座を無理やり禅譲すると、自らの手で幕を引いて表舞台から姿を消した。

一切表に出なくなったものの、財界の裏側に隠然たる影響力を保持し続け、上皇とさえ称されたという貴嗣氏。実際のところ一体どれほどの権力を握っていたのか、現当主である貴仁氏でさえ正確には把握できていない。

その貴仁氏は、「ちょっと熱海へ行ってきます」と貴臣に言われた瞬間、なんとも言えない表情を浮かべてじっと息子を凝視していた。

『——熱海、熱海です。ご乗車ありがとうございました。東海道《とうかいどう》線と伊東《いとう》線はお乗り換えです。この新幹線は……』

グリーン車を降りた貴臣が護衛を伴って改札へ歩いていくと、一人の男性の姿が目に入ってきた。真夏だというのにきっちりダークスーツで装った老人が、自動改札機の向こう側で静かに腰を折る。

「貴臣様。わざわざのお運び、誠に恐れ入ります」

丁寧な口上に小さな頷きで応えると、黒川は背後の護衛に目をやって「護衛もこちらで用意しております。先に戻りなさい」と静かに命じた。護衛は視線で貴臣の方を窺い、再度頷くと無言で一礼し再び改札内へ戻っていく。

それを見届けてから、黒川は「こちらへどうぞ」とロータリーの車寄せに停車した大型セダンへ案内した。運転手が深々と一礼し、黒川が助手席に乗り込む。

観光客で賑わう駅前の喧騒を抜け、海とは逆の山側へと向かう車は、幾つもカーブを曲がりながら標高の高い方へと進んでいった。途中で脇道に折れ、民家も何もない田舎道の奥、「私有地につき立ち入り禁止」という看板のついた頑丈な鉄の門を抜けて。

そうしてたどり着いた先、木立の中にひっそりと建っていたのは、想像していたものよりはるかに小ぶりで質素な家屋であった。久世家の別邸と言われても、俄かには信じ難いほどの。

「……こんなところで、三十年も過ごしていたのか」

ついそう呟いてしまったのは、本邸との落差があまりに大きかったから。こんな侘しい場所で、こんな粗末な建物で大丈夫なのかと。

「防犯上の問題もございましたが、余人を招くことは想定しておられませんでしたので。隠者の棲家にはこれくらいが妥当だとの仰せでした」

「使用人は何人いる?」

「私のほかに料理人が一人と、先ほどの運転手は実は息子でございまして、雑役係を兼ねております。それと小間使いの女中が一人の、計四名。後ほどご紹介申し上げます」

貴臣の問いかけによどみなく答えた黒川が、玄関から邸内へと誘う。

壮麗な玄関ホールは、無論ない。長い廊下が奥へと一直線に続いているが、あまりに素っ気ない外観と比べ、内装は(セキュリティも含め)それなりに金をかけてあるようだった。スロープ付きのアプローチから全てバリアフリーに改装されており、邸内も靴を脱がない西洋式になっている。

「何もかも、御前様が亡くなられた時のままにしてございます」

逝去して半年が過ぎたというのに、邸内には未だ色濃く貴嗣氏の気配が充満しているようだった。今にもその辺のドアから出てきて、迷惑そうに「今度はなんだ」と睨んできそうな気さえする。

貴臣が案内されたのは、貴嗣氏が一日の大半を過ごしていたという居室。執務机つきの広々とした書斎《ライブラリ》にベッドを持ち込んだかのような空間で、作り付けの書棚には膨大な蔵書が納められている。角に設置された台の上に鎮座しているのは、えもいわれぬ風情と風格のある真空管のアンプだ。執務机を中心に配置された幾つものスピーカーに目をやりつつ、後で電源を入れさせて音を聴いてみようと決める。

そんな室内の一角に鎮座するのが、見るからに年代物の小ぶりなグランドピアノ。

「あのピアノが？」

「はい。御前様が結花様のためにお求めになった、一九二九年製のグロトリアン＝シュタインヴェークです。ヨーロッパじゅう方々探させて、ようやくこれだという一台を見つけられたと」

グロトリアンは、クララ・シューマンが愛用していたことで知られるピアノである。有名なスタインウェイの源流に当たり、シュタインヴェークを英語表記に変えた名称がスタインウェイとなる。

「よく見つけたものだ。金も手間も人手もかかっただろうに」

「そのいずれも、御前様にはさしたる問題ではございませんでした。人生の終わりが近づく中、時間だけが唯一の問題でしたが、幸いにも英国南部のさる旧家から状態の良いものが見つかりまして」

歩み寄って蓋を開き、鍵盤に触れてみる。白鍵の感触は、アクリルではなかった。象牙はワシントン条約で国際取引が禁止されているため、楽器だろうが何だろうが税関で廃棄を命じられるはずだが。おまけにまだ真新しい、ということは。

「輸入してから、わざわざ新しい象牙を貼ったのか」

「はい。法に触れるものではございません、戦前から久世家で保管されていたものです。どうせ使う当てのない在庫だから、この際有効活用するとの仰せで」

「ただ一度、結花に弾かせるためだけに、か」

試しに適当な鍵盤を押してみると、狂いのない澄んだ音が響き渡った。ベヒシュタインよりも柔らかくまろやかな音色は、確かに結花に一曲奏でてもらうのが大変楽しみではあるが。

「酔狂だな」

貴臣が短く呟くと、黒川は深い皺の刻まれた顔を一層皺だらけにして笑みを浮かべた。

「結花様がお子様方をお連れになった際、あのピアノを奏でてくださいました。御前様や、亡き大奥様のお好みの曲を、何曲も」

貴嗣氏がもう長くないと聞き、結花が慌てて双子を連れて帰国したのが二月の末。瀕死のはずだった祖父はカメラマンを呼んで待ち構えていて、何十枚も写真を撮らせたという。そのうちの一枚は、大きく引き伸ばしてパネルに入れ、マンハッタンの家に飾る予定になってい た。

「普段は静まり返っているこの邸も、その日ばかりは大層賑やかになりまして」

「うるさ過ぎて、辟易したんじゃないのか」

「いいえ逆です。御前様は終始ご機嫌で、元気に泣き声を上げるお子様方を愉快そうに眺めておられました。お声にもいつになく張りが出て、ひょっとしてこのまま持ち直すのでは、とさえ思いましたが……」

「……逆に命を縮めたか」

結花が訪問してから五日後の朝。

花音の初節句が無事終わるのを待っていたかのように、貴嗣氏は夜明けとともに息を引き取った。苦しんだ様子もなく、死に顔は安らかであったという。

「尽きかけていた命の炎の、最後の残り火だったと。残り火が美しく輝いたのは、結花様とお子様たちのおかげだ、と大変感謝しておいででした」

貴嗣氏の最期の言葉は、「万喜子、ああやっと」だったという。黒川の口からそれを聞いた久世家の男たちは全員その場で言葉を失い、沈痛な面持ちでしばし祈りを捧げた。

その時のなんとも言えない感情を思い出し、貴臣は小さく息を吐く。

「ピアノ以外の楽器というのも、ここにあるのか」

「いいえ、殆どは国外にございます。専用の保管室に一挺だけございますが、ご覧になりますか」

「……いや、後で目録だけ見せてくれ。今はそれよりも」

そこで一度言葉を切った貴臣は、全てを知るであろう黒川に正面から問い質した。

「私は、一体何のために、ここへ呼ばれた？」

直後、表情をゆるめて昔を懐かしんでいた黒川の気配が、すっとかつての敏腕使用人頭のそれに変わる。ではこちらへ、と貴臣を誘った先は、貴嗣氏の執務机。

故人の机なのだからすっきり片付いているのかと思いきや、とんでもない。本革のトレーには、未決済の書類の束にいくつもの封書。まるでここでも仕事をしろと言われている気分だな、と若干げんなりする貴臣だったが。

「貴臣様には、御前様から特別なご遺言がございます」

黒川がいつの間にか手にしていたタブレットで何やら操作すると、机上に設置された液晶ディスプレイに光が灯る。

座り心地の良いハイバックチェアに身を預けて眺めていると、すぐに動画の再生が始まった。

『……カメラに向かって一方的に喋るというのは、何度やっても慣れないな』

画面に映し出されたのは、正にこの席に座っているのであろう祖父の姿。ぼやくように呟く声には、とうに失われたはずの力強さと張りがあった——一体いつから、こんなものを準備していたのか。

『これから話す内容を、誰かに引き継ぐべきか否か。儂はもう、随分長いこと迷っておった』

画面のこちら側への第一声は、そんな台詞だった。

『貴臣。よもやとは思うが、嫁など連れてきてはおらんだろうな？　結花さんを余計なことに巻き込みたくなかったら、くれぐれも、全てをお前一人の頭に収めておくように。よいな。……黒川、そこにおるのだろう。貴臣に紅茶でも淹れてやれ、ミルクが先でな』

自分の頭一つに。そこまで何度も念を押すほど、一体祖父はどんな話をするつもりなのか。

それにしても、と貴臣は画面を眺めながら無意識に姿勢を正す。まるで祖父本人とリアルタイムに対話しているかのような話しぶりだった。祖父もそう意識して録画したのだろう、真っ直ぐにカメラを——貴臣を見つめてくる。

どうぞ、と横から静かに紅茶のカップを差し出してきたのは、先ほどの運転手だった。黒川の息子ということだったが、側付きとしての教育も受けているらしい。

『さて貴臣。一体どこから話せばよいのか、だいぶ悩んだが……まあ、しばし黙って聞いておれ』

画面の中の祖父は、大ぶりな湯呑みを持ち上げて薬湯らしきものを口に含んでから、再び貴臣を見据えてきた。先ほどまでの、祖父としての親しみを幾分含んだ眼差しではなく、事業家としての冷徹で厳格な双眸で。

『――明治の御一新から大正、昭和と、数多の名家が興っては消え、残った大半も戦後は見る影もなく没落していった。我が妻・万喜子は、世が世ならば家臣に傅かれ城に住まう姫君であったが、旧大名家でさえ零落の道を免れ得なかった』

また随分古い話が始まったな、と貴臣は冷ややかに祖父を見つめ、黙ってティーカップを持ち上げた。祖母が由緒正しい血筋だというのは聞いたことがあったが、大名家の末裔だったのか。

『そんな中、久世家だけが今なおこうして名家の名を恣にし、それに恥じぬ権勢を誇っているのは、なぜだと思う?』

祖父の問いかけに、貴臣は唇の端をうっすら歪ませて短く吐き捨てた。金の力だろう、と。

『まずは、言うまでもない、金《カネ》だ。金というのは実に便利な道具で、無限に使い道がある上、上手に扱ってやれば勝手に殖えていく。不思議なことに、久世の一族は昔から、商才に恵まれるのみならず、妙に金に好かれる血筋であった』

確かにな、と貴臣も無言で肯定する。

久世家の男たちは代々、生粋の上流階級の一員でありながら、その世界ではしばしば卑賤と蔑まれる〝金儲け〟に並外れた才能を発揮してきた。金の生る木を見抜く目、新たな事業を興す手腕、事業を育てて収益を最大化する経営能力、いずれも飛び抜けていた。

そして何より重要なのが、商売を常に取捨選択し、不要な事業から手を引くタイミングを見極める勘である。ただ闇雲に商売を広げるばかりでは、いずれ目が行き届かなくなり、不測の事態が起こる確率が上がる。そうなる前に、育ち切った事業は徒に固執せず、最適なタイミングで売り抜け、莫大な売却益を別の有望な新規事業へ惜しみなく投資するのだ。

それを延々繰り返すうち、久世家の富はいや増していき、各方面への影響力は広がり強まり、名誉も権勢も高まる一方であった。そうやって久世興産は昭和の大恐慌を乗り切り、戦争を乗り切り、戦後の財閥解体さえも最低限のダメージで切り抜けて、今日まで繁栄し続けてきたのである。

『久世家は昔から、金には困らん家だった。そして、金の集まるところにはまた、情報が集まる。久世家の繁栄を支えてきたのは、金と情報、この二つだ。代々の当主が、一体どれほどの情報を握っていたか。当主でも跡取りでもないお前には詳しくは知らされておらんだろうが、まあ相当なものだということは想像がつくだろう』

そんなことくらいとっくにわかっている、と貴臣は冷え切った眼差しで画面の中の祖父を睨んだ。いつまで前置きが続くのか、年寄りの話は無駄に長くて困る。忙しい中、具合の悪い結花を一人にしてまでやってきたのは、そんなわかりきった話を聞くためではない。

その貴臣を睨み返すようにまっすぐこちら側を見据えながら、貴嗣氏が重々しい口調で続けた。

『金というものは、富と情報を呼び集め、権力を産むと同時に、闇を孕む。闇を好むと言ってもいい』

「……闇？」

画面に向かって貴臣がうっすら眉をひそめる。闇とは。いや、なんとなく想像はつく。古い家ならどこでも、何らかの闇が百年単位で巣食っているものだ。だが、その程度のことをこの祖父がわざわざ言及するとも思えない……。

『闇とは何か。今ここで全てを説明することはできんが、その闇はあらゆる裏社会に通じていると言ってもよい。表舞台には決して出せぬ、全ての後ろ暗いこと、そうした勢力との繋がり。無論そこには、裏の情報も含まれる。血腥い秘密の数々もな』

久世家が綺麗事だけで栄えてきたわけでないことくらい、貴臣だって百も承知である。綺麗事とは対極に位置する何かと、裏で繋がっているだろうこともとっくに予想がついている——何せ貴臣は、その〝裏〟の力を己の手で振るったことさえあるのだから。

『金が吸い寄せるこの闇を、代々の当主は巧く従え飼い慣らしてきた。久世家の当主とは、表の権力とそれら裏の権力の双方を併せ持つ存在であったのだ。だが、儂の引退があまりに早く、若くして跡目を継いだばかりの貴仁に、久世家の裏側まで一度に引き継げというのは少々酷な話であった。だからまず、表の当主としての職務を完全に引き継いでから、頃合いを見ておいおい裏もと思っておったが……』

画面の中の貴嗣氏は、そこで疲れたように溜息をつき、薬湯を一口二口喉へ流し込んでからようやく視線をカメラに戻した。

『儂の浅慮を嘲笑うかのように、世の中は凄まじい勢いで変わっていきおった。闇との共生は難しくなっていく一方で、露見すれば何が命取りになるかもわからん。表が裏を兼ねるのはもはやリスクでしかなく、さりとて儂も老い先短い。さてどうするか。——いっそ一代飛ばして唯臣に、とも考えたが、そうこうしているうちに唯臣は、よりにもよって政治家の娘を妻とした。それでは無理だ。久世家の弱みともなりかねん事情を、万が一にも政界に知られるわけにはいかぬ』

兄である唯臣が、政治家一族直系の令嬢を選んで妻にすると言った時の父親の顔を、貴臣は今でも覚えている。そうか、わかった、と返した父の顔は、祝福するどころか深刻そのものだった。久世家の男が選んだ相手には、親兄弟でさえ文句は言えない——それを十分理解していても、できれば別の相手を選んで欲しかった、というのが本音だったろう。

『……このような世界となったからには、もはや闇の力など不要ではないか。儂にもそう思った時期があった。実際、表の力だけでも久世家は十分な権勢を保っていて、裏の力が必要になることなどもう長いことなかった。こうなってはやはり、儂が最後の一人として、全て抱えて墓穴に入るべきであろうかと思っておったら――ある日突然、貴仁から「力を借りたい」と連絡が来た。一体何事かと思えば、貴臣。お前だった』

ことり、と音を立てて、貴臣がカップをソーサーに戻す。

思い当たる節は、一つしかない。結花を害そうとしたゴミ屑を、処分した時のあれこれ。そういうことをやってのける伝手も手段も当主は持っていると知ってはいたが、実際に采配したのが父ではなくこの祖父だったと、今初めて知った。

つまり祖父は、貴臣が誰に何をしたかを全て承知していた、ということだ。そしてそれこそが、貴臣にこんな遺言を遺した理由なのだろう。

『お前の望み通りに御膳立てしてやりながら、儂は興味深く観察しておった。そうしてお前が、裏側を知るのに必要な条件を満たすのをこの目で確認した。わかるな？ ――冷静なまま、どこまで冷酷になれるか。最終的に自らの意思で手を下せるか。そしてそれを事実として証明できるか、という問題だ。今の久世家で、この条件を満たしているのは、お前と儂しかおらん』

現実として、己の手を汚した実績。それこそが、裏側を覗き込むための条件なのだと貴嗣氏は重々しく口にした。

やはりそれだったか、と貴臣は小さく息を吐く。罪悪感に胸が痛んだわけではない、そんなものは当時も今も微塵もない。

当主である父にも、跡取りである兄にも無関心を貫いていたこの祖父が、自分にだけ(正確には自分と結花にだけ)やたらと構いつけてくるようになったのは、それが理由だったのだろう。だが、一つ気になることがあった。自分だけでなく、祖父もまた条件を満たしている、と。つまり祖父も、己の意思で誰かを——。

話し疲れたのか、そこで祖父が片手を振ると一度画面が途切れた。

すぐに続きが映し出されたが、画面の中の貴嗣氏の衣装が違う。日を改めたのだろう。

『……貴臣。お前のことはずっと、ただ単に少々出来が良いだけと思っていた。むしろ、あまりに欧米に近づきすぎて、あちら寄りになるのではと疑ってさえいた。出来が良いなら良いなりの仕事さえさせておけば、久世家としてはそれでよかろうと思っていたが、それがある時突然変わった。そう、結花さんを見つけて摑まえてからだ』

だろうな、と貴臣は小さく息を吐く。自分が変わったということは、言われなくても自覚している。

『久世の男は、愛する女を見つけてようやく覚醒し、いわば完全体となる。結花さんを見つけてからの、お前のあの変わりよう。いっそ呆れるほどだったな』

覚醒、と祖父は言ったが、貴臣にとってはそんなものではなかった。世界が変わったか、でなければ己が生まれ変わったか。それくらい劇的かつ不可逆的な化学変化だった。

『お前は、結花さんを見つけて変わった。己の中に、決して誰にも譲れない何かを得た。そうしてあの時、守り続けるためにどんなことでもしてのける強固な意思を得た。端的に言えば、信念を得たのだ。平和になり過ぎたこの世の中で、信念を持てる者は少ない。どれほど優秀でも、どれほど血筋が良くとも、鉄の如く堅い信念と覚悟を持たぬ者には決して成しえぬことが、この世には数多くある』

信念、と貴嗣氏は言うが、傍から見れば恐らくは狂気と紙一重の執着だろう。

だが、貴嗣氏の言うことは貴臣にも理解できた。結花《大事なモノ》を奪われないためなら躊躇なく自分の手を血で染める、その意志と覚悟。〝裏〟の力を支配するには、それが絶対に必要だと。

『お前が伴侶にと選んだ相手があういう娘だったこともまた、一つの要因となった。唯臣の嫁は、嫁自身の気立てや性質には何の瑕疵も不満もないが、生家があまりに厄介すぎた。貴仁の嫁となった絢子さんも、あれではあまりに目立ちすぎて騒動の種にしかならん、本人も自覚して滅多に出ないようにしているがな』

そういえば、その母が久しぶりに父に黙って外出したのも、結花に会うためだったな。

と、思い出した貴臣は遠い目をした。

『その点結花さんは、ゼロだ。無だ。見事なまでに何もない、血を分けた親兄弟すら。結花さんについて調べていくうち、儂はほとほと感心した。今時こんな娘がいるのかと、正直驚いたわ。木の股からでも生まれたのか、でなければ天から遣わされた何かなのかと、一瞬本気で考えたぞ』

結花にも一応生物学的な親がいる、とは知っていても、「天から遣わされた」などと言われると即座に納得してしまいそうになる。

『しかも結花さん本人が、お前や久世家にとって都合がいいということを十分に自覚している。それが自分の価値だということを、しっかりと理解している。まだ若いのに、頭のいい娘だと感心した』

顔を合わせてもいないうちから、一体どうやってそこまで調べたのか。祖父が生きて目の前にいれば、すぐさま追求したのだが。

『どれほど構い立てしても驕らず、私欲のために媚びもせず、調子に乗って出しゃばらず。自分のためではなく、お前のために何ができるのかを常に考えている。教養や立ち居振る舞いは、教えこめば誰でもそれなりに身につけられるが、あの性質は持って生まれたもの以外にありえん。ああ、無論それだけではないぞ。ピアノも気に入ったからな。万喜子の大事にしていたベヒシュタインを、継がせてやってもよいかと思うくらいには』

結花のこととなると、この祖父は何やら妙に饒舌になるな。微かに苛つきながら貴臣は白々とした目で画面を見つめた。

ひとしきり結花のピアノの腕前をご機嫌で褒めそやしてから、貴嗣氏は一つ咳払いをして画面の向こう側の黒川に茶を所望する。

『……あれほどのことをして手に入れた結花さんをお前があっさり取り逃がし、無様で滑稽な姿を散々見せられた時には、お前を見込んだ儂の眼鏡違いだったかと頭を抱えたが』

画面越しに苦言を呈された貴臣は、憮然として睨み返すよりほかなかったが。

『無事結花さんと結婚するのを見届けた時、長年の課題に結論が出た。儂の持つこの力を、誰に引き継がせるべきか、誰なら引き継げるのか。貴仁や唯臣よりも、貴臣、お前の方がこの力を巧く使いこなせるであろう。何しろお前は、既に一度この力を振るっている。危険性も重要性も、それなりに思い知っているだろうからな』

――祖父に認められたことを、素直に喜ぶべきなのかどうか、貴臣には咄嗟に判断がつかなかった。

だが、祖父が振るっていたあの力を再び必要とする日が、いつか必ず来るだろうことはなんとなく確信していた。

『この先を知ってしまえば、もはや後戻りすることはできん。もし覚悟がつかなければ、この先は何も見ず、すぐに本邸へ帰ってここまでの話は忘れろ。よいな』

そこでぷつりと動画が途切れた。すぐにふわっと馨しい香りがして、黒川（息子）が二杯目の紅茶を差し出してくるが。

「悪いがコーヒーをくれ」

今はリラックスするのではなく、冷静に頭を動かすべき時だ。そう考えてコーヒーを所望すれば、すぐさま別のカップが差し出された。あらかじめ両方準備してあったのだろう、口をつければ絶妙な熱さで味も香りも申し分ない。……今すぐにでも、野元《のもと》の代わりに第三秘書を任せられそうだ。マンハッタンへ連れて帰れないだろうか。

「貴臣様。この先をご覧になる前に、ご決断頂きたく」

黒川（父）の重々しい問いかけに、しかし貴臣は一瞬も迷うことなく答えた。

「私が継ぐ」

「貴臣様、どうか一度立ち止まってよくお考えください。今の時世で万が一世間に知れれば、貴臣様のみならず、久世家もただではすみません。結花様にまで累が及びかねない、言うなれば危険極まりない火薬の山でございますが」

「無論考えた。全て私一人の胸と頭に収めればいい」

迷いなどない。必要なものがそこにあって、手にする資格を得ているのだから、引き継がないという選択肢はない。なぜなら、結花を守る手段は多い方がいいから。この先結花が、二度とあんな目に遭わないという保証はない。しかも自分は、既に一度その力を使っている。今更怖気づく理由がない。

何より、ここで自分が引き継がなければ、力は永遠に失われて手の届かぬものとなり、もしもの際に対処する手段が減る。それは絶対に避けるべきだろう。

しかし、なおも黒川親子は慎重だった。

「ご理解頂くだけでは足りません。実は、大変僭越ではございますが、この黒川、御前様より貴臣様のお目付け役を承りました。私がこの世にある間は、私めの意見をお耳に入れて頂きたく存じますが」

「かまわん。むしろ教えを請わねばならない立場だ」

貴臣は正面に立ちはだかったかつての使用人頭を、まっすぐに見つめ返した。お目付け役、大いに結構。祖父の右腕であった黒川の知識と助力を得られるなら、むしろ願ったり叶ったりである。

「それだけではありません。もし引き継げば、貴臣様は久世家の裏の当主となられます。当主には、使用人頭がお仕えするものです。身贔屓をするようで恐縮ですが、愚息に使用人頭としての職務をあらかた仕込んでございます。この息子が、ご家族のお側近くにお仕えするのを、お許しいただけますでしょうか」

「無論だ。大いに助かる、よろしく頼む」

息子の方の黒川に目をやって言えば、相手はすっとその場で姿勢を正し、嶋田や五所宮それに父とそっくり同じ美しい礼を見せる。

「誠心誠意お仕えいたします、貴臣様。私のことはどうぞ、阿久津《あくつ》とお呼びください。母親の姓です。父と呼び名が同じですと、何かと不便ですので」

「わかった。ところで御母堂はどうした？」

貴臣のその疑問には、黒川が答えた。

「これの母親は、万喜子奥様の黒服の一人でした。万喜子様がお亡くなりの際に一旦職を退きましたが、御前様のご指示で書類上の婚姻をし、互いに納得の上で子をもうけました。その後復職致しまして、今も本邸の奥棟で奉公しております」

主である祖父の求めに従うためだけに、同僚だった女を抱いて子を生し、自分の後継者として育てた。黒川は顔色ひとつ変えずにそう言ったのである。主とはいえ他人のためにそこまでするかと内心呆れた貴臣だが、さほど驚きはしなかった。使用人頭というのは代々、己の生涯を主に捧げ尽くすものだと聞いているから。

「貴臣様。我々子飼いの使用人もまた、貴臣様が御前様から相続される遺産の一つなのです。ちょうどよいタイミングですから、他の使用人も紹介しておきましょう。阿久津」

黒川は早速、息子を部下として扱い始めた。命じられた方もきっちりと折り目正しく一礼し、一旦部屋を出てすぐにもう二人連れて戻ってくる。執務机の前に立った二人は、貴臣に向かって深々と一礼した。

「貴臣様、ご紹介申し上げます。こちらが料理人の八雲《やくも》。それと女中の水原《みずはら》です」

これといって特徴のない、中年の男女だ。とりわけ女の方は、顔はよく見えないが生気に乏しく、何やら妙に影が薄い。だが気のせいだろうか、どことなく見覚えが――

「この水原は、結花様の、実母にあたります」

黒川が淡々と口にしたその言葉に、貴臣は思わず瞠目しつつ「なんだと」と呟く。

結花が、自らの意思で親子の縁を断ち切った、生みの母。姓が違うのは、離婚して旧姓に戻ったためだろう。貴臣にとっても義母にあたり、双子の祖母でもある人物、ということになるが。

改めて眺めてみると、醜女ではないが美人でもない、どこにでもいそうな中年の女だった。白いものが目立つ髪を一つに束ね、痩せ気味の身体を簡素なお仕着せとエプロンで包んでいる。貧相というほどではないが、そこはかとない虚無感を漂わせるその姿には、結花との共通点はあまり、というか全く感じられない。

「――結花の、母親だと？」

……はい、と蚊の鳴くような声で答えた彼女は、頭を下げた姿勢のまま身を固くし、指が真っ白になるほどきつく両手を握り合わせていた。顔を上げろ、と命じられてようやく、恐る恐るといった感じに頭を持ち上げるが。

「シンガポールで失踪したと、報告を受けていたが」

睨むように見据えながら問い質した貴臣に、答えたのは女ではなく黒川だった。

「結花様と面会した夜、海で入水自殺を図ったそうです。絢子奥様の手の者が、波間から拾い上げたと」

「母が？」

貴臣は片手を秀でた額に添え、苛立たしげな息を吐く。結花と会って話したその日に自殺未遂とは、どこまで面倒な母親なのか。結花がそれを知ったらどう思うか、考えもしなかったのか。そして一体いつの間に、あの母は自分に黙って勝手な真似をしでかしたのか。

「しばらくの間、絢子奥様の元へ身を寄せておりましたが、御前様が密かにお声をかけられまして」

絢子夫人なら、動機はまだなんとなくわかる。同じ母として思うところがあったとか、そういった感傷的な理由であって、特に裏はない。

だが、祖父は違う。あの祖父が、単なる同情だけで見知らぬ他人に無償で手を差し伸べることなどあるわけがない。結花がこの女を母として慕っていたとでもいうならともかく、自分の人生にはもはや不要と切り捨てた相手だ。もはや何の役にも立たないそんな女を、あえて自分の手元に引き込む意味とは。

「既に隠居していた祖父が、これに一体どんな用がある？」

「スペアパーツとの仰せでした」

黒川の淡々とした声に、貴臣は「なに？」と一瞬耳を疑った。意味がわからない——いや、想像はつくがあまりに外道だ。しかし。

果たして黒川は平然と口にした。結花様の、生体スペアです、と。

「例えば、万が一結花様がお子を生せぬお身体であった場合、この水原が代理母となって出産することも可能であろうと。あるいは、怪我や病気で、大量の輸血や臓器移植が必要な場合。そういった際に、水原の身体に使い道がある、と」

もしもの際に結花を生かすために、あの祖父は、結花の母親を手元に飼っていたというのだ。それも、意志ある人として必要としているのではない。用があるのはあくまで身体、血肉のみ。

無意識に呼吸を止めた貴臣は、祖父が受け継いだ闇の一端を垣間見た気がしていた。だが、祖父がそんなことを考えた理由も痛いほどわかる。最愛の妻をあまりに早く亡くし、悲哀と孤独に苛まれ続けた祖父だからこそ、必要な措置だと確信していたのだろう。

「お前は、それで、納得しているのか」

無意識の問いかけに、相手は答えを躊躇って視線を左右へ彷徨わせた。直答を許す、と黒川に小さく言われ、ようやくうっすら唇を開く。溜息をつくような、声だった。

「……はい」

「祖父よりも、母に仕えていたほうが、平穏だっただろう」

そんな言葉に、影の薄い女はごくごく微かに頷いて。

「私のようなものに、絢子奥様は、本当に……よくして、くださいました。ですが、そもそも私には、そうまでして頂く資格など……」

「そうだな」

「……それが、あまりに心苦しく、申し訳なく……」

娘の心が完全に離れてしまったと理解してから、やっと後悔したのだろう。客人として絢子夫人に遇されたものの、罪悪感と良心の呵責に耐えきれなかったということか。

「祖父に一体何と言われて、ここへ来た」

「私が、御前様に、よく……お仕えすれば、御前様が、娘——あっ！　すみません、結花様です、結花様の、後ろ盾に、なってくださると」

腹を痛めて産んだ娘を様付けで呼んだ彼女を、貴臣は冷ややかに見据えていた。

娘のための自己犠牲と言えば聞こえはいいが、所詮それもこの女の自己満足的な罪滅ぼしに過ぎない。罪の自覚があるからこそ、懲罰的な扱いに耐えて献身することで、赦しを得られるような気がするだけ。実際には誰にも何も赦されてなどいないし、これがいなくとも祖父は結花の後ろ盾に立つつもりだっただろう。

「こちらでは、住み込みで女中仕事をするほか、時折ですが御前様の外出の際の付き添いも務めました。御前様が正式に結花様の後見に立たれてからは、いざという時の生体スペアとしてここへ置いておく、と」

黒川の説明を聞いていた貴臣が、そこでふっと思い出す。

「祖父からの出産祝いに混ざっていた、手編みの小物は、お前か」

「………、はい。申し訳、ございません。ご不快でしたら」

「不快ではなかった。結花も――可愛い、と喜んでいた」

双子が生まれて少しして、祖父の名で贈られてきた出産祝いの品々。その中に、毛糸で編んだ小さな小さな帽子や靴下やおくるみなどが二組ずつ入っていた。きっとどなたかの手編みですね、と美沙に言われた結花は、「これを手で編むの？　うそ、凄い！」と感動しながら、可愛い可愛いとしきりに撫で回していた。もっとも、編んだのが己の実母と知っても同じように喜ぶかは、甚だ疑問だが。

女の俯きがちな双眸がじわりと潤むのを見て、貴臣が静かに問いかける。

「――娘や孫が、恋しいか」

その言葉に、女はうっすら唇を開いたまま硬直した。束の間目を逸らし、再び両手の指をきつく握り合わせてから、やがて「いいえ」とか細く答える。

「恋しく思う、資格など、私には、ありません」

震えを懸命に押し殺しながら、きっぱりと言い切る。とうに覚悟は決めている、そんな口調だった。

「私に、娘はおりません。孫も、おりません。自分が……愚かだったせいで、全て失いました。今はただ、懐かしく、愛おしく、思い出すのみです」

なるほど、この女は愚かだったが、馬鹿ではないらしい。貴臣は声には出さずに見直していた。あの父親は救いようのない阿呆だったが、母親の方はまだしも考える頭があるようだ。だからこそ、あの祖父も身近なところで飼っておく気になったのだろう。

「私は、こうしてお前の存在を知ったからといって、今更結花に会わせるつもりはない。子供たちに、祖母として紹介するつもりもない」

「はい。承知して、おります」

「恨まないのか」

自分の存在と権利を主張しないのかと、そう訊かれた女は、とっくに全てを諦めた顔で
「いいえ」と首を振った。

「結花様も、お子様方も、物陰から拝見させて頂きました。それだけでもう……十分です」

「私に、何か言いたいことはないのか」

単なる事実確認といった感じの事務的な口調に、何の感情も窺い知れぬ完璧な無表情。一体何を思って相手がそう問いかけてきたのか、女には全く想像もつかなかったが。

女は知っていた。美しいけれど冷たくて恐ろしいこの男が、自分の娘にだけは甘く微笑みかけ、持てる力の全てで護り、底なしの愛情を注いでいることを。そうして娘も、この男に心からの信頼を寄せ、全てを受け入れ、この男を——愛していることを。

わからない、愛ってなに。自分に向かってそう疑問を口にした娘は、この男から答えを得たのだろう。愛を知り、受け入れることが、できたのだろう。

女は初めてまっすぐ貴臣の方へ顔を向け、一瞬目線を合わせてから、はっきりと答えた。

「ございません」

……本当は、言いたいことなら山ほどある。娘を見つけて、護り慈しみ愛してくれた礼。可愛い二人の孫まで見せてくれた礼。そして、娘を、孫達を、この先もずっと幸せにしてほしいという願い。

だが、今の自分に一体何を言う資格があるというのか。

奇妙に晴れ晴れとしたその表情を、貴臣は無言でじっと見つめた。その様子をしばし見守ってから、黒川が静かに声をかけてくる。

「貴臣様。今や貴臣様こそが、この邸の主人であり、私どもの雇用主でございます。もしご不快でしたら、水原の処遇は如何様にもしてくださって構いません」

目障りだから消えろと、一言そう言えばこの女は消されるのだろう。人一人を密かにこの世から消滅させるだけの力と手段を、今や貴臣は手に入れたも同然なのだから。祖父の後継を名乗り、まずは手始めにこの女を跡形もなく消してしまえと、黒川に命じればあっさり望みは叶うに違いない。

だが貴臣は、結花の母親という存在に対し、そこまでの感情は抱いていなかった。今更親子の名乗りを上げさせるつもりは微塵もないが、生きているだけで不快に思うほどの情念はない。結花自身が生みの母を憎み、存在自体赦せないと言うのなら、すぐにでも抹消してやるのだが、結花の気持ちもそこまでではない。「憎んではいない。ただどうでもいい、関わりたくない」と、そう言っていたのをはっきりと覚えている。

ならば、結花に決して関わらない場所で飼い殺しにしておくのも悪くはない。野放しにしておいて、万が一何かの騒動の種になるよりよほどましだ。

「あの祖父の置き土産だ、ありがたく受け取っておくのが筋というものだろう。――それに」

一度言葉を切ってから、思い出したようにコーヒーのカップへ手を伸ばす。冷めきっているかと思いきや、いつの間にか阿久津が温かいものと入れ替えていたらしい。仕事中に野元が淹れてくるコーヒーなどとは比較にならない、深く芳醇な味わいだった。そうして一口二口とじっくり味わってから。

「……私は、お前が結花の母親として、理想的だったとは思わないが」

ふっと窓の外に目を向け、緑の濃い木立を眺めて目を休めながら、貴臣が呟く。

「結花を――この世に産み落としたことだけは、お前に感謝すべきだと思う」

愛する女が胎に己の種を宿し、新たな命を育むために身体の作りさえも変え、苦しみながら産み落とす。そんな姿を目の当たりにしたせいか、〝母〟という神秘的な存在に対する畏敬の念を、貴臣もうっすらとだが感じていた。

この女は、結花にとって決して良い母親ではなかった。だが、それさえも含めた全ての事象が複雑に絡み合った結果として、あの愛しい存在が形作られ、自分のもとへやってきたこともまた事実なのだ。

「結花を生んで、育てたこと。結花のために、あの偏屈な老人に仕えたこと。それに関しては、感謝する。――ありがとう」

頭を下げるわけでなし、いっそ傲岸に相手を見据えたまま、ともすれば口先だけの感謝と見えなくもない態度だったが。

その言葉を聞いた女は息を殺して奥歯を噛みしめ、両手をぶるぶると震わせながら、懸命に涙をこらえていた。けれどすぐに熱い雫が堰を切ってこぼれ落ち、慌てて顔を逸らしながら「申し訳ございません」と繰り返す。見かねた黒川が下がるよう声をかけると、もう一度貴臣に深々と頭を下げてから急ぎ足で出て行った。

気遣うでもなく、かといって厭うのでもなく、無表情にそれを眺めていた貴臣が、無感動に淡々と命じる。

「黒川。あれは今後も、ここで飼っておけ」

「はい。しかと承りました、貴臣様」

「結花に会わせる気はないが、美沙には――筆頭黒服には、あれの存在を知らせておいた方がいいだろう。明日にでも説明しておけ」

「承知致しました」

貴臣の言葉に恭しく応えてから、「それでは」と黒川が姿勢を正す。

「御遺言の続きをご覧になる前に、お食事などいかがでしょうか」

「ああ、そうだな。何か適当に頼む」

「承知致しました。八雲、支度を」

ずっと黙って控えていた料理人が、一礼して部屋から出ていった。黒川に目配せされた阿久津もすぐに後を追う。

二人の姿がドアの向こうに消えるのを見届けてから、貴臣は無表情に黒川を眺めつつ、小さく溜息をついた。

「……まったくあの祖父は、何をどこまで予想して、どれだけの手札を揃えていたんだ」

5

その日の朝、急遽熱海へ出かけるという貴臣をベッドから見送った結花はというと。美沙に「まだ寝てらした方がよろしいのでは」と散々心配されつつも、半ば気合で床を上げていた。

何しろこの日は、海外から帰省している親友の絵里《えり》が遊びに来ることになっている。まだ多少だるさはあるが、動けないほどではない。昨日は一人だけ鰻重なんて頂いちゃったし、きっと精がついたはず……などと考えながら、ふと気がつくと。

美沙が準備しておいた楽で涼しげな洋服には目もくれず、続き間の衣装部屋へとすべり込んで総桐の衣装簞笥に手を伸ばしていた。そうして一段ずつ抽斗を開けては、納められた着物を吟味するように一枚一枚手で触れる。

「結花様。本日もだいぶ暑くなるようですが、お着物で大丈夫ですか？」

どうやら和服を着るつもりらしい結花に、美沙が気遣わしげに声をかけるが。

「大丈夫よ。ほら見て、こんなに薄いの。とってもいい宮古《みやこ》上布ね」

朗らかな笑顔とその口ぶりに何やら妙な違和感を覚え、美沙はなんだか落ち着かない気分になる。

確かにそれは、特に薄くて涼しいとされる極上の宮古上布だが、涼しいといっても限度がある。猛暑を通り越して酷暑と言われる昨今、どれだけ薄くても肌着だ襦袢だと重ね着必須の和服姿では、どう足掻いてもそうは涼しくならないのでは……。

なんてことを考え、他の衣装をお勧めするべきか否か悩む美沙へ更に追い打ちがかかる。

「あら。この格子模様の芭蕉布の帯、見覚えがあるわ。仕立てたはいいけれど、ちょっと若作りし過ぎかしらって気になって、結局一度も締めなかったのよね。今ならちょうどいいわ」

無言で聞き流しつつ、美沙は背中を冷や汗が伝うのを感じていた。宮古上布も芭蕉布も、まだまだ和装に疎い結花が何気なく口にするような単語ではない。そもそも、結花が自分で着物を選ぶこともほぼない。「私全然知識ないし、格とかTPOとかまだちょっとよくわからないので！」と、誰かに（大抵は美沙に）丸投げするのが常である。なのに。

どうしよう、明らかにおかしい。と無言で思い悩む美沙に、ふと背後から声がかけられる。

「美沙さん？　どうかしました？」

恐る恐る振り向いてみると、結花が無邪気にきょとんとしながら「大丈夫ですか？　もしかして、美沙さんもお疲れなんじゃ？」と逆に気遣ってきた。その様子は、どこをどう見てもいつものお嬢様、ではなく奥様そのもので。

狐につままれたような気分で、美沙は小さく息を吐いた。ちょっと落ち着こう。ほんとに疲れてるのかも。昨夜は真貴様も花音様もやけに夜泣きして、ちょっと寝不足気味だし……。

なんてことを思いつつ小さく頭を振り、意識して口角を上げながら「いえ、大丈夫です。ご心配おかけして申し訳ありません」と返して着付けを手伝おうとしたのが。

自ら襦袢を肩にかけた結花は、紐を口に咥えながらするするとよどみなく手を動かしていた。手助けどころか、着付用の小道具や鏡さえも必要としていない。明らかに着物を日常的に着慣れた人の手つきだ。

勿論結花だって着付けはしっかり仕込まれたから、ちゃんと一人で着られるが、これほど熟練してはいなかったはず。なのに今日のこれは一体。

「髪を結ってもらえる？」

「は、はい！」

着物姿で鏡台の前に座る仕草は何やら妙に婀やかで、衣紋の抜き具合から帯の結び方までやけにこなれている。まるで別人のような後ろ姿を無言で凝視する美沙の心臓は、緊張で大きく脈打っていた。そうしてそろりと触れてみた髪の感触は完全にいつも通りで、思わず安堵してしまう。その直後。

「朝食は、食堂かしら？」

穏やかに問いかけてくる口調がいつもとかけ離れていて、びしりと身を強張らせた美沙は無理やり喉から声を絞り出した。

「いえ、今日はお一人ですのでどちらでも……」

「それなら、芙蓉《ふよう》の間に用意して頂戴な」

芙蓉の間、という部屋はもうない。結花が嫁入りしてくるのに合わせ、桃花の間と改められたからだが。

夏でも黒いお仕着せブラウスの下で、雫と化した冷や汗が背筋を伝い落ちていく。ぞわりと二の腕に鳥肌が立つのを視界の端でチラ見しながら、美沙は「かしこまりました」と頭を下げた。

◆

「結花ー。遊びにきたよー！」

ヴァイオリンケース片手に意気揚々とやって来た絵里は、一人ではなかった。実家で飼っている二匹のトイプードル、それに。

「仕事だって言ってたくせに、久世さんちって聞いた途端、一緒に行くって言い出して聞かなくてさぁ。ごめんねー、勝手に連れてきて」

シルバーカラーのアストンマーティンのハンドルを握っていたのは、ラリーだった。相変わらずのスーパーイケメンフェイスに柔和な笑みを浮かべつつ、ほんのり眉尻を下げて申し訳なさそうな顔をしている。

「アポ無しですみません。ご迷惑でしたか?」

絵里と付き合い始めてから飛躍的に上達したラリーの日本語は、もはや母語話者と大差ないレベルだった。言葉選びが丁寧な分、生粋の日本人である絵里よりも美しい日本語を話すくらい。

「まさか、迷惑だなんて全然! あ、でも今日、貴臣さんは留守なんですけど」

「彼なら先月もロンドンで会ってる。ユカに会いに来たんですよ」

そう言って片目をつぶってみせるラリーに、「よくまぁそういうセリフがサラッと出るよねえ」と絵里が白けた目を向ける。

「久世さんちをじっくり見たくて仕方なかっただけですよねー」

「それも事実だけどね。それだけが目的みたいに言わないで欲しいな」

ホテル業界でも名の知れた若手経営者であるラリーは、久世本邸を初めて見た際「この建物をホテルにしたい!」と本気で考えたらしい。当然と言えば当然だろう。手入れの行き届いた戦前の洋館というだけでも貴重なのに、広大な和洋の庭園と純日本家屋までついているなんて、まさに垂涎ものの物件だ。無論久世家には一切売る気はないが。

「気持ちはわかります。博物館とか美術館を観にいく気分ですよね。しかもここは、一般公開されてないし」

「そうなんです。招かれない限り目にする機会もないので、部屋にこもってテレビ会議してる場合じゃないなと思って、ついてきてしまいました。勿論、エリーと離れ難かったのも事実ですが」

なんて言いながら両腕で絵里を背後から包み込み、チョコレート色の髪にキスするラリーの顔つきは、いつもの完璧な作り笑いとは全く違うゆるんだ表情。それだけリラックスしているのだろう、と結花も見ていて微笑ましくなってしまう。

「なんていうか、相変わらずラブラブだね」

「割と一方通行だけどね。しょうがないから、運転手兼、コロンとマロンの散歩係として連れてきただけ」

「絵里のその塩対応も、相変わらずだね」

「何言ってんのよ。連れてきてあげたんだもん、十分優しいでしょ」

ラリーの度重なる求愛に根負けする形で結婚した絵里は、異国の地で若き富豪の美人妻としてセレブ暮らしを繰り広げているはずだが、中身は殆ど変わっていないようだ。鬱陶しがっているようで実は満更でもないのは結花も知っているし、それなりに幸せに暮らしているのだろう。まあ、夫であるラリーより、貴臣の姉の千煌《ちあき》の方を頼って崇拝しているらしいが。

「美沙さん。どなたか詳しい方に、ラリーさんのご案内をお願いすることってできますか?」

さすがにただ犬の散歩をさせておくのは可哀相だろう、と気遣った結花が美沙に問いかけると。

「ユカ。正直とても嬉しいが、さすがにご迷惑じゃないかな?」

「え、だめかな。美沙さん?」

「確認してまいりますので、こちらで少々お待ちくださいませ」

そうして足早に立ち去る美沙を見送った結花は、おもむろにしゃがみこんで二匹の犬たちに手を差し出した。

「コロンとマロンも、いらっしゃい! 久しぶりだね!」

橋本《はしもと》家の愛犬・コロンとマロンは結花も学生時代からお馴染みで、遊びに行くたびモフり倒していた。今日もたっぷり可愛がってやるつもりで、わざわざ小型犬用のおやつをどっさり用意しておいたほどだが。

あまり人見知りしないはずの犬達が、なぜか結花に近づこうとしない。ラリーの脚の後ろに隠れ、距離を取って様子を窺ってくる。

「しばらく会わなかったから、忘れられちゃったのかなぁ」

「あー、ありそう。しょうがないね、あとでおやつでもあげてみよ。っていうか正直、下手にじゃれついて高そうな着物に爪でも引っ掛けたらって思うと、そっちの方が怖い」

まったくです、と立花がうんうん頷いていたところへ、美沙が五所宮を連れて戻ってきた。なるほど、嶋田の助手である彼なら案内もお手の物だろう。ラリー（と犬二匹）の相手は五所宮に任せ、結花は絵里を邸内へと案内する。

「どうしよ、ひとまずお茶する？　それともすぐ弾く？」

「実は結構練習してきたから、まず弾きたいな。二人で顔を合わせて弾くの、めちゃくちゃ久しぶりだし！　てか、結花はその格好でピアノ弾けんの？」

「大丈夫。全然いけるよ」

どちらかの家で二人で遊ぶとなったら、お茶とスイーツとおしゃべりそして合奏。大学生だった結花がピアノ付きのウサギ小屋に引っ越して以来のこの流れは、今も全く変わっていない。

久世本邸にピアノ付きの部屋は幾つもあるが、この日は「せっかく絵里が来るのだから」と、板張りで音響が良く年代物のスタインウェイもある舞踏室《ボールルーム》を使うことになっていた。普段はがらんとしている空間にソファセットとテーブルを運び、桜井謹製の冷菓と焼き菓子でもてなす手筈となっていたのだが。

互いの近況など取留めのない話をしながら結花が歩いて行った先は、舞踏室ではなく談話室《サロン》、そこに据えられたマホガニー色のベヒシュタインの前。黙ってついてきた美沙が、結花様、と控えめに声をかける。

「舞踏室のほうに、お迎えする準備をしてございますが……」

「え。あ——あれ？　なんでだろ、そのつもりだったのに、なんとなくこっちに来ちゃった」

たった今夢から覚めたかのような顔で目をぱちくりさせ、「やだな、ボケちゃった」と絵里に向かって苦笑する姿に、美沙の胸はますますざわつく。

「舞踏室の方がいいかなぁ？」

「あたしは別にどっちでもいいけど。でも、こんなところでガンガン弾いてたら、うるさくてご迷惑じゃない？　っていうか、しくじったらモロバレなんだけど」

「あら、大丈夫よ。みんな慣れてるわ、気にしないで」

絵里の言葉に短く返し、結花がコロコロと朗らかに笑った。……あれ、なんか笑い方変わった？　と首を傾げた絵里の背後で、美沙が静かに奥歯を嚙み締める。

「美沙さん。すみません、やっぱりこっちで」

「かしこまりました」

素知らぬ顔で頷いた美沙は、部屋を出ると足早に舞踏室へ向かい、饗応の準備をしながら待機していた桜井と立花に訴えた。結花様がおかしい、と。話を聞いた立花は、「まだお体が本調子じゃないせいじゃ?」とその場では軽く流したが。

美沙とともに改めて談話室へ赴き、ピアノに向かう後ろ姿を一目見ただけで、「なるほどこれか」と深刻な顔つきで黙り込む。結花を見守る時間が誰より長い立花だからこそ、ふとした瞬間浮かび上がる小さな差異がやけに目についた。

些細な違和感程度でも、決して見逃さずに対処するのも警護担当の役割である。だけどこんなの、一体どう対処すればいいのか。内心頭を抱えつつ、立花はいつものように付かず離れずの距離をとって結花を見守り始めたが。

「よっしゃ、んじゃいってみよっか!」

丁寧な調弦を終え、早速合わせ始めてすぐ。不意に手を止めた絵里が「なんか今日、ちょっと弾き方違うね」と言い出した。結花は「そうかなあ?」と首を捻っている。

「練習不足で指が動いてないだけじゃないかな。実はちょっと体調悪くて、昨日もずっと寝てたから」

「うーん、そういうんじゃないんだよね」

二人が弾いている曲は、十九世紀ベルギーの作曲家セザール・フランクによる、ヴァイオリンとピアノのためのソナタ。当時著名なヴァイオリニストであったウジェーヌ・イザイの結婚に際し献呈されたこの曲は、古今東西ありとあらゆるヴァイオリンソナタの中でも最高傑作の一つに数えられ、数多の演奏家を惹き付けてやまない名曲である。

結花はもともとこの曲を、絵里の結婚式のレセプションで兄弟子のテオのヴァイオリンに合わせて演奏していた。そうしたら絵里が「あたしも弾きたい！　練習する！」と言い出し、最近になってようやく二人で合奏練習を始めたのである。といっても練習はずっと回線越し《オンライン》で、対面での合わせ練習はこの日が初めてだったから、どこかしら違いがあっても確かに不思議はなかったが。

「なんだろう。いつもより、妙に合わせにくいっていうか」

「今までずっとオンラインだったからとか？　でなければやっぱり練習不足のせいだと思う。ごめん、弾きにくいよね」

「そこまでじゃないから大丈夫。むしろこう、なんだろう、新鮮な感じ？」

「ごめんなさいね。つい、別の方に合わせた時のクセが出ちゃって」

「――え？」

最後の言葉には、絵里だけでなく美沙も立花も耳を疑い、思わず結花を凝視していた。だが当の本人は、今自分が何を言ったかさえ意識していない様子で、逆に「どうかした？」ときょとんとしている。

うーん、とこっそり首を捻った絵里が何気なく提案してみた。

「ねえ結花、久しぶりにスプリング・ソナタやってみない？」

「ん、いいよ。どこからいく？　頭から？」

「あー、全部じゃなくてもいいや。第三楽章、いける？」

「もちろん。調弦は？」

「このますぐいこ。いつでも始めて」

軽快に弾むピアノの前奏から始まる第三楽章は、これまで何度も数え切れないくらい二人で合わせてきた曲だ。とうの昔に完成し、師匠たちにも及第点をもらった美しいユニゾン。それがだ。

音が、揃わなかった。特に何も意識せずともぴったり合っていたあのユニゾンが、ずれる。そのまま無理やり最後まで通したが、黙って見守る美沙と立花の眼差しも険しい。

弦からそっと弓を外した直後、絵里は結花になんと声をかけようかと悩んだ。練習不足はお互い様だし、昨日は体調不良で一日寝ていたと聞いたが、その程度のことでここまで感覚がずれるだろうか。

そうじゃない、そういう話ではない。確かに結花が弾いているのに、まるで知らない誰かと初めて合わせているようだ。互いに合わせようと頑張ってるけど、どうしたって最初から完璧に合うわけがない——そういう状況に似ている。でも、なぜ。相手は結花なのに、どうして今更こんなことに。

「ごめん。やっぱり今日、調子悪いみたい」

しょんぼりと肩を落とした結花にそう詫びられ、無意識に考え込んでいた絵里ははっとして頭を左右に振る。

「いいっていいって！　体調悪かったんでしょ？　そんなとこに押しかけちゃって、こっちこそごめん。今日はもう、まったりダべってお茶飲んでお菓子食べよ！」

そんな会話をしているところへ、控えめにノックの音が響く。美沙が静かにドアを開けると、やって来たのは嶋田であった。

「失礼致します。奥様が、宜しければ皆様に一服差し上げたいと」

「一服って、もしかしてお抹茶ですか？　凄い！　見たい！　え、いいんですか？　是非！　ね、結花！」

誘いにすぐさま乗っかった絵里は、うっすら落ち込んでいる結花を尻目にさっさと弓の毛を弛め始めた。それを見た結花も「そうだね」と肩の力を抜き、喜んで頂戴しますと嶋田に返す。そもそも、絢子夫人のお茶の誘いを断るなどという選択肢は、久世家には存在しない。

奥棟の和館の入り口でラリーと合流し、三人揃ったところで案内されたのは、来客用の応接間や庭の茶室ではなく、絢子夫人の私的なサロンであった。

元は畳敷きであろう室内に絨毯を敷き詰め、舶来の猫脚家具や磨《す》りガラスの洋燈を据えてあるが、格天井や欄間や格子戸などの建具は純和風という、大正ロマンが色濃く香る空間だ。絢子夫人お気に入りの置き物や細工物が洋も和もごちゃ混ぜに飾られ、アンティークの花器に活けられた花々の香りも相まって、どこか耽美で退廃的な空間である。

「ラリーさん、絵里さん、いらっしゃい。お元気でいらして？」

濃い蓬色の紗の銘仙に身を包んだ絢子夫人が、機嫌良さげな笑みを浮かべて出迎えると。

「おかげさまで、元気にしております。マダム・アヤコは相変わらず、お美しい」

ラリーはすぐさまいつもの柔和な表情を浮かべ、差し出された手を恭しく捧げ持ちながら素早く顔を近づけた。手の甲にキスの真似をするベーズマンは、貴婦人に対するヨーロッパ式の挨拶で、結花などは冗談でもやられそうになる度に腰が引けてしまうのだが。

絢子夫人はさも当然というように貫禄たっぷりに微笑み、横目で冷ややかに一瞥した絵里は「ほんとキザなやつ」と小さく吐き捨てている。その三者三様ぶりが面白くて、結花はこっそり笑いを噛み殺していた。

「ラリーさんは、相変わらずお上手だこと。絵里さん、ロンドンでのお暮らしはいかが？」

「お久しぶりです。なんとか生きてます。あの、ところでこのお部屋、雰囲気があってすっごく素敵ですね……！」

室内装飾にはちょっとうるさい絵里が興奮した口ぶりで言うと、絢子夫人は老いを感じさせない美貌に華やかな笑みを浮かべ、「まあ、ありがとう」と返した。

「元々は、あたくしの祖母の居室《サロン》だったのよ。あたくしもこのお部屋が大好きで、幼い頃はしょっちゅう入り浸っていたわ。でもその祖母の亡き後、建物を取り壊して土地を売るという話になって……まあ、ありがちな話ね」

「きっと立派なお屋敷だったんでしょうね。うわぁ勿体無い……」

「仕方ないのよ、みんな生きていくためにお金が必要でしたからね。あたくしはこの通り、貴仁様のおかげで何不自由なく暮らしておりますけれど」

不自由どころか、不可能のない暮らしぶりだろうなとラリーは内心苦笑する。

「でも、思い出の全てが失われるのはあまりに忍びなくて……そうしたら貴仁様が、この部屋だけでもとここへ移築してくださったの」

少女のように頬を染めつつ愛する夫について語る絢子夫人は大変麗しかったが、貴仁氏の溺愛ぶりもなかなかのものである。時代を経た古い屋敷を一部分とはいえ移築するというのは、手間暇お金と全てにおいてそう簡単なことではない。

「さ、どうぞ座って寛いで頂戴。ええ、ソファでいいのよ。今日は正式な茶席ではなく、いわば茶道ごっこ。立礼ですから、気を楽にして好きなように楽しんでくださったらいいわ。結花ちゃんも、いいからそこへお座りなさいな」

自分は手伝う方に回ろうとした結花を手で制し、絢子夫人がちらと目配せする。ベテランの黒服がしずしずと運んできたのは、精緻な切子細工が施された義山《ギヤマン》の水指《みずさし》で、たっぷり張られた冷水に大きな氷が浮かべられていた。

「もしかして、この氷水でお抹茶点てるんですか？」

「ええ、氷点てというの。夏はやっぱり、冷たい方が飲んで美味しく感じられますものね」

説明しながら準備する絢子夫人の手元を、絵里が至近距離からガン見している。隣でラリーもしげしげと眺めつつ呟いた。

「そういえば、レジャンス東京でも八月限定で提供していますね。抹茶ラテのような、アレンジメニューかと思っていたのですが」

「テーブルと椅子でのお点前も、氷水でのお点前も、それぞれきちんとしたお作法があるのよ。今日はだいぶ簡略化してしまうけれど」

興味津々で見つめる彼らの目の前に、様々な道具が並べられていく。抹茶を納めた棗も半透明の硝子製、人数分の平茶碗には風船葛や萩の花、鬼灯に赤蜻蛉と晩夏の風物が美しく描かれていた。

「『茶の湯とは、ただ湯を沸かし、茶を点てて、飲むばかりなることと知るべし』よ。今日はお湯は沸かしませんけれどね。お抹茶のアフタヌーンティーとでも思って、二人とも気楽に味わって。お菓子もどうぞ、お好きな時にお好きなだけ召し上がって頂戴ね」

「ありがとうございます。頂きます！」

そうして茶会が始まると、和気藹々と話が弾んだ。最初はうっすら緊張していた絵里とラリーも、絢子夫人が茶を点て始めると「こんなに近くで見るのは初めてです！」と大興奮。更に、角型の硝子の大皿に盛り付けられた色とりどりの干菓子や琥珀糖、つやつやした有平糖《あるへいとう》に、透き通った葛や寒天の菓子類を目にした女子二人が歓声を上げる。

「わ、綺麗。すごい、こんなにたくさん！」

「うわぁ、パステルカラーでめっちゃ可愛い！　え、これみんな和菓子なんですか？」

「うふふ、そうでしょう。お若い方には何がいいかしらと思って見始めたら、今時のお菓子はどれも変わっていてとっても素敵で。つい、たくさん取り寄せちゃったの。絵里さん、よかったら帰りに少しお持ちになって」

そんな調子で会話は弾み、ラリーは女同士のお喋りを邪魔しないよう言葉少なく相槌を打つ。そうしてキンキンに冷えた水で点てた抹茶を一口含めば、ほんのり甘く清々しい風味に二人とも目を瞠った。「冷たいお抹茶って美味しい！」と、すぐに飲み干してお代わりを所望するほど。

「ところで絵里さんは、ロンドンでは娘の千煌と顔を合わせたりなさるのかしら」

ゆすいだ茶碗を布巾で拭いつつ、絢子夫人が努めてさりげなく問いかける。

「あ、はい、そうなんです！　親しくお付き合いさせて頂いてます！」

「まあ、そう。……その、千煌やリトル・ハリーは元気にしているかしら。ほら、年齢が上がってからの出産だから、負担が大きかったんじゃないかしらと思って、少し心配で」

「千煌さまならお元気ですよ。ちょうどつい先週もお屋敷へお邪魔したんですが、相変わらずお綺麗でほんとに眼福で、めっちゃ尊敬します。リトル・ハリーは、最近犬にべったりで」

「あら、ロージアン卿のお屋敷に犬がいるの？　初耳だわ。詳しく聞かせてくださる？」

絵里とラリーをお茶に招いたのは、やはりこれが目的だったらしい。絢子夫人は絵里にロンドンでの話をせがみ、絵里は絵里で千煌を様付けして懐いているものだから話題はふんだんにある。

結花もにこにこしながらそれを眺めているのだが、やはり少々だるさが抜けず、普段よりもだいぶ口数が少ない。そんな様子を、ラリーはうっすら気遣わしげに横目で見やっていたが。

「ねえねえ、結花もお茶習ってるんでしょ。これできる？」

お代わりで頂いた二杯目も飲み干し、もう一杯欲しいけど絢子夫人が忙しそうで言い出せずにいた絵里は、それならと結花に振ってみることにしたらしい。

しかし、結花は確かに（花嫁修行の一環として半強制的に）お茶を習ってはいたが、まだまだ駆け出しのひよっこである。客としての作法はどうにか形になってきたが、人前でお点前を披露するなどとてもとても。

「確かに習ってはいるけど、まだ全然だよ。氷点ては、こういうお点前があるってことだけ知ってる程度かな」

「結花ちゃん、こちらへいらっしゃいな。試しにちょっとやってみましょう」

自分には無理、と即座に断った結花だが、それを見ていた絢子夫人が嫣然と笑みを浮かべて宣言する。こうなればもう、逆らってみるのは時間の無駄。

亭主の席へ座らされ、控えていた黒服から朱赤の帛紗を手渡されて、新しい茶碗が運び込まれた。夏向けとされる平茶碗は通常の茶碗よりも口が広くかなり浅いため、いつもの調子で茶筅を振ると溢れて飛び散り、見るも無残な有様となる。上手に点てるには一にも二にも練習あるのみで、未経験者がぶっつけ本番でできるようなものではない。ピアノで初見の曲を弾くのとは、わけが違うのだ。

「う、え、でも、あの」

「大丈夫よ。今日はごっこ遊びだもの、気負わずにね。まず、お茶碗を清めるところから……」

絢子夫人に有無を言わさず促され、緊張しいしい帯に帛紗を挟み込んだ瞬間。

ふわっと、意識が——遠のいたというか、宙に浮き上がった。そうとしか言いようのない感覚だった。

え。何これ、え？ と結花は盛大に焦っているのに、誰もそれに気づかない。というより、声が出ていない。声どころか、身体を動かすことができない。自分で動かしている感覚は皆無なのに、なぜか体が動いているのを感じる。勝手に動く自分の体を上から見下ろしている、そんな奇妙な感覚だった。

結花の体は、結花の意思とは無関係に勝手に動いた。ごくごく自然な、それでいて美しい所作で帛紗をさばき、すんなりとした指先で棗を手に取る。作法通りに優しく拭い、次に茶杓を丁寧に拭き清めてから、茶碗を引き寄せ柄杓で冷水を注いで――。

その全てを、絵里はわくわくと、絢子夫人は無言で、同時にうっすら冷や汗をかきながら凝視していた。流れるように美しいその動きに、はっきりと見覚えがある。元々は別の流派を修めていたから、所作の端々が自分達とは微妙に異なっているのだ。

「おお、凄いじゃん！　めっちゃそれっぽいよ！」

「……それっぽい、というか、それそのものに、見えますね」

絵里は無邪気に手を叩いて歓声を上げたが、その隣でラリーは静かに息をのんでいた。人間観察に長けた彼は、顔を見ずとも身体の動きだけで相手が誰かを当てることができるというくらい、人の見た目や身体の動きに聡い目を持っている。その目が、はっきりと告げていた。あれは見慣れた彼女ではない、見知らぬ別の誰かだ、と。

実を言えば、今日この屋敷にやってきて迎えに出てきた姿を見た時から、そこはかとない違和感を覚えていた。きっと着物姿に目が慣れないせいだろう、とその時は気にも留めなかったが、どうやら気のせいではなかったらしい。

そして今、ラリーの目には、結花の姿が見知らぬ誰かの姿と奇妙に重なって見えていた。その誰かは、結花と同じように着物を着ていて、正客であるラリーに茶碗を差し出しつつはっきりと目線を合わせ――ふ、と笑みを浮かべて見せたのだ。いつもの結花とはまるで違った、もっと落ち着いて余裕のある、どこか婀娜っぽい大人の女性の笑み。

「……結花ちゃん、あなた」

ひどく顔つきを強張らせた絢子夫人が、喉から絞り出すように呟く。直後、結花の肩がびくりと震え、差し出されていた手が勢いよく引っ込められた。

「ん？　結花、どうかした？」

そうしてまじまじと己の手を見下ろす結花の顔がやけに引き攣っているのを、絵里が不思議そうに見つめて首を傾げる。

「絵里、私、今――」

「や、ビクってしたから、どうしたのかなって。ほら、茶碗でも落っことしたら、めっちゃ怖そうだし」

「ううん、なんでもないの。そうじゃなくて、あの……私にも、よくわからない、っていうか」

しきりに首を捻る結花を見つめていたラリーが、ほっと小さく息を吐く。いつもの結花だ、と。

そうしてふと顔を上げると、絢子夫人と目が合った。ゆるやかに、ほんの少し、顔を左右に振られる。今は何も言うな、と。正確に察したラリーは無言で頷きを返し、付け焼き刃で教わった通りの作法で茶碗を手に取る。

「オテマエ、頂戴します。……うん、美味しいですね。素晴らしい。ユカ、なんなら今度レジャンスにお茶を点てにきませんか?」

「いっ、いえいえとんでもない!」

名前で呼びかけられてはっとした結花が、振り向いてぱたぱたと片手を振ってみせる。お茶の席にはあまり相応しくない、ちょっぴり子供っぽい仕草で。

「まだまだこんなの、とても人様にお出しできるようなものじゃ!」

「でも、聞いてますよ。来年は、ワシントンの桜祭りで茶席に参加するんでしょう?」

「それは大使夫人のお供っていうか、ただのお手伝いで! お運びとか、お水屋とかの!」

そのやりとりを無言で凝視していた絢子夫人も、ラリーにちらと目配せされて会話に入ってくる。

「ま、あら、結花ちゃん、そうだったの。そんな機会があるのだったら、うちから何かお道具を持っていったらどうかしら。それにほら、お着物も! そうだわ、耀子《ようこ》ちゃんから頂いた花簪にも、桜をモチーフにした素敵な作品が」

「そういえば、ワシントンの桜祭りって有名だよね。いいなぁ、あたしも来年見に行こうかな！」

「え!?　でもエリー、来年のその頃は、冬リゾートの視察に付き合ってくれるはずじゃ」

その場の思いつきを口にした絵里に、ラリーがぎくりと顔つきを強張らせて口を挟むが。

「そんなの、別にあたしがいなくてもいいじゃん。スキー場ばっかだと寒そうだし、それにほら、どうせ秘書とかコンサルとかいっぱい連れてくんでしょ？」

「勿論連れていくけど！　それときみとじゃ全然意味が」

「それより、ねえ結花、あたしの分もお茶点ててよ」

おはじきのような形をした愛らしい有平糖をつまみつつの絵里の台詞に、絢子夫人もラリーもぎくりとして再び黙り込む。

そうして、絵里が差し出した茶碗を受け取った瞬間。

再び結花の意識が、奇妙な浮遊感とともに淡くぼやけた。

今日は帰れない、と熱海の貴臣から連絡が来たのは、空が夕陽で朱く染まってもうすぐ夕食という時間。

『……目を通しておかなければならない書類が山ほどある上、祖父がやりかけのあれやこれやの後始末まで、どうやらセットで押し付けられたらしい』

把握しておかないとまずいことが多すぎて、と貴臣が電話口で溜息まじりに小さくこぼす。そんな溜息でさえ、物憂げな低い声との相乗効果で恐ろしい色気を滴らせているのだが。

あのおじい様が貴臣さんを名指しして遺したものなんだから、きっとよっぽどだろうな……と結花は何度も労いつつ問い返した。

「でも貴臣さん、ほとんど手ぶらで行ったって聞いてたけど、着替えとか大丈夫？　何かお届けする？」

『それが、私の着替えも洗面用具も、何から何まで一式全てここに用意してあった。用意周到なことにな』

なるほど、用意がいいのは久世家の血筋なのか。と、かつて己も身一つで攫われ完璧に囲い込まれた経験のある結花は独りで納得していた。

『ところで結花は、体調はどうだ？』

「もう全然大丈夫。皆さん過保護っていうか、大事にしすぎだと思う。今日も私だけ、精がつくようにってメニューが違うみたいで……なんだっけ、ウミガメのスープ？　どこかのレストランから取り寄せたって」

『ああ、あれか。確かに栄養はありそうだが、残念だな。あの店の青海亀のスープを飲むなら、どうせなら春先の方が鮮度も味も抜群なんだが』

メニューを聞いただけで、貴臣はどこの店なのかわかったらしい。好物なのかな、よく味わってみよう、と結花がこっそり頷く。

『今日は絵里が来ていたんだろう。ラリーもついてきたそうだな』

「そうなの。みんなでお義母様のお部屋に招かれて、お抹茶アフタヌーンティーみたいなことしてたくさんお喋りしちゃった」

『どうせ母が、千煌さんやハリーの話を聞きたくて呼びつけたんだろう。絵里は最近、しょっちゅう千煌さんの後をついて回っているというし』

「ね。あんなに仲良くなってたなんて、知らなかった。まあ、仲良くっていうか、絵里が一方的に千煌様千煌様って崇拝してる感じだけど」

母の魂胆などお見通しの貴臣に、結花がくすりと笑う。一見無愛想な息子だが、この家族はなんだかんだで仲がいい――もっとも、そうなったのは結花が久世家に縁付いてからだが。

『フランクのヴァイオリンソナタは？　仕上がったのか』

「それが、今日はピアノがほんとにだめで。何を弾いても全然合わないから、さっさとやめにしちゃった。わざわざヴァイオリン持ってきてくれたのに、絵里に悪いことしちゃったなあ……」

『結花のピアノが調子が悪い？　珍しいこともあるものだな』

「んー……自分的には、そんなに調子が悪い感じはしなかったんだけど。いっそ不思議なくらい、とにかく合わなくて。初めての相手と合わせてるみたいだねって、絵里も言ってた」

『まあ、そんな時もあるさ。今は無理するなということだろう』

「あとなんか、今日はコロンとマロンにやたら吠えられて。せっかく連れてきてもらったのに、抱っこするどころかほとんど撫でさせてもくれなかった。ちょっと悲しい」

完全に忘れられちゃったんだねきっと、としょんぼりする結花に、貴臣が低く呟く。

『……獣は、色々と鋭いからな』

結花との会話の後、美沙と嶋田からも報告の電話を受けた貴臣だが。

電話を切った直後、デスクの隅に飾られた銀の写真立てへ目をやり、色が褪せかけた古い写真の中の二人へ「少々好き勝手しすぎじゃありませんか」と苦言を呈した。

6

結局、貴臣が元麻布の久世本邸へ戻ってきたのは、翌日の夕方遅くのこと。

これから新幹線に乗る、と熱海の駅から電話してきた時点で既に四時を回っていた。六時頃には帰宅するだろうということで、絢子夫人が使用人たちと送り火の準備を進めていたのだが。

戻ったと思ったらそのまま、貴仁氏と嶋田とともに執務室に篭もってしまったという。

「熱海からどなたか連れてお戻りだったそうで、お一人は大旦那様のお付きをしていた方です。それと、美沙さんも一緒に呼ばれたそうで……」

そう言われて「あああの黒川か」とすぐに理解した結花だが、なぜ一度熱海に戻ってからまた一緒にやって来たのかと疑問に思う。向こうで何かあったのだろうか、と一瞬考えた直後、誰にともなくふっと苦笑した。何もないわけがない。だって、あのおじいさまの遺産だもの。

そうこうしているうちに双子がお昼寝から目覚めたため、ミルクを与えてげっぷさせてから和館へ向かうと、広い仏間で絢子夫人が黒服たちにあれこれ指示を出していた。

「あら、二人ともおめざね？　花音ちゃん、おばあちゃまのところへいらっしゃい」

そう言って桜井が抱いていた花音を受け取り、満面の笑みであやし始める絢子夫人へ、結花が問いかける。

「お義父様と貴臣さんは、まだ？」

「そうなのよ。しかも、嶋田まで一緒に連れていってしまって。ね、花音ちゃん、困りましたねぇ。お父様もお祖父様も、どうしたのかしらねぇ？」

そんなやり取りをしているところへ、和佳子と佳奈子が連れ立ってやってきた。

「こちらも、唯人がまだ帰ってこないんです。お友達と遊びに行くけど、送り火までには戻ると言っていたのに」

「どうせまた、合コンにでも連れ出されてるんじゃないのー」

困り顔でこぼす和佳子に、佳奈子が肩をすくめながら冷めた口調で言う。結花も「あー、ありそう」とうんうん頷いた。

「唯人さんはともかく、唯臣は？　今日は家にいたはずだけれど」

「それが、さっきインドだかどこだかからお電話が来て、そのまま書斎で仕事の話をしているようで」

「まあ、そう。仕方ないわね、外国にお盆は関係ないもの」

「せんせー、貴おじさまは？　まだ帰ってきてらっしゃらないの？」

「ん、帰ってきてはいるはずなんだけど。お義父様と、執務室に篭ってお話し中みたい」

そうして言い合いながら女達で赤ん坊を遊ばせていると、最初に唯臣が「ふーやれやれ」とぼやきながら仏間にやってきた。それから貴仁氏と貴臣が、それぞれ嶋田と黒川を連れてようやく顔を出す。

最後に戻ってきた唯人は、どうやら佳奈子の予想通りだったらしい。高校時代の同級生とちょっとその辺で会って喋るつもりが、行ってみたら合コンぽい何かだったとか。皆しつこくてなかなか帰らせてもらえなかった、としきりにこぼしていたが、「言い訳がましい。彼女いるくせに」と佳奈子は手厳しい。

「よし、全員揃ったな。じゃあそろそろ、送り火を焚くとしよう」

そう宣言した貴仁氏が、仏壇の蠟燭の火をそっと外の庭へ持ち出した。玉砂利の上に据えた素焼きの皿の上で麻幹《おがら》に火が点けられ、皆が無言で両手を合わせながら見つめる。結花もまた、貴臣の隣で黙ってじっと炎に見入った。

あの貴嗣氏が亡くなったことを、正直まだ信じられない。元々そうしょっちゅうは会わない相手だったから、尚のこと。今でも熱海の別邸に行けば、ベッドに身を起こした貴嗣氏が「やあ、結花さん」と呼びかけてくれそうな気がしてならない。シュレジンガーはまだ生きてるのか、あれも大概しぶといな、なんて言いながら、紅茶とお菓子を勧めてくれそうな。

「真貴くんも、花音ちゃんも、ひぃじいじをお見送りしてね。あの煙と一緒に、お空へ還るのよ。バイバイしましょうね」

黒服に抱かれた赤ん坊に、絢子夫人が語りかける。双子は火が怖いのか、炎に背を向けながら黒服へひしとしがみついていた。

五山の送り火の如く盛大に燃やすわけでもないので、送り火はあっという間に終わった。空腹を訴えていた唯人が、「これでやっと肉が食える」などと言いながらそそくさと食堂へ向かう。久世家では、送り火の後の夕食は精進落としと称し、上等な動物性蛋白がふんだんに振る舞われるらしい。

だがその夕食の前に、再び男性達が部屋に引き篭もった。今度は唯臣と五所宮も同席したその話し合いは、（腹を空かした唯人には幸いなことに）そう時間をかけずに終わり、洋館の食堂に家族全員が顔を揃える。

久世家でも使用人達の大半は盆休みで帰省しており、目に見えるところで立ち働いているのは全員が黒服だった。そのほか、当主夫妻の背後に使用人頭の嶋田。跡取りである唯臣夫妻の背後に、使用人頭助手の五所宮。そして。

どういうわけか、貴臣・結花夫妻の背後に、あの黒川ともう一人、見知らぬ若い男性の使用人が静かに立った。それを見届けた貴仁氏が、全員を見渡して口を開く。

「食事の前に、皆に紹介しておこう。そこにいるのは、先代の使用人頭だった黒川と、黒川の息子の阿久津だ。先代の形見の一部として、この二人も貴臣が相続した」

貴仁氏の言葉を受け、全員が二人に注目する。結花も両目を見開いて背後を振り向いたが、そこへ貴臣が横からそっと身を寄せてきた。

「後で説明する。……事後承諾になってすまない」

なるほど、熱海から戻ってずっとこのことを皆に説明していたのだろう。いいえ、と結花は小さく頷いた。寝耳に水の出来事ではあっても、貴臣の采配ならば結花に特に否やはない。亡き貴嗣氏の指示だというなら、尚更。

「二人は今後、貴臣付きの使用人となる。黒服たちも、よく見知りおいてくれ」

貴仁氏の言葉に、その場で立ち働いていた黒服たちが一斉に無言で腰を折る。結花の最側近である美沙は、既に何もかもを承知している様子で堂々と落ち着き払っていた。

「さて、では食事にしようか。唯人が今にも飢え死にしそうな顔だ。結花さんも、しっかり栄養を摂らないと」

「大丈夫、どうせ貴臣がせっせと餌付けしますわ。さ、お膳を運んで頂戴」

絢子夫人に言われ、黒服たちが静かに料理を運んでくる。同時に嶋田も五所宮と阿久津に目配せし、酒のボトルとグラスを準備する。先ほど紹介されたばかりの阿久津だが、いつどこでどう打ち合わせたものか、既にしっかり連携が取れているから凄い。

「結花、体調はどうだ？」

ようやく落ち着いて会話することができるようになり、貴臣は真っ先にそう尋ねた。具合の良くない結花を置いて一人で熱海へ行くこと自体、普段なら決してしないことだったから。

「んー、正直に言えば、少しだるいかな……やっぱり夏バテだと思う。久しぶりのこの暑さに、身体がついていきてない感じ」

「食欲は？　昨日今日でちゃんと食事を取れているのか」

「がっつりモリモリってわけじゃないけど、食べてる。皆さんすっごく気を遣ってくれて、私だけいろんなもの出してもらってたし」

食べないわけにはいかない、というところだったのだろう。だが、明らかに本調子でない結花はあまり箸が進まないようで、慮った美沙が盛り付けの量を減らすよう手配していたが、それでも持て余している気配がする。

今夜は早めに休ませた方がいいな、と貴臣が気遣わしげに頰に触れると、結花の方から顔を擦り付けてくる。

「無理はしないでいい。話しておきたいこともあるし、早めに引き上げよう」

「はい、貴臣さん。……心配かけて、ごめんなさい」

「結花が謝る必要はない。それに──恐らく明日には、元気になるさ」

体調不良の原因に心当たりのある貴臣がそう言えば、結花も素直にこくりと頷いて、目の前の膳をどうにか食べきろうと再び箸に手を伸ばした。

「――さてじゃあ、積もる話もありますので、我々は先に失礼します。お父さん、書斎を借りますよ」

結花のペースに合わせて食事を終えた貴臣が、上座の貴仁氏に声をかけてから席を立つ。すかさず歩み寄って椅子を引いた阿久津を振り返り、慣れた口調で命じた。

「阿久津、食後の紅茶は書斎へ。黒川も一緒に来るように」

「かしこまりました、貴臣様」

既に長いこと仕えてきたかの如き自然なやり取りに、結花は素直に感心してしまう。あの阿久津という人物は、相当できる使用人なのだろう、と。

食堂を出て書斎（というより半ば図書室）へ行き、使いこまれた座り心地の良いソファに腰を落ち着ける。珍しく貴臣は結花を膝に乗せようとせず、横にも座らず、向かい側の書き物机の椅子に腰を下ろした。

別室で双子の入浴を世話していた美沙も戻ってきて傍に侍り、そこへ立花と桜井もやって来て、ややすると阿久津と黒川がお茶のセットを運んでくる。

ひとまず揃ったな、と頷いた貴臣は、阿久津が自分と結花のカップに紅茶を注ぐのを待ってから口を開いた。

「黒川は、結花ももう顔見知りだな。この阿久津は、黒川の息子になる。名前が同じだと紛らわしいので、母方の姓を名乗ってもらうことにした。阿久津、挨拶を」

貴臣がそう紹介すると、若い方が一歩前に出て結花へ深々と頭を下げた。

「結花様、阿久津と申します。誠心誠意お仕え致しますので、どうぞ宜しくお願い致します」

「この二人とは今後、長い付き合いになるだろう。結花も色々話して、よく見知りおいてくれ」

「はい、貴臣さん。阿久津さん、結花です。黒川さんも、改めてこれから宜しくお願いします」

結花も立ち上がってお辞儀しようとしたが、そこを黒川が「結花様」と静かに制する。

「私ども使用人にお声がけ頂くために、わざわざお立ちになる必要はございません。敬称も不要です。黒川、阿久津、とお呼びください」

「……ぅ。はい」

「黒服たちはどうかわかりませんが、嶋田や五所宮も同様です。そろそろ結花様も、久世家の奥方らしいお振舞いを身に付けられる頃合いかと」

正面から見据えられながらぴしりと言われて結花はたじたじだが、見ていた貴臣はさも愉快げに口元をゆるめる。

「黒川には今後、私の相談役を担ってもらうつもりだが、結花の奥様教育も任せてよさそうだな。どう思う、美沙」

「貴臣様の仰せの通りかと」

突然話を振られた美沙は、一見涼しい顔でさらりと返しつつ、心の中で狂乱の舞を踊りまくっていた。ちょっと待って、何あれすっごいかっこいいんですけど！　黒川さん激シブでめちゃくちゃかっこいい……！

そんな美沙の浮かれた心情に、誰一人気付くことなく話は続く。

「先代の使用人頭だったこの黒川をはじめ、熱海で最後まで祖父に仕えた使用人達を私が邸ごと引き継いだ。この二人のほか、料理人と女中が一人ずつの、計四人だ」

あれ？　あの熱海の邸に、女中さんなんていたっけ？　と記憶を辿りつつ紅茶のカップを傾けた結花だったが、口にした紅茶の味と香りがあまりに素晴らしく、一瞬思考が途切れてしまう。そこへ更に、貴臣が静かに宣言した。

「美沙には既に話したが、この阿久津が、今後は私の——我が家の、使用人頭となる」

貴臣に、使用人頭がつく。そう聞いて、結花は静かに目を瞠った。これは、単に使用人が増えるとかいう単純な話ではない。

それを察した結花はさっと気を引き締め、貴臣の傍らに姿勢よく立って控えている二人をじっくり観察し始めた。よく見定めるように。

「引き継いだ四人のうち、アメリカへ同行してもらうのは、この阿久津と料理人の八雲だけだ。女中と黒川は熱海に残り、祖父が遺した仕事の残務処理と邸の維持管理を主な業務とする」

そこまで言ってふと言葉を止め、貴臣は結花の顔をじっと覗き込んだ。

「家の中に人が増えることになるが、結花には全部事後承諾になってしまった。勝手に決めてしまって、悪かった」

「え？　いえ、私は全然！　おじいさまや貴臣さんが必要だって判断したなら、その通りにしてもらえれば」

貴臣がそんなことを気にする必要はない、黒服が増えるようなものだし。と大きく頷いて笑みを浮かべて見せると、貴臣も「そう言ってもらえると助かる」と安堵したように淡く微笑み、程よく温くなった紅茶を一口含んだ。

「美沙には既に話してあるから、使用人間の役割分担は今後、阿久津と美沙とでやり取りしてもらう。二人ならうまくやってくれるだろう。――ただ、一つ問題がある」

「問題？」

「阿久津と八雲は基本的に、住み込みで常駐することになる。だが、アッパーウエストの今の家だと、使用人を居住させるスペースがない。当面は通いで来てもらうことになるが、なるべく早くマンハッタンの家を引っ越そうと思う」

「あー、そっか。お引越かぁ……」

なるほど確かに、と結花も思案顔で頷く。そもそもあの家は夫婦二人での生活を念頭に貴臣が選んだ物件で、あれほど早く子供に恵まれるとは予想していなかったため、双子が生まれた時点で既に少々手狭になっていたのだ。

「どのみち来年からは、乳母《ナニー》の部屋も必要になる。そう遠からず引っ越す予定で、条件に合う物件が出たら連絡するようエージェントには依頼していたが、それを早めようと思う。その件を阿久津に取り仕切らせる」

「ん、はい。貴臣さん」

「いくつか候補を出させるから、どこへ引っ越すかは結花が選んでくれ」

「私が選ぶの!?」

貴臣の言葉に、結花が素っ頓狂な声を上げる。選べって、そんなあっさり言うけど、ものすっごいお値段の物件なんでしょ？　数百万ドルとか、へたしたら数千万ドルとか……え、そんなの責任重大過ぎて無理……！

結花がそうして怖気づくことなど先刻お見通しの貴臣は、「そう気負う必要はない」とあえて軽く言い放った。

「まずは二人で必須のスペックと譲れない条件をリストアップして、エージェントがそれを満たす物件を探し、阿久津がそれぞれ周辺の治安状況などを精査する。適合する物件が複数見つかれば、その中から結花の好みのものを選べばいい。好きな基準で選んでくれて構わないよ。景色がいいとか、メトに近いとか、セントラルパークへ散歩に行きやすいとか」

どうやら、結花が物件を選ぶというのは既に決定事項らしい。家のことは妻に任せたほうが巧くいくそうだ、なんて言っているのは誰の入れ知恵か。

「まあ、今日明日でどうこうという話じゃない。まずは向こう《アメリカ》へ戻ってからだ。法事も無事終わったし、予定通り週末のフライトで帰ろう」

そこまで言ってから貴臣はふと口を噤み、何やら遠い目で暖炉の上の鏡の辺りを睨みながら呟く。

「……今夜からは、平穏なはずだ」

◆

今夜は全員下がれと命じて二人だけで部屋に戻り、廊下からドアの内側に滑り込んだ直後、貴臣は両手で結花をさらいこんだ。結花もまた、腕を伸ばして貴臣にしがみつく。キスして、と声に出してお願いする必要はない。見上げた結花が靴の踵を持ち上げると同時に、貴臣が上から覆いかぶさって唇を重ねる。

じゃれ合うように軽く啄み合ってから、結花がほんのりとした笑みを浮かべて貴臣をじっと見つめた。

「おかえりなさい、貴臣さん。熱海往復、お疲れさまでした」

「ああ。……そうだな、色々と疲れた。おまけに、ただいまのキスをする暇さえなかった」

「ん。……寂しかったから、いっぱいして」

精緻に整った怜悧な美貌が、疲労の翳りを帯びている。明らかに寝足りていない顔だ。だがそんな物憂げな表情でさえたまらなく魅力的で、瞬きすら惜しむほどに目が離せない。

魅入られたように見つめ続ける結花が「もっと」と小さくねだると、貴臣はうっすら破顔しながら「続きは後でベッドの上でな」と返し、不満げに唇を尖らせる結花をソファへとエスコートした。

「祖父のコレクションに古いスプリングバンクがあったから、一本持ち出してきた。ちょっと試してみないか」

「わ。いいかも」

頷いた貴臣は壁際の戸棚へ歩み寄ると、ガラス扉を開いて中からウイスキーのボトルを取り出した。シングルモルト専用に作られた足つきグラスを二つ並べ、結花のグラスにはハーフで、自分のグラスにはダブルで注いでテーブルに載せる。

「つまみも何もないな。何か持ってこさせるか?」

「ううん。みんなもう下げちゃったし、これとお水だけで大丈夫」

ソファに腰を下ろした貴臣に無言で催促され、結花は一度立ち上がってからすとんといつもの定位置（＝膝の上）に座ってグラスへ手を伸ばした。ちびりと舐めて、「ふわぁぁ」と声を上げながら目を丸くする。

「何だろうこれ、すごく美味しい。なんていうか、まろくて……綺麗に調和してる？　感じ。それに、なんだか香ばしい」

目尻を下げてふにゃっと笑った結花の黒髪にキスしてから、貴臣もゆっくりと一口味わう。

「……ああ、やはりこの頃のものは美味いな。最近のものとは別物だ」

需要が供給を遥かに超え、昨今本当に手に入らなくなってしまった稀少な酒だが、熱海の邸にたんまり在庫があったのは嬉しい発見だった。ウイスキーだけではない。ワインからシャンパンからブランデーから、今となってはもはや手に入らない古酒のボトルが地下の貯蔵庫《カーヴ》にうなるほどストックしてあったのだ。黒川が使用人頭としてしっかり管理していたのだろう。

……あの熱海の邸は、恐るべき宝の山だった。成金の好事家にでも見せようものなら、目の色変えて価格交渉を申し出てくるだろう。酒瓶に限らず、できればあんな人里離れた山の中には置いておきたくない、邸まるごとこの本邸の塀の内側へ移したいほどだった。

「……ね、貴臣さん。訊いてもいい？」

結花が、両手で持ったグラスを覗き込んだまま、小さく呟く。ああ、と促すと、独り言のような口調で尋ねてきた。

「確認、なんだけど。使用人頭って、確か、当主にしかつかない——そういう役職の、人じゃなかった？」

——気付いたか、と貴臣は小さく息を吐く。

使用人頭と言えば、久世家当主のみに仕える唯一の最上級使用人で、久世の一族に仕える全使用人たちの頂点に立つ存在である。そのため、現当主・貴仁氏の弟である暁仁氏の家にも、その息子である靖臣の家にも、家事手伝いの黒服はいるが使用人頭はいない。当主と後継者以外の久世家の男は、一般家庭と同じように、夫の世話は妻がする、あるいは自分でする。貴嗣氏に仕えた黒川は「元」使用人頭であって、現在は単なる侍従の扱いだ。

なのに、ここへきて新たに、貴臣に使用人頭が就く。しかも、先代の使用人頭の息子が。

これは一体、どういうことなのか。そこだけ見れば、あたかも貴臣が当主の資格を得たかのような。

「……祖父が、色々と遺していった。この酒も、その一つだが」

片手で静かにグラスを揺らしながら、貴臣が囁く。結花も俯いて、静かに耳を傾けた。

「形のあるモノ、だけじゃない。形のあるものも、ないものも、恐ろしく膨大で……これを放置するわけにはいかない、というものばかりだった」

「でもだって、あのおじい様だもん。多分そんな感じだろうなって、予想してた」

「無論私も予想していたが、それ以上だった。正直、頭を抱えたよ。なぜ、私を名指ししたのかと。……だが」

結花に何をどこまで話すか思案しながら、貴臣がいっそ淡々と言う。

「立場上、私しか、継げる人間がいなかった。継ぐ資格を持っているのが、私一人だった」

結花は、ただ透明な眼差しで、貴臣をじっと見つめた。

「お祖父さまから、何を継いだの？」

ごく端的な質問に、貴臣もまた、短く答える。

「――久世家の、裏の、当主の椅子だ」

裏の、と聞いて結花も瞬時に察していた。これは、表沙汰にはできない、してはならない類の話だ、と。それだけではない、久世家の根幹に関わる話なのだと。

憂鬱な溜息を一つ零し、琥珀色の美酒で唇を湿らせてから、貴臣は結花が知っても問題ない範囲で語る。

「父は、久世家の表の当主で、兄はその後を継ぐ。祖父が手にしていたものを、今の段階で引き継ぐことができるのは、私しかいなかった」

ただでさえ強大な久世家の権力、その裏側を密かに取り仕切る立場。それは、結花の想像を絶するほど重いものに違いない。使用人頭という補佐役の存在が、必須となるほど。

次男として、後継者の重圧からは逃れていたはずの貴臣が、兄を飛び越して父親と対等に近い力を手に入れる。久世家中枢のパワーバランスを根底から覆すほどの立場と力、それを祖父から受け継いだ。というより、事後承諾で引き継がされたのだろう。貴臣が憂鬱になるのも無理はない。

「お祖父さま、貴臣さんに無理やり押し付けて逝かれたの?」

事態を正確に把握していながらも、結花の口ぶりはちっとも深刻ではなく、むしろ「厄介事を押し付けられて大変そうだな」という同情を多分に含んでいた。

何をどう説明しようかと真剣に考えていた貴臣は、その口調に毒気を抜かれてふっと肩の力を抜く。

「ああ、ほぼそんな感じだな。断る余地などほとんどなかった、脅しに近い」

言いつつグラスを持ち上げて、少々乱暴な仕草で一口流し込んだ。直後に吐き出した溜息は濃厚な酒精が香り、結花は一瞬「美味しそう」などと考えてしまう。

「なんだかお祖父さまらしい。貴臣さんならいけるって、見込まれちゃったんだ」

「そんなところで見込まれても、これっぽっちも嬉しくない。仕事が増えて、また結花とデートする時間を削られる」

冗談めかして軽口をたたき合ってから、ふと真顔になって低く呟く。

「……正直、面倒なものや厄介なものも随分あった。結花は、知らない方がいいものも」

はい、と結花がこちらも真面目くさった顔で小さく頷いた。知るべきでない、と貴臣が判断したのなら、知る必要はない。尋ねることもしない。

「怖いか？」

短く尋ねられ、結花はうっすら小首を傾げてきょとんとした。怖い？　何が？

いいえ、と結花は迷うことなく否定した。何も怖くない、と。知らないことを、恐れる必要はない。自分も知るべきことなら、知るべき時に、貴臣はちゃんと教えてくれるに違いないのだから。

けれど貴臣は顔から表情を消し去り、更に低い声で続ける。

「……一つだけ、結花も知っていていいことがある」

そうして結花に一口飲むよう促して、こくりと喉が動いたのを見て確かめてから。

「結花を攫ってどうこうしようとしたあの男は、もうこの地上のどこにもいない」

はっきりとそう口にして、結花の双眸を睨みつけるようにじっと覗き込む。驚きも、不安も恐れも、どんな感情も決して見逃すまいと。

だが、その言葉にも、結花は無反応だった。むしろ。

「きっとそういうことなんだろうって、前から思ってた。わざわざ口には出さなかったけど」

「怖くないのか。……私の手が、血に濡れていたとしても?」

一見平然としている結花も、ここまで言えばさすがに私を恐れるのではないか。そう思って、問いを重ねたが。

「大丈夫。貴臣さんが何をしたって、私はちっとも怖くない。——貴臣さんを、信じてるから。」

信じてる。結花にとっては、それ以外に言うべき言葉などない。

この先どんなことが起こっても、何があっても、貴臣を信じている。貴臣だけを。

貴臣から与えられる全てを、信じて受け入れる。今までも、これからも。

たとえそれが、自分や他の誰かにとって、良いことばかりでなくとも。

あまりに純粋で熱烈な信頼を寄せられ、貴臣の背筋を高熱とも悪寒ともつかぬ何かがゆっくり這い上がった。安堵と、途方もない充足感。この世でただ一人、結花だけが、こうして自分を完璧に満足させることができるのだと、再確認して。

その結花が、いっそ無邪気な笑みを浮かべ、そっと貴臣の手を取った。

「ね、貴臣さん。もしまた、私のせいで、貴臣さんの手が、こんなふうに——汚れたら」

言いつつ、貴臣の掌の上でゆっくりグラスを傾ける。琥珀色の液体が縁から滴り、肌を濡らして指の間からも零れ落ちて。

それを見つめていた結花は、にっこりと、無邪気でありながらどこか艶美な笑みを浮かべて言った。

「私が、こうやって、綺麗にしてあげる。」

そうしておもむろに頭を下げ、その手に唇をつけると、ちゅぅ、ずず、と小さな音を立ててアルコールを啜った。更に舌を伸ばしてぺろぺろと舐めながら、ちらりと貴臣を見上げて。

その表情にも声音にも、恐怖や動揺の色などない。微笑む瞳に浮かぶ感情は、ただ思慕と敬愛のみ。

貴臣が黙っているのをどう取ったのか、結花は再び顔を伏せると掌の窪みに沿って舌を這わせ、指の股に溜まった雫を舐め回した。そうしてちらりと貴臣の顔を窺い、拒んではいないのを確かめてから、指の根本から上へとねっとり舐め上げ、指先をぱくりと口に含む。

ちゅう、と優しく吸い上げられながら指の腹を甘噛みされ、貴臣の腹の奥で堆積した熱がずくんと疼いた。

「……いい子だ、結花。さすがは私の選んだ女だ」

そうして自分から指を動かし、温かな粘膜を優しくなぞって愛撫してやる。

「ん、ぅ……、んぁ」

「結花が私を恐れるようにならないか、それだけが心配だったが、杞憂だったな。——ああ、そう睨まないでくれ。見損なって悪かった」

そんな風に疑われるなんて、心外です！　とばかり、不満顔でがぶりと強めに歯を立てた結花へ、貴臣は甘い声音で囁きながら何度も「いい子だ」と褒めてやる。すると結花は嬉しそうに目を細め、いっそう熱心にちゅうちゅうと指に吸い付いた。……なんと得難い存在か、と貴臣は己の幸運をしみじみ噛み締める。

何を聞いても、余計な興味を持たない。無駄な期待も不安も抱かない。無用な勘繰りもしない。ただ信じて、もたらされる現実だけを素直に受け入れる。

貴臣や久世家を相手に、自然体でこれができる女など結花のほかにはまずいない。結花がこうでなかったら、貴臣がどれほど優秀でも適性があっても、貴嗣氏は自分の後を継がせる気にはならなかっただろう。つまり、貴臣が更なる力を手にしたのは、結花のおかげであり結花のせいなのである。

結花が私を信じていてくれる限り、私は私の為すべき役目を果たそう。密かにそう決意して、貴臣はそっと結花の口から指を引き抜いた。途端に不満げな顔をする結花をソファにゆっくり押し倒し、グラスに残った液体を一気にあおってそのまま結花に口付ける。舌伝いに流し込みながら、二人分の唾液とともにゆっくり味わって。

「ああ、美味いな。もっと飲むか？」

秀麗な美貌に一際美しい微笑を浮かべ、貴臣が問いかけると。

「お酒、じゃなくて……キス、もっと……」

ねだられて、うっすら破顔した。愛しい女に求められるのは、気分がいい。何でもしてやりたくなる。

「結花、体調は？」

念のため問いかければ、既に発情を兆している結花はとろりと潤んだ瞳を向け、唇の端から溢れたモルトを舌で拭いながら答える。

「も、大丈夫。だから……」

……きもちいいこと、しよ？　と結花は、ほんのり呂律が怪しい声で囁きつつ、貴臣の手に頬を擦り付けた。うっとりと目を細めてから、摑んだままの手を己の身体に沿って滑らせ、服の上から下腹部に触れさせる。子供が二人入っていたとはとても思えない、薄い腹。

「この、奥に……欲しいの。貴臣さんを、ちょうだい？」

欲しい。繫がりたい。この身体の内も外も、おなかの奥まで支配されたい。

そんな声が聞こえるようで、貴臣は普段の冷笑とは全く違う淫靡に歪んだ微笑を浮かべた。

互いに服を脱がせながら高め合い、シャワーを浴びるのももどかしく繫がって。

湯に浸かっている間もずっと身を繋げたまま、のぼせそうになったところで湯から上げられ、洗面台に摑まって背中を向けると背後からこじ開けられる。

「んんん……っ！」

既に何度も頂きを超えている結花は、どこに何をされても過敏なまでに反応してしまい、過ぎた快楽に翻弄され続けて息が荒い。余裕綽々で弄ぶ貴臣は、結花がいちいちびくびくと震えて甲高く喘ぐのを上機嫌で見下ろしながら、抜きかけた屹立を一気に突き入れた。

「ひあッ！　あ、あぁっ、も……んいぃっ！」

濡れた素肌がぶつかり合って、鈍い打擲音が響く。

「尻を叩いて、お仕置きしてるみたいだな。……結花の場合、悦んでしまって仕置きにならないが」

さも愉しげに呟いてから、「だろう？」と手のひらで軽く尻を叩く。濡れた髪を振り乱しながら、結花が反射的に「ごめんなさい……っ」と口走って台の上に身を伏せた。きゅううと、己を犯す肉の楔を締め上げながら。

こみ上げる射精感をどうにか抑えつけ、真っ白な背中に吸い付こうと濡れた髪を脇へずらす。首元の生え際から、髪をまとめて横へ払ったその瞬間。

「――ッ」

見覚えのない、小さな紅い痣があった。耳の後ろ、生え際近くの、髪を上げない限り見えないような場所。指先で触れてみるが、見慣れた吸い痕《キスマーク》だ。——ただし、自分がつけたものでは、ない。

腹の奥が、一瞬で煮えたぎる。「まさか」と「やはり」が同時に脳内を満たし、どうしようもない苛立ちが湧き上がって暴走しそうになる。……あのクソ爺、乗っ取ったな、と。

「……、たかおみ、さん……?」

突然動きを止めた貴臣に、結花がうっすら不安げな声で振り向く。台の上に組み敷かれた格好で。

「なんでもない。——あまりに綺麗で、見惚れていた」

嘘ではない、いつも思っていることだ。ただし今ではない。

あの夜の記憶がないのは、やはりそういうことなのだろう。他人に話せば「何を馬鹿なことを」と失笑されるのがオチだが、そうとしか説明がつかない。

あの祖父は、自分の身体を使い、結花の身体に入った祖母を、抱いたのだ。そうに違いない。

どうしようもなく腹が立ち、暴力的な衝動がこみ上げた次の瞬間、結花の胎の一番奥を強烈に突き上げていた。

「ひぐッ⁉」

驚いて跳ね上がった背中を片手で押さえつけ、痣を睨みつける。身体を使うだけでは飽き足らず、こんなものまでこれ見よがしにつけていった祖父が憎たらしい。よくも好き放題してくれたな、と舌打ちし、のたうつように震える結花を押さえつけたまま腰を激しく打ち付ける。

「結花。身体にどこか、おかしいところはないか」

「ひっ、は、え、あ？　おか、おかし……？　っんんう、ない、べつにっあッうあ……っ！」

「ここも？」

ここ、と口にした貴臣が指で触れたのは、己の肉でみっちり塞いだ膣洞ではなく、小さく引き絞られた孔。溢れた花蜜を吸ってうっすら柔らかくふやけたそこへ、つぷりと指を一本差し込む。

「あ、う、……ぅううん……っ」

「こっちも、なんともない？」

まさか、ここにまで手を出していないだろうな。と苛立ちを押し殺しつつ素知らぬ顔で尋ねれば、結花は困惑したまま小さく頷いた。

「……ん、な、い。と、おもう、けど……っ」

どうしてそんなことを訊くのか、と戸惑う結花の様子をじっと見つめてから、すぐにつるりと指を引き抜き、――洗面台の小さな把手に指をかける。もしかするとこのあたりにも、と小さな抽斗を開けてみると、果たして三段目に探していたものが入っていた。さすが美沙、閨の準備は完璧である。

貴臣は素早く小瓶を取り出すと、結花の尻の割れ目の真上で蓋を取って傾けた。急に冷たい液体が落とされ、「ひやッ!?」と結花は飛び上がりそうになったが、再び胎の奥を重く穿たれて突っ伏す。

小瓶の中身を全てぶちまけ、次に取り出したのはウサギの尻尾。それを、なんの予備動作もなく、つぷんと押し当ててずぷりと捩じ込んだ。無言で。

「え、あ、んうぅぅぅっ！」

ここも、ちゃんと塞いでおかないと。なんてことを考えながら、奥まで押し込む。

「う、ぐ……ぅあ、あ、くる、し、りょうほう、は……っ」

前に貴臣を受け入れたまま後ろにも栓を打たれ、結花がきつく眉根を寄せて苦悶した。けれど、大量のオイルのおかげで痛みはほぼなく、身体には苦痛ではなく快楽を既に教え込まれている。

「ああ、あ……っ、だめ、動かなぃ、で……っ！」

「大丈夫、ゆっくり動くよ。酷くはしない。こうやって、可愛い尻尾で遊んでる」

「ひ……！　や、抜いちゃ、だめぇっ……ううん、抜いて……っ」

抜かれていく感触に悶絶し、再び押し込まれて肩を震わせ。

それを何度も繰り返しながら、貴臣はいきり立った剛直で背後から何度も貫き、結花がどうしようもなく乱れていくのを凝視する。

いつもの結花だ。恥ずかしがりやで、可愛くて、でもいやらしくて、おねだり上手な、いつもの結花だ。――祖母ではない。

「あ、ぁ、は、ンっ、やぁっ、それ、だめ……っ」

両方を同時に犯されるのに弱い結花が、陥落するのはあっという間だった。顔を真っ赤に上気させ、瞳には涙をにじませながら涎をたらし、甘く甲高い啼き声を上げている。

「もう、苦しくないな?」

「ん、う、はい、……っくるし、く、ない、奥、きもち、いぃ……っ」

「どっちの奥だ。ん?」

そのまま身を起こさせ、鏡に映った姿をじっくり見せながら、たっぷりとした乳房を摑んで捏ねてやった。母乳はもうほぼ止まっているが、揉みしだいているとじわりと滲んでくることもある。それを促すように濃紅色の先端を指で押し潰しつつ、貴臣は更に片方の尻たぶを軽く叩いて「こっちの脚を、台に乗せてごらん」と要求した。

「そうだ。……ああ、よく見える。尻尾の下で、結花が一生懸命私を頰張ってるのが、丸見えだ」

「ひぐっ……！　ああ、や、これ、ふかぃ、奥っよすぎるのっだめぇ……っ！」

小粒のダイヤを連ねた足枷ごと足首を摑まれ、尻を鷲摑みにされながらしたたかに打ち付けられて、一層深いところをどつっ、どつっ、と重く抉られる。同時に発情しきって涎を垂らすだらしない自分を見せつけられ、悲鳴まじりの嬌声が喉から絞り出された。

「よすぎてだめということはない。自分が潮を吹くところでも、見てみるか？」

「やだ、みない、やだぁ……！」

口では「いやだ」と拒む結花だが、己の痴態を想像して昂っているのは貴臣には一目瞭然だった。一層強烈な快楽を求めて自分から腰を振り、せがむようにペニスを喰い締めている。

その様子が可愛らしくていやらしくて、小さな身体を背後から抱きしめていた。媚びるように吸い付いてくる子宮口を、切っ先で優しく嬲りながら。

そうして密着すればするほど、尻尾の先のプラグが身体の奥へめりこんでくるようで、結花は恐怖とないまぜの激しい快楽に身を震わせた。

「いやだと言われると、是が非でも見せてやりたくなるな。ほら、見てごらん。もっとして、って言ってる顔だ」

「や、やだ、ばかぁ……っ！」

鏡の中のあられもない自分から目を逸らし、必死に顔を背けようとする結花の顎を背後から摑み、貴臣が貪りつくように唇へ喰いついた。酒精が香る唾液を天上の甘露の如く啜り、小さな舌を吸い上げて己の唇で扱きながら、両手を結花の膝裏へ回す。

「ひあッ!? や、貴臣さん、まって、きゃあぁっ!」

突然身体ごとがばりと持ち上げられ、結花が一瞬本物の悲鳴を上げるが、貴臣の腕はびくともしなかった。それどころか。

「大丈夫、落とさないよ。ほら、前を向いてごらん。よく見えるだろう」

幼児がするようなあられもない恰好をさせられ、あまりの姿に暴れようとする結花を、軽々と上下に振り動かし——天を衝く屹立で串刺しにした。

「あ、うそ、うそぉっ、ひっ、うあっ! あ、んあッ!」

結花は必死に鏡から顔を背けたが、一瞬目に入った光景が瞼の裏側に焼きついてしまう。背後から抱え上げられ、両脚を左右に大きく広げさせられたまま——犯されている。太い血管を浮き上がらせた、生々しく赤黒い男根が、貴臣の怜悧で涼しげな容貌にそぐわぬ禍々しい怒張が、自分を刺し殺すような勢いで激しく出入りしている。受け入れている自分のそこも、しとどに濡れて大きく口を開け、溢れた蜜でてらてらと光っている。

雌である自分が、雄に犯され種付けされようとしている、その光景。

「——ぁ、あ、はい、ってる、や、あんな、ふと、ふといのが……っ」

「ああ、入ってるな。尻尾もちゃんと入ってるよ、もっとよく見せてやろうか」

貴臣は更に結花の秘裂を両手で割り開き、ゆっくりと抜き差しする様を見せつけてやった。奥から溢れて掻き出された蜜が、秘裂を伝って尻尾をぐっしょり濡らしている。その光景があまりにいやらしくて、羞恥がこみ上げた結花は思わず逃げるように身をよじり、濡れ襞を引き絞りながら膣孔をひくつかせた。

「いやらしい孔だ、食い締めて離さない。そんなにこれがいいのか」

言いつつ狙い澄ましたように感じる部分を抉られ、ごまかすこともできないくらいの快感で満たされる。

「……ぅう、い、いぃ……っ」

「これが、好き？」

「んんっ、たかおみ、さんが、すき……っ！　たかおみさんの、これも、すきぃ……っ」

口走った結花が必死に顔を後ろへひねり、貴臣の頬や顎のあたりに何度も唇を押し付けてくる。

はぁ、と貴臣は切ない溜息を一つ零し、たっぷりとキスを与えてやった。

「……まったく。結花はどうして、こんなにいやらしくて可愛いんだ」

「ん、や、うごいて……もっと、いっぱい、ずぼずぼって、して……っ」

「してあげるから、もっと可愛い結花を見せて。私の目の前で、前と後ろをいっぺんに犯されながら、この格好でイってごらん」

言うや否や、強烈に下から突き上げる。と同時に、結花を抱え上げた手の指先でそろりと撫でた――繋がっているその部分の、少し上にある緋色の凝りを。ひぃッ、と結花が鋭く叫び、両脚の爪先をきつく丸めながら貴臣の胸に後頭部を押し付ける。

透明な蜜をまぶした美しい指先が、小さな淫核を根元から撫で上げ、そのまま輪郭をなぞるようにして剝き出させた。その動きの一つ一つ、皮膚と粘膜が触れ合うだけでも、結花の全身を鋭い感覚が突き抜ける。同時に身体の内側の雌襞を雄芯のくびれで掻き乱され、ごりごりと激しく擦り上げられながら子宮口へ挑まれる。

「だ、め、それっだめっ、むり、ひいっ、やだ、きちゃう……っ！」

切羽詰まった声で訴える結花を、貴臣はなおも嬲った。はちきれそうに膨れ上がった凝りの根元をぐりりと揉みこみ、結花の全身がひくつき震え始めるまで何度も下から突き上げ抉りこんで。

「いや、だめ、ああっ！　みないで、くるの、だめ、でちゃう、んうぅぅッ」

「……結花。私も、結花の中に出すから、結花も一緒に、出してごらん。きっと、死ぬほど気持ちいい」

貴臣が、甘い声で誘惑する。一緒にイこう、と。

「あ、あう、だめ、っい、んんッ」

「結花がおもいきりイくところを、私によく見せて。ほら。結花」

いけ、と貴臣は短く命じた。結花の子宮口へ、亀頭の先端をめり込ませながら。

「やだ、イく、でちゃう、いッ……っくひぃぃぃっ！」

結花の背中がきつくしなり、直後にびしゃっと——熱い飛沫が鏡に向かってぶちまけられる。これまでずっと熱の奔流を無理やり抑え込んできた貴臣も、その姿を見た瞬間に理性が飛んだ。

「——ッぐぅ、結花……ッ、出る……！」

呻き声を奥歯で噛み殺しつつ、結花の胎の奥へ大量に精を吐き出す。絶頂の最中でこれでもかと締め付けてくる膣孔で更に扱き、びゅく、どぷ、と断続的に噴き出る度に、結花もピュッと少量の潮を漏らした。

眩暈がするほど激しい快楽で、二人とも息を荒くしながら呆然としてしまう。だが、正気に返った結花が潮で濡れた洗面台を見て騒ぐ前にと、貴臣はそのまますぽりと尻尾を引き抜き、夢うつつの結花を抱き上げて寝室へ運び込んだ。

結花はまだ、絶頂の余韻に全身をびくつかせながらはぁはぁと荒い息を吐いていた。自分も呼吸を整えながら、貴臣は枕元に置かれた水差しへ手を伸ばし、コップに注いで一気に飲み干す。

続けてもう一杯注ぎ、結花にも飲ませようと顔にかかった髪を後ろへ払った瞬間、またしてもあの痣が目に入る。途端、腹の奥底で再び激しい苛立ちが沸き上がった。

使われたのが、自分のこの肉体だったとしてもだ。自分以外の誰かの意思で、結花の身体が暴かれるなど、到底許せるはずがない。

怒りにも似た激情が渦を巻き、濁流と化して溢れ出そうになったその時。

「……、たかおみ、さん……？」

小さな声で結花に呼ばれて、はっとする。

「ああ。大丈夫か？」

「なんか、頭が、ぼうっとして……」

「風呂で盛っていたから、少し酸欠になったのかもしれない。ほら、水を飲んで」

「ん……」

手渡したコップを両手で持ってこくこくと飲み干す結花を、貴臣は無言で見つめた。そうして密かに決意する。盆に帰省するのは、これきりにしようと。

あの祖父のことだ。一度したなら二度も同じと平気で嘯き、何の躊躇も罪悪感もなくいっそ堂々と、私や結花を身代わりにしようとするに違いない。今すぐ仏間へ殴りこんで、位牌を庭の池にでも投げ捨ててやりたいくらいだったが。

「今夜はもう、二人でゆっくり眠ろう」

きちんと送り火も焚いてやったのだから、さすがにもう出てこないだろう。まずは結花の体調が第一だ。霊媒は酷く体力を消耗する、なんてこともどこかで聞いた覚えがある。

そう考えると、自分のあの異様な疲労感も納得がいく。

結花もやけに眠そうだった。普段ならここから更に睦み合うのが常だが、無理はさせない方がいい。

「諸々の話は、明日にしよう」

盆明けの明日から貴臣は、久しぶりに顔を出す東京本社であちらこちらの会議に呼ばれてフル回転のはずだったが。

長期休み明け初日の午前中など、誰も彼もメールとタスクの整理に忙しく、まともに仕事に取り掛かれる状況じゃない。だったら午後からで十分だろうと自主的に半休を取ることにし、ひとまず野元にショートメッセージを送りつけておく。

——あとのことは引き受けましたから、ちゃんとあの世へ行ってくださいよ。

心の中でそう呟いた貴臣は、結花を抱きしめて目を閉じた。

7

「それで？　結局結花は、何を受け継いだの？」

尋ねたのは、あれから二日おいて再訪してきた絵里である。前回全く演奏を合わせられなかった結花が、リベンジしたいと再度呼んだのだ。

幸いこの日は、朝からみっちりピアノを弾きこんだ甲斐もあり、まずまずの出来だった。絵里もやけに上達しているなと思ったら、暇を持て余すあまりヴァイオリンの個人レッスンを受け始めたらしい。教師はロンドンの王立音楽院《ロイヤルアカデミー》の元講師だとか。

二人でセッションに集中すること一時間。そろそろ一度休憩を取られては、と新米使用人頭の阿久津が絶妙なタイミングで進言してきてはっとした。同時に美沙が、茶菓子のセットを載せたワゴンを押してくる。このペアのコンビネーションは、わずか数日で早くも熟練の域に達しつつあった。なんでも、一度二人で朝まで飲み明かし、相互理解を深めたとか（嫁の初めての朝帰りに、野元は不安で号泣したらしい）。

彼はまだ若いがかなり出来る、頼りになる存在です。と美沙に太鼓判を押され、結花も安心して接することができるようになった。阿久津、と呼び捨てにするのはまだちっとも慣れないけれど。

「それがね。おじいさま、亡くなる数年前から、古い弦楽器を蒐集してたんだって。で、それをそっくり私に、っていうか、実質的には財団に。それでね、せっかくだから、楽器の貸与事業を始めたらいいいんじゃないかって貴臣さんと話してて」

「ふぅん。いいんじゃない?」

古い貴重な楽器を蒐集し、才能はあってもお金がない若手の演奏家に無償で貸与する事業を行っている財団は、日本にも複数ある。それと同じことをしてもさして社会的なインパクトはないが、せっかくの楽器を無駄にするのは勿体ない。それに。

財団を与えるから、何か世の中の役に立つことをしてごらんと、貴臣にはそう言われたが、一体何から手をつけていいのかさっぱりわからず、とりあえずの運営は専門のスタッフに任せて未だ大学で勉強中の結花だ。それでも音楽関係となれば少しは理解できることもあるし、老マエストロという心強いアドバイザーもいる。より良い楽器を求める音楽家はいくらでもいるし、税金対策にもなる。

単なる穀潰しだった自分にも、ようやくちゃんとした仕事ができそうだ、と結花はうきうきしていた。

「ただ、私、弦楽器には全然疎くて。できれば絵里にも手伝ってもらえないかなって思ってるんだけど、どうかな」

「ふうん？　まあいいけど。あたし暇だし、ラリーも財団に出資してるし。それに、慈善活動って社交界的にはポイント高いしね」

「ほんと？　嬉しい、すっごく助かる。よろしくね！」

よかったぁ、と安堵の笑みをこぼす結花を見て、絵里はしみじみ思う。ほんと、綺麗に育ってるなあと。こうして見ると、ちゃんと「お嬢様」じゃなく「奥様」に見えるから不思議だわ。ま、二人も子供がいるようには見えないけど。

「でも、貸与事業やるくらいだと、それなりに名前のある、ぶっちゃけ客寄せパンダ的な楽器が必要になると思うけど。おじいさまは、一体どんな楽器を集めてたの？」

美沙がテーブルに茶菓子をセットしていくのを眺めつつ、絵里は何気なく問いかけた。

久世家の前当主が蒐集するようなものだから、結構な名器揃いなのだろうかとちょっと好奇心をそそられて。

「もしかして、ストラディヴァリウスとかあったりする？」

「ストラドはなかった。っていうか、そんなすごいのがあったら流石に私だってもっと騒ぐよ！」

結花は苦笑まじりに返して「んー」と小首を傾げ、全部は覚えてないんだけどと断ってから名前を挙げていく。

「ええと、なんとかグァルネリっていうのが三本と」

「――はあぁぁぁ！！！？？？」

直後に絵里は思わず絶叫した。その声に驚いた美沙が、菓子皿から焼き菓子を滑り落としてしまい、阿久津に無言で睨まれている。

「ごめん。今、グァルネリが三本て言った？」

血走った両目をカッと見開き、絵里が恐々と問いかけると。

「あ、うん。それと、似た名前の……グァダニーニ？っていうのと、あとアマティと」

「待って。ちょっと待って。グァルネリだけじゃなく、グァダニーニ？おまけにアマティ……!?」

「それとモンタニャーナ？と、あとなんだっけ。ええと……阿久津。覚えてる？」

振り向いて問いかけた結花に、阿久津は「勿論です」と答え、宜しければ全て正確な名称と製造年を申し上げますが、と申し出た。

ごくりと生唾を飲み込んだ絵里が、神妙な顔つきで「お願いします」と恐る恐る頷く。はい、と返した阿久津が、「ではまずヴァイオリンから。一七三〇年製、グァルネリ・デル・ジェズ」と口にした直後。

絵里が再び絶叫した。

「グァルネリ、しかもデル・ジェズ!?本物!?」

「代理人を通じて、ヨーロッパのオークションで手に入れたお品でございます。無論専門家の鑑定書付きの本物です。続けても宜しいでしょうか」

「お願いします！」

「では次。一六六八年製、アンドレア・グァルネリ。こちらはヴィオラです。一七三〇年製、ピエトロ・グァルネリのチェロ。御前様は、この三本をセットで〝グァルネリ・トリオ〟と呼んでおいででした」

「……グァルネリ揃い踏みの、トリオ……」

「御前様は、セットで揃えるのを楽しんでおられました。モンタニャーナの四本組、〝モンタニャーナ・カルテット〟もございますが」

愕然としたまま声も出ずに喘いでいる絵里に対し、話の内容がよくわからない結花は実にのほほんとしていた。

「私、そのモンタニャーナ？　っていうのは聞いたことなくて。有名なの？」

「有名どころじゃねえわ！」

鬼気迫る顔で叫び返され、おお、とソファの上でのけ反る結花である。

「あのね、日本じゃ知名度低いけど、ソロでＣＤ出すようなプロの音楽家ならみーんな欲しがる楽器なの。それを、グァルネリ三本にモンタニャーナ四本て……それだけで一体いくらしたのか、想像するのもおっそろしいわ！」

「価格的に一番高額なのは、グァルネリ・デル・ジェズのヴァイオリンですね。次いで、一六六一年製のニコロ・アマティのヴァイオリン」

「アマティって聞いたことある。それも有名な人？」

「ストラディヴァリの師匠よ！」

信じられない、うそでしょ……と呟いて頭を抱えた絵里は、そのままごろんとソファの上で横倒しに転がってしまう。ごめん、ちょっと、落ち着いて聞けそうもない、と呟いてから、よろよろと身を起こして。

「だめだ、とてもじゃないけど冷静に聞ける内容じゃない。美沙っち、お茶もらっていい？」

絵里のあまりの様子に目を丸くしていた結花は、ふぅ、と小さく溜息を零して呟いた。

「やっぱり、そんなに凄いことなんだ……」

「凄いなんてもんじゃないわ！　結花にはわかんないだろうけど！」

「貴臣さんは、なんて？」

問いかけてみると、阿久津はうっすら苦笑を浮かべて静かに答えた。

「最初に目録をご覧になった際は、頭を抱えて絶句しておいででした」

「貴臣さんまで？　うわぁ……」

そんな凄い楽器をこんなにたくさん集めてたなんて、さすがおじいさまだなあ。と若干ズレた感想を抱く結花の目の前に、美沙が細長いグラスを置いた。透き通った明るい琥珀色のアイスティー、底の方にマーマレードのようなものが沈んでいる。

「何これ。オレンジマーマレード？　アイスのロシアンティー的な？」

気づいた絵里が、グラスに差し込まれた細いマドラーの先端でぐりぐりとつつく。結花もグラスを手に取って、それよりはだいぶ上品に控えめにかき回した。

「これね、オレンジじゃなくて、橙《だいだい》っていう柑橘なんだって」

「橙って、お正月に鏡餅の上に乗っかってる、固い蜜柑みたいなやつ？」

「そうみたい。熱海の名産品なんだって。このマーマレードは、熱海のお邸の女中さんが毎年手作りしてるそうなんだけど、朝食で食べたら美味しかったからって貴臣さんが持って帰ってきてくれたの」

にこにこと笑みを浮かべて結花が説明すると、絵里もストローに口をつけてちゅうと吸い上げた。

「へえ。確かに、これ美味しいね！　お茶もいいけど、ソーダで割っても美味しそう。あと、チーズとかにも合いそうじゃない？　クラッカーに一緒に載せたらほろにが甘じょっぱくて、いいシャンパンのつまみになりそう」

「え、ちょっと試してみたいかも。美沙さん！」

「はい結花様。今夜にでもご用意するよう、厨房に伝えます」

ご機嫌な結花に、美沙もにこやかに頷く。

「絵里、よかったらひと瓶持ってく？　毎年食べきれないくらい作るから、なくなったら熱海から送ってくれるって」

「え、いいの？　もらうもらう！　うち、ママがマーマレード好きなんだ！」

二人で盛り上がっている様子を、脇で静かに控えた阿久津が無言で見つめていた。

そのマーマレードを作った女中が誰なのかを、結花様が知る日は果たして来るのだろうかと。


その日の夜、少し早めに帰宅した貴臣に早速話してシャンパンのボトルを開け、二人で洒落た晩酌を楽しみながら、絵里との会話の顚末を話した。

「絵里がね。うそでしょ、あり得ない、信じられないって、ずーっとブツブツ言ってた」

ついつい思い出し笑いをしながら美味しそうにグラスを傾ける結花を、貴臣も上機嫌で眺めている。嶋田ではなく阿久津が選んだ一本は、柔らかな口当たりとふくよかな風味にきめ細やかな泡が心地いい、シャンシーラの白葡萄発泡酒《ブラン・ド・ブラン》だ。

「まあ、あれの気持ちもわからんでもないな」

うっすら苦笑しながら優雅に口許へ運んだカナッペは、南仏のハーブが香る山羊のミルクのフレッシュチーズに、件の橙マーマレードを添えてある。絵里が目論んだとおり、なかなかいいアテになっていた。

「私も最初にリストを見た時は、冗談か妄想か、でなければついにボケたんじゃないかと一瞬考えたよ」

「そんなにすごいコレクションなんだ……」

実際には、凄いどころではない、というのがごくごく現実的な評価だったが。

貴嗣氏が遺した弦楽器は、全部で十三挺。全てイタリア製の古楽器《オールド》で、価格も億は下らない。しかもそう滅多には市場に出てこないものを、よくもあれだけ集めたものだと正直呆れる。

その貴嗣氏は、例のビデオメッセージの中で、楽器に触れつつこう言っていた。

『ちょうどいい遺産の使い道を作っておいてくれた。感謝するぞ』

一体いつから動いていたのかわからないが、と貴臣は祖父の周到さに舌を巻く。

世界各国に分散してあった個人資産の一部を、楽器に変えて財団に遺贈という形で残したのである。あれほどの品々を集めていたとなれば、すぐに界隈で話題になりそうなものだが、代理人を通して方々で買い求めていたらしく、祖父の名は未だ表には出ていない。

花形資産を手に入れた財団は知名度を増し、それによって出資者や支援者を募りやすくなり、更に規模を増大して大きな事業を手掛けやすくなるのだ。

「……貴臣さん、私ね。財団で、一体何をすればいいのか、ほんとにちっともわからなくて。どうしたらいいんだろうって、結構悩んでたの」

くい、と一杯飲み干した結花が、グラスをテーブルに置いてから呟いた。

すかさず阿久津がシャンパンクーラーからボトルを持ち上げ、二杯目を注ぐ。その様子をじっと見つめながら、結花は独り言を漏らすような口ぶりで続けた。

「とりあえず、大学で勉強し続けていれば、そのうち何か……やれることとか、やりたいことが、見つかるかなって期待してたんだけど」

「そう簡単には、いかなかったか」

「ん。貴臣さんの課題は、毎年思うけど、ほんとに重くて難しい。ピアノを弾くことなら、まだどうにかなるけど」

「……結花に試練を与えたり、試したりするつもりは、全くなかったんだがな」

やはり育ちの違いというか、価値観や金銭感覚の違いは、溺愛レベルに相思相愛の二人でもいかんともしがたかった。日々の食費をケチって割引弁当を買うのも厭わない生活をしていた結花では、億単位の金を有効活用しろと言われても、金額の大きさが全くイメージできないのだ。何しろ、今の自分の生活レベルも把握できていないのだから。

「ディララやギャビーやほかのみんなが、色々立派な案を出してくれてるから、それに乗っかればいいやって思ってたんだけど。私と貴臣さんの財団なんだからそれだけじゃだめよって、ギャビーのママのミリアムにも言われてて。とにかく何かしなきゃ、でも何を、ってずっとぐるぐるしてた」

結花がそうして悩んでいるのは、貴臣もうっすら察していた。だが、結花はまだあまりに若く、人生経験も乏しい。急がず急かさず成長を待ち、いつか自分でやりたいこと・やるべきことを見つけて実行してくれればと、様子を見ていたのだが。

まだ若い結花にとっては、何もせずに時機を待つというのは苦痛だったのだろう。何か結果を、あるいは道筋だけでも形にしなければ、と焦っていたようだ。まあ、当初想定していた以上の規模と速度で資金が集まってしまったせいでもあるのだが。

生涯唯一と定めた結花との結婚に際し、柄にもなく浮かれた挙句に勢いだけで財団を立ち上げたことを、拙速だったかと密かにうっすら後悔したこともあった。その度に、気長に待てばいいだろうと自分を納得させていたが、肝心の結花はそれでは納得できなかったのだ。

「でも、おじいさまのおかげでやっと、私にも何かできそう。具体的に何をすればいいかは、これからいろんな人に教えてもらうつもりだけど」

ぱっと顔を上げてそう口にした結花の、なんとも晴れ晴れとした笑顔に、つられて微笑みながら貴臣は心底安堵していた。本当に、結花を悩ませたかったわけではないのだ。ちょっと調子に乗ってやりすぎただけで。……その稚拙さを祖父に見透かされ、やれやれとばかりにフォローされたに等しいこの状況は少々業腹だが。

「そうだな。まずは、希望者を募ってオーディションからか」

楽器を貸与する、といっても、誰にでも貸すわけではない。将来有望な若手の、いい楽器を買うお金のない音楽家に、実力相応の素晴らしい楽器を一定期間貸し与えて演奏させる、というものだ。

弦楽器の演奏は、個人の腕前だけでなく、楽器の音色（つまりは質）にも大きく左右されると言われる。皆、少しでも良い楽器を使ってコンクールに出たい、実績を上げてプロになりたい、と日々切望しているのだ。

そして、単純に音がいいだけではなく、その楽器を弾いているというだけで箔がつくのが古楽器《オールド》の名器である。それなりの楽器を使っていると、個人のプロフィールやコンサートのプログラムにも「使用楽器は○○年製の△△△」ときちんと記載されるのだ。

「あ、でも、もしできればなんだけど……一人だけ、優先的に楽器貸与者リストに載せたい人がいるの。――デイヴィッドを。」

結花の真剣な眼差しを見つめ返しつつ、貴臣はふむと顎に手をやった。

デイヴィッド・リヴァノス。ギリシャ系アメリカ人のヴァイオリニストで、結花の伴奏でCDデビューを果たした若造だ。色々と生意気で図々しいが、実力のほどは貴臣も多少認めるところではある。

なるほど、と頷きながらグラスを干し、阿久津にちらと視線を送る。すぐに二杯目が注がれ、立ち上る果実の香りをゆっくりと味わいながら、貴臣は無言で考えた。

確かに、あの男の腕前なら、もっといい楽器を使わせてみたい気もする。むしろ、結花にベヒシュタインで伴奏させるなら、それなりの楽器を使って然るべきだ。果たして、あれの音楽にフィットするのは、アマティの音かそれともグァルネリか――。

「なんにせよ、楽器の状態や特性を確認するために、試し弾きをする人間が必要だ。私も結花も、ヴァイオリンの演奏は素人だからな。デイヴィッドと、それに、テオ・アドラー夫妻にでも依頼してみようかと思っている。チェロもあるからな」

「それなら、女性のヴァイオリニストもいたほうがいいんじゃないかな。貴臣さん、誰か心当たりある？」

「いや、さっぱりだ。だが、それこそマエストロ・シュレジンガーに、カーティス音楽院の講師を誰か紹介してもらえばいいんじゃないか。あるいは、ベルリンのハンス・アイスラー音楽大学にでも話を持っていってみるか」

「そういえば絵里が、王立音楽院《ロイヤルアカデミー》の元講師に習ってるって言ってた。お願いしたら受けてくれるかも？」

そうして二人で会話していると、瞬く間にTo Doリストが出来上がっていく。どんなオーディションをするかという話題は特に白熱し、課題曲は何にするかという細かいところにまで話が及んだ。

「おじいさまの楽器だから、シューマンは外せないと思う」

「私はやはりバッハだな。無伴奏の何かとするか、いっそシャコンヌを必須にするか」

「自由にアピールする曲も必要だよね。となると、一人三曲かぁ」

なんてことを盛んに言い合ってから、不意に結花がぴたりとお喋りを止めて。

いつの間にか前のめりになってだいぶ肩に力が入っていたのを自覚し、はふぅと身体の力を抜いてソファに深くもたれかかる。

「気が早い話だよね。興奮しすぎちゃった」

ようやくできることが見つかって、嬉しくなっちゃったみたい。そう言われた貴臣は静かに手を伸ばし、横から結花を抱き寄せた。そうして頭のてっぺんに顔をすり寄せ、ちゅ、と唇を押し付ける。

「早すぎるということはないさ。一度方針が決まったら、スピード感をもって形にしていった方がいい」

「何話したか、一晩寝たら忘れちゃいそう。メモでも取ればよかった」

「私が全部憶えているから、問題ないよ」

ついでに言うなら阿久津も覚えているだろう。明日の朝までに議事録を作らせるか。

「ん……でも、もう少しあれこれ考えたいな。明日から、ちょっと色々書き出してみる」

「ああ。帰りのフライト中にでも二人で方針を決めて、原案を作ってから評議会に諮ろう」

「そっか、そういう流れになるんだ。大変そうだけど、なんか楽しみ！」

——財団のオーナーとしての顔は、一種の偽装にもなるだろうと、映像の中で貴嗣氏は言っていた。銃声を小さくする、消音機《サイレンサー》の役割を果たすかもしれん。

あの祖父は、本当に結花を気に入っていたし、最後の最後まで気にかけていた。貴臣への、最後の伝言も、結花のことだった。

『儂はもう、結花さんを護ってやれないが、護れるだけの力はお前に引き継がせるつもりだ。もう二度と逃がさんよう、しっかり捉まえておけよ』

その言葉を最後に、映像は消えた。……余計なお世話だ、とつい吐き捨ててしまったが。

やはり結花は、自分にとって、運命の女だったのだなと再確認した。出会うべくして出会い、なるべくして妻となった、可愛い可愛い大事なウサギ。二度と逃がさないためにと、厄介な立場と力まで押し付けられる羽目になったが。

「これでやっと、久世家の奥様っていうか、貴臣さんの——っ、妻として、恥ずかしくない活動がちゃんとできそう。よかった」

「そんなことを気にしていたのか？　何をしてもしなくても、結花のどこにも恥ずかしいところなんかないさ」

「ありがと。……でも、そう思わない人もきっといるから。私が自分で、自分に納得のいくことがしたいの」

堂々と、貴臣の隣に立てる自分でありたいと、結花はそう言う。そもそも結花以外の誰も、隣になど立たせないのに。

貴臣のため、貴臣に相応しくあるためにと、変化するのを厭わず、成長し続ける結花。そのままでいい、なんて言ったら侮辱に値するのではないかと思うほど。

それを見ていると、貴臣もまた、結花の思う「凄い人」であらねばならない、一層の高みを目指さなければならないと、強烈に思わされるのだ。結花の在り方は、結花自身だけでなく、貴臣をも成長させていく。もう四十も過ぎたというのにだ。

一体どこまで育つのか。どれほどすごいことを成し遂げたら、もう十分だと納得するのか。まったく、末恐ろしいことこの上ない。

「それと結花。これは、将来的な可能性の話だが……」

そう前置きして貴臣が口にしたのは、長期出張や駐在ではなく、日本国籍を放棄して移住しての海外生活。

「日本国内に、久世本家が二つあるのは好ましくない。本家と新家、というやり方もなくはないが、それよりはいっそ海外に本拠地をもう一つ作る方が意義がある」

貴臣が久世家の裏の当主になったということは、表と裏の二人の当主が同時に立ってしまうということだ。祖父は表舞台から引退して隠居の身だったからそれほど問題はなかったが、自分にアーリーリタイアは夢のまた夢だろう。指示系統の重複や混乱は、可能な限り避けた方がいい。

「海外、移住……日本には、もう帰ってこないってこと？」

「いや、来ようと思えばいつでも来られるよ。ただしその場合は、自国民ではなく『外国人観光客』としての入国になる」

「それなら、別にいいんじゃないかな」

あっさりそう言ってのけた結花を、貴臣が真剣な眼差しでじっと見下ろす。

「日本人じゃなくなるんだよ。嫌じゃないのか」

「嫌だと思うことは、特に思いつかないかなあ。だって、そうなったらもうお義母様やお義父様、和佳子さんや佳奈子ちゃんと縁が切れて会えなくなるとか、そういうわけじゃないでしょ？」

「ああ。親族であることは全く変わらない」

「それなら、今だってニューヨークに住んでるし、そのうち貴臣さんはヨーロッパにも転勤するんだろうし、それと全然変わらないっていうか。逆に、日本人でなきゃいけない理由を、思いつかない。何かある？」

「……いや。私も、特にないな。なんなら今すぐ移住してもいいくらいだ」

でしょう？　と結花はいっそ朗らかに笑いかけた。

「私別に、久世家以外に日本に親とか親戚とかいないし。仲良しの友達だって、日本の外の方が多いし。あんまり馴染みのない国だと、慣れるまではちょっと大変かもだけど……最低限英語かドイツ語が通じるところなら、どうにかなるかな」

「まあ、あまりおかしな国には行かない。治安の良い法治国家で、日本とのビジネスに支障がない、陸路と空路の便の良い国……まあ、ヨーロッパの中なら大抵どこでも大丈夫だろう。なんならそれこそ、結花の好みで決めてもいいかもしれない。どの国に住んでみたい？」

「住みたいのはベルリン」

即答した。悩みもしなかった。どの国、と訊かれたのに、街の名前が真っ先に出た。他はどこも思いつかなかった。

それくらい、あの街で貴臣と暮らした日々が、色鮮やかだったから。今でもあの日々が、恋しくてたまらなくなるから。……そうだな、と呟いた貴臣も、愛おしげに目を細めて再び髪に唇を押し付ける。

「でも、国籍となると、もっとちゃんと考えたほうがいいよね？　税金とか、そういうの」

「そうだな。まあ、そういう意味では昔からスイスが人気だが」

スイスも悪くないけれど、とちょっぴり考えてみてから、結花はそっと貴臣に抱きついた。

「……私別に、どこでもいい。貴臣さんと一緒なら、どこでも大丈夫。貴臣さんが傍にいてくれれば、多分どこでも……生きていけるから」

それ以外に、望むことはない。そう断言した結花を見下ろした貴臣は、小さな顔を両手で摑んで仰のかせ、触れるだけのキスを落とした。

「だが、歌劇場は必要だろう？　急いで決める必要はない。あちこちの歌劇場を回って、どこが一番気に入るか、たっぷり悩めばいい」

「ただの旅行じゃなく、住んで暮らすために悩むのかぁ。楽しみ！」

「イタリアはどうだ？　スカラ座があるし、ボローニャもいい街だった」

「凄くいい！　けど、ボローニャは……あそこにいるとごはんが美味しすぎて、あっという間にぶっくぶくに太っちゃいそう……」

そうして睦まじくいちゃつく主夫妻を、阿久津は見事に気配を消して見つめていた。

貴臣についてあれこれ知ってはいた阿久津だが、己が仕えるに値する相手かどうかの判断は、生身の本人に接してみるまでわからないと思っていた。最大の懸念は、貴臣よりもむしろ、妻である結花の方だったが。

御前様の目は、確かだった。そうとしか言いようがなかった。彼女を庇護し、後見に立つと宣言した貴嗣氏は、決然としていた。そこまで見込まれるような女性なのかと、阿久津は正直半信半疑だったが。

あれならいける、むしろああでなければ難しい。彼女なら恐らく、夫がたったいま生き血を啜ってきたと聞いても、平然としていられるだろう。

御前様、お任せください。と、阿久津は心中密かに亡き主へ祈った。人生の最終盤で見つけた小さな宝物を、私も全力でお守りいたしますと。

隠居してからも、時に苛烈ですらあった先代だが。

晩夏の残照は、驚くほど暖かく柔らかな輝きを湛えて辺りを照らしていた。

fine.

幕開けの夜

Das Liebespaar der Oper

1

結花にとってアメリカでの二度目の夏が始まった、六月のある日のこと。

マンハッタンの住まい宛に、日本から「VIA AIR MAIL」というシールの貼られた一通の封書が届いた。


結花が双子を出産してから、もうすぐ五ヶ月。

老マエストロに「マキ」「カノン」と呼ばれて溺愛されている真貴と花音は、小さいながらも元気にすくすく……というより、日に日にむっちりと膨れるように大きくなっていた。目鼻立ちもやたらぱっちりくっきりしてきて、既に久世家の遺伝子の片鱗を見せ始めている。首もだいぶ据わってきて、このところよく「飛行機ブーン」のポーズを披露しては拍手喝采を浴びている。

けれどそんな双子の成長を上回る勢いで増加しているのが、貴臣の仕事量であった。

産前・産後は周囲もそれなりに気を使っていたようだが、日本が年度末を迎える頃から、「もうそろそろいいだろう」とばかりに大量の仕事がどっさり降ってき始めたのである。

平日は毎日午前様が当たり前、しばしば週末にまで社用の予定が入り、フィラデルフィアで家族と過ごす時間を持つことさえままならない。そのため、昨今は専ら結花の方が、双子と黒服達を連れてマンハッタンへ通うようになっていた。

六月のその日もそんな週末で、某上院議員から大使館経由でゴルフに招かれ断りきれなかった貴臣は、土曜だというのに朝から不在。寝ぼけ眼でベッドから見送った結花は、双子に授乳してからしっかりめに朝食を摂ると、大型のベビーカーに双子を乗せて家を出る。

マンハッタン滞在中は、よほど天気が悪くない限り毎日、黒服をお供に近所のセントラルパークを散歩するのが常であった。

「んー、今日もいい天気！　この時季で梅雨がないって、やっぱりいいなぁ」

「ほんとです。雨だと警護もしにくいですし」

六月と言えば日本は梅雨の真っ只中だが、ニューヨークは一年で最も過ごしやすい季節である。晴れた日には気温が上がって汗ばむほどだが、日本と違って空気がカラっとしているため、それほど不快でもない。

広々とした青空を背景に、色濃く瑞々しい樹々の緑とその奥にそびえ立つ高層ビル群。美しい芝生の上で裸足で日光浴する人々に、木陰のベンチでゆったり読書する人々、軽快な足取りでランニングに勤しむ人々。

広大な湖に浮かぶ手漕ぎボートは、結花も一度貴臣に誘われて乗ったことがある。生まれて初めてのボート遊びは最初は少々緊張したけれど、貴臣の腕に浮き上がる筋肉と確かなオール捌きに見惚れるうちに慣れてきて、湖の真ん中あたりへ進む頃には最高の気分になっていたことを思い出す。

そうして初夏のセントラルパークを満喫し、「そろそろおっぱいタイムかな」と双子のご機嫌を見計らって帰宅すると。

今日は留守番係だった美沙が、ペーパーナイフと封筒を載せた銀のトレイを差し出してきた。

「お帰りなさいませ結花様。越智《おち》夫人から、お手紙が届いておりますよ」

「お手紙？　耀子おばさまから？」

越智夫人とは電話番号もとっくに交換済みだし、メッセージアプリのお友達登録だってしてある。なのにわざわざ封書が海を越えて来たということで、結花はなんとなくどきどきしながら封筒を開いてみる。透かし模様の入った便箋からふっと淡く立ち上ったのは、香水ではなく香木の香り。

「わ、直筆のお手紙。それになんだかいい香りがする！」

「白檀でしょうか。さすが越智の奥様、雅やかですね」

思わず興奮した声を上げる結花を、美沙が微笑ましく見守る。

『結花様
色とりどりの紫陽花に、雨粒が滴る季節となりました。子育てで日々慌ただしくお過ごしかと存じますが、お元気でいらっしゃいますか？』

作法通りの時候の挨拶から始まる手紙は、越智夫人の人柄がにじみ出るようなまろやかな筆致で綴られていた。

手紙はおろか、電子メールですらないSNSのショートメッセージだけでコミュニケーションが完結してしまうような時代だ。そこをあえて、上質な紙にペンで手書きの文字を綴り、風雅な香りを焚きしめて、時間もお金もかけてわざわざ外国へ送る。そんな行為そのものに、特別な親しみが目いっぱい込められているのが結花にもわかる。

『先日、絢ちゃんが、真貴くんと花音ちゃんのお写真を見せてくれました。ちっちゃなおててや短いあんよがどんどんプクプクになって、本当に可愛い盛りですね。でも、母となった結花さんには一番大変な時期でもあります。どうか無理はせず、努めて気楽に子育てを楽しんで下さいますよう。帰省される際には是非、双子ちゃんにご挨拶させて下さいね。……』

読み進めながら、瞼の奥がじわりと温かくなってくるのを感じていた。

遠く離れても、こうして自分を気にかけてくれる人がいる。自分のために、時間を割いて手間を惜しまず言葉を綴ってくれる人がいる。そう実感した途端、胸の奥がそわりとざわめく。実の親とは縁遠い結花だから、なおのこと嬉しくてくすぐったい。

けれど便せんが二枚目に入ったところで、淡い笑みを浮かべていた結花がすっと真顔になった。

『……ところで、夏休み明けの秋学期から、大学へ復学されるご予定と伺いました。それで、もしかしてそろそろお誘いしても大丈夫かしらと思って、思い切ってお手紙差し上げてみることに致しました。来シーズンのメトロポリタン・オペラの初日、オープニングナイト・ガラへ、よかったらご一緒して下さいませんか？』

その一文を目にした瞬間、両目がくわっと見開かれる。

メトロポリタン歌劇場の、シーズン初日へのお誘いであった。

『前々から一度行ってみたいと思っていたのですが、これまでなかなか主人の都合がつかずに見送っておりました。ようやく今年は予定をやり繰りできそうなのですが、もし結花さんや貴臣さんのご都合が合えば、年寄りの人生最後かもしれない物見遊山に、お付き合い頂けないでしょうか。……』

「――はい喜んで！」

思わず反射的に叫んでしまう。それくらい、願ってもないお誘いだった。

生活の拠点をアメリカに移してから、メトロポリタン歌劇場には貴臣と二人で何度も足を運んでいたが、シーズン初日は未経験だ。しかも、財界きってのオペラ愛好家である越智夫妻が、死ぬ前に一度行ってみたいと思うほどの特別なイベント。そんなの結花だって勿論興味ありありである。

夕方になってようやく貴臣が帰宅すると、結花は早速うきうきと封書を差し出した。

「メトのオープニングナイトか。随分久しぶりだな」

妻とたっぷりただいまのキスをしてから手紙に目を通した貴臣が、ほんの僅かに頬を弛めて呟く。

「貴臣さん、もしかして行ったことある？」

「ああ、もう大分前の話だが。こっちに住んでいた頃は、メトとカーネギーのオープニングはチャンスがあれば毎年行っていたな。九月下旬の平日だから、日本に戻ってからはとんとご無沙汰でね」

九月の下旬と言えば、日本企業はちょうど半期決算で忙しい時期である。なるほどそれでと納得した結花が、「なんなら私一人でも行ってこようかな」と何気なく口にすると。

すっと手を伸ばした貴臣が、結花の小鼻をむぎゅっと摘まんで「私を置いていくつもりか？」と不満げにのたまった。

「だってでも、貴臣さんもすっごく忙しい時期でしょ？」

「確かにそうだが、一日くらいプライベートを優先しても誰も文句は言わないだろう。越智さんからの誘いなら、ある意味仕事だ」

どうせまた、各方面からのありがたくない伝言をどっさり抱えてやって来るのだろう。何を言われても聞き流すだけだが。

「それに、メトのオープニングナイト・ガラは立派な社交行事だ。行くならパートナー同伴の方がいい」

「あ、そっか。確かに……」

「九月の末なら結婚記念日も近い。本当はベルリンへ連れていきたいが、今年はちょっと厳しそうだ。記念日デートを地元で済ませるというのも芸がないが、メトで許してくれないか」

そう言われて初めて「そういえばそうだった！」と思い出した結花は、にっこりと笑みを浮かべて貴臣を見上げる。

「私別に、ニューヨークでもベルリンでもフィラデルフィアでも、どこでもいい。貴臣さんと一緒に過ごせるなら……、ううん。一緒に過ごそうって、思ってくれるだけでも十分」

「せっかくだが、私はそれだけじゃとても足りない」

相も変わらず欲のない結花にうっすら苦笑した貴臣は、いとも優雅に身を屈めると素早く唇を啄んだ。

「ベルリンまで行けない代わりに、リンカーンセンター目の前のホテルに部屋《スイート》を取ろう。あそこのルーフトップラウンジから見下ろす景色は、一度結花に見せたいと思っていた。歌劇場の入口まで、徒歩五分だしな」

「家から歩いて二十分なのに、わざわざホテルに泊まるの？」

「車を待機させておいても合流するのに時間がかかるし、ドレス姿で歩いて帰るのは少々危険だ。それに」

そこで一度言葉を切ってから、貴臣は結花の耳元に唇を寄せ、誘惑するように甘い声音で低く囁いた。

「……せっかくの記念日デートなら、自宅とは違うベッドの方がいい」

ほのかに立ち上る瑞々しい桃の香りを堪能しつつ、やんわりと耳朶を甘く噛む。ぴくりと小さく跳ねた肩を、そのままソファへ押し倒して貪りつきたくなった刹那。

片手で抱えていた花音が、「あーぅ！」と声を上げて貴臣の胸のあたりを叩いた。おいたはだめ！　と言わんばかりのその仕草に、気配を消していた黒服たちは咄嗟に笑いをこらえ、結花と貴臣も顔を見合わせ破顔して、花音の頬にもキスしてやる。

「喜んでご一緒しますと、越智さんに連絡しておいてくれ。どうせなら早い方がいい」

「ん、はい。じゃあ……」

早速連絡してみます、とスマホを手に取る結花を眺めつつ、貴臣が「美沙」と声をかけた。

「聞いていたな？　九月の下旬だ。結花の衣装を一式新調しておけ。ドレスコードはブラックタイ」

「……！　承知致しました。お任せください！」

常と変わらず落ち着き払った貴臣は、まるで明日の朝食のメニューでも指示するかのように淡々と命じたが、恭しく一礼した美沙の方は密かに歓喜を大爆発させていた。

何しろ結花が妊娠してからというもの、ドレスアップして社交どころか、ちょっとお洒落してのお出かけ《デート》さえ激減して、不可抗力と知りつつも欲求不満を募らせていた美沙である。それがついに社交解禁、しかもいきなり正装《ブラックタイ》とくれば、鼻息が荒くなるのも無理はない。

「一応言っておくが、今回は赤絨毯《レッドカーペット》付きだ。まあ、我々にはあまり関係ないが」

赤絨毯《レッドカーペット》の一言に、美沙の両目が更にぎらりと鋭く輝き、頭の中で瞬時に妄想が膨れ上がる。

両脇に野次馬やマスコミやカメラマンがずらりと居並ぶ中、スターやセレブの群れに混じって堂々といちゃつきながら、赤絨毯の上を練り歩くお二人。そんなお姿をちらっと想像してみるだけで、興奮のあまり脳の血管が二、三本弾けそうだ。「我々にはあまり関係ない」？　いやいやちょっと、貴臣様ってば何をおっしゃいます。こんな極上の美男子がキメッキキメに正装してる姿なんて、カメラマンの皆さんが見逃すわけないじゃないですか。きっとバンバン写真撮られちゃいますよ。え、ってことは、どうしよう結花様ついに雑誌《ヴォーグ》とか載っちゃう⁉

そのお支度を、私がお手伝いするってことよね。何それ凄い、今夜はきっと眠れない。神様仏様貴臣様、素晴らしい御褒美です本当にありがとうございます……！静かに大興奮する美沙の頭の中には、『歓喜の歌』の大合唱が高らかに鳴り響いていた。

その日から美沙は早速、衣装の手配を開始した——とはいえ、レッドカーペット用のセレブドレスというのはさすがに美沙一人の手に余る。

そこで、相談するならまずはこの人と連絡を取ったのが、結花と付き合いの長いスタイリストの真野雪枝《まのゆきえ》である。

『いつも通り、シャーリー・陳《チエン》にお願いしたらいいんじゃない？　そっちの《アメリカ》ドレスコードに詳しいとは言えない私より、よっぽど的確なドレスを用意してくれるはずよ』

自分の好みは特になく、とにかくその場のマナーとTPOさえ外さなければ何でもいいという結花の気質を知り抜いた彼女は、美沙の問いかけにあっさりそう答えた。

結花の親友・カレンの叔母であるシャーリー・陳は、ロンドンにアトリエを構える一流のファッションデザイナーで、これまでに幾度も結花の衣装を手掛けてきた（その集大成があのウェディングドレスである）。欧米の社交界にも明るい彼女なら、「よろしくね」と丸投げ《まるなげ》お願いするだけで素晴らしいドレスを仕上げてくれるに違いない、と。

ですよね、と深く頷いた美沙はその旨結花に進言し、同意した結花はいつも通りカレンに話を通した。相も変わらず気の向くままに世界中を飛び回っているカレンは、「まっかせて！　あたしから頼んでおくよ！」と自信満々に言い切っていたのだが、その数日後。

『ユカぁ、ごめーん！　なんか今、すっごく忙しいらしくて……急いで作って中途半端なものになるのも嫌だから、今回は辞退したいって言われちゃって』

珍しく（黒ゴスではない）普通の格好をしたカレンが、画面の向こうで両手を合わせて「面目ない」と平謝りしている。

初めてのレッドカーペットドレスと聞いてシャーリー自身も大いに興味を持ったが、何しろ結花の結婚式以降、世界中の裕福な花嫁達からウェディングドレスの注文が大量に押し寄せていた。更に九月頭のロンドン・ファッションウィーク（いわゆるロンドン・コレクション）の準備もあり、今はじっくり取り組む余裕がないと大層残念がっていたという。

そう聞いた結花は、「ううん、全然いいの！」と慌ててWEBカメラに向かってぶんぶん手を振った。

「つい気安くなっちゃってたけど、そもそもそんな気軽にお願いできるような方じゃないんだよね。こちらこそ申し訳なかったっていうか」

『ユカは全然気安くていいんだよ！　たまたま今は、ちょっとタイミングが悪いってだけで！』

「うん。また別の機会にお願いしますって、シャーリーさんに伝えてくれる？　私は別に、わざわざ作ってもらわなくても、バーグドルフ？　サックス？　とかに行けば多分買えるし……」

そう、何もデザイナーに直接注文なんて贅沢をする必要はない。そこまでせずとも五番街辺りの高級百貨店に行けば、ハイブランドの既製ドレスが選り取り見取りなのだから。

だがそう聞いたカレンは、「いやいやよくないって」と顔をしかめた。

『そりゃ確かに、バーグドルフでもアルマーニとかヴァレンティノのドレス買えるよ。でも、メトのオープニングガラでしょ？　みんな同じこと考えるんだから、絶対誰かとかぶるよ！　そんなの、ユカがよくてもあたしが許さない。そこで！』

画面の向こうでテーブルに拳を叩きつけたカレンが、そこでビシッ！　と結花に向かって人差し指を突き付ける。

『今回ユカには、あたしが今一番気に入ってる新人デザイナーのドレスを着てもらおうと思います！』

どうやらカレンは、彼女が今一番ハマっているゴスロリドレスのデザイナーを紹介するつもりらしい。いえ、ゴスロリはちょっと……と美沙の顔つきが渋くなるが、商品として需要があるからそういうドレスを作っているだけで、もっとフォーマルなドレスだって十分作れる子だからと。

「まあ、その場で変に浮かなければ、私は正直何でも……。美沙さん、どう思いますか？」

　画面に向かう結花の背後で静かに控えていた美沙は、そう問いかけられた瞬間無言でじぃぃぃんと感動していた。やだどうしよう、お嬢様にドレスの相談をされる私、めっちゃ侍女？　メイド？　っぽい……！

「そうですね、作品を拝見してみないことにはなんとも。無論ゴスロリ以外の、ですが」

『ちょっと美沙っち、バカにしないでくれる？　いつかはパリコレ出たいってくらい、ちゃんとファッション勉強してる子だよ。その気になればどんなゴージャスドレスだって自分で縫っちゃう、超人の天才なんだから！』

「え、自分で縫うの？　デザイナーさんなのに？」

　結花が驚いて目を丸くすると、生ぬるい微笑を浮かべたカレンが子供に諭すように説明する。

『あのね、ユカ。どんな大御所デザイナーだって、みんな最初は自分で針と糸持って、自分の思い描いた服を自分の手でちくちく縫うんだよ。……ま、それはさておき』

　言われた結花が世間知らずを恥じ入る間もなく、カレンはてきぱきと話を進めていく。

『まずはお互い顔を合わせて、イメージ掴まなきゃね。制作にもそれなりの日数かかるはずだし、あっちの都合も確認して、なるはやでそっちへ連れて行くよ。ＯＫ？　じゃ、予定が決まったらまた連絡するね！　また後で！』

そうして一切反論の余地を与えぬまま、独りでズバズバ決めたカレンはさっさと通話を切ってしまう。

呆気に取られた結花と美沙はしばし顔を見合わせてポカンとしていたが、「……ひとまずお任せしてみましょうか」と成り行きを見守ることにし、報告を受けた貴臣も「それがだめならどこかの店で買えばいい」という結論で合意した。

これが六月末のことだったが、カレンは早くも七月の頭には件のデザイナーを連れてマンハッタンへやってきた。しかも、「二人乗っても三人乗っても同じだから」と、スタイリストの真野まで一緒に連れてきてくれる大サービス。

「ユカー！　会いたかったー！」

今日も今日とて全身黒ゴス装備でキメているカレンが、飛びつくようにハグしてきた。それを苦笑まじりに見守っているのは。

「雪枝さん！　お久しぶりです……！」

「直に会うのはほんとに久しぶりだものね。結花ちゃん、元気にしてた？　ベビちゃんたちも」

「はい！　今ちょうどお昼寝してるので、起きたら連れてきますね」

にこやかに挨拶を交わす真野雪枝は、結花にとっては単なる服飾スタイリストではない。

かつて結花が、ようやく自覚しつつもひた隠しにしていた貴臣に対する恋慕を、最初に理解し許容した人物だ。以来懐いた結花は、彼女を歳の離れた姉のように慕って頼りにしている。

その真野が、もう一人の人物を結花に紹介した。

「機内でデザイン画を見せてもらったり、目の前で描いてみてもらったりしたけど、確かにセンスは抜群に良いわ。きちんと製作できれば問題ないと思う」

ベテランスタイリストである真野が堂々とそう請け合ったデザイナーは、一言で言うと——美少女であった。

身長は、結花より幾分高いくらいか。膝下丈のクラシカルな紺色のワンピース姿で、詰まった襟や袖口には真っ白な幅広のレースがあしらわれている。カレンとはまた少し方向性の違う、上品でお行儀のいいロリータファッションだ。ゆるくカールした長い髪はミルクティー色で、コスプレじみた色合いだが良く似合っていてさほど違和感がない。そこにコンタクトで菫色にした大きな瞳が加わり、ますます現実離れした不思議な美しさを感じさせる。

「初めまして……ケイトです」

そう挨拶してきた声が、見た目から想像するより少々低いのは意外だった。だが美沙はそれでふと気づく。相手をよくよく見てみると、声だけではなく、あちこち奇妙なアンバランスさを醸し出していた。

こちらこそ初めまして、と握手の手を差し出そうとした結花の目の前に、表情を消し去った美沙がすっと立ち塞がる。

「カレン様。失礼ですが、こちらの方は……男性、ですね?」

「…………、ええぇぇ!?」

ぎょっとした結花は目を剝いて叫んだが、目の前で立ち竦む彼女、いや彼なのか? はびくりと肩を震わせ、顔つきを強張らせながら俯く。

「さっすが美沙っち、よくわかったね! 確かに、生物学的には一応オトコだけど」

そのケイトを庇うように前に出たカレンが、彼(彼女《こ》)にがばっと抱き着いた。

「ケイトちゃんは、精神的には完璧に女子だよ。男の娘ってやつね」

その言葉に、部屋の隅で黙って見守っていた立花と桜井が「あれでオトコ? 嘘でしょ」とこっそり目を剝き、美沙は眉間にきつく皺を寄せる。

「貴臣様の許可なく、見知らぬ男性をお迎えすることは……」

「大丈夫だってば! 竿はあるけど、オスとしては完全無害だから」

「そうは言っても――」

ケイトちゃん、と呼ばれた見た目完全美少女は、申し訳なさそうに肩を縮めて何度も「すみません、すみません」と呟いていた。躊躇なく連呼される謝罪の言葉、いかにも言い慣れたその口ぶりに、結花は何だか切ないような物悲しさを感じてしまう。

「美沙さん、大丈夫です。カレンもこう言ってますし、何より、こちらの用件でわざわざ来て下さったお客様ですから」

やんわり言うと美沙が躊躇いがちに身を引き、代わりに立花が近くへ寄って来て警戒態勢を取る。それを一応確認してから真っすぐ相手へ向き直り、結花はしっかり腰を折って丁寧に頭を下げた。

「こちらのものが失礼を致しまして、申し訳ありません」

そうして潔く使用人の非礼を詫びる態度と、ひときわ品よく優雅な所作に、黙って見ていた真野がこっそり目を見張る。あらまあ、しばらく見ないうちにずいぶん、名家の若奥様らしくなったわねぇと。詫びを入れられた客人の方が「いえあの別にそんな」と恐縮している。

「久世結花と申します。東京からはるばるお越し頂いて、どうもありがとうございます。ケイトさん、とお呼びしてもいいですか？」

「は、はい。その……奥様？」

結花を何と呼ぶべきか迷ったのだろう、疑問符付きで「奥様」と呼んだ彼、いや彼女に、カレンが「ぶっはははは！」と爆笑した。

「奥様なんてガラじゃないって！　ユカで大丈夫だから！　ねえユカ？」

「はい。どうぞそう呼んで下さい。あの、久世と呼ばれるのもあんまり慣れていないので

「……」

「ちょっと結花ちゃん、そこはいい加減慣れなきゃだめよ」

「あのでも、さすがにちょっとは慣れましたよ！　あ、皆さんどうぞおかけ下さい。まずはお茶でも……美沙さん、桜井さん、お願いします」

結花に言われてようやく割り切った美沙が、立花にちらと目配せしてから「かしこまりました」とキッチンへ下がる。

勝手知ったるカレンがボフンと我が物顔でソファに飛び乗るのを眺めていたケイトは、結花に「長旅でお疲れですよね。どうぞこちらへ座って下さい」と招かれ、恐る恐る腰を下ろしながら改めて辺りを見渡して。

「――すごいお宅ですね……映画みたい……」

目を丸くしてぽかんと口を開けた阿呆面を晒していると、横に腰掛けた真野が小さく苦笑する。

「すっごいおうちよねえ。私も初めてお邪魔したけど、想像以上だわ。家そのものも凄いけど、飾られてるものがまた……さっきのあれ、本物の応挙かしら」

玄関ホールに飾られていた、ウサギの日本画だけではない。長い廊下の壁を飾るのは、特注であろうスーパーロングサイズの額に納められた琳派調の色鮮やかな絵巻物。

窓が大きく天井が高い広々としたリビングと、壁に並ぶ連作の抽象画。壁一面のガラス窓の手前に鎮座しているのは、黒光りするグランドピアノ。ゆったりと配置されたシンプルモダンな家具調度は、イタリア製の最高級品に違いない。どこを見ても、恐ろしく金がかかっているのが一目瞭然。

物価がバカ高いことで知られるこの街でこれだけの住居を構えるには、一体おいくら億円必要なのか。想像するのも恐ろしい。何もかもに圧倒されて言葉も出ないケイトへ、真野は優しくアドバイスするように声をかけた。

「あなたがこれからデザインするのは、あの結花ちゃんのためのドレスよ。どんな人となりで、どんな暮らしぶりなのか、よく観察してね」

言われてはっとしたケイトは、両目でじっと結花を観察し始める。

カレンといかにも親しげに言い合いながら、くるくると表情を変えて笑ったりしている姿は、むしろ東京のどこにでもいそうな若い女性そのものだ。確かに身に付けているものはどれもこれも一級品だが、正直言って、ドレスと宝石に身を包んで赤絨毯を闊歩するセレブにはとても見えない……。

「ほんの二、三年前までは、まるっきりあんな感じの、ごく普通の大学生だったのにねえ……」

ケイトも一応、依頼主がどこの誰かということは聞かされていたので、自分でもネットで検索して調べていた。顔写真付きの記事が山ほどヒットしたが、彼女が久世家の嫁となった詳しい経緯などが書かれた記事は一つもなかった。身元については徹底的に伏せられ、当然出てくるはずの友人知人からのリークや卒アル情報なども、端から潰されたかあるいは報道機関が忖度して自主規制したか。

どちらにせよ、一躍時の人となりかけた結花の出自も人となりも、何一つ報道されなかった。明らかにされたのは、日本有数の名家の御曹司であり美男子として名高かった久世貴臣が結婚したという事実と、妻となった結花の写真のみ。それも、マスコミ各社でほとんど同じ内容が一通り報道されると、それきり二人に関するニュースは途絶えたのである。恐ろしいまでに強力な報道規制であった。

「まあ、詳しくは言わないけど、結構怒濤の人生なのよね。ちなみに、あの通りの若さだけど、もう子持ちのママなの。言ってる私も信じられないけどね」

その言葉に、ケイトは愕然として両目を剝いた。

「子供……!?」

「しかも二人、年明けに生まれたばかりの双子ちゃんよ」

その声を耳にした結花がケイトの方を振り返り、はにかんだ笑みを浮かべてちょこんと頷く。今はお昼寝してるんですけど、と。

そう聞いてどうしても気になったケイトは、女性には失礼な質問だと重々承知しつつ、恐る恐る「おいくつですか」と尋ねたが。

訊かれた結花は別段気分を害することもなく、にっこり笑って答える。

「私ですか？　二十四歳です。八月の末で、二十五になります。ケイトさんも、おいくつか訊いてもいいですか？」

訊き返されたケイトは、見た目だけじゃなくほんとに若いんだ……と無意識にまじまじ凝視してから、はっとして慌てて返した。

「私は、あの、二十六です。早生まれなので、学年で言うと二つ上です。高校を卒業してから専門学校で三年半、服飾デザインとオートクチュールの勉強をしました」

「ね、ちゃんと勉強してるんだよ。しかも結構本格的に！　私も何枚かドレス作ってもらったんだ。大学の謝恩会の時のドレスも、ケイトちゃんのだよ！」

自分のことのように誇らしげに胸を張るカレンが、ケイトにべったりくっついて座る。どこからどう見ても美少女二人の絡み合いにしか見えないのに、まさかの年上とは……と結花はつい感心してしまう。

「謝恩会のって、あのすっごく豪華でめちゃくちゃ凝った真っ黒ドレスだよね。あんなドレスを作れるなら、全然大丈夫、なのかな？」

「技術的には大丈夫だと思うけど、結花ちゃんの好みもあるから、自分で見て確かめた方がいいわ。ケイトちゃん、さっきのあのアルバムを、結花ちゃんにも見せてあげてくれる？」

真野の言葉に頷いたケイトがトランクの中からアルバムを取り出し、気恥ずかしげに結花に差し出す。その様子がまた異様なまでに愛らしく、「私よりよっぽど女の子らしいよねあれ」といっそ感動しながら結花は表紙をめくって作品を眺め始めた。

◆

その夜、貴臣は八時前にミッドタウンのオフィスを出た。

その数時間前、東京から来た客人を交えての夕食をどうしようかと結花に電話してみたところ、電話口にいきなりカレンが出てきて「みんなであたしの店に来て！　八時でいい？」と一方的にまくし立てられたのだ。いつの間に飲食店経営に手を出したのかと訝しみつつ、おかしな店じゃないだろうなと一応確かめてみれば、「失礼な！　超真面目なジャパニーズ居酒屋ダイニングだよ！」と言い返された。

金融街ファイナンシャル・ディストリクトの外れにあるその店は確かに、見た目はごく真っ当な和風の居酒屋というか、小料理屋のようだった。「可憐《Karen》」という店名を白く染め抜いた暖簾もどうやら本物の藍染で、からりと白木の格子戸を開けると上質な出汁の香りがふんわり漂う。思ったよりずっとまともな店のようだ。

「いらっしゃいませぇ！　あ、久世様ですね。ご案内します！」

訛りのない日本語で出迎えられた瞬間、マンハッタンから東京へと瞬間移動でもしたかのような気分を味わう。作務衣姿の若い店員は、貴臣の顔をひと目見ただけですぐさま奥の個室へと案内した。

「あ、来た来た！　ヘル・クーツェ、こっちこっち！」

室内には八人掛けの大きなテーブルが据えられ、毎度黒ずくめのカレンが両手を挙げて無駄に元気を振りまいている。手前に座っていたのは真野で、素早くその場に立ち上がると「貴臣様、ご無沙汰しております」と丁寧に会釈してきた。そこへ軽く頷きを返してから、結花を探して何気なく視線を巡らした貴臣だったが。

……なんだあれは、と無表情のまま内心呟く。

「ユカなら今化粧室だから、すぐ戻ってくるよ！　で、こっちが今回ご紹介する、デザイナーのケイト！　ケイト、あれがユカのダーリンで――」

奇妙な色の髪や眼といい、何かのコスチュームにしか見えない衣服といい、かなり異様ないでたちに見えるが、カレンの同類《おなかま》と思えばさもありなんというところか。なんてことを考えつつ、普段通りの冷ややかな無表情で静かに相手を見据える貴臣に対し。

その人物は、椅子に座って貴臣の方を振り向いたままの姿勢で固まり、ぽっかりと口を開けた間抜け顔の目を真ん丸にして、貴臣を凝視していた。……思わず小さく舌打ちしそうになったがこらえる。こういう手合いも、最近はだいぶ減ってきたと思っていたのに。

微かな溜息とともに貴臣がすっと視線を外した直後、ケイトは弾かれたように勢いよく椅子から立ち上がった。

「――――ッすみません、失礼しました！　あの、ケイトと申します、霜村佳人《シモムラケイト》です！」

上ずった声で必死に名乗った直後、貴臣の冷ややかな無表情がうっすら険しさを帯びる。

「失礼だが……その名前と声から察するに、男性か？」

結花が道で男とすれ違うだけでも、内心腹立たしい貴臣である。見てくれはともかく、オスの肉体を持つ存在が結花のすぐ傍に近づくなど、到底看過できるものではない。まして服飾関係ともなれば、間近に寄ったり全身眺めまわしたり、場合によっては身体に触れたりもするのだ。それがまさか、男だと？

背筋も凍るような冷気を浴びせられてその場に竦み上がったケイトは、鋭い棘を含んだ問いかけにいかにも後ろめたい様子で目を逸らし、ぼそぼそと小さな声で答えた。

「肉体的には、その、まだ……取っていないので、男です。でも、私は……自分は女性だと、自覚して、います」

「……なるほど」

低く呟いた貴臣が、鋭くカレンを睨みつけた。こんなのが来るとは聞いてないぞと。

「だ、大丈夫だよ！　ケイトちゃんは確かに未去勢だけど、ほら、見ての通りのオンナノコだから！　女子同士のカップリングには、全っ然、興味ないから！」

カレンがあわあわしながら説明するが、そうこうしている間にもピシピシピシ……と空気が凍り付く幻聴が聴こえてくる。息を詰めて見守っていた真野が、思わずごくりと生唾を飲み込んだ次の瞬間。

「あれ、貴臣さん？　もう来てたんだ。お帰りなさい！」

朗らかな明るい声が、その場に充満していた極寒の冷気をしゅわっと一瞬で霧散させた。

「結花。ただいま」

先ほどとは別人のように甘やかな声を耳にして、ケイトは再びぎょっと目を剝く。真野は逆に安堵の息を吐き、このお二人は相変わらずねとこっそりぼやいた。

「もっと遅くなるかと思ってた。お仕事大丈夫？」

「野元に雑用を押し付けてきたから問題ない。ワークライフバランスというやつだ」

「貴臣さんそれ、秘書さん達にもちゃんと適用してる？　野元さんだって、今日は早く帰りたいでしょうに」

「あれのＱＯＬは美沙に一任しているから問題ない」

「んー、そう聞くと確かに問題ない気がしてくる」

表情筋がほんの少し緩んだだけ、声音がうっすら優しくなっただけなのに、印象がまるで違う。我が目を疑い、先ほどとは別の意味で貴臣の顔から目が離せないケイトを尻目に、カレンが独り平然と声をかけた。

「ほらほら。全員揃ったんだし、まずは乾杯しよ！　この店、あたしが日本通としての全精魂とプライドを込めて作り上げた、自慢の店なんだ。いっぱい食べて飲んでって！」

得意満面で胸を張ったカレンの言葉に、真野もすかさず乗っかる。

「ほんと、目黒《めぐろ》辺りにありそうな和モダン居酒屋って感じね。カウンターも居心地良さそうだったし。ところでカレンちゃん、生ビールって何がある？」

「まっかせて。一番搾りでもスーパードライでも黒ラベルでも、大手のビールは一通り揃えてあるよ。最近、客のリクエストでハートランドも入れたんだ！」

「ハートランドの生がある？　やだ嬉しい！　私それで！」

「あ、じゃあ店員さん呼びますね。すいませーん！　わ、なんかこういうノリ久しぶり！」

女同士でのやり取りに学生時代を思い出した結花が、ご機嫌な笑みを浮かべてはしゃいだ声を上げた。そんな妻の腰を抱き寄せて甲斐甲斐しくエスコートする貴臣を、これまたケイトが声なくガン見している。まあそうなるよねと苦笑しつつ、カレンはずいとお品書きを差し出した。

「ほら、ケイトはどうする何飲む？　……ちょっと、ねえ、ケイト？」

訝しげに声をかけてまじまじ顔を覗き込むと、ケイトはまだぽわんとした眼差しで一人呆けていた。

「……なに、なんなのあれ……本物……？」

「あー。確かに二・五次元も真っ青のお顔だけど、ちゃんとリアルに生きてるからあれ。三次元だから」

「二次っていうか、CGとかじゃないの？　あれが生で本物とか、ちょっと嘘でしょどうしよう信じられない……！」

喘ぐように小声で呟く視線の先にいるのは、もちろん貴臣である。二人並んで仲良くお品書きを覗き込み、熱を帯びた柔らかな眼差しで甘ったるく結花を見つめては、時折睦言でも囁くかのように唇を動かしている。無表情でも美しい顔が淡い微笑みさえ浮かべている様は、現実のものとは思えないほど麗しく目に心地良い。

正面から見据えられると恐ろしいけど、とケイトはうっとり甘い吐息を零した。こうして傍から見ているだけなら、いつまででも眺めていられる。むしろ強烈に視線を吸い寄せられて、逸らすことさえできない。しきりに瞬きを繰り返す菫色の瞳が、夢見るように潤んでいた。

「なに、ああいう無表情クールビューティー系好みだったっけ？」

「……好みっていうか、ド真ん中撃ち抜かれたのは事実だけど。それ以前に……日本人、なんだよね？　日本人で、あんなに見事にスリーピースを着こなす男がいるなんて……しかもあのスーツ、もう見るからに……どうしよう、触ってみたい縫い目が見たい……！」

それを聞きつけた真野が、「やっぱり業界人ねえ」と小さく苦笑して囁く。

「ロンドンのメイフェア辺りの、紹介状なしじゃ予約も取れないような老舗で、気難しい職人が手縫いで仕立ててるそうよ。勿論シャツもね」

「やっぱり……！　あのご尊顔で、あの玉体で、至高の衣装を完璧に着こなして……どうしよう、推せるっていうか眼福っていうか見てるだけで幸せ過ぎてダメもう死んじゃいそう……！」

服飾関係者というのはどうやら本当のようだな、と貴臣は内心うんざりしつつ嘆息したが、結花はうんうん頷いて納得しながら微笑ましく眺めていた。だって、貴臣さんがすっごくすっごくかっこいいのは事実だから。みんながああやって見惚れちゃうのもしょうがないよね、私だってしょっちゅうそうなるし。

「あー、二人ともごめんね？　悪気はないんだ。ヘル・クーツェの見た目と衣装に衝撃受けてるだけだから、慣れるまではそっとしといたげて。ほら、いいから飲もうよ！　みんなグラス持った？　はいじゃあ、お久しぶりですかんぱーい！」

カレンがそうして乾杯の音頭を取る横で、ぽわんと夢うつつ状態のケイトは飽きることなく貴臣を見つめ続けていた。

その熱の篭もった視線は確かに鬱陶しいものの、貴臣にとってはこういう手合いは珍しくもない。早々に無視することに決め、可愛いウサギの餌やりタイムを愉しもうと、目についたものを片っ端から注文し始める。

「――んんん……ッ。このお茄子の揚げびたし、めっちゃくちゃ美味しいぃ！」

「結花。こっちの生麩田楽もなかなかだよ、食べてごらん」

「私もう、このお新香盛合せに白飯だけでいい……あ、うそ、やっぱり枝豆と唐揚げも！」

「んっふっふ、いいでしょいいでしょ。あたしが納得できないものは店でも出させないから、ぜーんぶちゃんと日本の居酒屋の味だよ！」

なんでもこの店は、マンハッタンで日本料理を名乗る多くの（大抵は中国系や韓国系の）店があまりに酷すぎて、値段も敷居も高い超高級店でしか本物の和食を楽しめないのに業を煮やしたカレンが、「こうなったらあたしが！　ちゃんとしたジャパニーズイザカヤを作る！」と一念発起して立ち上げた店らしい。店内スタッフは九割がた日本人で、カレン自らかき集めたというから凄い。

「あくまで高級店じゃなく、ちょっと洒落た居酒屋くらいがいいなと思って。まあ、それでも値段は日本の倍以上取ってるけど。でも、大将は板前割烹出身だから、出汁もちゃんと引いてるし、豆腐とかも店で作ってるんだよ！」

どうだと誇らしげに胸を張るカレンに、結花も惜しみない拍手を贈る。それくらい、国外で食べる日本料理というのは残念な代物であることが多いのだ。日本のチェーン店の居酒屋レベルでさえ、なかなかありつけないのが現実で。

「オープンまではめっちゃくちゃ大変だったけどね、おかげさまで今は結構儲かってるよ。この辺、リッチな金融系ホワイトカラーが多いしね。一番苦労したのは、日本から連れてくる店員の就労ビザかな！」

行動力も資本力もあるお嬢様ってほんとに凄いわね……と、真野が結花と顔を見合わせて舌を巻く。行きたい店がないから自分で理想の店を開く、スタッフも自力で集めるというのは、口で言うほど簡単なことではない。特にこの、物価が高く競争の激しいマンハッタンでは。

「そういえば、貴臣さんて居酒屋さんとか行くの？　あんまり想像つかないっていうか」

とろりと甘い桃の果実酒をロックで飲みつつ、結花も声を弾ませて貴臣に問いかける。確かに、彼が居酒屋で同僚と大ジョッキを傾けている姿なんて想像つかないなと、その場の全員が思ったが。

「日本ではあまり、というか滅多にないが、国外にいるときは割と行く機会が多い。日本から来る連中が行きたがるからな」

「貴臣様は、日本では居酒屋じゃなく、割烹や小料理屋なんでしょうね」

真野のその言葉に、貴臣は憮然として首肯した。

「そういうところに呼び出すのは大抵、面倒ごとを押し付けようとする友人知人だな。一番厄介なのは、赤坂《あかさか》あたりの料亭に呼びつけてくる老人連中」

「オホホホ、でしょうね～！」

わいわいとそんなやり取りをしている最中、どうも約一名妙に静かだなと思ったら。

いつの間にかケイトがスケッチブックのようなものを抱え、何やら血走った目で勢いよく色鉛筆を走らせていた。横からそろりと覗き込んだカレンが、溜息混じりに肩をすくめる。

「ねえケイト、お願いしたいのはユカのドレスなんだけど？」

「……ちょっと今邪魔しないで」

「もしかして、降りてきちゃった？　でも、お腹空いてるんじゃないの？」

「大丈夫だからほっといて」

必要最低限の会話をしながら猛烈な勢いで鉛筆を動かし、かと思えば突然スケッチブックのページを捲り、爛々とギラついた目で貴臣と結花を睨むように凝視する。どうやら〝神が降りてきた〟という状態らしい。カレンも苦笑して弁解した。

「これもう一種のトランス状態だから、放置で大丈夫。こっちはこっちで食べて飲も！」

「え、でも、ケイトさんも食べないと」

「大丈夫、適当に置いとけばいつの間にか食べてるから。それよりユカ、グラス空いてるよ。お代わりいく？　違うの飲む？　桃のほかにも果実酒めっちゃ揃えてるよ！」

そうしてケイトを除いた四人で賑やかにお喋りしながら食べて飲んで、どれほど経ったか。

日本から空輸した走りのシャインマスカット（カレンの大好物）が水菓子《デザート》として一房丸ごとドン！　と出てくる頃、ようやくケイトも手を止めてふっと顔を上げた。すると。

真正面から冷徹な眼差しでひたりと見据えられているのに気付き、思わずびくりと身を震わせて色鉛筆を取り落とす。

「――これまでの作品やデザイン画は、一通り見せてもらった」

感情がまるで窺えぬ声で言い放った貴臣の手元にファイルが積み上げられているのが目に入った瞬間、ぎゅんと一気に背筋が伸びたが。

「卒業制作のドレスも見たが、確かに悪くない。ひとまず一着仕立ててもらおう。ただし」

正式な依頼をもらえた！　と歓喜に目を輝かせたのも束の間、貴臣はすっと視線を逸らして馴染みのスタイリストを呼んだ。

「真野、既製品で一着見繕っておけ。二着並べて比較した上で、どちらか一方を採用とする」

「……なかなかえっぐい勝負させるねえ」

低く呟くカレンの口調にはうっすら怒りさえ滲んでいるが、当事者でも何でもない外野の野次など無論貴臣は一顧だにしない。

「既に名もあり実績もある一流デザイナーの作品と、正面から比較されることになる。張り合う自信がないならやめておけ」

冷ややかに言い放たれたケイトは独り途方に暮れた。

服飾学校を出ただけで、まともな仕立屋《クチュリエ》としての実績はゼロ。要はアマチュアに毛が生えた程度の自分なんかの作品を、プロが選んだ一流メゾンのドレスと並べて比較？　冗談でしょ。そんなのやるだけ無駄に決まってる、有名デザイナーのお高いドレスに勝てるわけない。

瞬時にそう怖気付き、大して悩みもせずに辞退しようとしたケイトの背中を、そっと押し返したのは——結花だった。

「あの、貴臣さん。ケイトさんも、ちょっといいですか？」

結花がぴこんと片手を立てて控えめに声を上げた刹那、貴臣は冷徹な眼差しをふっと弛め、淡い笑みさえ浮かべて愛しい妻へと向き直る。

「勿論だとも。最終的に選ぶのは、結花なんだからね」

嫁の声が聴こえた途端にあれだもん、ほんっと現金よね。とカレンが毒づくのを苦笑まじりに聞き流し、結花がケイトにゆっくりと語りかける。

「ケイトさん。私あの、実は……正直なところ、着るものにあまり興味がないんです。毎日着る服を選ぶのも、苦手、というかその……面倒で」

遠慮して「あまり」と言っているが、実は「全く」興味がないと知っているカレンと真野は、深々と溜息をついて頷き合った。

「どんな服でもドレスでも、『他人から見ておかしくなければ何でもいい』くらいにしか興味ないもんね、ユカは」

「そうよねぇ。あのウェディングドレスだって、正直その程度だったでしょう？」

「……すみません。もっとちゃんと興味を持てって、友達にも言われるんですけど」

何こいつ信じられない、と言わんばかりに己を凝視するケイトの眼差しに剣呑なものを感じ、申し訳なさそうに結花が項垂れる。決してファッションを軽視しているわけではない、ただ、そういう価値観が自分には全く備わっていないのだ、と。

「でも、ケイトさんの作品を見せて頂いた時は、素直に素敵だなぁって思えたんです。それが凄く新鮮で。そっか、みんなこういう気持ちで服を選ぶんだ、って初めて実感した気がしたんです」

結花の言葉に怒りさえ感じていたケイトだが、そう聞くと途端に心が和む。おかげで冷静さを取り戻し、相手の表情をじっくり観察する余裕も出てきた。……うん、嘘や冗談を言っているようには見えない。

「だから私、楽しみなんです。その、私に似合うかとか、着こなせるのかとか、そういうのは全然わからないんですけど。もしケイトさんが、私のためだけのドレスを作ってくれるなら、一体どんな作品になるんだろうって。こういうことでわくわくするの、初めてなんです！」

笑みを浮かべて声を弾ませる結花のその様子に、こっそり興奮していたのは真野である。他人が選んだ服に諾々と袖を通すだけで、自分の意思など主張したためしのない結花が。誰かが選んで押し付けなければ、毎日同じような（退屈でどうでもいい）服しか着ない結花が！

「ねえケイトちゃん、この仕事は是非やったほうがいいわ。いえ、むしろ結花ちゃんの今後のためにも、絶対に受けて欲しい」

こうなったら、結花のスタイリストとして一言言わずにはいられない。真野の真剣な顔つきに、ケイトは再び怖気付いたように腰が引けてしまうのだが。

「難しいことは考えずに、結花ちゃんに似合うドレスはどんなかな〜って考えながら、いつも通りデザインして、いつも通りこだわりまくって縫製すればいいのよ。大丈夫、製作費は貴臣様がたんまり前払いしてくれるから、シルクでも本革でも好きな素材を思いっきり使って、今できる最高の作品に仕上げればいいの。ね！」

隣から身を乗り出して真野がそう言えば、カレンも勢い込んで申し出る。

「そうだよケイト！　もししばらくNY《こっち》にいるならあたしんちの部屋貸すし、なんならおばさんのアトリエでちょっとインターンとかやってみる？　ヘル・クーツェ、ドレスはいつまでに作ればいいの？」

カレンにそう問いかけられた貴臣は、未だ決断を下せていないケイトをじっと見据えつつ、

「実際に着るのは九月の末頃だが。それより、そもそも依頼を受ける気があるのかどうかだろう」

と冷ややかに返す。

その場の全員の視線が自分一人に集中するのを感じ、ケイトは居心地悪そうに椅子の上で身じろいだ。事態があまりに急展開過ぎて、頭も心もついてこないし冷静になれない。

――でも、と俯いて考える。

人生を変えるチャンスが来る時っていうのは、こんなものなのかもしれない。ここで躊躇って怖気付くか、それとも幸運の女神の前髪を摑まえるか、今自分は正にその瀬戸際に立っているんじゃ――。

迷いの残る顔をおずおずと上げ、貴臣の美貌をそろりと見つめ返す。一瞬で気圧されそうになるけれど、隣で目を輝かせて自分を見ている結花の姿に励まされ、ぎりぎりのところで踏みとどまった。

「………あの、製作費、安くないっていうか、かなり高くつきますけど。本当に……前

払いして、もらえますか。結局選ばれなかったとしても？」

フルレングスのイブニングドレス、それもレッドカーペット用となれば、生地代だけでもかなりの額になる。それだけの金を本当に前払いで用意してくれるのかと、用心深く確認したケイトへ、だが貴臣はいっそ冷淡に言い放った。

「選ばれる自信がないならやめておけ」

その口ぶりにケイトはびくりと怯み、見ていた結花も黙っていられず「貴臣さん……！」と思わず声を上げたが、貴臣は無感動に平然としていた。

「うまくいかなかった時のことばかり想像するのは、日本人の悪い癖だ。失敗したらどうしようと考えるのは、最初から逃げ道を用意しておくのと同じことだよ」

「だとしても、もうちょっと何かこう！」

「いいか。新しいことを始めようとする時に求められるのは、それとは真逆の思考だ。うまくいったときのことを想像して、それに現実を近づけていく。そのために必要なことを、全て実行する。最初から失敗することを想定していたら、成功などするはずもない。必要なのは、自分を信じて、成功を疑わないことだ」

……それは、自分に相当自信がないと、なかなかできないことだけど。

心の片隅で突っ込みながらも、ケイトは貴臣のその言葉と態度に圧倒されていた。圧倒的な実力があって、それを発揮して成功する人間の思考はこういうものなんだと思い知らされて——そして、羨んだ。憧れた。自分も、あんな風になりたい。堂々とあんなことを言えるようになりたい、と。

貴臣に認められたい、とケイトは本気で願った。作品を彼に認められることが成功の第一歩だと、直感的に確信した。どうしようもなく彼に惹かれる自分を懸命に抑制し、心の中で「落ち着け、冷静に」と何度も言い聞かせつつ、慎重に言葉を続ける。

「……自分を信じる云々以前に、現実問題、前提条件の話です。レッドカーペットドレスとなると、資材費だけで数十万、いえ、もっとかも。駆け出しどころか、まだ歩き出してもいないような無名のデザイナーに、本当に……それだけの額を、投資して下さるんですか」

あえて露骨な物言いをしたのは、誤解しようのないはっきりした答えが欲しかったからだ。果たして貴臣は、ケイトが望んだ通り、いやそれ以上の答えをくれた。

「ドレス一着でたかだか数百万、損失を惜しむような額でもない。デザイナーが駆け出しだろうがベテランだろうが関係ない。結花が気に入ったなら、それだけで払う価値がある」

眉一つ動かさず淡々と言い切った貴臣に、カレンは何やらふんぞり返って腕を組みながら何度も頷き、真野は「さすがです」と音を立てずに拍手している。そのドレスを着る予定の本人はと言えば、首輪を無意識に弄びながらあさっての方を向いて遠い目をしていたが。

ケイトはいっそ唖然としていた。唖然としながら、感動に胸が大きく脈打つのを感じていた。本当に、世の中にはこんな人種がいたんだなと。

……もとより無名の自分には、負けたとしても失うものは何もなく、仮に成功すれば恐らく得るものは途轍もなく大きい。何しろ、自分のデザインしたドレスが、本場で本物のレッドカーペットにお目見えするかもしれないのだ。ファッションデザイナーを志した者として、やはりそうした華やかな舞台を夢見ずにはいられない。

だがそれ以前に、予算という制約なしで好きなドレスを思いきり作れるという点だけでも、やる価値は十分にあるとケイトは理解していた。どんな資材を使ってもいい、いくらかかっても構わないなんて、これほど楽しい仕事はない。カレンのために豪華なゴスロリドレスを作るのも楽しいが、いわゆるハイファッションに憧れる気持ちは、消そうと思っても消えるものではなかったから尚更。

これを逃せば、こんな機会は恐らくもう二度と来ない。それだけは、ケイトにも最初から分かっていた。必要なのは、己の覚悟。ただそれだけ。

ぎゅう、と膝の上で拳を握ったケイトは、やがてがたりと椅子から立ち上がると、貴臣と結花に向かって深々と丁寧に頭を下げた。

「やらせて頂きます。よろしくお願いします」

みっともなく声が震えていたのは、武者震いということにしておこう。震えてはいたが、覚悟はついた。

「こちらこそ、よろしくお願いします。楽しみにしてますね、ケイトさん！」

結花がほっとした顔で頭を下げ、真野も大きく頷き、カレンは小さく「よっしゃ！」と呟いてにやりと笑みを浮かべ。

貴臣だけが、一切表情を動かすことなく、ただ静かに冷静に全員を見据えていた。


そうして話が決まるとすぐ、貴臣は車を呼び寄せて結花とともに自宅へ帰っていったが。まだもうちょい飲んでいくから、と見送った三人は、二人の気配が店から消えた途端に「はあぁぁぁ……」と大きく息を吐いた。

「ほんと何あれ……日本人であんな人がいたなんて、信じられない……」

精神的に疲労困憊したケイトが、力なく呟く。そこへカレンが「はいはいお疲れー」と蜂蜜レモンサワーのジョッキを差し出した。

「日本人離れしてるっていうレベルじゃないものねえ、あのご尊顔。私、今でもお目にかかる度に感動する」

真野もそう言って、ここから飲み直しとばかりにガラスの酒杯へ冷酒を注ぐ。

「しかもお顔だけじゃなく、あのお身体。おまけにドえらいお金持ちとか……」

「違うよケイト、どエロいお金持ちだよ！」

「ちょ、カレンちゃん！　やめてよ、お酒吹いちゃうじゃない！」

カレンのとんでもないセリフに、飲みかけの純米吟醸を吹き出しそうになる。

そんなやり取りを尻目に早くも一杯目を飲み干したケイトだが、頭の中は貴臣の残像で埋め尽くされていた。

「……ほんとに、あんな人が、この世に実在するなんて……」

このときケイトは、初めて目にした貴臣のあまりの存在感に、身も心も圧倒され尽くしていた。というより、半ば魂を奪われていた。

身体は男性ながら精神は女性であると自覚するケイトだが、男性の部分は崇拝するが如く貴臣に憧れ、女性の部分は一瞬で恋に落ちていた。容貌の秀麗さだけではない、体格の素晴らしいことといったらまた格別である。あの日本人離れした骨格に、スーツ越しでもわかる美しい筋肉。土下座してでも裸体を拝ませて欲しいくらいだ。

けれど単純な見た目だけにとどまらないのが、貴臣の凄いところだった。箸の上げ下ろしは勿論、グラスを持つ手つきから酒を口に含む仕草まで、ありとあらゆる無意識の動作に男としての品格が滲み出ている。その最たる例が、結花に対するエスコートだ。日本人でああした振る舞いをあれほどスマートにしてのける男を、ケイトは見たことがない。それだけでも感動ものなのに、注文仕立《オートクチュール》てのドレス一着数百万円を平然と「惜しむまでもない」と言い切る財力。どんな誉め言葉でも足りない、彼自身が正に最上級。

うっとりと夢見る眼差しで回想に浸っているケイトに、カレンがそっと横から囁く。

「まあ、ヘル・クーツェに憧れるとか、恋い焦がれるとか、わからないでもないけどさ。無駄だからやめときなって、一応言っておくね」

「そうね。念のため言っておくけど、貴臣様がドレス代くらい惜しくないって言ったのは、単にお金持ちだからじゃなく、結花ちゃんのためだからよ」

「ユカのためなら平気で全財産はたきそうだよね、あの人。またすぐ稼げばいいんだ、とか言って」

わかってる、とケイトも頷きながら思い出す。何の感情も温度もなく、声音も眼差しもぞっとするほど冷徹なあの男が、結花を見る時だけ瞳に熱を宿すのだ。彼女一人が特別だと、誰の目にも一目瞭然の変化。

でもケイトには、それが不思議で仕方なかった。なぜ、彼女なのだろうと。

「……どうしてなのかな。どうして彼女なんだろう。あの方のお相手にしては……なんだろう、物足りないっていうか。正直、えっこの程度？　って」

目の前に並んで座る二人を見ながらずっと思っていたその言葉が、ケイトのつやつやぷるぷるの唇からぽろりとこぼれ落ちる。

途端、カレンも真野もすっと真顔になってグラスを置き、ケイトを静かに見据えたまま口を開く。

「最初はみんなそうやって、ユカを見た目で侮るの。あのヘル・クーツェに比べて、容姿があまりに平凡だって。でもね、ユカって、平凡なのは見た目だけなんだよね」

「あらカレンちゃん。三年前ならともかく、今の結花ちゃんの見た目は決して平凡なんかじゃないわよ。横にいるのがあの貴臣様だから、そんな風に見えちゃうだけ」

それは確かに、とケイトも頷く。適当な普段着姿の結花は歳相応どころかティーンズ以下だが、きちんとドレスアップしてそれなりの格好をすれば十分美人の部類に入る。すっと背筋を伸ばした美しい立ち姿には、凛とした気品さえあった。

「……本当に、何から話せばいいか迷うくらい、非凡な才能に溢れてるの。結花ちゃんが、『こんなの普通です』って言いながらやらかすことが、どれだけ凄いか。私もカレンちゃんも、何度も見せつけられて心底思い知ってる。彼女は自分が思う以上に非凡で、それ故に貴臣様に本当に相応しい女性なの。あの若さでね」

「ユカを一番過小評価してるのは、ユカ自身だね。ま、詳しいことはおいおい話すけどさ。要するにケイトは、それをちゃんとアピールできるドレスを作らなきゃいけないわけよ」

カレンのその言葉に、ケイトは一瞬ひやりとする。内面の非凡さを、見た目で表現できるようなドレスを作れ。二人はケイトに、そう言っているのだ。……そんなの無茶ぶりだ、とわめきたくなったが。

「あのね、ケイト。いいこと教えてあげる」

カレンがじっと見つめてきたかと思うと、突然奇妙なことを言い出した。

「ユカってさ、なぜかしょっちゅう、妙な運気を呼び寄せてくるんだよね。関わった人たちに、幸運をもたらす……っていったら大袈裟かもだけど」

カレンだけではない、真野もうんうん頷いている。

「全然大袈裟じゃないわよ。私だって、結花ちゃんのスタイリストしてたってだけで、ご指名が物凄く増えたし。出会って以降、収入はずっと右肩上がりよ」

「うちの兄も、その幸運にあやかったって信じてるしね。クゼさんちでは、〝幸運のウサギ〟って呼ばれて密かに神棚に祀られてるらしいから」

まあ信じられないだろうけど、と苦笑したカレンと顔を見合わせてから、真野がまっすぐケイトの顔を覗き込んで真剣に言い諭した。

「その幸運を摑むかどうかは、ケイトちゃん次第よ。恐らくもう二度と巡ってこないチャンス、逃がさないよう頑張ってね」

◆

ケイトが再び貴臣宅を訪れたのは、その翌々日の朝一番だった。

「――結花様。お話は理解致しましたが、それでなぜ、この方がこちらに？」

コンシェルジュから連絡を受けて自ら玄関先で出迎えた結花に対し、不審げに問いかける美沙の声が幾分硬く刺々しい。そして結花もまた、ほんのり首をかしげた困惑顔。

「あの、デザインを起こす前に、私の普段の様子を観察したいって仰って。どうぞいつでも遊びに来てくださいって、お話ししたんですけど……」

目の前には、おとぎの国のメイド服っぽいコスチュームに身を包み、肩から大きなトートバッグを提げた美少女（？）。結花に抱っこされた花音が物怖じせずに両手を伸ばすと、にっこり笑って自分の指を握らせながら「こんにちは」と挨拶している。

「ただ遊んでるんじゃ申し訳ないので、メイドとして使って下さい。どうぞご遠慮なく」

いかにも自信ありげに笑みを浮かべたケイトのその言葉に、だがしかし美沙は逆にカチンときていた。ふざけないで、結花様のメイドはこの私！　と。

「いいですか結花様。この方は、見た目はともかく肉体的には男性ですよ？　貴臣様はご承知なのですか？」

結花に関しては世界一心が狭いあの貴臣が、自分以外のオスの存在を許すはずがない。そう確信して問い質した美沙だったが。

「はい。あの、美沙さんが常に傍についていてくれれば、大丈夫だろうって」

「……っ！　それは勿論、美沙はいつ何時も常に結花様のおそばに侍っておりますが！」

それほどまでに主が自分を信頼している、と聞かされた美沙は一瞬宙に浮きそうなほど舞い上がりかけたが、すぐにぎゅっと表情を引き締めてケイトを睨む。

「そうは言ってもですね、やはり……」

「私についてるのがそれほど心配でしたら、鍵付きの貞操帯でもつけましょうか」

唐突に口を開いたケイトがいきなりそんなことを言い出して、結花を除くその場の全員がぎょっとして耳を疑った。ちょ、待って今この子なんて言った⁉

「ていそうたいって何ですか?」

小首を傾げてきょとんとした結花が、誰にともなく問いかける。焦ったのは美沙だ。貞操帯なんて一体どう解説すればいいのか、いやでもご存じないってことは貴臣様の独占欲もまだそこまでじゃなかったのかっていうか!

「不貞ができないよう、物理的に性器を封じる道具ですよ」

思わず口ごもった美沙の代わりに、ケイトがさらっと口にする。けれど結花は更に首をひねるばかり。

「せいきを、ふうじる……?」

「女性用なら、金属製の下着やベルト状のもので局部を覆って鍵をかけます。男性用は、筒状あるいは檻《ケージ》状の器具で男性器を覆い、こちらも施錠します」

言われて想像してみようとした結花だが、残念なことに全くわからなかった。金属製の、下着？　覆って鍵をかける？　だめだ、これっぽっちもイメージできない。

「世の中には、そんなものがあるんですか」

「結構古くからありますよ。十字軍の時代に始まったという説もあります。遠征に出る騎士が、不在中の妻や婚約者の貞節を守るために用いたとか」

「へぇぇ！　そう聞くと、確かに実用品としてあったかもって気がしてきます！　ケイトさん、物知りなんですね！」

「一般人には無用な知識ですけどね」

今では専ら特殊な趣味を持つ人々のプレイ用だ、なんてことは言わずにおいて、ケイトは結花と、その背後の美沙に向かって平然とした様子で尋ねた。

「それで、必要でしたらカレンさんにでも頼んで用意してもらいますけど。つけます？」

メイド服で女装した男の娘に貞操帯って、そりゃまた大分倒錯的っていうかマニア向けな光景だな。黙って見ていた立花は内心そんなことを思ったが。

そこで結花は、真顔でケイトに問いかけていた。

「あの、すみません、とても不躾な質問ですが。そもそもケイトさんは、本人的には女性ですよね。性的指向は、その、同性ですか？　異性ですか？」

「お気遣いありがとうございます。女性としての私の性向は異性愛《ヘテロ》です。つまり、好きになる相手は男性です。百合系の撮影を除けば、女性とそういう雰囲気にはなりませんね」

百合系、というのがこれまた結花には意味がわからなかったが（わからなくていい部分である）、それなら安心だと大きく頷く。

「美沙さん、大丈夫です。ケイトさんには、そういう意味で私は必要ありませんから！」

ニコニコ顔で断言された美沙は「はぁぁ……」と溜息をついたが、結花はすっかりその気になってしまっている。こうなればもはやどうしようもない。まあ、自分が常に張り付いて見張ればやり過ごせるだろう……。

こうしてしばらくの間、毎朝ケイトが（居候しているカレンの部屋《コンド》から）通ってくることになった。ただしその間貴臣は、妙な興味を持たれるのを警戒して、ケイトがいる間は帰宅しないという方針を取っていたが。

意外にも、ケイトは使用人として結構優秀だった。特に子供の世話に関しては、双子の生みの母であるはずの結花より何倍も手際がよかった。

「だーぅ！　あー！」

「真貴くん、はい。人参さん食べられるかな？　そうそう、上手！　美味しいね～。じゃあ次は、花音ちゃんも食べてみようか。はい、おっきなお口してください。あーん」

離乳食が始まった双子のお世話で大忙しだったリリーが真っ先に「これは使える」と判断し、遠慮なくケイトを助手として使い倒すようになった。アメリカで生まれ育った彼女は、ケイトが女装男子と聞いても「この街にはいろんな趣味嗜好の人間がいるから」と平然としていたのである。

「随分手馴れてるのね？」

「歳の離れた弟がいて、昔はよく世話を手伝ってましたから」

今はだいぶ疎遠ですけど、という暗い声は聞こえなかったことにして、リリーは嬉しそうに手を叩いた。

「それは頼もしい！　ね、お散歩も一緒に来てくれない？　すぐそこのセントラルパークなんだけど」

「喜んで。セントラルパーク、まだ一度も行ったことないので嬉しいです」

そうした子守だけでなく、掃除や洗い物も命じればきっちり完璧にやってみせる。しかもその表情や身のこなしが、本物の女子以上に女性らしくてメイド服に全く違和感がない。

本人曰く「女子っぽいことは一通りできる」らしく、料理もできるがお菓子作りが得意だというので、試しに桜井がおやつを任せてみたところ、しゅわとろ系のふわふわスフレパンケーキを見事に作ってみせた。粉類少なめのヘルシーレシピに盛り付けもセンス抜群で、一口食べて目を輝かせた結花は立て続けに四枚も食べ、試食した桜井もむむむと唸って思わず教えを乞うほどであった。

そして、センスがいいといえばやはり衣装関係である。「好みの傾向を把握したいので」と、やってきたその日に結花の衣装部屋《クローゼット》を隅から隅までチェックしたケイトは、箪笥の肥やしに出番を与えるコーディネートや着こなしをどんどん提案してきた。面倒がる結花にちょっとしたテクニックを教え込み、簡単で手抜きなのにセンス良く見える工夫を覚えさせる。そのこなれた着崩しや小物遣いには、傍で見ていた美沙も素直に負けを認めざるを得ない。

覚悟がついていろいろなものが吹っ切れたのか、初対面でおどおどしていたのが嘘のようにケイトは堂々としていた。そんなケイトとのやり取りを、結花も友人との気安い会話のように楽しみ始め、黒服たちも「いっそ仲間にスカウトしたい」と考えるようになっている。

「ほんとにケイトって、私なんかより全然女の子らしくて可愛い！」

「まあ、私もそう思いますけど。そもそも結花様は、そっち方面に興味がないにも限度があるっていうか、結婚して子供も産んだからって油断しすぎです」

様付けはやめてと結花がどれほど頼んでも「依頼人《クライアント》を呼び捨てにはできません」と突っぱねるケイトだが、会話はだいぶ砕けてきて、突っ込みも容赦がなくなっている。

「子持ちだからって楽で適当な服ばっかり着て、メイクもこんな手抜きして……ほんっと勿体無いったら！」

「や、それはその、子持ちになる前からっていうか」

「なお悪いですね」

「う……すみません」

ぢろりと睨まれ、結花はすぐさま己の非を認めた。はい、確かに。美沙が世話してくれる日はちゃんとしているけど、自分でやると手抜きというか、適当過ぎるということは重々承知しております……。

「人と会う時だけきちんとしてればいい、って思ってるでしょう。それじゃだめなんです。いつどこで誰に見られてるか、わからないでしょ。見られて困る人、いますよね？」

「う、その、はい、仰る通りだと……思います……」

「何も毎日きらびやかに着飾れっていうんじゃないんです。いいですか、『綺麗は一日にしてならず』。あの貴臣様の隣に立って恥をかきたくないと思うなら、せめて日々丁寧に自分を整えましょうよ。興味ないからって、なんでもかんでも美沙さん達に丸投げしないで」

「返す言葉もございません……！」

そうして遠慮なくダメ出ししまくるケイトが格段に興味を示したのは、結花がピアノを弾く姿だった。

結花にとって、ピアノを弾くことは、食事や入浴や睡眠と同じ生活の一部である。フィラデルフィアにいる間は勿論、マンハッタンにいる日でも、毎日数時間の練習を欠かさない。名目上は単なる趣味だが、老マエストロのレッスンは手習いの域を遥かに超越しているため、一人での練習も真剣だ。その時々の課題曲の楽譜は全て、タブレット端末に入れて持ち歩いている。

一日の練習は大抵、〝ピアノの旧約聖書〟ことバッハの平均律クラヴィーア曲集の中からその日の気分で好きな曲を弾くことから始まる。そうして何曲か奏でて指が温まってから、レッスン曲の練習に入るのだが。

「結花様。ちょっと服脱いでみてくれませんか」

ちょっと指が重い気がする、とうっすら眉根を寄せて鍵盤を見下ろした結花に、ケイトが唐突に言い放った。一瞬何と言われたかわからず、訊き返そうと振り向いてみたが。

「弾いてる時の肩周りと背中が見たいんです。ちょっと脱いで弾いてみてくだ」

「――んなのだめに決まってんでしょうがぁ！」

これにはさすがに美沙が叫ぶも、ケイトは大真面目だった。弾いている最中の筋肉の動きを見たい、見ないとデザインできないと。

コンクールやリサイタルのための衣装が欲しいわけじゃないんですよ、と言い返した美沙だが、結花は納得したらしい。なるほど、と呟きながら自分の服を見下ろす。

「ええと。裸で弾くわけにはいかないので、背中が出る服に着替えるのでもいい？」

「肩も背中も全部出る服で。確か、ホルターネックのサマードレスがあったと思います。太いストライプの」

「あー、はい。確かにあるけど、よく覚えてるね……」

「ついでに、適当でいいから髪も上げてきて」

ケイトが遠慮なくそう注文をつけ、結花と美沙を衣装部屋へと追いやる。

ご要望のサマードレスは首の後ろで紐を結ぶデザインで、確かに肩も背中も剝き出しの丸見え。下着もストラップのないシリコンブラに変え、髪もルーズなお団子に結い上げれば、今すぐにでもビーチリゾートへ出発できそうな雰囲気である。

「これでいい？　見える？」

「完璧。適当に何曲か弾いてみて。できれば静かなのと激しいのと両方」

言われた結花は譜面台にタブレット端末を置くと、保存してある楽譜の一覧を眺めながら「何にしようかな」と思案し、ひとまず現在レッスン中の曲を弾き始めた。老マエストロは昨今、自身のライフワークの中から一部のレパートリーを結花に引き継ごうとしているらしく、今は作曲家メンデルスゾーンの姉、ファニー・メンデルスゾーン＝ヘンゼルの曲をレッスンしている。弟と比べればほぼ無名のファニーだが、音楽的な才能は弟に勝るとも劣らなかったとか。

だがしかし、指先から紡ぎ出される夜想曲《ノクターン》の旋律の美しさなどそっちのけで、ケイトは結花の肩から背中の筋肉ばかりをあらゆる角度からひたすら凝視していた。離れた場所から、あるいは息がかかるほど間近から、そんなに見ていて飽きないのかと黒服たちが不思議になるほど見続けている。

しげしげと、そしてまじまじと結花の背中を観察していたケイトは、しばらくして気が済んだのか、ピアノの傍を離れて毎日持ち歩いているスケッチブックを手に取り、ソファの端にちょこんと腰を下ろして鉛筆を走らせ始めた。気づいて演奏を止めようとすると、がばりと顔を上げたケイトにキッと睨まれて「そのまま弾いてて！」と鋭く叫ばれ。

結局そのまま、昼寝から目覚めた双子が泣き声を上げるまで、小一時間弾き続ける羽目になった。もうへとへとである。

「休憩なしでノンストップ一時間か。ちょっとしたリサイタル並みだな」

夜、ケイトがいなくなる頃合いを見計らって帰宅した貴臣は、自分用の衣装部屋《ドレッシングルーム》へと向かいながらその日の顛末を耳にして、苦笑混じりに「お疲れ様」と口にした。

「だがまあ、ピアノを弾く姿を見たいというあれの気持ちは、わからないでもない」

「自分じゃよくわからないけど、肩周りとか背中とかって、他とそんなに違う？　妊娠中に筋肉落ちて、あちこちぷよぷよになったような気がするんだけど……」

面倒だからと着替えずにいた結花は、部屋の一角にある大きな鏡の前に立ち、己の肩や腕の辺りをしげしげと眺めては「うーん……？」と首を傾げる。

妊娠が判明して以降、ピアノの練習量も減ったし、通っていたバレエのオープンクラスも随分ご無沙汰だ。筋肉もだいぶ落ちて、肉付きがよくなって……というか、丸くなって見苦しいのではないかと心配したのだが。

「ぷよぷよ、という感じではないな。手触りが少し柔らかくなって、なんとも言えず美しい曲線になっている」

囁いた貴臣が剝き出しの肩に触れ、そっと優しく骨格をなぞる。くすぐったい、と結花が肩を竦めて小さく笑った直後、すっと身を屈めて今度は唇で素肌に触れた。

「……このサマードレス、島で着ていたやつだろう?」

島、と貴臣が口にしたのは、子づくりのために二人で篭もったプライベートアイランドのこと。そこで着ていた――だけでなく、着たまま色々致した、ある意味想い出のサマードレスである。

「ん、そう。着るのもあれ以来……っぁんッ」

突然、肩の後ろ側を強く吸い上げられ、結花が小さな声を上げた。うっすら紅くなったそこを満足げにひと舐めした貴臣が、そのまま背後からゆるゆると結花を抱きしめる。

「見ていると、思い出してたまらなくなってくるな」

「……そんなこと、言われたら、私も……思い出しちゃう」

誰もいない、完全に二人きりの小さな島で、誰に遠慮することなく奔放に、何度も抱き合い身体を繋げた。南国の太陽と青空の下で、星明りに照らされた波打ち際で、結花は思いきり淫らな声を上げ、貴臣は執拗なまでに幾度も子宮へ吐精した。

絶え間なく快楽の海に揺蕩った記憶をほんの少し思い出すだけで、結花の胎の奥がぞくんと疼く。それを察したかのように、背後から回された貴臣の手が布越しに下腹部を撫でた。

「……貴臣さん、お夕食は……？」

「それより夜食をつまみ食いしたいな。――双子は？」

「もう、お風呂にも入れて、授乳して、子供部屋に……今夜は矢野さんが、ついててくれ、んっ」

子供達は大丈夫、と結花が口にした途端、大きく開いた背中から貴臣の手がするりと布の下へ滑り込んだ。慣れた手つきでぺりりとシリコンブラを外され、刺激を受けた素肌を労わるようにふわりと優しく掌で包み込まれる。

「結花、……このまま、抱きたい」

髪を上げているせいで露出しているうなじをちゅ、ちゅ、と軽く吸い上げながら、貴臣が低く囁いた。ぞくぞくと足元から甘い震えが這い上がり、結花は小さく息を詰まらせる。色気が滴り落ちるような低音に砕けかけた腰へ、固く張り詰めた熱の塊が背後からごりっと押し当てられた。その感触に、うっとりと熱い吐息が零れる。

こうして求められるたび、とろけるように甘くて熱い何かで満たされていくのを感じて多幸感に包まれる。自分はここで、こうして彼に愛されてもいいのだと、安堵する。愛してほしいとねだることさえ、許されているのだと。

首をひねって振り向きながらそっと顔を覗き込むと、皆が「冷たい」と畏れる双眸が情欲にまみれて濡れていた。更に間近で凝視すれば、そこに自分が、自分だけが映っているのが見える。彼が自分一人を見て欲している、その何よりの証拠。

嬉しくて、たまらず頬をすり寄せた。無自覚に、花開くような幸せな笑みを浮かべながら。

……無垢な誘惑に思わずぺろりと舌なめずりした貴臣は、結花の腕を引いて抱き寄せ、傍らのミドルチェストに寄りかからせた。そうして正面から向かい合い、小さな顔を両手で大切に包み込んで、優しく唇を啄んでから。

「そのままじっとしておいで」

短く命じ、頬から顎、首から肩、腕から腰へと両の掌で身体の線をなぞりつつ、ゆっくりと片膝を折る。女王に傅く騎士のようにその場に跪きながら、太腿の外側から膝の裏、健康的な脹脛へと撫で下ろして。

無意識に息をつめて見守る結花の視線を搦めとったまま、小さな足を片方ずつ持ち上げさせては室内履きを脱がせて裸足にすると、今度は足首から上へするすると素肌を撫で上げていく。

その手がスカートの中でショーツの端にかけられても、結花は抵抗しない。貴臣の美しい顔に微笑みかけられただけで、魅入られたように思考がとろんと溶けてしまう。尻のまろみを直に撫でた指が小さな下着を引き下ろそうとすれば、無意識に腰をくねらせて協力さえする。再び片足を持ち上げられて下着がするりと抜き去られると、上げた足をそのまま肩へと導かれ、そこを踏むよう促されて。

キッドモヘアを手縫いで仕上げたジャケットへ、そろりと足を乗せた直後。貴臣の頭がめくりあげたスカートの内側に潜り込み、そうして――隠すもののなくなった秘裂に、熱い吐息がふぅっと吹きかけられた。たったそれだけで、軽く達したのではないかというほど甘美な痺れがこみ上げてくる。

「もう、勃ってきてる。可愛いな。……期待してるのか」

ちょん、と指先で軽くつつかれ、結花は喉の奥からか細い悲鳴を漏らした。片足を上げているせいで、はしたないほど丸見えになっているに違いないそこに、貴臣の灼けつくような視線を感じる。熱いのは眼差しか、吐息か、それとも、奥から滲んできている蜜か。

スカートに隠れて姿が見えないせいで、貴臣が次に何をどうしようとしているかがわからない。いつ、どこに、どう触れられるのか全く予想がつかないまま、おなかの奥を甘く疼かせながら、触れられるのをただじっと待つ。

どうするつもりなのだろう。指で触れてくるのだろうか。もう濡れてきているそこへ、あの長い指を入れてくるのだろうか。それとも――指で剝かれて、唇や、舌で、触れてくるのだろうか。敏感過ぎるそこを、舐め転がしたり、吸い上げたり、そうっと嚙んだりしてくるのだろうか。

そしていつものように、もう許してと訴えるまでいじくり倒されて責め尽くされて、これ以上イったら内側から爆発してしまう、というくらい嬲られて。そうして、恥ずかしいものを垂れ流しながら、あの……熱くて、硬くて、大きいもので、胎の奥まで占領されるのだろうか。

いつしか頬を真っ赤に染め、瞳をとろとろに潤ませて、そんないやらしいことばかり考えている結花の姿を、貴臣は布越しに見透かしていたのか。

「ッ――っは、ぁあああ……っ！」

指先が軽く添えられた感覚、直後にぞろりと熱い舌で舐め上げられながら、ちゅうっと吸い上げられた。たまらずほどけた唇から、淫らな声が堪えようもなく溢れ出る。それくらい、強く鮮烈な快感。

けれどその圧倒的な感覚は、たった一度しか与えられなかった。無意識に続きを期待する結花を無視し、貴臣は内ももの柔らかな部分を唇に挟んで食んでみたり、奥からとろりと流れ出てきた蜜を指に絡めて戯れたり。淫らにヒクつく小さな花芽や、甘い香りとともに花開く小さな緋色の花弁など、全く気にしていないかのようで。

「……たか、おみ、さん……っ」

貴臣の姿が見えないと、自分一人が淫らに悶えているようで、あまりに恥ずかしく、そして心許なくて。

それ以上に、自分に欲情する彼の姿をただ見つめたくて、結花は両手でスカートを摑むと、少々乱暴にたくし上げた。……日焼けしたことのない真っ白な下腹部、そこへ顔をうずめた男の整った容貌が、獣欲に歪んだ笑みを浮かべながら見上げてきて。

ねだれ、と無言で命じられる。好きなようにしてやるから、ねだってみろ、と。

「貴臣さん、そこ、それ……んんんッ」

これか、と言うように、過敏な肉芽を二本の指でぐりっとつまれて腰が震える。違う、そうじゃない、と無意識に首を振ってから、これ見よがしに舌なめずりする男に懇願する。

「それ、あの、うぅ……舐め、て……」

「舐めるだけで、いいのか？」

「だけ、って……だって」

「結花は、こうやって……しゃぶられるのも、吸われるのも、嚙まれるのも、好きだろう。ん？」

言いつつ順番に全てを実践され、甲高い声が迸った。強すぎる刺激に腰が逃げかけるが、すぐに押さえつけられて更に嬲られる。たまらず手を伸ばし、無意識に貴臣の頭をどけようとするが、おとなしく止めてやるような男ではない。

「お気に召さないなら、もっと強くしてやろうか？」

蜜に濡れた唇でにやりと笑みをはいて言い放ち、再び顔を伏せると、ぢゅッと音を立ててきつく吸い上げながら根元に歯を立てた。

「んぃぃぃッ！　ああ、すきです、それすきっ……ちゅうってされるの、きもちぃぃ……っ！」

——その瞬間の自分の姿を、果たして結花は想像できただろうか。

一回り以上年上の美丈夫を下僕の如く床に跪かせ、その道の専門家ですら見惚れるスーツを足の裏で踏みつけながら、女の快楽に口と手で奉仕させているのだ。震える指で男の髪を鷲掴みにして身も世もなく喘いで叫び、唾液と蜜液を垂れ流しながら一人で幾度も悦を極め、そうしてそれでも満足できなくなると。

「……も、たかおみさん、ほしぃ……っ！　奥、おくが、切ないの、疼いて、熱くて、おねがい、もう……っ」

淫らに腰を揺らしながら自分で秘裂を割り開き、内も外も思うままに蹂躙してくれと卑猥にねだる。結花以外、この世の誰一人としてできぬ所業。

そんな結花をとことんまで満たすことができるのもまた、この世で貴臣ただ一人。求められるままに宛がい、ねじ込み、貫き、突き上げ、そして。

「ひっ、あっ、だめ、だめなの、またいく、またっあぁっ……！　きもちいの、とまらな……！」

背後から緩急をつけて腰を打ち付けられ、浅いところから深いところまで隈なく犯されて。チェストに両手をついたまま身を伏せた結花の姿は、交尾する雌犬そのものだった。胎の奥から掻き出された蜜が溢れて滴り、糸を引きながら内腿を濡らす。

「いけ、ほら。我慢しないで――ッく、そうだ」

「あ、や、くる、んんッ……っく、いく、いッ――ひぃぃぃ……っ！」

「っ、ぐ……ッ。ああ、イってるな。最高だ……っ」

一番奥の固く閉じた入口へ、先走りに濡れる切っ先をぐちぐち擦り付けながら、貴臣がうっとりと呟いた。激しい絶頂に子宮が収縮しながら戦慄き、膣襞がうねりながら強烈に締め付けてくる感触をたっぷり味わう。

やがてくたりと脱力した結花を後ろから抱き起こすと、肩越しに唇を触れ合わせて甘く囁いた。

「結花。もう一度、この奥に、私の子供を、孕むか……？」

島でのあの夜のように、ここへ種付けしてやろうかと、繋がったままの結花の下腹部へ手を添える。その奥の子宮を雄の熱で満たされる感覚を思い出し、結花もうっとりと熱い溜息を零した。好きな男にそこを征服されるのは、どうしようもなく気持ちよくて幸せなのだと、もう知っている。

互いに舌を擦り付け、唇を交互に食み合いながら、貴臣が優しく結花の身体をひっくり返した。内側をぐりゅっと強く抉られ、結花が甘やかな悲鳴を上げる。そうして小刻みにひくつく脚を片方持ち上げ、己の腰に巻き付けさせると、貴臣はゆるゆると律動を再開した。

「……孕ませたいのは、結花だけだ」

閉じた最奥をこじ開けようとごつりごつりと突き入れながら、貴臣が甘い溜息とともに低く囁く。

「んん、わた、しも……わたしも、んっ、たかおみさん、すき……！」

「好きじゃ足りない、だろう？　……愛してるよ、結花。このまま、胎の奥に……出す、よ」

一滴残らず子宮へ飲み込め、と命じられた結花は、心臓の真ん中で何かが切なくきゅうんと鳴き声を立てるのを感じつつ、何度も「はい」と頷きながら膣洞を引き絞った。

「ちゃんと、のむから……！　なか、出して、きもち、いいの、いくっ、いくぅぅ……っ」

「そうだ。そのまま、一緒、に……——ッ！」

結花が達したのと同時に、貴臣もこらえていた灼熱の奔流を容赦なく叩きつけた。継続的に吐き出しながら、マーキングするように執拗に肉襞へ擦り付ける。

緩やかに奥を亀頭で嬲られ、激しい絶頂の余韻と残響が一番深いところで疼き続けて、息を切らした結花はぶるりと震えを放った。

「んぁ、……らめ、もう……」

これ以上は、とろくに力の入らない手でなんとか貴臣を引き剝がそうとするが、逆にぎゅうときつく抱き込まれ、隙間なく密着させられる。

「……結花の中がよすぎて、出ていきたくない」

一度果てたはずの雄杭は、結花の胎の奥で再び張りつめ質量を増していた。

「これいじょ、いったら、しんじゃ……ううぅっ」

「それは大変だ。人工呼吸が必要か？」

「は、んんぅ、んーーっ！」

……着替えに行ったまま一向に戻ってこない主夫婦を黙って待ち続ける美沙と桜井は、顔を見合わせてふぅと小さく溜息をついた。恐らく今頃、お二人で仲良くくんずほぐれつの真っ最中なのだろうが。

このまま待って、事後のお世話をするべきか。それともきちんと空気を読んで、黙って帰宅するべきか。

物音一つ立てないようキッチンで息をひそめつつ、二人は真剣に思い悩んでいた。

そんな日々を一週間ほど過ごし、ケイトが通ってくるのもこれが最後という日。

「ね、ケイト。今日はちょっと、外出に付き合ってもらえる？」

結花はそう言って、メイド服から普通のワンピースに着替えたケイトと二人（＋護衛の立花）で散歩に出かけた。

「参考までに、一度見ておくのもいいかなと思って」

言いつつ案内したのは、劇場にコンサートホールに映画館そして野外劇場まで備えたリンカーンセンターと、その中心に位置するメトロポリタン歌劇場である。

ガラパーティーの会場資料として写真は事前に見ていたケイトだが、本物の威容と生で見る迫力はそれとは比べ物にもならなかった。

「あれが歌劇場……？　え、すご……何あれ、めっちゃ綺麗！」

「でしょう。夜になると、暗い中に光が溢れて、もっと夢みたいに綺麗なの」

近づいてみると、遠目で見るより壮大なスケール感にまず圧倒される。そうしてガラス越しに見える華やかな空間に、文字通り目が釘付けとなった。

恐ろしく高い天井から、独特な形のシャンデリアがいくつもいくつも吊り下げられている。今は消灯しているが、灯りが点されたらどれほど美しく光り輝くのだろう。シャガールが描いた二枚の壁画は、まずその巨大さに圧倒される。その真ん中、左右対称に優美な弧を描く乳白色の大階段が、深紅の絨毯で覆われた床と美しいツートンカラーを成していた。

「どうしよ凄い……あんなところで……」

あの大階段を、自分のデザインしたドレスが、極上の男にエスコートされながら優雅な足取りで降りてくる——そんな情景を想像するだけで、ケイトの心臓は激しく鼓動し、興奮のあまり震えがこみ上げてくる。

「……あんな場所で、あんな素敵なひとにエスコートされながら、ドレスを着て談笑するって、全っ然想像つかない。一体どんな気分なんです？」

冷たいガラスに額を押し付け、熱っぽい眼差しで凝視しながら、半ば無意識に結花に問いかけた。

「んー……今は、特に意識しないようにしてる。でも、最初はすっごくドキドキしたよ」

答えた結花が懐かしく思い出したのは、忘れもしない、大学三年の夏に行ったバイロイト音楽祭だ。タキシード《ディナージャケット》に蝶タイで正装した貴臣にエスコートされ、初めてワンピースではなくドレスを着た。脚が震えるほど緊張したけど、でも——あの時は、すぐに開き直れたのだった。誰にどう見られたところで、どうせ知り合いなんて一人もいないし、それに。

単に一時《いっとき》、一緒に過ごすだけの間柄だと思っていたから。何も考えずにただその瞬間を楽しもう、そう思えたから気楽に振る舞えた。……まさか、その関係がずっと続くことになるなんて、あの時は夢にも思わなかった。

「今は？　もうなんとも思わないくらい慣れっこ？」

「まさか！　今は、単純に興奮してドキドキするっていうより、貴臣さんと連れ立って人前に出るだけで、物凄く——緊張する」

緊張する、と口にした結花の顔は、確かにうっすら強張っていた。嬉しい、楽しい、だけではすまないことが色々あるのだなと、ケイトも一目で察する。

「緊張するってことは、プレッシャーがあるってことですよね。どんな？」

ケイトにそう畳みかけられた結花は、ガラスに映る自分の姿をじっと見つめ、そうしてぽそりと小さく呟く。

「……傍目に見て、釣り合ってない、ってことかな。やっぱり」

小さく息をついてガラスの中の自分から目を逸らすと、噴水の方をくるりと振り返った。ちょうど噴き上がるタイミングだったらしく、水飛沫が音を立ててゆっくりとせり上がっていく。

「貴臣さんと並んで様になるような美人じゃないことは、最初から分かってるっていうか、気にしてもしょうがないって思ってる。人からどう見えようと、私と貴臣さんさえ互いに満足していれば、それでいいよねって。……ただ、」

そこで一度言葉を切り、高く噴き上がってから一気に低くなる噴水にじっと目をやりながら、ぽつりとこぼした。

「貴臣さんが、誤解されるのが、つらい」

「誤解？　どんな？」

「私みたいな——子供っぽいのが、好きなんだろうって。そういう趣味だったのかって、ニヤニヤしながら言ってくる人が、たまに……いる」

「あー……なるほど。ロリコン呼ばわりされる、みたいな」

鋭く察したケイトに、結花は深刻な顔つきで頷く。

ケイトは呆れたように両手を上げ、馬鹿馬鹿しいと吐き捨てた。

「とっくに成人してる上、子供まで産んでるのに？」

「……こっちの人と比べるとどうしても、若くっていうか、幼く見えるらしくて」

「身長だってそこまで低くはないし、言うほど童顔じゃないと思いますけど」

半信半疑なケイトの問いかけに、結花はさも憂鬱そうに溜息をつく。

何しろ、欧米系外国人の友人たちは皆、年下であっても全員結花より大人っぽい。まともに同年代に見えるのは、同じアジア系の友人くらいだ。民族的な骨格の問題なのだろうが、それだけではない。

いわゆる〝大人の女の貫禄〟というものが自分に皆無なのは、結花も自覚していた。

「ベッドの上ではそうでもないよ」と貴臣は慰めてくれるが、問題はそこではないので何の助けにもならない。

「勿論貴臣さんは、誰かに何か言われる度にちゃんと、『年齢や見た目の若さとは関係なく、妻を心から愛してる』って、はっきり言ってくれるんだけど」

「うは、ご馳走様です。——まあでも、こっちの人には合法ロリみたいに見えるのかも。あとほら、なんだっけ、トロフィーワイフ？　成功して大金持ちになった男が若くて美人の嫁を買う、みたいな」

ケイトが口にした言葉に、「……それも言われたことある」と結花は小さな溜息を零した。そもそも貴臣なら、金を出して買うまでもなく、女優でもモデルでもより取り見取りの選び放題だというのに。

しかもそういう連中は、妙な憶測で人を勝手に景品《トロフィー》扱いしておきながら、「そんなものを欲しがるなんて、所詮お前もその程度か」となぜか貴臣の方を見下して嘲笑するのだ。あまりにくだらなくて言い返す気にもならない、と貴臣は無表情で切って捨てるが、曖昧な笑みでやり過ごす結花はもやもやしたものを胸に抱え続けていた。

「私が馬鹿にされるだけならともかく、貴臣さんを貶す意味が分からない」

「あー、それはね。そういうこと言うヤツに限って、ほんとは羨ましくてしょうがないんですよ。あと、どう足掻いてもかなわない相手だから、貶したくてしょうがないってのもあると思う」

「ん、貴臣さんもそう言ってた。何を言われても放っておけばいいって。でもね」

いかにも憂鬱そうに呟く結花に、ケイトが黙って続きを促す。

「私が子ども扱いされるのは、構わないっていうか仕方ないと思うんだけど。そのせいで貴臣さんが、妙な色眼鏡で見られた挙句にそうやって見下されたり、異常趣味者《ロリコン》呼ばわりされるのは、正直……すっごく悔しくて」

「――要するに、自分のせいで彼がなめられるのが、我慢ならないと」

大きく頷く結花のその感情は、ケイトにもしっかり理解できた。生まれながらの完全な女性、ではないケイトだが、その女心は十分共感できたのだ。

そうして、無意識に顎に手をやって思案する。脳内では既に、結花の望みを具体的なイメージに落とし込む作業が開始されていた。

どうしてもオンナノコっぽく見えがちな結花を、一人の女へと進化させる、そんなドレス。目指すのはそこだ。だが、単に大人の女というだけでは足りない。

あの彼が、自分のために自ら選んだ女。あれほど極上の男でさえ、ふるいつきたくなるような女。それこそが完成形である。

結花は元々、素材としては決して悪くない。人の手で日々きちんと手入れされ磨かれていて、出産による悪影響もほとんど感じさせない。要は見せ方、飾り方の問題なのだが。

「――わかった。まかせて」

ケイトがそう呟いたのは、もはや無意識だった。

イメージはまだ全く固まっていなくて、完成形もおぼろげだ。だがそれでも、右を向くか左を向くかという大きな方向性は見えたし、ゴール地点も設定できた。あとはもう、ただひたすらに試行錯誤して足掻きながら突き進むだけ。

自分の手で、結花をオンナノコから一人の美しい女へと脱皮させる。あの深紅の絨毯に映える、唯一無二のドレスで。

人格さえ変わって見える、そんなドレスをデザインするのだ！

むくむくと心に湧き立つ固い決意に、ケイトは再びふるりと小さく武者震いした。

「大丈夫。私が必ず、あの方とお似合いの女に仕上げてみせる。絶対に」

きっぱりと宣言する姿が、やけに頼もしくかっこよくて。

2

八月。日本の盆休みに合わせ、結花と貴臣は一時帰国した。

三月に逝去した貴臣の祖父・貴嗣氏の、初盆である。

久世家の主だった面々が顔を揃えて立派な法要が営まれ、貴嗣氏の膨大な遺品の形見分けなども行われた。その際貴臣は、貴嗣氏が晩年暮らした熱海の別邸を、死の間際まで仕えていた使用人たちごと受け継ぎ、その中から貴臣自身の使用人頭が新たに任命されていた——家督を継ぐ長男以外の息子に使用人頭がつくのは、久世家でも異例のことだったが。

新たに貴臣一家の使用人頭となった阿久津という男は、貴嗣氏の使用人頭であった黒川の実の息子だった。三十代半ばと貴臣よりも大分年下だが、父・黒川からみっちり仕込まれているらしく、なんとあの嶋田とも互角に渡り合うらしい。

その阿久津が、「使用人頭となったからには当然、二十四時間体制で貴臣様にお仕えします」と宣言し、なおかつ貴嗣氏の料理人であった八雲という男も同行を申し出たため、子供が生まれて手狭になりつつあったマンハッタンの家を引っ越すことになった。と言っても物件を探すところからスタートなので、早くても一ヶ月程度はかかるだろうという話だったが。

八月といえば、月末に結花の誕生日がある。これまでは毎年、スイスとフランスの国境地帯にある馴染みのオーベルジュで記念日お泊まりディナーが恒例だったが、お盆で十日間ほど帰国していたせいで貴臣は仕事が溜まっており、ヨーロッパまで飛んでいってデートなどという状況ではなかった。結花もまた、秋学期からの復学に向け、学期前のオリエンテーションや各種申し込みなどの準備に追われていて。

ようやく進展があったのは、新学期の授業が始まる直前、九月に入ってすぐのこと。

「ユカ！　今日明日ヒマ⁉　仮縫いの準備ができたから、ロンドン行くよ！　パスポート持ってきて！」

朝一番でフィラデルフィアまで押しかけてきたカレンに有無を言わさず拉致され（大学関係の予定がなくて本当によかった）、そのまま空港へ連れていかれてプライベートジェットに乗せられて。こういう時、子守を任せられる黒服たちの存在に心底感謝する結花である。

時差の都合で、到着したロンドンは昼を飛ばして既に夜。空港からまっすぐアトリエに連れていかれ、二ヶ月弱ぶりで顔を合わせたケイトは、なんだかやけに……

「ケイト！　元気だった……ようには見えないっていうか、え、大丈夫⁉」

一目見た結花がぎょっとしてしまうほど、ケイトはげっそりやつれていた。令嬢風ワンピースの上に白衣を着ているのだが、身体が細すぎてぶかぶかしている。見ていたカレンは「あんまりだいじょばないけど」と苦笑した。

「ちょっと根詰めすぎただけ。まあ、よくあることだよね」

よくあるの!?　あるある全然ある！　と言い合う二人を疲れ切った目で見やったケイトはしかし、次の瞬間血相を変えて歩み寄ると、両目を鋭くぎらつかせて結花を凝視してきた。

「ご無沙汰しております結花様。ところで、気のせいかもしれませんけど、ボディライン変わってませんか」

「え。あー……実はお盆に夏バテして、ちょびっと痩せた、かも？」

「なんですって！」

血相を変えて結花の身体から服をはぎ取ろうとしたケイトを、カレンが「はいはいどう。だめだよ、一応まだ未去勢だからね」と押し止める。にしても、伸ばされた手や手首もなんだか妙に骨ばっていて、ケイトの方こそ激瘦せしているのが心配になる結花だった。

「じゃ、ユカ。そこの衝立の奥で、まずはこっちの下着に着替えて。大丈夫、ちゃんとマノさんに選んでもらったから。そしたらそこのトルソーが着てるトワルを着てみて、それから靴！　ヒールを何センチにするか決めないと！」

どうやらカレンは、ケイトのアシスタント役を買って出ているらしい。どうりで珍しく、やけにシンプルな服装をしているわけだ（色は普段通りの真っ黒だが）。

　結花が着せられているのは、本番用の高価な絹生地ではなく木綿の白生地で、実際のドレスと同じ形に粗く縫い上げたトワルと呼ばれる仮ドレス。そのトワルを本人に実際に着せてみて、生身の身体に合わせてあちこち調整していくのが、仮縫いという作業である。手間も時間も資材費もかかるが、露出が多くフィット感が重要なドレスでは絶対に省けない工程だ。

「本当は、最低でも二回は仮縫いをしたいところなんだけど……」

　などとぶつぶつ呟きつつ、左手首にピンクッションをつけたケイトが真剣な顔つきで作業を始める。ちなみに結花は、ウェディングドレスの時は実に三回もの仮縫いをやらされていた。

「できればヒールは十センチちょい欲しいとこだけど……カレンさん、これ今何センチですか」

「とりあえず六センチ。でも、ユカに十センチは無理じゃない？　すっ転んだら全部おじゃんだし。高さが欲しいなら、厚底にしたら？」

「厚底は使いたくない。スカートで隠れるならともかく、今回はもろに見えるデザインだし。結花様、何センチくらいまでなら普通に歩けます？」

「ウェディングドレスの時は、確か八センチだったと……あれと同じ高さなら、大丈夫だと思う」

「じゃ、まずはそれで合わせてみますか。カレンさん、八センチヒールの靴下さい。結花様、このアンクレットは？　当日もつける？」

ほっそりした足首にいつも絡みついている、金とダイヤの細い鎖。それを間近でじっくり眺めつつ問いかけたケイトへ、結花は苦笑まじりに小さくかぶりを振った。

「これは外さない、っていうか外せないの。だから当日もこのまま」

「承知しました。じゃあはい、そこへ立ってまっすぐ前向いて。んー……やっぱり、ここの切り替えはもう五ミリ、いや八ミリかな、低い方が……」

生地が全く違うとはいえ、ぱっと見は綺麗な白いドレスである。そこへケイトは容赦なくペンを突き立て、ぐいぐいと黒い線を書き入れていった。この仮縫いという作業をやるたび、つい「勿体ないなぁ」と思ってしまう結花である。

あちこち印をつけ、つまんで寄せて待ち針を打ち、切り込みを入れてラインを微調整し、また針を打って。「疲れた」「おなかすいた」なんてことを考えながらふと何気なく時計を見ると、いつの間にか深夜零時を回っていた——が、正直、時間の感覚がない。帰ってから時差ボケやばいかも、とうっすら頬がヒクついてしまう。

「……うん、よし、ひとまずこれで。あとは縫い上げてからのフィッティングで」

ロンドン時間、午前三時（！）。ようやく解放された結花が「はふぅぅぅ」と大きく息を吐くと、カレンが「はいはいおつかれー！」と冷えたミネラルウォーターを差し出してきた。すぐにでもソファにへたりこみたいが、待ち針だらけのトワルを着たままではおちおち寛ぐこともできない。

結花の身体に針が刺さらないよう慎重に脱がせながら（相手が一応まだ男性であることなどもはや誰も気にしていない）、ケイトが真剣な顔つきで言い放つ。

「結花様、いいですか。これから当日まで、一ミリたりともボディラインを変えないで下さい。太っても痩せてもダメです、いいですね？」

「う……はい。頑張り、ます……」

激しく顔を引きつらせて頷いた結花だが、正直言って自信はない。

脱がせるのを手伝っていたカレンは、逆にケイトに向かって真顔で言い募る。

「ケイトこそ、縫い上げるまで死んじゃダメだよ。そのままじゃ死んじゃうから、ひとまず一回ちゃんと寝て！」

「まだ大丈夫。二人が来るのを待ってる間に、少し寝たし」

「どうせそこのソファに転がって仮眠しただけでしょ。ほんとはゆっくりお湯に浸かってほしいとこだけど、溺死しそうだからまず睡眠！」

びし、とカレンが指さした奥のドアを覗いてみると、中は簡素なベッドが置かれた仮眠室になっていた。

「でも、早く次へ進まないと。朝一でパタンナーさんと打ち合わせ……」

「みんなが出勤してくるまで、まだあと五時間は眠れるよ」

そう言われてもまだその場から動こうとしないケイトに、カレンが「はぁぁ」とこれ見よがしな溜息をついた。

「ねえケイト。完成前にぶっ倒れて、不本意なまま本番来ちゃったらどうすんの？　大事なのはむしろここからだよ。一人でやるって決めたなら、自分一人で責任もって仕上げなきゃいけないいんだからね！」

「………、わかってる。ごめん、ありがとうございます。結花様、すいません……」

「いいから！　私は全然大丈夫だから、早く休んで！」

ごもっともなお説教にしょんぼりしたケイトは、おとなしく部屋に入ってばたりとベッドに倒れこむと、秒で寝息を立て始めた。よほど疲れていたのだろう、見ている結花の方がなんだか申し訳なくなってくる。

静かにドアを閉めたカレンは、結花に来客用のソファを勧めつつ、「ふーやれやれ」と自分も大きく息をついた。

「ま、ケイトなら何があっても気合と根性で仕上げてくれるでしょ。あとは、縫い上がってからのフィッティングだね。大丈夫、次はドレス持ってNYへ行くから！」

「いきなりロンドンなんて、うそでしょって思ったよ。でもほんと、大して予定がない日でよかった。でも、今日中には戻らないと……って、あれ。待って、今日って何日!?」

双子も何もかも放り出して連れてこられた結花は、用が済めばすぐにでもとんぼ返りするつもりでいたのだが。

大西洋のあっちとこっちを行ったり来たりするのに慣れているカレンは、実にのんびりしたものだった。

「朝一でこっちを出れば、昼前にはフィラデルフィアまで飛べるけど。シャーリーもユカに会いたがってたし、レジャンスで一緒に朝ご飯食べてから帰ろうよ。なんならエリも呼ぶ? レディ・ロージアンは?」

自分が今ロンドンにいる実感もあまりなかった結花だが、言われてみればこの街には知り合いが何人もいるのだった。しかし、絵里にしろ千煌にしろ、顔を合わせて一言挨拶してすぐ「じゃあね」とできるような相手ではない。時間がないなら顔を合わせない方がいい……バレたら後でねちねち言われそうだが。

「や、いい、今回はほんとにすぐ帰る。子供たちも放り出して来ちゃったし、学期前にゃらなきゃいけないことが何か残ってそうで怖い」

「ふーん。りょうかーい。空港が開くのは六時半だから、それまで待ってて。そうだ、お茶でも淹れよっか。何かお茶請けあるかな……」

勝手知ったる叔母のアトリエを無遠慮に漁り始めたカレンに、結花が「そういえば」と声をかける。

「ねえカレン。今更だけど、こんなにバンバン飛行機飛ばしてもらって大丈夫？　よく考えたら、ドレス代よりそっちの方が全然高くつくんじゃ……」

根っからの庶民である結花は、（ドレス一着がまさかこんな大事になるとは、という意識もあって）色々と気になって仕方なかったが。

生まれながらにして大富豪のお嬢様であるカレンは、全く感覚が違うらしい。

「だいじょーぶだいじょーぶ！　いつものことだし、気にしないでよ！」

運転手付きのリムジンでドライブに出かけるのも、パイロット付きの自家用機で大陸間を往復するのも、そう変わらないとあっさり言い切る。結花にできることといったら、素直に感謝して好意を受け取ることだけ。

「あーでも、こんな時間なのにお腹すいてきた。サンドイッチか何か欲しいなあ、隣に二十四時間営業のコンビニが欲しい！　やばい、思い出したらフ〇ミチキ食べたくなってきた」

お嬢様にはついていけない、と思った直後にこの台詞《セリフ》で、ついぷっと吹き出してしまう。

「私はな〇チキ派かな。しばらく食べてないけど」

「ちょっとユカ！　やめてよ、禁断症状出ちゃうじゃん！　なんならフィラデルフィアじゃなく、東京へ飛ぶ？」

「待ってそれはだめ！」

「あははは冗談だって！　ベビちゃんたちが待ってるしね♪」

午前三時の妙なテンションで、二人はきゃあきゃあと騒いだが。

どんなにうるさくしても、仮眠室のドアが開かれることはなかった。

◆

九月半ばまで残暑の厳しかったニューヨークだが、二十日を過ぎたあたりから日に日に気温が下がっていき、だいぶ過ごしやすい陽気になってきた。

貴臣一家が引っ越しを決行したのもこの頃。

何かと大変なはずの引っ越しはしかし、いつの間にか阿久津と使用人達によって完璧に遂行されていた。ある日突然美沙に「結花様、今週末からは新しいお住まいとなります」と言われ、思わず呆然としたものである。

新しい住まいは、セントラルパークを挟んで反対側のアッパーイーストサイド。歌劇場のあるリンカーンセンターからは少し遠くなったが（歩いて行けなくもない程度）、貴臣の職場《オフィス》とカレンの家《コンド》には近くなり、双子の散歩に欠かせないセントラルパークもすぐ目の前だ。専用のエレベーターを備えた二階層《デュプレクス》で、上下のフロア合わせて七つものベッドルームにバスルーム、それに前の家同様の広いテラスがある。……物件価格は一体どれほどなのか、もはや桁さえ結花には想像できない。

そしてこの新居には、小さなオフィスとユニットバス付の使用人用居室《スタッフルーム》というのが最初から複数設定されていた。使用人頭の阿久津と料理人の八雲のほか、黒服達が当番制で泊まり込んだり、いずれ双子の乳母《ナニー》もやってくる予定である。

しかし、引っ越しよりなにより大きな問題が一つ残っていた。

ケイトから、一向に連絡がこないのである。

真野は既に対抗馬となるドレスの選定を終えており、フィッティングと小物合わせまで済ませてある。あとはケイトの作品と二着並べて、どちらがいいかを選ぶだけなのだが。

本番までには死んでも間に合わせる、と言い張るケイトをやきもきしながら待ち続けること二週間。これはちょっと無理かも……とうっすら覚悟していた結花のスマホがちりんと音を立てたのは、もう明日が当日という日曜の夕方だった。

「貴臣さん。カレンからなんだけど、今ビギン・ヒル空港で、これから離陸するって」

真貴を抱いてピアノの前に座り、二人で鍵盤を叩いて遊んでいたところへ飛んできたメッセージ。広大なリビングを猛スピードではいはいする花音を見守っていた貴臣は、「今からか？」と腕時計に目をやって眉をひそめる。

ビギン・ヒル空港は、ロンドン南部にあるプライベートジェット専用の小規模空港である。現地時間は既に夜だが、空港の営業時間ぎりぎりまで粘っていたのだろう。

「今からロンドンを離陸しても、こっちに着くのは……」

「日付が変わった後の深夜か、早朝だろうな」

結花がうっすら眉根を寄せ、難しい顔で時計を睨みながら唸る。

「うーん。貴臣さんに見てもらう暇が、ない……」

「厳しいな。明日は私も早めに出勤するつもりだし」

ここまでギリギリになるとは思わなかったなぁ、とこぼした結花は真貴を花音のそばに放し、貴臣の隣に座り直す。壁際に控えていた美沙が、すぐさま双子の監視体制に入った。

「どっちにするか、貴臣さんに選んでもらうつもりだったんだけど」

「結花が気に入った方を選べばいい。どうせ両方買い取るから、どちらを選んでも構わないよ」

焦る素振りもなくそう口にした貴臣は、数日前の段階で既に半ば以上見切りをつけていた。ケイトが間に合わなければ、真野が用意したドレスを着ればいいのだ。真野への依頼は、競合させるためというよりむしろバックアップである。正にこんな時のための。

「タイトすぎるスケジュールは、イレギュラーとハプニングの元だ。少しでも何か懸念材料があれば、真野の方のドレスを着せろ。いいな、美沙」

命じられた美沙は「かしこまりました」と恭しく頭を下げたが、結花はちょっぴり不服そうにむぅと唇を尖らせる。だめなら仕方ない、わかってる。でも、楽しみにしてたんだけどな……。

「ケイトのドレスは、別のパーティーへでも着て行けばいい。大丈夫、無駄にはならないよ」

確かにこのマンハッタンでは、イブニングドレスの出番などその気になればいくらでも作れる。お披露目の場には事欠かないだろう。

「しかし、ドレスが決まらないことには、宝石を選べないな」

貴臣が唯一気になっていたのはそこだった。なんなら当日歌劇場へ行く前にでも、スイスの投資顧問に紹介された五番街の宝飾品店《ジユエラー》で、適当な宝飾品を貸し出してもらおうかと思っていたのだが。

宝石と聞いて焦ったのは結花だった。いりません！　と。

「何かつけるなら、手持ちのもので十分です！　あんまり凄いのつけてると、緊張しちゃうし」

そう、結花だってそこそこの品をいくつか所有しているのである。中でも最も素晴らしい品は、貴臣に贈られたあの巨大なダイヤの婚約指輪だが、それ以外にも絢子夫人が結婚祝いと称して買い込んだ真珠やら何やらもあるし、万喜子夫人の持ち物だった時代物の宝飾品もある。そのいずれも、どこに出しても恥ずかしくない立派な品々で、目玉が飛び出るような額の保険がかけられていた。

「そもそも、いくらレッドカーペットとはいえ、オペラを観るのにそんなにキラッキラに飾り立てる必要ないですよね？」

「そうだな、結花の言うとおりだ。今回は単なるオペラ、宝冠《ティアラ》必須の宮中晩餐会ではない。それに」

もっともだなと苦笑した貴臣が結花の手を取り、結婚指輪の辺りに軽く唇を触れさせる。

「宝石なんかで飾らなくとも、私の妻は十分に可愛くて美しい」

「……それはその、貴臣さんの目が、色ボケしてるだけだと思う」

これまで幾度となく繰り返されてきたそのやり取りに、使用人たちが一斉に生ぬるい目を向ける中。

そのまま手を引かれて膝の上に乗るよう促された結花が、ほんのり頬を朱に染めつつちょこんと横向きに座った。

「まだ老眼にはなっていないよ」

「眼鏡した貴臣さんも、きっとすっごくかっこいいと思うけど」

「今度してみようか？」

「あ、それならカレンの前でしてあげて。めちゃくちゃ見たがってたから」

「それはどうでもいい」

そうして他愛のない会話をしつつ顔を寄せ合い、あちこちへ唇を触れさせ、時折小さな笑い声を上げながらぴったりと身を寄せる。床から見上げていた花音が、自分も混ざろうと「だーぁ！」と声を上げ、貴臣の膝につかまり立ちしてよじ登ろうとするが。

貴臣は、血を分けた我が子でさえ、膝に乗ることを許さなかった。今までもこれからも、そこはあくまで結花専用なのである。

美沙がタイミングを見計らって声をかけた。

「結花様。どうか今夜は、お早めにお休みになられますよう」

明日のコンディションを気遣った美沙が、（本日も絶賛いちゃいちゃ中、と頭の中の日記帳に書き入れながら）控えめに申し出た。くれぐれも、明日のお楽しみに差し支えるような真似はするなと。初めてのレッドカーペットを最高のコンディションで迎えるには、睡眠不足による肌荒れや瞼の腫れなど言語道断である。

「そうだな。今夜はゆっくり風呂に浸かって、おとなしく寝るか。……一緒に入ろうか？」

何の気なしにそう声をかけた貴臣だったが、結花は「あー……」と言葉を濁し、ちょいちょいと手招きして耳元に顔を近づける。

「……一緒に入ると、きっとほら、したくなっちゃうから……」

だから今日はやめておきます、とぽそぽそ囁く結花を、貴臣はそのまま横抱きにして持ち上げた。そうしてご機嫌に鼻歌など歌いながら（ちなみに曲は『誰も寝てはならぬ』）、有無を言わさずバスルームへと連行する。花音を抱き上げつつ見送った美沙は、「あちゃあ」と声に出さずに頭を抱えた。かえって余計なこと言っちゃったよ、と。

――翌朝、早朝だというのに溌溂と出勤する貴臣をベッドの上から見送った結花は、そのまま小一時間ほど二度寝してからようやくのろのろと起き上がった。

貴臣はだいぶセーブしたつもりらしいが、そもそもの基礎体力の違いをもう少し考慮してほしい。なんてことを考えながら脚を下ろし、薄いカーディガンを羽織ってキッチンへ行くと、お出汁のいい匂いが馥郁と漂っている。料理人の八雲が、双子の離乳食を用意しているところだった。

「んーまっ。まーあ！」

「うんうん、卵がゆ美味しいねえ。八雲さんのお出汁、ほんとに美味しいよね。ねーマキくん」

「だーぅ、あー、ぶーうー」

「カノちゃんは、お味噌汁が好きだよね。ほら、今日はお芋とお豆腐だって。美味しいねえ！」

盛んに喃語を話すようになってきた双子にひと匙ずつ離乳食を食べさせ、自分も橙マーマレードを落とした紅茶をゆっくりちびちび啜っていると、スマホからちりんと鈴の音が響く。

『ユカ、もう起きてるー？』

予想通り、カレンからだった。まだ朝七時、随分早いなと少し驚く。

『起きてるよ。おはよ。昨夜何時に着いたの？　ちゃんと寝た？』

『着陸したのが一時くらいだったかなあ。あたしは寝たけど、ケイトはこっちに着いてから寝てない。フライト中は仮眠してたけど』

やっぱりそういう状態なんだ、と結花は小さく溜息をついた。ケイトがちゃんと生きているのか、本気で心配になってくる。

『それで、ドレスはどう？　貴臣さんには、だめそうなら雪枝さんのドレスを着ろって言われてるんだけど』

『ノンノンノン！　大丈夫、ちゃんと仕上がるから！　これからうちでコンペやって、決めたら急いでフィッティングして本番だよ！　何時に来られる？』

『私は何時でも大丈夫だけど。雪枝さんは？』

『もう連絡した。シャワー浴びて朝ごはん食べてから、九時までにはうちにくるって。そっからコンペの準備もあるから、ユカはそうだな、十時でどう？』

『ん、わかった。その時間に行くね』

相当無理をしているのは間違いないケイトの体調が心配だが、本人に何を言っても聞かないだろうことは目に見えている。せめて何か栄養が取れるものでも……と、結花は料理人の八雲に「簡単なものでいいから和食のお弁当を作って欲しい」と頼んだ。職人気質の寡黙な男だが、貴嗣氏に認められていただけあって腕は確かな上、結花のリクエストには一度もノーと言ったことがない。

果たしてこの日も、「お任せください」と頷いてからわずか二時間で、黒塗りの三段重いっぱいにご馳走を詰め込んでくれた。ありあわせの材料とは思えないほどの美しさと品数に、結花は大喜びである。

「じゃ、マキくん、カノちゃん、行ってくるね。明日には帰ってくるから、それまでいい子にしててね。リリーさん、よろしくお願いします！」

「はいはい、行ってらっしゃいませ。どうぞ楽しんできてくださいね」

今日もセントラルパークへ散歩に出かける双子と一階で別れ、ヘアメイク用の荷物を抱えた美沙をお供に車に乗ると、ほんの数分でカレンの住まいに到着した。顔見知りのドアマンが、にこやかな挨拶とともにドアを開けてくれる。

「ユカ！　ミサもいらっしゃい、入って入って！　もうみんな揃ってるよ！」

「え、みんな？」

エレベーターホールに直結したドアの向こうのホワイエで、結花を待ち構えていたのはなんと。

「――絵里！　いつこっちに来たの!?」

一番の親友であり、今はロンドンで暮らしているはずの絵里が、なぜかその場に仁王立ちしていた。ズゴゴゴゴ……と効果音がつきそうな仏頂面で。

さも不機嫌そうに睨みつけてくる顔は、ロンドンの社交界で揉まれたせいか美人に拍車がかかっている。だからこそ余計に、貫禄というか迫力があるのだが。

「昨夜、カレン達と一緒に飛んできたのよ。千煌様が一緒に行くってきかなくて、ほんっと止めるの大変だったわ。あとで覚悟しときなさいよ」

「え。待って、なんで千煌さん!?」

「まあまあ、こんなところで立ち話もなんだし！　さ、入って入って！」

カレンにそう促されるが、絵里の刺々しい恨み言は止まらない。

「まったくもう、何なのよドレス勝負って。しかも、初のレッドカーペット？　なんでそんな面白い話に、あたしを混ぜてくれないのよ！」

「や、っていうか、カレンもたまたまというか、なりゆきで」

「しかも、仮縫いしにロンドンまで来てたとか、聞いてないんですけど！」

「だってでも、あの時はほんとに時間がなくて、夜着いて朝には出ちゃったから……」

もごもごと返すと、絵里がアーモンドアイをすぅと細めてじっとり結花を見下ろす。うわぁ、睫毛長くて目力凄いな。なんて見惚れている場合ではない。

「そ、それよりカレン！　ケイトは？」

「大丈夫、ちゃんと生きてるよ。一応まだ」

カレンの言葉にふと顔をそちらへ向けると、奥から出てきたケイトと目が合う。——ケイトだろう、あれは多分。だが。

「ケイト！　ちょっと待って、どうしたの⁉」

結花や美沙がぎょっとして息を呑むほど、ケイトはげっそりしていた。仮縫いの時もだいぶやつれていたが、更にひどい。片手を振って挨拶しようとしているらしいが、笑顔を作ろうとして失敗した頰はこけて痛々しく、髪も（ウィッグとはいえ）ぼっさぼさ。

顔だけで既にそんな有様なのに、衣装もまたケイトにしてはありえないほどのくたびれ具合だ。白衣には変な皺がつきまくって見るからによれよれで、マエストロ・シュレジンガーの普段着といい勝負である。

「気合い入れすぎて、ちょっと精魂尽きかけてるの。でもその分、すごい力作なのよ。まあ、私が用意したドレスだってなかなかのものですけどね」

「雪枝さん！　おはようございます！」

その背後から現れた真野が、苦笑混じりに肩をすくめつつ手を振ってくる。聞けばついさっきまで、うんうん唸りながらあちこち微調整していたらしい。これ以上は実際着せてみてから考えたほうがいいわと、無理やり引き剝がしてきたとか。

「うっし、これで全員揃ったね。じゃ、早速お披露目会といこっか！」

自分が用意したわけでもないのに得意満面のカレンが、漆黒のベロアのロングスカートを翻しながら一同を広大なリビングへと誘う。

そこに用意されていた一着のドレスに、結花の目は瞬時に釘付けとなっていた。

◆

当日は午前中で仕事を切り上げるつもりで、普段より早い時間に出社して仕事に取り掛かっていた貴臣だったが。

昼前にアポなしで押しかけてきた与党の某大物国会議員のせいで、大幅に予定が狂いかねない事態に陥っていた。

この日の午後から翌日の昼まで丸一日空けるために、ここ二週間ほど恒常的に早出残業休日出勤を続けていた貴臣である。今に始まった事じゃないと言ってしまえばそれまでだが、ただでさえ多忙な通常業務に加え、勝手に押しかけてくる偉ぶった連中を追い返すのは本当に骨が折れる。

この日の相手も、半ば無理やりオフィスに押し入ってどうでもいい話題で長広舌をぶち、記念撮影を断ったところでようやく「ではそろそろ……」と言い出したので、やっと帰るのかと思いきや。

「貴臣くん。どうかね、どこかで昼でも。お勧めの店があれば――」

などと更に図々しいことを言われ、無言で面会謝絶リスト入りを決める。

「よろしければ、行きつけの店をご紹介しますよ。秘書に予約させましょう、すぐに出ればまだランチにありつけるはずです。あいにく私は別の予定が入っておりまして、ご一緒できないのは残念ですが」

そうして少々強引に客を追い出すと、時計を睨んで苛立たしげな息を吐いた。ドレスアップした結花をブラックタイでエスコートする前にと、前々から馴染みの美容師に予約を入れてあったのだが、時間ギリギリだ。

「念のため、少し遅れそうだと連絡しておいてくれ」

「イエス・ボス。それにしても、しつこい客でしたね」

「客だと思う必要もない。次は通すな」

苛立ちつつも明らかにそわついている貴臣の様子に、秘書たちがこっそり含み笑いを噛み殺す。今夜のデート、楽しみにしてましたもんねと。

「貴臣様、お車の準備ができました」

野元の声にすらりとデスクから立ち上がった貴臣が、無表情にスタッフを睥睨して言い放つ。

「明日の昼まで休暇に入る。よほどのことがなければ電話してくるな」

「承知しております。行ってらっしゃいませ、ボス。どうぞ素敵な一日を」

メールとスケジュールの最終チェックをしていたミズ・ウォルフも、立ち上がってにこやかに挨拶してきた。

無表情に頷いてオフィスのドアを開けた貴臣の、足取りがなんとなく弾んでいるのに目敏く気づいた野元は、変にニヤつかないよう気合を入れて表情筋を引き締め、車寄せまでお供すべく先に立ってエレベーターのボタンを押す。

だが貴臣は、単に浮かれているわけではなかった。

——社交の場に二人連れ立って出ていくたび、周りから何やらひそひそ言われていることとは知っていたし、結婚前からそうなるだろうと予想してもいた。中にはひそひそどころか、こちらの耳に入るよう聞こえよがしに囀る者もいるし、面と向かって堂々と言ってくる者もいる。

「ミスター・クゼは、女性には興味がないものとばかり思っていましたが。なるほどこれは……」

なんてことを言いつつ、訳知り顔でニヤニヤされた回数は両手の指の数ではきかない。

同じようにアジア系女性を連れている男達からは、勝手にお仲間呼ばわりされて、聞くに堪えない下世話な話を振られることさえあった。

一部の白人男性の、アジア系女性に対する古臭い偏見と蔑視は根深く、もはや固定概念化している。彼ら曰く、自分達が誘ってやれば、アジア系なら誰でも喜んで従順に股を開く。日本人女性は皆若くて可愛いゲイシャガールで、白人男性に性的に奉仕するのを好む……などという幻想を、本気で信じ込んでいる頭の悪い連中が実際にいるのだ。

無論、アジア系女性の全員がおとなしくて従順なわけではない。同じアジア系でも、弁が立って我の強い見るからにパワフルな女性も大勢いる。だが連中は、そういう女性たちは一様に敬遠し、あくまでおとなしやかで幼げで、自分に逆らわないタイプを狙うのである。

そして、そういうタイプを装って自ら獲物となることを望む女性も確かに存在するため、ある種の需要と供給が成り立ち、更に強固な固定概念が世間に染みついていく。結花を妻として紹介した既婚男性から、「よかったら今度、ワイフを交換して一緒に楽しまないか」なんていう誘いを密かに受けた経験は、一度や二度ではない。

確かに彼らが夢想する通り、結花は若く可愛らしく従順で、ベッドの上でいやらしく奉仕するのが大好きだ。ペニスを差し出せば嬉々としてしゃぶりついてくるし、胸に挟んで扱いてくれたりもするし、時には自分から脚を開いておねだりもしてくれる。上に乗せれば、一生懸命いやらしく腰を振る——ただし、相手はあくまで貴臣一人だ。

可愛いウサギのそんな姿を、一瞬でも他の男に見せるなど、想像するだけで相手の目玉をほじくり返したくなる。

だというのに、「ちょっと一晩彼女を貸してくれませんか。大丈夫、傷はつけませんから」なんてことを、しゃあしゃあと言ってくるような男が複数いる。ビジネス上ではそれなりに信頼できる相手だと思っていたのに、とつい漏らした相手はレジー・ホワイトストーンだったが、「弱みを一つ握ってやったくらいに思っておけ」と慰められて終わった。ここらじゃそんな話は珍しくもないし、そうした行為を大っぴらに楽しむ連中もあちこちにいるから、と。貴臣は不本意ながらも助言を受け入れ、黙って頭の中の「好ましからざる人物《ペルソナ・ノン・グラータ》リスト」に名前を書き連ねていったのだが。

今日もそんな連中がわんさか集まるのだろうと思うと、楽しい歌劇場デートだというのに少々憂鬱ですらあった。

「……まったく、世の中ろくでもない連中が多すぎるな」

半年先まで予約が埋まっている高級サロンで完璧に身嗜みを整えてから一旦自宅に戻った貴臣は、鏡の中の己を冷静にチェックしながら憮然として呟いた。結局昼食を摂る暇もなかったため、八雲に用意させた軽食をペリエで胃に流し込む。

「貴臣様、少々お急ぎを」

結花から贈られた薬草酒《アブサン》の香りの香水を控えめに吹き付けていると、糊のきいたシャツを着せかけながら阿久津がやんわり急かしてきた。前々から余裕をもってスケジュールを組んでいたはずが、結局ギリギリだ。

ロンドンの馴染みの仕立屋《テーラー》で新しく誂えたタキシード《ディナージャケット》は、これまでのものとは違い、黒ではなく夜紺《ミッドナイトブルー》色のダブルで仕立ててあった。正装《フォーマル》とは言え洒落着に近い扱いで、身体の線に沿う細身の仕立てが、きちんと鍛えた堂々たる体躯をよりストイックに引き立てている。胸ポケットに白いチーフを差し込んで慎重に調整し、手首に二本針の腕時計《ブレゲ》をつけて、鏡のように磨かれたエナメルの靴を履けば、正に溜息の出るような紳士ぶりであった。

「――問題ございません。全て完璧です」

いつか貴臣に仕えるため、実父である黒川から様々な技能を仕込まれたという阿久津が、実に満足げに告げる。仕え甲斐のある主を持って幸せだと、こっそり内心で呟きながら。

急いで家を出ようとした貴臣だが、ふと思い出して子供部屋を覗き、おむつを替えようとしていた子守役のリリーと交替した。せっかくのタキシードに匂いがついたら、と焦るリリーだが、貴臣はこんなことまで完璧に手際が良かった。なかなかシュールでレアな光景ではあったが。

「真貴。明日には帰るから、留守番を頼む。何かあったら花音を守れ。いいな」

ほわほわの頭にキスを落としながらのセリフに、真貴は返事をするかのように「だーう！」と元気な声を上げ、「ふえええぇ」と泣き出した花音はいっぱいに伸ばした両手でしがみついた。ゼロ歳児に理解できるわけないし、と思いつつ眺めていたリリーだが、でも貴臣様と結花様の遺伝子だし、もしかして……とまじまじ双子を凝視する。

「お車が下で待機しております、明日のお着替えも積込み済みです。チケットはこちらに。どうぞお気をつけて行ってらっしゃいませ」

嶋田と同じ顔で微笑む阿久津に見送られ、わざわざ出させたリムジンに乗り込んだ貴臣はまずカレンの家へ向かった。

果たして結花は、どちらのドレスを着てくるのか。どれほどの美女がどんなセクシーな衣装を着ていても単なる背景にしか見えない貴臣だが、それが結花なら話は別。想像すると楽しみで、つい頬が緩むほど。

「やっと来たわけ？　遅いよ！」

エレベーターを降りた玄関ホールで出会い頭に言い放たれ、なぜ絵里《これ》がここにいるんだと微かに眉をひそめた貴臣だが。

絵里は何やら真面目くさった顔つきで無遠慮にじろじろ眺めまわすと、綺麗に櫛の通った髪から光り輝く靴まで全てじっくり確かめてから、やけに尊大な仕草で頷いた。

「うん、いいんじゃない。よし、合格！」

「……何の話だ」

「決まってるじゃない。みんなで頑張っておめかしさせた結花を、エスコートするに相応しいかどうかって話よ。何しろ力作だから！」

まさかとは思うが、結花の晴れ姿を眺めるためにわざわざロンドンから飛んできたのか。呆れ混じりに「暇なのか」と口にした貴臣へ、絵里はフフンと妙に自信満々に胸を張った。

「千煌様から大事なお遣いを頼まれたら、そりゃもう最優先でしょ」

「千煌さんから？」

「結花に貸し出す宝石を運んできたのよ。なんか文句ある？」

姉の名を出されて黙り込んだ貴臣に満足し、にんまり笑った絵里はようやく邸内へと案内する。

「最初に言っとくけど。手間暇かけて仕上げたんだから、いきなりキスとか押し倒すとかはなしにしてよね。わかった？」

なんて言葉を冷ややかに黙殺しつつ、いやが上にも期待が高まる貴臣である。絵里の小生意気な口ぶりも、まるで気にならないほど。

「はーい！　ちょっと年増の王子様が、馬車ならぬリムジンでお迎えに来たよー！」

気が急くのを感じながら、広々としたサロンへと入っていくと。

壁一面の鏡の前で二、三人に傅かれていた女が、ふっと振り向いた。――一瞬、結花以外の女に目を奪われたと自覚してひやりとした貴臣だが。

「貴臣さん！　え、うそ、どうしよめちゃくちゃ素敵……かっこいい……！」

そこにいたのは、ほかでもない結花本人だった。貴臣を見て目を丸くしてから、ぱっと花が咲くような笑みを顔いっぱいに浮かべる——その表情を一目見れば、ああやっぱり結花だと納得できる。

別人かと思ったのは気のせいだったが、咄嗟にそう見えてしまったのも無理はないほど、いつもと違う横顔だった。

「予定より遅いから、どうしたのかなって心配してたの。大丈夫だった？」

「ああ、悪かった。招いてもいない客が来て、なかなか追い出せなかったんだ。色々とギリギリになってしまった、が……」

その場に立ち止まり、腕を組んで片手を顎に当てつつじっくりと全身眺める。結花の足元にしゃがみこんで何やら作業していたケイトが、びしりとその場に固まって貴臣の顔を凝視していた。見惚れているのではない。感情が一切見えない無表情から、作品に対する反応を読み取ろうと必死なのだ。

そのケイトが文字通り寝食も忘れて仕上げたシルクファイユのドレスは、なんとも言えず美しい黄色がまず印象的だった。

黄色といっても派手な色ではない。透明感のある春の黄色や、明るく鮮やかな夏の黄色とも違う。こっくりとした深みのある色調は、紅葉しきった銀杏の葉によく似ていて、紛れもなく秋の色だった。

シルエットは細身のAラインで、シルクファイユの生地の張りとカッティングを生かし、絶妙なボリューム感に仕立ててある。ウエストより低い位置で切り替えたスカートは裾が前上がりになっていて、足枷《アンクレット》を嵌められた足首とオープントウの靴が見えた。袖なしの上半身は胸の谷間が丸見えになる位置まで広く深く抉られているが、半透明の肌色の生地で覆った上から刺繍を施し見えにくくしてあるため、渋々ながら妥協できた。

植物モチーフらしき刺繍は胸元だけでなく、くびれたウエストから長いスカートの膝下辺りまで、絶妙なバランスで配されている。よく見てみると絹糸だけではなく、ガラスのビーズに淡水真珠、小さな板状にカットした白蝶貝や黒蝶貝がふんだんに用いられ、あくまで上品に光り輝いていた。よく見ると、その刺繍の一つから糸が飛び出していて、ケイトが手に持つ針に繋がっていた。どうやらまだ足掻いていたらしい。

「全部自分で刺繍したのか」

固まったままのケイトに静かに問いかけると、なぜかカレンが胸を張って「そうだよ！凄いでしょ！」と答える。ふむ、と貴臣は小さく頷いた。ああして針を持っているということは、ケイトの作品なのだろう。なかなかの力作だ。悪くない。いや、「悪くない」というのは言い方として正しくない。きちんと真っ当に評価するならば。

「――いいな。とてもいい。素晴らしい出来だ」

はっきりとそう言って大きく頷いた貴臣が、ケイトを見下ろして片手を差し出した。それを見て恐る恐る持ち上げた手を、しっかり握る。ご苦労だったな、ありがとう、と。

部屋の隅で見ていた真野が、笑顔でうんうん頷きながら両手を叩いた。拍手された当の本人は、驚いて目をぱちくりさせていたが。

「ケイト、やった！　やったね！」

結花の横でスマホを構えていたカレンが喜色満面で叫ぶが、貴臣と握手したケイトはそのままへたりと床に沈み込んだ。一気に緊張がほどけたのだろう、やつれた顔を泣き笑いの形に歪めて放心しているが、すぐさまカレンから「ケイト！　ちゃんと糸の始末！」と声が飛ぶ。

「美しいな。よく似合ってるよ、結花」

ようやく結花に歩み寄った貴臣が、間近でじっくり観察しながらはっきり言った。フィッティングを手伝っていた美沙が、何度も無言でこくこくしつつ立ち上がって貴臣に場所を譲る。

「絵里がロンドンから運んできたのは、このイヤリングか？」

すいと手を伸ばした貴臣が、綺麗に髪を結い上げた結花の耳に触れる。キラキラ光り輝いているのは、大きな雫型の宝石をぶら下げたクラシックなイヤリングだ。透明な深い黄金色の宝石は、色味も輝きも最上級の黄水晶《シトリン》。

「結花のドレスを作ってるらしいって千煌さまに話したら、自分も見たいっておっしゃって、シャーリーのアトリエに見に行ったのよ。で、このドレスを見た途端、合わせるならこれがいいわって断言して」

「確かに合うな、揃いで誂えたようだ。だが……」

ドレスに合うのは間違いないが、人目を引きまくるのも間違いない。

「ほんとは、セットでティアラとかブレスレットとかネックレスもあるんだけど。いっぺん全部つけてみたら、結花がめっちゃビビっちゃって。真野さんとケイトも、つけ過ぎるとダサくなるからこれだけでいいって言うし」

絵里の言葉から察するに、千煌個人のものではなく、ロージアン家が所有する一揃え《パリユール》からイヤリングだけ抜き取ったに違いない。保険会社から止められなかったのだろうか。いや、止めても聞かないのがあの姉か……と貴臣は溜息を噛み殺し、無表情をうっすら渋くして呟く。

「……これで出かけるのは、正直気が進まないな」

その言葉を耳にした絵里は「はぁ!?」と眉を吊り上げ、ケイトがさっと顔つきを強張らせる。

「何か、お気に召さない点が……あったでしょうか」

自分のドレスに自信はあるものの、一抹の不安を感じてお伺いを立ててみたのだが。

真剣な瞳で凝視された貴臣は、冷ややかな眼差しをふっと和らげて小さく溜息をついた。

「そうじゃない。……似合い過ぎて、余計な羽虫が寄ってくるんじゃないかと気になっただけだ」

「はぁ？　そんなの勝手にブンブン飛ばしときゃいいのよ。女の勲章でしょ！」

いやいやまさか、と一気に脱力した結花の隣で絵里が叫ぶ。安堵したケイトは何とも言えない表情で、そこまでの責任は負いかねます、ともごもご呟いていたが。

そのケイトを真っすぐ見下ろし、貴臣が右手を差し出した。

「ケイト。素晴らしい作品だ、ありがとう」

改めてそう言われ、恐る恐るその手を握り返しつつふっと顔を上げた直後。

元々素晴らしく見目良い男が気合を入れて盛装し、自分に向かってあるやなしやの微笑を浮かべている姿に、ケイトは一気に頭に血が上ってくるのを感じた。待って、待ってヤバい倒れそう。何あれ尊い。いや、尊いなんてもんじゃない。何もかもが崇高過ぎて、脳みそバグりそう。ファンサが気前良すぎて死ぬ、マジでちょっと誰か助けて。

軽く手を握っただけで再びへなへなと座り込んだケイトを放置し、貴臣は真野の方へ向き直る。

「今回も面倒をかけたな」

「とんでもないことです。いつもながら、楽しく働かせて頂きました」

朗らかな笑みを浮かべた真野が、依頼人《クライアント》に深々と頭を下げた。

「あのドレスには負けますけど、私の方も自信があるんです。いつか是非、何かの機会にお役立て頂ければ」

「ああ。適当な行事《イベント》を見繕って披露しよう。今回の件でかかった費用は、全部こちらへ回してくれ」

「ありがとうございます、貴臣様」

今回もいいビジネスだった、と満足げに頷く真野と握手を交わしてから、貴臣は結花にエスコートの手を差し出す。

「支度は済んでいるな？　そろそろ行こう。美沙、お前も車に乗れ」

「はい、貴臣様」

「ケイト、カレンもありがとう。雪枝さん、行ってきます！　絵里、すぐ帰ったりしないよね？」

「今日はひとまずここに泊まるから、どんなだったか明日聞かせて。絶対だからね！」

「ユカ、写真撮るときは手を振るときはちゃんとポーズ！　手の位置忘れないで！」

そうして友人たちに手を振る結花をエレベーターまでエスコートした貴臣は、ふらふらと引き寄せられたかのように手を伸ばし、剝き出しの肩甲骨を指でなぞりつつうなじに唇をすべらせていたが。

「……んん、貴臣さん、くすぐったいからだめ。それはオペラが終わってから、ね……？」

肩越しに振り向いた横顔に目を奪われ、やはり行くのはやめにしようかと半ば本気で考えつつ、「可愛い」から「美しい」に進化した妻をたっぷり眺めて楽しんだ。

カレンの家から、メトロポリタン歌劇場のあるリンカーンセンターまでは全く大した距離ではないが、いつもどこかが渋滞していて二十分ほどかかるのが常である。

運転手のジェレミーはマンハッタンの渋滞には慣れっこで、可能な限り速やかに快適に二人を運んでくれた。

「まあぁ。まああぁ！　結花さん、素敵だわ！　まあまあなんて素敵なんでしょう！」

車を降りてすぐに合流した越智夫妻は、二人の姿を見て満面に喜色を浮かべた。夫人は甲高い声で「まぁぁ」と連呼しつつ、感動に目を潤ませながらスマホで写真を撮りまくる。その勢いと熱意の凄まじいことと言ったら、「お久しぶりです」と落ち着いて挨拶する暇もない。

「ありがとうございます。でもその、ちょっと頑張りすぎてないかと心配で……」

「大丈夫、メトの初日ならきっとこれくらいが普通よ。とっても綺麗な色ね、黄八丈みたいな……あら、ねえ、この刺繍。もしかして、女郎花《おみなえし》？　こちらは薄《すすき》、それに萩かしら。これって、秋の七草じゃなくて？」

結花のドレスをまじまじと見つめ、越智夫人が感嘆の声を上げる。

「わぁ。やっぱり、見る人が見るとわかるんですね。そうらしいです」

「素敵ね、とっても風流だわ。それにそのイヤリングも、見れば見るほど見事なお品ね。まあ、千煌さんから？　本当に素晴らしいわ。お化粧もいつもとは雰囲気が違うけれど、よくお似合いよ」

越智夫人がそう言うのも道理で、今夜はヘアメイクも美沙ではなくケイトが担当している。子供っぽく見られるのを気にする結花に「そんなの化粧でどうにでもなるよ」と言い切り、様々なテクニックを駆使して印象を操作した。これには貴臣も驚いたのだが、堂々と背筋を伸ばして微笑むことさえできれば、若すぎると侮られることもないだろう。

そうして気合を入れて装っているのは、結花だけではない。越智夫人はいつも通りたおやかな和服姿だったが、ドレスでなくとも十分に華やかだった。

「耀子おばさまの今日のお着物も、すっごく素敵です！　この帯、もしかして今回のために？」

「うふふふ、実はそうなの。お上りさん気分でついついめかしこんじゃって、こんなおばあちゃんなのに恥ずかしいわ」

しっとりとした絹の光沢が上品で美しい砂色の御召に、濃厚な赤墨色の帯。お太鼓に刺繡で立体的に描き出されているのは、メトロポリタン歌劇場の姿だ。帯前にはあの有名なシャンデリアの意匠が、金糸銀糸で煌びやかに表現されている。実はここにも、と見せてくれた草履の鼻緒にも同じ刺繡を施してあった。

「やれやれ、女性のお洒落というのは大変だな。今夜は我々は引き立て役に徹して……と言いたいところだが」

ごくスタンダードなへちま襟《ショールカラー》のタキシードでこなれた装いを見せる越智氏が、苦笑まじりに言いつつ貴臣の全身をとっくりと眺める。

「君はどんな格好をしていても目立つが、今日は一段と目を引くね」

「好きでこんな顔に生まれついたわけではないのですが」

「顔だけの問題じゃあないが、君ならホームレスの格好をしていても目立つだろう」

「……せいぜいおとなしくしていることにしますよ」

溜息まじりにそう返してから、貴臣が「そろそろ行こうか」と優しく結花の腰に手を回した。

「カクテルレセプションがもう始まっているはずだ。さっさと中へ入ろう」

そうしてレセプション参加者専用の入口へと、結花をエスコートして歩き出したのだが。

「――うわ、何あれ……！」

その光景を目にした結花が、思わず呻いて貴臣の袖をつかむ。

地元民と観光客が入り混じった群衆が柵越しに取り囲む、赤絨毯の一本道。奥の方にはカメラを構えるマスコミ関係者の群れ。

そのレンズの前を、腰をくねらせポーズをつけながら裾《トレーン》を引いて練り歩いているのは、結花でも知っている超有名ハリウッド女優だった。その後方で待機している人々も、一般人など一人もいない。様々なジャンルの大物音楽家に著名アーティスト、お気に入りのモデルを伴ったファッションデザイナー。売れっ子俳優にショービズ界の有名人、そして美女を連れた大富豪。いわゆるセレブと呼ばれる人種が、そこには大勢集っていた。

老いも若きも女性達はみな孔雀のように着飾り、パートナーにエスコートされながらカメラ目線でポーズを取り、あるいはメトロポリタンオペラのロゴ入りパネルの前でインタビューに答えている。それを見て、今日という日をちょっと、いや大分甘く見ていたことを、結花もようやく自覚したのだった。

「さすがメトだ。顔ぶれが本当に、桁違いに華やかで」

「見てあなた、あの俳優さん！　若い頃からファンなのよ、サインもらおうかしら」

そうして愉快げに眺める余裕のある越智夫妻に対し、結花は「ほんとにあんなところを通らなきゃいけないのか」とはっきり腰が引けている。

「今日はメトの資金集めも兼ねたイベントだから、こういう連中も必要なんだよ」

貴臣の説明によると、このオープニング公演には、席のみ・席と寄付金・席と寄付金とガラディナーなど、段階別に様々なチケットが用意されているという。当然ながら、出したお金の額によって明確に席が違い、良い席で観たければ寄付金をはずむ必要がある。更に大枚支払えば、ガラディナーであいうセレブと談笑することもできると、そういうシステムになっているとか。さすが寄付金大国アメリカ、露骨で効果的な資金集めだが、そのおかげであの豪華絢爛な舞台が成立するというわけだ。

「とはいえ、今夜集まっているのはそんな連中ばかりじゃない。我々のように、ちょっと資金に余裕があるだけの真っ当なオペラ好きも多い」

「そうよ結花さん。私たちみたいなお上りさんだって、きっとたくさんいますからね」

怯えたように縮こまった肩をふわりと抱き寄せ、貴臣が言い諭した。越智夫人も何ら気負いなく、うきうきと弾んだ声をかけてくる。その隣で越智氏も、孫娘でも見守るかのように優しく微笑んで頷いていた。

「大丈夫、こんなのは今日だけだ。さっさと脇を通り抜けよう」

囁いた貴臣が結花の手を取り、指を絡めて握りながら持ち上げてちゅっとキスする。

そっと頷き絡めた指をきゅっと握った瞬間、結花の脳裏にスイスで通ったマナースクールの講師の厳しい声が甦った。『背筋を伸ばして、肩を下げて、お腹を引っ込めて。指先一本一本まで丁寧に、緊張感を保ちつつリラックスしましょう。ほんの少し顎を引いて、微笑みなさい。優雅に！』……ああ、あれは未婚の令嬢向けのクラスだったから、もう一つ上のクラスのレッスンを受けておいた方がいいかもしれない。そんなことを思いながらどうにかこうにか微笑みを浮かべ、滅多に履かないハイヒールで一歩踏み出した。

前後を練り歩くどこかのセレブにぶつからないよう、歩く速さと方向を貴臣が巧みに誘導していく。長い脚を器用に捌いてドレスの裾をよけながら堂々とエスコートする技術は、姉の千煌から（散々足を踏まれながら）いやというほど仕込まれたもの。

さりげなくしっかりと結花を支えつつ、着物姿の越智夫人のペースも見ながら、それでも可能な限りさっさとその場を通り過ぎようとしたが。

「すみませんマダム、ちょっとお待ちを！　そこで止まって」

キモノを撮らせてほしい、と呼び止められたのは越智夫人だった。マスコミではなく、歌劇場関係者のようである。あらあら、こんなおばあちゃんを？　と楽しそうに微笑む夫人が夫婦で撮影に臨むのを、結花と貴臣は数歩下がって静かに見守っていたのだが。

前から後ろから斜めから、歌劇場への愛に溢れた着物姿をノリノリで撮影していたスタッフが、結花の方にも目を向けた。

「そちらはマダムのお嬢様ですか？」

「あら、いえ、違うのよ。オペラ友達なの」

「素敵なご友人ですね。よろしければ、次は皆さんでご一緒に。さ、お二人もこちらへ是非！」

そうして名指しで呼ばれてしまうと逃げ出すのも難しく、おまけに越智夫人も嬉しそうに手招きしてくる。仕方なく横に並ぶと、そのうちに動画の撮影まで始まってしまい（後で編集して歌劇場の公式サイトで流すらしい）、なぜよりによって結花にカメラを向けるのかと内心身構えた貴臣だったが。

「メトには初めてですか？　これまでに何回くらい？」

「一度来て忘れられず、もう何度も来ています。来るたびいつも、素晴らしい舞台に感動させられて……オープニングナイトに参加するのは初めてです。この偉大な夜に、この場に居合わせた幸運を噛みしめています」

歌劇場スタッフの質問に、結花は完璧に流暢な英語、いや米語で答えていた。公の場では、できればアメリカとイギリスのアクセントを使い分けたほうがいい、とアドバイスしたのは貴臣だが、しっかり両方身に着けたようだ。それだけではない。相手に対する敬意《リスペクト》をしっかり言葉で表現しながら、淀みなくはっきりと受け答えしている。

「今夜の舞台をどう思いますか？」

「本当に楽しみにしていました。どうか主役が突然降板《キャンセル》しませんようにと、必死に祈って……、あ！　ごめんなさい、今のなし！　編集でカットしてもらえますか？」

「あっはっは！　ＯＫ、任せて。ここだけの話、私も個人的に同じことを思ってましたからね。何しろ彼女は常習犯だ」

「それでも、彼女の歌が聴きたいファンは大勢います。勿論私もその一人です。幕が上がるのが待ちきれません！」

振られた話題が音楽関係だからこそだろうが、笑顔で堂々とやり取りしているその姿は頼もしくさえあった。あの姿を作り上げたケイトのセンスは確かだ、と貴臣も称賛せざるを得ない。それくらい、インタビューを受ける姿は完璧だった——日本生まれの日本育ちとは思えないほど。

いつもなら、ああした様子もまず「可愛い」が先に立つのだが、今夜は違った。一人の美しい大人の女性が、コケティッシュな魅力を振りまいているように見える。単に化粧がどうこうではない。丁寧に美しく結い上げた髪と白くなめらかなうなじ、健康的に引き締まった腕と美しい背中に、スイスで仕込まれた完璧な立ち姿。それら全ての要素を巧みにトータルコーディネートして印象を操作し、えもいわれぬ気品さえ醸し出している。

「お時間頂いてありがとう。どうぞ楽しんで、素敵な夜を」

「こちらこそありがとう」

そうして即席インタビューを受ける結花の姿を、カメラマンは熱心にレンズに収めていた。それくらい、結花が身にまとうケイトのドレスは、セレブたちが誇示する一流デザイナーのオートクチュールにも引けを取らないくらい美しかったし。

エスコートする男の並外れた美丈夫ぶりが、彼らを静かに興奮させていたのだった。

3

メトロポリタンオペラのオープニングナイトは、四千人近い観客総立ちでの『星条旗よ永遠なれ』から始まる。

結花たち一行も立ち上がり、熱の篭もった雰囲気を肌で感じてわくわくしつつ、序曲の演奏が始まるのを待った。


ヴェルディの歌劇『仮面舞踏会』は、絢爛豪華な夜会を連想させるタイトルとは裏腹に、陰鬱な場面が続いた挙句に最後は主人公の死で幕を閉じる、悲劇の物語である。

ストーリーの元となったのは、十八世紀末にスウェーデン国王グスタフ三世が、仮面舞踏会の最中に臣下の貴族にピストルで撃たれて暗殺された、という事件。そこに架空の恋物語を絡ませ、暗殺犯の妻と王の悲恋ものに仕立て上げた。

ところが、作曲当時のヨーロッパはほとんどの国が君主制で、国王が暗殺されるストーリーなどとんでもない！　と当局の検閲でケチがついて裁判沙汰に。そのため、実在する登場人物は全員名前を変え、舞台もヨーロッパからイギリス植民地時代のアメリカに変え、主人公は王ではなく総督であるとしてようやく発表に漕ぎつけたのが、このオペラである。

その後時代が移るにつれてうるさいことも言われなくなり、近年はスウェーデン版としてオリジナルの台本と役名で上演されることの方が多い。だが、やはりここがアメリカであるせいか、この日のメトの公演はアメリカ版であった。

——英領ボストン総督リッカルドは、苦楽を共にしてきた側近レナートの妻・アメリアに密かな恋心を抱いていた。ある時、人心を惑わす怪しい女占い師の話を聞き、興味を持ったリッカルドはこっそり様子を見に行く。するとそこへ人目を忍んでやってきたのが、恋しいアメリア。なんと彼女は占い師に対し、リッカルドに対する道ならぬ恋を忘れる方法を教えて欲しい、と相談していた。

相思相愛を確信し、密かに彼女と話をしようと決意したリッカルド。だが立ち去る彼女を見送ってから自分も女占い師に占ってもらうと、「最も親しい者の手にかかって死ぬだろう。それは一番最初に握手した者だ」と宣告される。後からその場へやって来て、何も知らずにリッカルドの手を握ったのは、アメリアの夫で側近中の側近・レナートだった——。

「やっぱりヴェルディのオペラは、イタリア人の歌手が歌うと一味違う気がするわねえ。本当に美しいもの！」

第一幕を終えての幕間、シャンパンのグラスを片手に四人で語り合う。

各フロアのバーは大盛況で、喧騒と笑い声とグラスをぶつけ合う音で満ちていた。

「語感の美しさが、これでもかと発揮されてますよね。イタリア語を勉強したくなります！」

「私は一時期ヴェルディにのめりこんだおかげで、イタリア語の勉強がだいぶはかどりましたよ」

「そこで趣味に留まらず、ものにするのがさすがだよ君は。確かイタリアへ留学もしていただろう、もしかしてそのためか？」

「ちょうどＳＡＩＳの分校がボローニャにありましたからね。まあ、留学中はイタリア中あちこちの歌劇場を巡りましたが」

オペラ好き同士のお喋りは話題が尽きず、グラスを干すのも忘れて語り合う。

「でも、やっぱりあのテノールは素敵ね！　見映えもするし、声量もたっぷり。メト向きだわ」

「他のオペラであの声を聴いてみたいですよね。でも、私それより、ウルリカ役のソプラノが結構気になって！」

「そうそう、彼女は予想外に良かったわね。声質が役に合っていたから、余計そう思うわ。ほかの役で是非聴いてみたいわね！」

そうして声を弾ませて盛り上がる女性陣を見守りつつ、夫二人も会話に興じていた。

「さすがに今日は、オケも歌手も気合が入ってるようだ。どうだね貴臣君」

「気合が入っているというより、棒がちょっと気負い過ぎているようでしたが」

「ああ、途中少々ハラハラさせられたな。ヒロインが裏で苛ついてないといいが」

「以前ミュンヘンで聴いた時は、若い割に落ち着いた指揮者という印象でしたが。今回は少々走りすぎているというか、やけにバタついているようです」

「レセプションの時間には絶対に間に合わせろと、急かされてるんじゃないのかね」

そうして盛り上がりつつ全員が一杯飲み干したが、第二幕が始まるまではまだ余裕があった。顔見知りを見つけた越智氏は「ちょっと挨拶してくるよ」と夫婦連れだって歩いていき、残された結花と貴臣は「一階のギャラリーでも覗いてこようか」とこちらも移動を始める。

大階段からホワイエにかけては大変な人だかりで、どこもかしこも煌びやかな夜だった。普段より大分着飾っている人が多く、女性たちの華やかなドレスや、シックにあるいはゴージャスに装った男性、カラフルな民族衣装姿の人々もいて、見ているだけでうきうきしてしまう。今日は出演していないがメトによく登場する有名歌手などもいて、あちこちでマスコミの取材を受ける姿が見られた。

「初演《プルミエ》も毎回華やかだなあって思うけど、オープニングナイトはそれ以上にキラッキラしてますね！　凄いなぁ……東京やベルリンじゃ考えられない」

「というより、ここまで派手なのはメトだけだろうな」

目の前の人々に負けないくらいキラキラしている自覚がまるでない結花を、貴臣は一人満足げな眼差しで見下ろす。正装風に髪を結い、注文仕立て《オートクチユール》のイブニングガウンを着こんで宝石を身に付けた姿は、レッドカーペットを歩く各界のセレブたちにも負けないほど美しく輝いていた。

「ケイトのセンスは確かだったな。いいドレスだ、よく似合ってる」

「でしょう！　色がちょっと派手だけど、でもほんとに素敵なの。しかもこの刺繍、ケイトが全部ひとりで刺したんだって。しかも秋の七草！　日本的な季節感を盛り込みたかった、って」

「なるほど。……だが、確かにドレスもいい出来だが、結花も今夜は素晴らしく美しい」

言いつつ貴臣は横から身を屈め、誰に遠慮することなく堂々と唇をかすめ取る。似たようなことをしている連中はあちこちにいるから、目くじらを立てられることもない（目立ってはいるが、それはキスのせいではない）。

唯一不満なのは、広く深く開いた胸元。己の手で躾けて育てた魅惑のふくらみを美しく見せる、絶妙なラインとカッティングだということは理解できる。だが、そこだけ二度見する男もいれば、すれ違いざまに小さく口笛を吹く男もいて。もしも視線で人が殺せるなら、貴臣はとっくに大虐殺を引き起こしていただろう。

そうして会話しながらゆっくりと大階段を降り、ホワイエの片隅にあるギャラリーへ足を向けた時だった。

「タカオミじゃないか。ちょうどいいところで会った！」

離れたところから手を振り上げて呼ばわる男性には、結花もなんとなく見覚えがあった。以前何かのパーティーでちらりと挨拶だけした、どこかの大金持ちだ。一言二言会話しただけで貴臣に引き離され、素っ気ない口調で「忘れていい」と言われたものの、貴臣のその反応が珍しくて逆に記憶に残っていた。

その相手とバチンと視線がかち合い、やたら愛想よく笑いかけられてうっすら戸惑う。親しく話をしたこともないどころか、まともに挨拶もしてないいんだけど……。

「ミスター・フィッシャー。こんなところでお目にかかるとは思わなかった」

「他人行儀だな、ハーヴェイと呼んでくれ。奥方も、一度顔を合わせたきりだが、お元気だったかね？」

「こんばんは、ミスター・フィッシャー。ありがとうございます、元気です」

恐ろしく素っ気ない貴臣の態度も冷え切った眼差しも、男は全く感じていないか、綺麗に無視しているようだった。赤みがかった茶色の瞳でさりげなく結花の全身を眺め回し、更に両手を広げてハグしようとしてきたところを、貴臣が素早く身を割り込ませて遮る。

「今日も美しい女性をお連れですね、ハーヴェイ」

いつも違う女性を連れていますね、という皮肉を込めて口にした貴臣に、ハーヴェイと名乗った男はにたりと口許を歪めてうっすら好色な笑みを浮かべた。

「前にも言ったが、独身貴族はいいものだよ。もしかして、羨ましくなってきたかい？」

「いいえ全く」

「相変わらず素っ気ないなぁ君は！　紹介するよ、彼女はフランシス。大学生だ」

そうして紹介されたのは、ハーヴェイより頭一つ半も背が低い、小柄なアジア人女性だった。二人が一体どういう関係かなど、訊くだけ野暮というものだろう。

日本や韓国など極東のアジア人よりも肌色が濃く、濡れたような美しい黒髪をまっすぐ背中へ垂らし、華奢な肢体をキラキラした銀色のドレスで包んでいた。穏やかに微笑む顔はなかなかの美女、というより、少女の面影を色濃く残している。

「フランシス・キューです。お二人とも、初めまして」

彼女の話す英語には、フランス語訛りがあった。もしかして旧仏領インドシナあたりの出身かな、と結花は内心興味深く見つめつつ、女性同士の会話に備えてこっそり気合を入れる。

「奥方も、確か学生だっただろう。歳も近いし、話せば盛り上がるんじゃないかな。なあタカオミ」

パートナー同士で顔が繋がったとみるや、ハーヴェイは「ちょっと話がある」と貴臣の腕を掴み、強引にバーカウンターの方へ引っ張っていってしまった。残された結花は、どうにか場を持たせようと笑顔を作って再びフランシスに向き直る。

「大学生なんですね。私はペンシルベニア大学の修士課程なんですが、フランシスさんは――」

「ねえ。あなた、さっきの彼と結婚してるの？」

無難な話題を無視して無遠慮な口調で問い質され、ちょっぴり面喰いながらも「ええ、まあ、はい」と返した結花を、相手はにこりともせずにじろじろと見やった。

「ふぅん。ずいぶん巧いことやったのね」

一瞬何と言われたかわからず、つい「え？」と訊き返してしまう結花だったが。

「あなたの彼、結構上玉じゃない。どうやって落としたのか、教えてくれない？」

思わせぶりに目配せされたが、どうやってと言われても結花には答えようがない。偶然出会い、偶然再会し、貴臣の方から連絡を取って来て、そこからは（結花の意志とはほぼ無関係に）一直線に結婚まで囲い込まれたからだ。

「ごめんなさい。あなたの役に立ちそうな話は、ちょっと思いつかな――」

「どうやって結婚まで漕ぎつけたのかを聞きたいの。別に隠すことないでしょ。……今まで付き合った中では、ハーヴェイがダントツにお金持ちなの。逃したくないのよ」

隠すつもりも特にないし、どうやっても何もいつの間にか結婚することが決まっていたとしか言いようがない。貴臣を落とそうと策を弄したこともないし、むしろ自分が逃げようとして失敗した身だ。彼女の聞きたい話とは少々、いやかなり違うだろう。

困ったなあ、と眉を下げている結花に、彼女はうっすら苛立ちながらも身の上話を始めた。父親は旧フランス植民地出身の元外交官で、軍事政権の弾圧を逃れて政治亡命。市民権を得てニューヨークで暮らし、母と出会い結婚したが、彼女は貧しい暮らしの中で育ったという。

「母国では、王家に連なる高貴な血筋だったんですって。でもそのせいで、対立勢力に一族郎党皆殺しにされたって聞いてるわ」

男にもそう訴え、可哀想な娘として取り入ったらしい。いかにも人の興味を引きそうな、なかなかドラマティックな話である。真偽のほどは定かでないが、一九六〇年代以降の世界情勢を鑑みるに、あながちあり得ない話でもない。

美しいドレスに身を包みながら「貧乏暮らしはもう真っ平」と吐き捨てる彼女の話を、結花は否定も肯定もせず、ただ相槌を打ちながら聞いていたが。

「愛人枠で終わったんじゃ意味がないのよ。せめて一回は結婚して、離婚するときにたっぷり財産分与をもらわないと」

なんと、目的は結婚ではなくその先らしい。そういえば結花も、結婚前にバーゼルの銀行でいろんな書類に名前を書いたなと思い出す。あれは多分、そういう契約に関する書類も含んでいたに違いない。興味がないのでどうでもいいが。

そうして一見泰然としている結花を、フランシスは無遠慮にじろじろと眺めまわし、愛らしく小首を傾げながら含みのある口調で問いかける。

「ねえ。一体なんて言って、そんなに大きいダイヤの指輪を買わせたの？　一体いくらするのそれ。彼、すごく冷たそうだけど、見た目によらず気前がいいのね」

ううん、これはどう答えればいいのだろう。「私もよく知らなくて」と曖昧な微笑の裏で悩んでいると、チャイムの音が辺りに響き渡った。あと八分で次の幕が上がる合図である。カウンターでハーヴェイに捕まっていた貴臣も、ここが潮時と相手を遮り足早に戻ってきた。

「結花、そろそろ席に戻ろう。ハーヴェイ、せっかくだがその話は――」

「待て！　まだちゃんと話し終えてない、せめて最後まで聞いてくれ。次の幕間も、ここで待ってるから！」

それには答えず、貴臣はちらりと一瞥だけして背を向けると、結花をエスコートして大階段のほうへ足を向けた。しつこい男だ、と溜息をついてから向き直り、「大丈夫だったか」と問いかける。

「……ん、別になんとも。それより、越智のおじさまとおばさまはどうなさったかな」

答えた結花がどことなく微妙な顔つきをしていることに、貴臣はすぐさま気付いた。だが。

社交には、何より経験と慣れが必要である。何かあるたびいちいち自分がしゃしゃり出ては、結花の成長を阻害してしまう。

結花の方から何か言ってこない限り、ひとまず静観してみよう。密かにそう決めた貴臣だが、結花はそれきり何一つ語らなかった。


見るからに陰鬱なセットが組まれた二幕の舞台は、ボストン郊外にある処刑場。その死刑台の真下で、密かな不倫ラブロマンスと夫への露見という男女の修羅場が繰り広げられる。

占いで言われた通り、深夜一人で薬草を摘みにやってきたアメリア。そこへ現れたリッカルドは情熱的に愛を語り、迫られたアメリアもとうとう愛を告白して、舞い上がったリッカルドとともに甘美な愛の二重唱を歌い上げる。だがそこへ、アメリアの夫レナートが現れ、リッカルドの逢引の相手が己の妻だと知ってしまう――。

「ああいうの、ド修羅場って言うんですよね」

「そうねえ、いかにもイタリアオペラらしい愛憎劇だわ。でも、だからって殺人や反乱に加担するのはちょっとやりすぎじゃなぁい？　と思うのだけれど」

身も蓋もない感想を述べつつ席を立ち、四人連れ立って深紅の大階段へ足を向けると、越智夫人が不意に「そうだわ！」と声を上げて夫にスマホを押し付ける。

「せっかくだもの、結花さんと二人で写真が撮りたいわ！　人生最初で最後よ、記念撮影しておかなきゃ！　ね、結花さん、お願い！」

「あ、は、はい！　うわ、お化粧大丈夫かな……」

呼ばれた結花は階段の踊り場で立ち止まり、越智夫人と並んでスマホに笑顔を向けた。

数枚撮ったらすぐにバーへ移動し、喉を潤しながら全員で共有――のはずだったが。

「すみません！　こちらも一枚、お願いしてもよろしいでしょうか！」

突然日本語で声をかけられ、驚いてそちらに目をやると、「取材《プレス》」のIDカードを首から下げた女性が満面の笑みを浮かべて小走りしてきた。その背後で、腕章を巻いた腕にプロ用の機材を抱えた男性が、いそいそとカメラを構えようとしている。

それを見て瞬時に表情を消した貴臣は、すげなく「取材NG」を宣告しようとしたのだが。

「あら。モデルがこんなおばあちゃんで、いいのかしら？」

「勿論です！　とっても素敵なお着物で、さっきからいつお声をかけようか迷ってました」

なんて言われてご機嫌になった越智夫人が愛想よく「まあ。でしたらどうぞどうぞ」なんて言ってしまったものだから、もはや止めることもできず。

「ありがとうございます！　あ、ちょっとお嬢様のドレスを整えさせていただきますねー
失礼しまーす。え、あ、お嬢様じゃない？　すみません、失礼しました！」

女性はひたすらにこにこしながら、嫌みのない押しの強さで近寄って来て、結花のドレスの裾を整え、身体の向きをああしてこうしてと細かく指定する。そういえば似たようなことをカレンにも言われたな、と今更思い出した結花だった。

「はい、じゃあお撮りしますので！　にこやかにお願いします！」

スマホの軽い電子音とは違う、バシャッと重い音を立ててシャッターが切られる。勿論一枚でなど終わらない。そうして女性二人をひとしきり撮影してから。

「ご主人方もご一緒にいかがですか？　できましたら是非！」

わからないふりをしているようだが、これはもう明らかに、一行がどこの誰かをわかった上での取材だろう。そう理解した越智氏は貴臣に向かって小声で「申し訳ない」と詫び、貴臣は二人に対してごく冷ややかに「どこの取材か」と確認したのだが。

「あ、はい。わたしども、実はこういうものでして……」

首から下げたＩＤカードと名刺を見せられ、世界的に名の知れたファッション雑誌の日本版、と聞いた途端に結花が「いいですよ」ときっぱり言い切った。

「ただし、私じゃなく、できればこのドレスをたくさん写してください」

貴臣の方を一顧だにせず言い切った結花に、なるほどそれかと貴臣も納得する。

「先ほどから拝見してましたが、とっても素敵なドレスですね！　どなたの作品か、よろしければ伺っても？」

「友人が、デザイナーの卵で。今夜のために作ってもらった、大切なドレスなんです」

「ご友人の作品ですか！　そのご友人について、もう少しお伺いしても？」

「構いませんが、少し待ってもらえますか。――耀子おばさま、越智のおじさま、すみません。私、もう少しここでお話ししていきますので……」

「わかったわ。私たちは先にバーへ行っているわね」

気を利かせて越智夫妻がさっと消えると、結花は豊かに盛り上がった胸を堂々と張り、背筋をびしりと伸ばしてカメラの前に立った。その横顔は力強く、気品さえ感じさせて美しい。

自分のためでなく、他人のために強く美しくなる結花が、そこにいた。

「できればもう何枚か、今度はお二人での写真を撮らせて頂いても？　是非そのドレスのバックスタイルも！」

「わかりました。どうすればいいですか？」

「よろしいんですか！　じゃあ……！」

カメラマンの求めに応じ、貴臣が悠然とした足取りで階段を上がり、見下ろした結花の手を取る。記者らしき女性がすかさず結花の足元にしゃがみこみ、スカートの後ろ側や裾を整え、手はこの位置でお願いします等々注文を付けるが、カメラマンはその過程も全て撮りまくっていた。

「ありがとうございます！　それで早速、デザイナーのお名前なんですが――」

カメラマンがＯＫするまで撮り終えるとインタビューに移り、ドレスやオペラに限らず様々なことを質問されたが、結花は堂々とにこやかに対応していた。貴臣の出る幕など、ほとんどなかったくらいだ。

そうして記者の女性には「ケイト・シモムラ」の名前をしっかり書きとらせ、自分たちの写真を使うなら必ず一緒に掲載するよう要求する。ニューヨーク特集号の一部になる予定だとか。

「結花、喉が渇いただろう。飲み物を――」

取材を終え、貴臣が結花にそう話しかけた次の瞬間、二人の間にぬっとフルートグラスが割り込んできた。思わずぎょっとすると、ハーヴェイとフランシスである。どうやらインタビューが終わるのを待ち構えていたらしい。

「二人とも、よかったらどうぞ。クリコのロゼは好きかな」

その態度に鼻白んだのを隠す気もなく、貴臣は冷たく返す。

「……悪いがテタンジェ派だ。結花、おいで。買いに行こう」

「おいおいタカオミ、そんなに邪険にすることないだろう！」

ハーヴェイは持っていたロゼシャンパンのグラスを二つとも結花に押し付け、「ちょっと借りるよ」とまた貴臣を引っ張っていく。今度は別に何人かが集まっているところへ連れて行き、会話に参加させようとしているようだ。

「飲まないならもらうけど」

ハーヴェイがいなくなった途端に顔から笑みを消すフランシスに言われ、結花は素直にグラスを片方渡す。確かに喉は渇いているが、一杯で十分だ。

ちっとも楽しくなさそうなフランシスだが、結花から離れるつもりはないようだった。

「ねえ、あなたもう子供までいるんですって？」

ハーヴェイに聞いたのだろう、そんなことを言い出した。結花もさすがにちょっとうんざりしてきて、それが何か？　とでも言い返したくなってきたが、黙って辛口のロゼシャンパンをちびりと飲む。

「さすがね、離婚しても一生安泰じゃない。養育費だっていっぱいもらえるし。でも、出産するとどうしても、体の線が崩れるじゃない？」

そう言われて、結花は黙って己の身体を見下ろした。崩れた、だろうか。確かに胸は一時期馬鹿みたいに大きくなって、しぼんだ時には妙な感触になりかけたけど。あと、乳首はやっぱり大きくなったし、色もだいぶ濃くなったけど、貴臣さんは気にしないって言うし……。

そうして己を顧みる結花をよそに、フランシスはシャンパンで唇を湿らせながらカウンターに肘をつく。

「次の男を捕まえる時のことを考えると、やっぱり……ねえ。子供だって、もしかしたら邪魔になるかもしれないし」

だがその発言内容には、ただただぞっとした。彼女のその考え方が、結花にはさっぱり理解できない。理解したくない。

何か口実をつけて彼女から離れたいが、横目でこっそり辺りを見渡しても知っている顔は一つもなかった。貴臣さんか、耀子おばさま達でも戻って来てくれないかな、とそわそわしていると。

「ね、一度、あなたの彼を貸してくれない？　ああいう男と寝てみたいの」

「——は？」

更に理解不能な言葉が投げつけられ、結花はその場にびしりと固まる。

けれどフランシスは、あどけなさを残した顔にどこか妖艶な笑みを浮かべ、ちろりと舌で唇を舐めながら堂々と続けた。

「大丈夫よ、奪ったりしないわ。代わりにあなたも、ハーヴェイとちょっと遊んでみて。欲しいものなんでも買ってくれるわよ」

「代わりにって、そんな——」

「彼、私たちみたいな、おとなしくて従順そうな若い女が大好きなの。きっと気に入ってもらえるわ。あなただって、彼以外にもう一人くらいキープしておいても――」

――だめだ。これ以上はだめ、無理。

結花はそう判断し、すっとグラスを置いた。無意識に触れた二の腕には、びっしり鳥肌が立っている。

「ストップ。もうやめて。ごめんなさい、あなたとはこれ以上会話できない」

これはだめだと本能的に拒絶した結花は、はっきりとそう言い放った。

このまま二人でいるのはよくない。彼女と仲良しだと、同類だとは看做されたくない。

「あなたとは、考え方が合わないみたいです。でも、色々参考になりました。じゃあ、私はこれで」

本当ならもっとやんわり拒絶するべきだったかもしれないが、脳が若干興奮状態なせいか、婉曲的な表現を全く思いつけなかった。なので思いきりはっきりきっぱりそう言い切って、すぐさまその場から立ち去ろうとしたのだが。

一見冷静なその態度に、フランシスの方が逆上してしまう。

「……何よ。結婚までしたからって、お高く止まっちゃって。あんただってお仲間じゃない！　金持ちの男捕まえて、男の金で良い暮らししてるんでしょ！」

甲高く罵倒する声を耳にして、周囲の人々がなんだなんだと一斉に振り返った。余興代わりの愉快なキャットファイトを期待して、興味津々で覗き込んでくる人もいて。

意図しなかった展開に内心頭を抱えつつ、結花はそのまま無視して立ち去ろうとした。ここで下手に言い返して騒ぎを大きくしても、自分が得るものは何もない。だが後ろからぐいと左腕を摑まれ、立ち止まらざるを得なくなる。

「こんな指輪見せびらかして、このドレスだって彼にねだって買ってもらったんでしょ。大した手管だわ、教えを乞いたいくらいよ！　一体なんて言っておねだりしてるの？　それとも彼、そんなにちょろい男なのかしら。そうよね、あなた程度でもいいように転がせるくらいだし！」

金切り声でそう言われ、頭のどこかでふっつりと糸が切れた。たった一本、細い糸だったが。

「――ちょろい男？　誰が？　まさかとは思いますけど、もしかして、私の夫のことですか？」

振り向いた結花の顔からは、表情がそげ落ちている。

強めにアイラインを引かれた双眸だけがぎらりと光り、正面からフランシスを見据えた。

「この指輪は、彼が石から選んで贈ってくれた婚約指輪です。ドレスだって、大好きな友人が私のためにデザインして、一から縫ってくれたドレスです。お店に行って『あれ買って』とねだって手に入るようなものと、一緒にしないでください」

「なにそれ自慢？　私こんなに愛されてて、おまけにコネもあるのよって？」

「私の夫や友人を、それ以上侮辱しないで」

小馬鹿にしたように鼻で嗤うフランシスに、結花がぴしゃりと言い放つ。その決然とした表情は美しく潔く、周囲の野次馬たちが一瞬見惚れるほど。

「あなたの考えを全て否定するつもりはないけど、私はあなたとは違う。夫も友人も、あなたが想像してるような人間じゃない。勝手な思い込みで、彼らを貶めないで」

きっぱりと言い切った姿に、面白がって見ていた野次馬たちも少々驚いていた。黙って曖昧に微笑むだけのおとなしい女の子、かと思っていたのに。

とはいえ結花も、初対面の相手に向かってこんなことを言ってのけたのは初めてだった。仲のいい友人相手ならともかく、さして親しくもない相手にはあくまでお行儀良く接し、当たり障りのない言動を心がけてきたが——どうにも堪えられなかった。

だがそれこそが、結花が単なる「可愛いお人形」ではなく、「自分の考えを持った一人の女性」であることを強烈にアピールすることになった。それくらい、恐ろしくはっきりした物言いだった。……だが。

何よそれ、エラそうに。と、相手はますます盛大に頰をひくつかせながら言い返してきた。

「はあ？　人聞きの悪いこと言わないでよ、いつ誰が誰を貶めたっていうのよ？　は、侮辱？　この程度で？　ずいぶんおめでたい人たちね！　大体――」

「それ以上何か言うなら、名誉毀損で法廷へ引きずり出すぞ」

そこへ、足早に近寄ってきた貴臣が長い腕で結花を抱き寄せ、腕の中へ庇う。そして。

「ハーヴェイ。他人の趣味にケチをつける気はないが、妻に喧嘩を売られては私も黙っているわけにいかない。例の話は他を当たってくれ」

「タカオミ、待て！」

「妻にも私にも、今後は話しかけないでもらおうか。では失礼、いい夜を」

絶対零度の視線で貫きながら冷酷に言い捨て、女の方には一瞥もくれずに立ち去る。周囲の野次馬達を、無言で冷ややかに睨めつけながら。

そうして少し離れた場所まで行き、貴臣が「疲れただろう。大丈夫か？」と立ち止まると。

「……貴臣さん、ごめんなさい。私……」

低レベルな言い合いで思いきり人目を引いてしまい、悪目立ちしてしまったと結花が申し訳なさそうに俯く。先ほどのあの力強さは見る影もないほどしょんぼりとして。

だが勿論、そんなことで目くじらを立てるような貴臣ではない。

「大丈夫だ。ここの連中は刺激に慣れてるから、あの程度の言い合いなんかすぐ忘れるよ」

何でもないことのようにさらりと言いつつ、結花の方へ向き直ると、片手でまろい頬を包み、世にも美しい微笑を浮かべて愛おしげに瞳を覗き込んだ。

「むしろ、よくぞ言ったと褒めてやりたいくらいだ。いや、褒めるというのも烏滸がましいな」

「う……もうちょっとこう、穏便な言い方があったと思うんだけど。一瞬頭が真っ白になっちゃって、あんな言い方しかできなくて」

「上出来だよ。結花は立派に、私の名誉を守ってくれた。いっそ誇らしいね」

フランシスが自分を「ちょろい男」と表現したあたりから、大体の会話は聞こえていた貴臣である。どうでもいい相手から何をどう言われようと全く気にもならないが、堂々と言い返す結花につい目を奪われ、介入するのが数秒遅れた。だが。

夫を侮辱するなときっぱり言い放った結花の、あの横顔。

先ほどのカメラマンを連れてきて写真に撮らせ、壁一面に引き伸ばして毎日見つめたいくらいだった。

――妻を売女と激しく罵り不倫を罵倒するレナートが、名誉のために自ら死ねと冷酷に妻へ言い捨てるという残酷なシーンで始まる三幕。ヒロインであるアメリアは、リッカルドへの想いはあるが自分の身は潔白で、夫も神も裏切っていないと言い募るのだが。

貴臣は、この第三幕が嫌いだ。

彼にとって、アメリアの不義は明々白々である。たとえ身体の関係はなくとも、夫以外の男に気持ちを移し、愛を告げた時点でそれはもう不倫である。ほんの一瞬だけリッカルドを愛した、それは事実だが、恥ずべき情熱は燃え上がっていない——好きだと思ったけど、欲情はしていない？　そんなものは言い訳にもならず、むしろ酷く見苦しい。欲情しただけで気持ちはなかったと言われる方が、まだましである。無論、五十歩百歩だが。

挙句にアメリアがあっさり「わかりました、死にましょう」と同意するのも気に入らない。要するに己の罪を認めているということで、だからこそ神妙に罰を受けるのだ。つまりここでもアメリアは、リッカルドに対する恋心を認めることで、夫レナートを裏切っているのである。

愛した妻に死ねと命じるレナートの気持ちが、貴臣にはよくわかる。同時に、妻を誑かしたリッカルドを殺したいほど憎む感情も。

そっと隣の結花に目をやれば、いつもの真剣な眼差しで、一心に舞台を見つめていた。愛らしい耳朶にぶら下がった宝石が、呼吸に合わせて僅かに揺れながら煌めいている。うっすら開いた唇がキスを待っているかのようで、すぐさま塞いでやりたくなった。そこから下へ目線を逸らし、浮き出た鎖骨や豊かなふくらみが微かに上下するのを見ていると、この場で座席に押し倒してむしゃぶりつきたくなる。

この結花が、ただ一度でも、無理やり言わされたのでも、自分以外の男に愛を告げることがあったとしたら。

……想像するだけで発狂しそうだが、自分なら結花に死ねとは言わない、と貴臣は思う。結花の死など望まない、喪ったら自分も生きていけないから。代わりにまずは相手の男の方を殺し、それから結花を自分の目の届くところに閉じ込めて、それきり一生どこにも出さない。子供から生みの母を奪うことさえ躊躇わず、結花が正気に返っても、たとえなんと訴えられても、死ぬまでウサギ小屋の中で飼う。

重くて厄介な愛情だな、と自分でも思うが、結花なら「貴臣さんがそれがいいって言うならそうします」と、あっさり自分から小屋に入りそうな気もする。恐らくそれが、久世家の嫁の資質なのだろう。

――物語の最終場。やっと通じた想いを犠牲にし、永遠にアメリアを諦めるため、リッカルドはレナートを栄転させ夫婦で本国へ帰らせようとする。しかし、最後に一目だけでも愛しい女性に会いたい、と出席した仮面舞踏会で、アメリアの目の前でレナートに刺されて息絶えるのだ。

己を刺したレナートを、赦す、と言い残して。

「すっごくよかった……！」

感動に涙ぐみつつ盛んに両手を叩きながら、結花がうっとりと呟く。

既に何度か観ている演目だが、結花は泣けるほど感情移入できたらしい。演奏と演出と、歌手たちの表現力が優れていたのだろう。隣に座った越智夫人も、よかったわね、あのアリアも素晴らしかったわ、と興奮した様子で結花に語りかけている。

「けど、何度見ても後味の悪いお話ですよね。痴情怨恨のもつれと言ったらそれまでですけど」

「不倫はオペラにつきものだがな」

貴臣が苦笑交じりに頷くと、越智夫人も拍手の手を止めないまま結花の方を振り向く。

「ワーグナーの『トリスタンとイゾルデ』やマスカーニの『カヴァレリア・ルスティカーナ』、それにベルリーニの『ノルマ』なんかも救いのない死にオチの不倫ものだけれど。そういう作品に限って、音楽が本当に素晴らしいのよねぇ。今日もとってもよかったわ」

「私も、この『仮面舞踏会』のメインテーマっていうんでしょうか。あのメロディ、ほんとにいいなって思います。物凄く甘くて、物凄く不穏で。ヴェルディってほんとに天才ですよね……」

「やれやれ。奥様方が『道ならぬ恋は美しい』なんて言い出さなくて、ほっとしたよ。なあ貴臣くん」

「まあ、舞台の上だからこそ美しく見えるだけですからね。ですが確かに、今夜の公演は渾身の出来だったと思いますよ」

聴衆は総立ちで熱狂し、カーテンコールは五回も続いた。結花も掌を真っ赤にして、二の腕が筋肉痛になるかと思うほど手を叩いた。

普通の観客は、ここで席を立って歌劇場から出たら終わりだが。

「さ、この後はついにキャストディナーよ。スター歌手を生で間近に見られるなんて、楽しみだわ！　サインお願いしてもいいのかしら！」

リッカルド役のテノール歌手がすっかり気に入ったという越智夫人が、疲れも忘れてうきうきと出口へ向かう。この後は、つい先ほどまで舞台の上で歌声を披露していた歌手たちも参加してのディナーパーティーなのだ。

会場は、歌劇場と同じリンカーンセンター内に建つ別の劇場の、広大なプロムナード。数十の円卓がセットされ、一つ一つの座席全てに名札が付けられている。めかしこんだ観客達の中でも一際豪奢に着飾った人々が、笑いさざめきながら続々とテーブルに着いて。

歌劇場の総支配人の挨拶《スピーチ》から、ディナーが始まった。

この日のメニューは、『仮面舞踏会』の本来の舞台であったスウェーデンをはじめとする北欧がテーマになっていた。最初の皿は、サラダとじゃが芋を添えたスモークサーモン。取り立てて物凄く美味しい！　というほどではないが、この場の主役は料理や酒ではない。名前も知らないセレブたちの群れでもない。

そこかしこに見受けられる、メトでお馴染みの大物指揮者や歌手たちだ。

「う、わ、本物……！　見て貴臣さん、あれ本物ですよ本人ですよ！」

「出演者《キャスト》ディナーだからな」

「やだやだやばいどうしようサイン欲しいＣＤ持ってくればよかった！」

「黒服の誰かにでも届けさせせようか」

「結花さん、見て！　どうしましょう、近くで見てもイケメンだわ……！」

「っていうかおばさま、見てください、プリマドンナのオーラが物凄いです。歌ってなくてもあれって……さすが当代一の歌姫《ディーヴァ》！」

贔屓の歌手を離れた場所から見ているだけで大興奮、そんな妻たちを微笑ましく見守っていた夫二人だったが。

話題がオペラである限り、結花の社交力はいかんなく発揮されるようだった。同じテーブルに居合わせた初対面の人々とも、いつの間にか打ち解けて会話が弾んでいる。他にも若い女性がいたから尚更だ（相手はアメリカの超名門財閥の末裔だったが）。

あなたのそのドレス、素敵ね。どこの？　と訊いてきたマダムもいる。この刺繍のモチーフは日本古来の野草で、秋の七草と呼ばれていて……ととりわけ丁寧に説明しつつ、会話を広げていく。

ケイトが意図したのはそれだった。ただ美しいだけでなく、社交の場で会話の糸口となるドレス。正に、社交の役に立つドレスというわけだ。

「日本の植物というと、やっぱり桜を思い浮かべるわねぇ」

「桜は美しいのですが、春を連想する花ですよね。日本では、何につけても季節感を大切にします。キモノの柄でもそうです。耀子おばさま、ちょっとお着物見せて頂けますか？」

「ありがとうございます。このキモノも、一見シンプルな無地のように見えますが、よーく見ると模様を織り込んであるんです。わかりますか？」

「んん？　薄暗くてちょっと……ああ、これかしら。このダイヤモンド型の……花？」

「はい。菊の花を菱形にデザインした、菊菱という文様です。菊は日本では秋の代表的な植物モチーフで――」

話題になり得るテーマを与えられても、そこから魅力的な会話を繰り出せるかどうかはまた別問題。知識と知性それに語学力が試されるのだが、結花は実に流暢に説明していた。茶道を習い始めた時から、外国人に英語で説明することを想定しながら勉強していたためだ。茶道、華道、着物、日本文化、そうしたものを英語できちんと伝えられるよう、先達の教えも受けている。それが見事に生かされていた。

「結花さん、本当に堂々としてらっしゃるのねえ……！」

会話の切れ目を狙っていた越智夫人が、感心したように結花に話しかける。

「堂々とっていっても、単なる趣味トークです。世間話的な？」

「それでも、初対面の方たちとそうして自然に会話できるだけでも立派なものよ。やっぱり慣れの問題なのかしら」

そう尋ねられ、うーんとしばし考えてみる。

「慣れたというより、勉強する機会をちゃんと与えられたから、のような気がします。マナースクールで講習を受けて、こういう場での振る舞い方もレクチャーされましたし。それに、貴臣さんだけでなくいろんな方が、いろんな場所に連れ出してしっかり説明してくださいましたから。あ、和装の時は、こっそり耀子おばさまを真似してます！」

「私？　まあ、ちょっとどうしましょう。結花さんに見られていると思うと、おかしなことはできないわね。あらあら、緊張しちゃうじゃないの！」

そうして越智夫人と一緒になってころころ笑う結花の姿に、あのスイスでの一週間は実にいい投資だったなと貴臣は内心苦笑する。とはいえ、同じことを同じように習った全員が、これほど立派に実践できるわけではない。結花には適性があったということだろう。

それに、結花の強みはそれだけではない。

「きみ、失礼だが、ピアニストのマックス・シュレジンガーのお弟子さんじゃないかね。おお、やっぱりそうか！」

「まあ、あの時の。ヴァイオリンの彼も素晴らしかったけれど、あなたもさすがだったわ。演奏活動はなさってらっしゃらないの？」

そう言って結花に話しかけてきた上品な白髪の老夫妻は、どうやら歌劇場の大物支援者らしく、以前老マエストロのお供で出席したパーティーにも参加していたという。その席で結花は、衆目の面前でヴァイオリンの伴奏をさせられたのだった。

「いえいえ！　マエストロは弟子だなんて仰るんですが、実はそんなにちゃんとしたものではなくて。趣味でレッスンを受けているだけの、要は雑用係兼譜めくり要員です。演奏活動なんて、とてもとても！」

「あのマックス・シュレジンガーに、趣味で弟子入りだって？　そりゃ面白い。一体なぜそんなことに？」

会話を聞きつけて割り込んできたのは、歌劇場スタッフの一人で練習ピアニスト《コレペティートル》だとか。今度はそこから高度なピアノ談議が始まる。

この広大なアメリカにおいても、社交界というのはそう広い世界ではない。結花自身の交友関係も少しずつだが広がっており、知っていて声をかけてくる人も出始めた。人の縁に恵まれている人間というのは、何ら意図せずともこうして貴重な人間関係を築いていくものなのだ——何しろ結花は、幸運のウサギだから。

クリームソースで煮込んだミートボールに酸味のある赤いベリーのソースをかけたメインディッシュが終わり、デザートに鮮やかな緑色のプリンセスケーキと食後のコーヒーが出てくる頃。

「ね、あなた。ちょっと付き合ってくださらない？」

そう声をかけてきたのは見知らぬ女性で、値踏みするような目で結花をじろじろ眺めつつ同行するよう要求してきた。

「あなたに会いたい、という人がいるの。怪しい人じゃないわ。ちょっと一緒に来てくれないかしら。勿論、御主人も一緒でかまわないわ」

そう言ってその場から引っ張り出され、貴臣も「ちょっと失礼」と越智夫妻に断ってついていくと。

奥の方のとあるテーブルで引き合わされたのは、白っぽい金髪を完璧なフォルムのボブにカットし、目元を完全に覆い隠す大きめのサングラスをつけた女性。

あれ、なんかどっかで見たことあるかも？　と思っただけの結花に対し、貴臣は相手の素性を思い出した途端に内心身構えていた。

「こんばんは、お嬢さん。あなたね、今夜のステージ下の主役《ヒロイン》は」

そう挨拶された結花だが、何のことやらさっぱりわからない。すると、同じテーブルについていた男性の一人がにこやかに説明してくれた。

「お嬢さん。我々はきみを、黒髪のフィオルディリージと呼んでいるんだ。もう一人、銀色のドレスの彼女はドラベッラ」

するとすると貴臣が、うっすら警戒の色を浮かべて相手を見つめる。

「見世物ではなかったはずですが」

「いやいや、見ごたえのある出し物だったよ。今夜は『仮面舞踏会』と『コジ・ファン・トゥッテ』を両方いっぺんに観た気分だ」

そう聞いた貴臣と結花は、ちらりと顔を見合わせて溜息を噛み殺した。『コジ・ファン・トゥッテ』というのはモーツァルトの喜歌劇《オペラ・ブッファ》のタイトルで、フィオルディリージとドラベッラはヒロインである姉妹の名だ。

このオペラ、姉妹の貞節を確かめるために恋人たちが別の男に変装し、姉の恋人が妹を、妹の恋人が姉を誘惑するという、なかなかにとんでもないストーリーだった。妹ドラベッラは真っ先に誘惑に屈し、姉のフィオルディリージはぎりぎりまで耐え忍ぶのだが、結局のところ彼女もまた甘い言葉に陥落してしまう。「女なんて皆こんなものさ《コジ・ファン・トゥッテ》」というとんでもない台詞がそのままタイトルになっていて、あまりに公序良俗に反すると当時は酷評された作品である――今ではモーツァルトの代表作の一つに数えられているが。

「妻とあれを同列に扱うのはやめていただきたい。話というのがそれだけでしたら」

苛立ったように吐き捨て、さっさと立ち去ろうとした貴臣だが、それをボブカットの女性がすっと片手を上げて制する。

「いいえ、今のは単なる挨拶。本題はこれから。お嬢さん、あなたのそのドレス、誰のデザインなのかしら」

サングラス越しに鋭い視線を向けられて、結花が一瞬たじろいだ。もしかして、このドレスのことでわざわざ呼ばれたのだろうか。疑問と確信がないまぜになったまま、結花はぐっと胸を張って堂々と言い放った。

「私の友人、ケイト・シモムラの作品です」

「聞いたことのない名前ね」

「またブランドの立ち上げ前《ローンチ》ですが、ご覧の通り、才能溢れる素晴らしいデザイナーです。今日のために一から仕立ててくれました」

「……そう、注文仕立て《オートクチュール》なの。凝った刺繍ね、素晴らしい手仕事だわ。この刺繍も、そのケイトなんとかが自分で？」

「はい。日本に古くから伝わる、秋の七草と呼ばれる七種類の草花をモチーフにしています」

「デザイナーもあなたも、日本人？　そう。——ちょっと後ろを向いてみて」

結花の説明にも相手は一切顔つきを変えず、言葉少なに淡々と喋りながらドレスに手で触れたり、ポーズを変えろと身振り手振りで指示したりしている。

不思議なことに、その様子を、同じテーブルの面々が何やら真剣な顔つきで、固唾をのんでじっと見守っていた。一体何なんだろうこの人……と思いつつ結花は、言われるがままにその場でゆっくり回転してみせる。

「悪くないわね。――で、そのデザイナーはどこにいるの？」
その質問に答えたのは、貴臣の方だった。
「今日この場には来ていません。この街にはまだいると思いますが」
「そう。じゃあ呼んで」
きっぱり短く告げられて、というか命じられ、結花が思わず両目を瞬く。え、呼ぶって
ここに？ そうは言ってもチケットもないし、と返そうとした結花を、貴臣が横から素早
く押し止めて「わかりました」と即答した。
「近くにいるの？」
「マンハッタンのどこかにはいるはずです。一時間以内には」
何やら妙に慎重な口ぶりで貴臣がやり取りするのを、結花は内心しきりに首をかしげな
がら見ていたが。
「着いたら知らせて」
ドレスから視線を逸らした女性はふと貴臣に目を留めると、束の間じっと観察してから
さらりと尋ねた。
「ところであなた、モデルか何かやってる？ あるいは俳優とか」
「いえ、私は単なるビジネスマンです。扱っているのはアパレルではなく、専ら企業向け
の大型装置やプラントなど」

「ファッション業界に興味は？」

「一切ありません」

にべもなく一言で断る貴臣を、周囲が目を剝いて無言で凝視する。なんてことを言うんだ勿体ない、滅多にないチャンスなのに！　と。

「残念だわ。じゃあまた後で」

軽く手を振られたのを合図に無言でその場を離れ、一旦会場の外に出ると、スマホを取り出した貴臣がカレンの番号をコールし始める。

「――……、カレン？　今どこにいる。ケイトは？　……クラブ？　どこの。……トライベッカか。地下鉄で一本だな、それなら間に合う。ケイトがまだ生きていたら、今すぐここに連れてこい。……まだリンカーンセンターだ。……ケイトに会わせろと言っている人がいる。アニー・サマーズだ」

貴臣がその名を口にしても、結花は相変わらず「なんとなく聞き覚えのある名前だなあ」という程度で。

それが超有名ファッション雑誌の名物編集長で、業界内で圧倒的な影響力と絶対的な権力を誇る伝説級のカリスマと呼ばれている人だなんてことは、これっぽっちも思い出さなかった。結花には一番どうでもいい世界なので無理もないのだが、社交界の常識の範疇として、また敵に回すべきではない類の人物として、貴臣は相手の顔も名前もきっちり記憶していた。

「――ああ、その彼女だ。……そこまでは知らんが、直接面識を得るチャンスが欲しかったら、遅くとも一時間以内に来い。着いたら連絡しろ」

その電話から、きっかり四十分後。

血相を変えたカレンが、今にも眠りの世界に旅立ちそうなケイトを引きずるようにして連れてきた。

チケットがないため会場内には入れないはずの二人を、件の女性は顔パスで通過させた。

そうしてテーブルまで同行した結花と貴臣に「あなたたちはもういいわ」とすげなく手を振ると、二人を連れてさっさとどこかへ立ち去ろうとする。ぽかんとして固まっているケイトを尻目にカレンと必死に目配せを交わし、あとは任せたと戦線離脱した二人だったが。

その夜、ケイトに何が起こったのかを結花が知るのは、数日経ってからであった。

◆

「じゃあ結花さん、私たちはこれで。またどこかでご一緒しましょうね」

「はい、是非！　おやすみなさい、耀子おばさま」

「貴臣くん、今回は年寄りの我儘に付き合ってくれてありがとう。また頼むよ」

「こちらこそ、いい機会でした。人生最後なんて言わず、また次も楽しみにしております」

マレーヒルの定宿に帰る越智夫妻がタクシーに乗り込むのを見送り、自分たちもホテルへ向かおうとしたところで、結花が小さなくしゃみをした。

空が明るいうちは少し暑いくらいだったが、九月の末ともなれば夜はだいぶ空気がひんやりしてくる。貴臣はすぐさまジャケットを脱ぎ、艶めかしい背中と二の腕をすっぽりと覆ってやった。あったかい、と安心しきった笑みを浮かべる結花の手を取り、指を絡めてそのまま歩き出す。

「疲れたか？」

「ちょっとだけ。でも、まだ興奮してる感じもする。あんなに賑やかで華やかなの、久しぶりだったから」

信号を待って横断歩道を渡り、リンカーンセンターの通りを挟んだ向かい側に建つホテルのエントランスへと歩いていく。完璧に正装した姿に、ドアマンは最上級の笑顔と恭しさで二人を迎え入れた。

二十世紀初頭のニューヨークをモチーフにしたアールデコ調のロビーには、彼ら同様オペラ帰りと思しき人々も何組かいて、ここでも華やいだ雰囲気を振りまいている。だがその誰より、貴臣の完璧な体格と秀麗な美貌は際立っており、美しいドレスと宝石で装った結花もまた目を引いていた。

チェックインは既に済んでおり、荷物も運びこんである。このまますぐ部屋に行ってもいいが……と貴臣はちらりと時計に目をやり、結花へ甘やかに囁きかけた。

「くたびれ果てていないなら、もう少しデート気分を味わっていかないか」

「はい、貴臣さん。喜んで！」

二人はエレベーターに乗り込むと、客室のあるフロアを素通りして屋上まで上がった。そこにはこのホテルの名物であるルーフトップバーがあり、リンカーンセンターがすぐ目の前に見下ろせるのだ。

「うわぁ……！　凄い、メトを上から見下ろすなんて初めて！」

結花が歓声を上げ、小走りして手すりに摑まり身を乗り出す。未だ照明が点灯し、目映く光り輝いている歌劇場が、手が届きそうなほど近くに見えた。

「なかなかいい景色だろう」

「ほんとに！　耀子おばさまたちもお誘いしたらよかった」

「今夜はさすがにお疲れだろう。それはまたの機会だな」

正直に言えば、デートを邪魔されたくなかったのであえて誘わなかった貴臣だが。

心地よい初秋の夜とあって、ルーフトップはなかなかの賑わいだった。ゴージャスに装った二人の姿はそれなりに目立ったが、この街には本当に色々な人がいるので、特にじろじろ見られたりはしない。少し落ち着いて飲もうか、と貴臣は白ワインのボトルを一本注文し、テラスのソファ席に並んで座る。

小アリア《アリエッタ》、という銘柄のカリフォルニア産白ワインは、この夜に最も相応しい一本に思えた。

「んん？　これ、もしかして楽譜？」

エチケットに何やら五線譜が描かれているのを発見した結花は、ボトルを両手で持ち上げてまじまじと凝視してみたが、譜面が手書きでいまいちよく見えない。

「ああ。ベートーヴェンの、ピアノソナタ三十二番の楽譜らしい。ワイナリーのオーナー一家が、揃ってクラシック好きだそうだ」

「そうなんだ！　ちょっと飲むのが楽しみになってきた」

「よく味わって飲もう。——乾杯」

そうっとグラスを触れ合わせ、くいと呷る。まだ少し冷えすぎていて固いが、ふんわりと花や果実が香り、控えめな酸が口の中を優しく洗って喉を滑り落ちていった。

「んー……美味しい。するする飲めそう」

「気に入ったならよかった。ところで結花は、三十二番は弾けるのか」

ゆったりとソファにもたれ、グラスを持たない方の手を伸ばして結花の頬や顎のあたりをすりすりと撫でながら貴臣が問う。

「三十二番……楽譜を開いたこともないかも。ベートーヴェンのソナタは正直、有名どころだけでお腹いっぱいになっちゃって。貴臣さんは、どれが好き？」

「私か。そうだな……一番回数を聴いているのは、『テンペスト』だと思う」

「『テンペスト』！　私も好きです。昔、発表会で第三楽章だけ弾きました」

「それはいいな。週末にでも弾いてもらおう」

「うえっ。ちょ、ちょっと復習しとこ……」

貴臣の言葉に頬を引きつらせた結花が、ちゃんと憶えてるかな……と膝の上で鍵盤を叩く真似をする。

「でも、どうしてテンペスト？」

「どうしてか。まあ、単に好みだというのもあるが」

質問に対する答えを考えつつ一杯目を静かに飲み干すと、ちょうど傍を通りかかったギャルソンがボトルを持ち上げ二杯目を注いでいった。

「『テンペスト』あたりの曲は、ベートーヴェンが難聴の悪化で自殺を考え、遺書を書いた時期の作と言われている。自ら死を望むほどにもがき苦しんだ人間が、こんなにも美しい音楽を編み出すのかと、考えさせられたからだろうな」

「う……さすが貴臣さん、考えることが深い……私、なんとなく曲が好きっていうだけだった。じゃあ、誰の演奏が一番好き？」

「月並みだが、やはりバックハウスのベートーヴェンは別格じゃないか。それと勿論、我らがマエストロ・シュレジンガーの演奏も素晴らしい」

「ええっ、私聴いたことない！」

貴臣の言葉で一気に顔つきを変えた結花が、戻ったら弾いてもらいます！　と力む。こともなげに言うが、とんでもない台詞だった。聞いた貴臣が思わずくくく、と喉の奥で笑う。

「なんとも贅沢な話だな。皆がチケットを買い、あるいはレコードやＣＤを買ってようやく拝聴できる巨匠の演奏を、ねだるだけで弾いてもらうのか」

「マキくんとカノちゃんに、どうしても聴かせてあげたいんです！　って言ったら弾いてくれますよきっと！」

「結花……それは大声で言わない方がいいな」

「え、えへへ……ですよね……」

うっすら呆れ顔の貴臣に誤魔化し笑いで答えつつ、結花がくいーっとグラスを干した。んー、美味し、とにこにこするのが可愛くて、すぐに二杯目を注いでやる。

今度はゆっくりグラスを傾けながら、結花が視線を柵の向こうの歌劇場へ向け、眺めてうっとりと溜息をついた。

「……こうやって、貴臣さんと、二人でまったりお話しするの、久しぶりかも」

そうだな、と貴臣も頷く。子供が生まれてからというもの毎日が賑やかで、二人だけでゆったりと過ごす時間もかなり減っていた。とはいえ特に不満もない、と思っていたのだが。

「こういう時間が、愛おしいな」

「ん。……私も」

どうやら二人同時に思ったらしい。どちらともなく吸い寄せられ、気づくと唇が重なっていた。

ロマンティックなルーフトップバーで、時刻は既に深夜過ぎ。こうして男女がいちゃついていても誰も文句は言わないが、軽く触れあっただけで一気に熱と欲望が膨れ上がる。

「……結花」

下半身が兆しかけるのをどうにか理性で押し止めつつ、貴臣が素知らぬ顔で微笑んだ。そうして、「ここではできないことがしたい」と甘やかに囁く。

私も。と吐息で答えた唇にかぶりつきたいのをこらえて立ち上がり、片手にワインのボトル、もう片方の手で結花の手を取り引き上げる。

ドレスの裾を捌いた結花がふと見上げると、自分を見下ろす貴臣の表情はあくまで涼しげだったが、覗き込んだ瞳の奥で欲望の炎がゆらゆらと揺れていた。

エレベーターに乗り込んだ二人は、箱の中で更に欲情してしまい、舌と唇で交わるのを止められなかった。客室フロアで降りた時には、唇の端から唾液が垂れそうになる始末。

無言で足早に廊下を進み、ドアの内側に滑り込んだ時にはもう、貴臣は痛いくらいに昂り屹立していたし、結花の秘裂はじくじく疼いて下着の中がぬるついていた。

結花の手からそっとクラッチバッグを取り上げ、ワインボトルと一緒にリビングのテーブルに置く。そうしてドレス姿の結花を奥の寝室へとエスコートし、獣欲を孕んだ瞳でじっと見つめながら、着せかけていたジャケットを無言で肩から払い落した。

うっすら息を荒くした貴臣が、煩わしげに首の蝶タイをほどいて引き抜き、糊のきいた固いシャツからスタッドボタンを外す。ぞんざいにシャツをくつろげると、しっかりと鍛えられた胸筋が見えた。

ほんの少し乱れた前髪、雑にはだけさせたシャツ。そんな姿が恐ろしくセクシーで男の色気にまみれていて、結花はただ食い入るように見つめることしかできない。

常に完璧に装う貴臣の、こんな乱れた姿を目にすることができるのは、この世で自分一人だけ。そう思うと、見つめるだけで上り詰めてしまいそうなほど、胸が高鳴る。

その時ふと、耳の奥で女の声が甦った。――あなたの彼を、貸してくれない？　ああいう男と寝てみたいの、と。堂々とそう言ったフランシスの、舌なめずりせんばかりの笑み。

彼女だけではない。きっと色々な女性が、貴臣を見て同じことを思うのだろう。彼と一夜を過ごしたい、彼に抱かれてみたい、と。

——だめ。無理。あり得ない。冗談じゃない。頭の中で、結花はきっぱりと吐き捨てた。そんなの、絶対に許せない。だって、貴臣さんは、私の。

「結花？」

そうしてふと気づくと、結花はふらりとベッドから立ち上がり、そのままぎゅうと貴臣にしがみついていた。どうした、と問いかけてくるのを無視し、はだけたシャツの間に顔を突っ込んで、熱っぽい素肌にぐりぐり顔を押し付ける。

……ほわりと立ち上ってきたのは、結花が贈った香水の香りだった。深くて濃厚で、頭の芯がくらりとするような、セクシーな男性向けの香水。アブサンという、麻薬物質を含んだ薬酒《リキユール》をイメージした香りらしい。貴臣になら似合うと思って買ってみたのだが、ああ、やっぱり、とってもいい香り。酔いそう……。

「どうした。……待ちきれなくなったか？」

くつりと喉の奥で小さく笑った貴臣が、しがみついてくる結花の頭にキスを落としながら、ドレスの背中のファスナーをつまんでゆっくり引き下ろす。

「——あの、フランシスっていう子、憶えてる……？」

「フランシス？　ああ、ハーヴェイ・フィッシャーの連れの女か。いかにもあの男が好きそうなタイプだったな」

小さくておとなしくて逆らわなさそうな、アジア人女性。その特徴は憶えているが、顔は全く思い出せない。記憶する価値はないと、脳が判断したらしい。

「あの子がね。貴臣さんと——寝てみたいから、一晩貸せって」

両腕を貴臣の腰に回して抱き着いたまま、結花がぼそりと言う。

貴臣は冷たい声音で「……なに？」と聞き返した。

「でもね、嫌なの。絶対に嫌」

「当たり前だ。私だって御免被る」

「貴臣さんは、私のなの。だからだめ。相手が誰でも、絶対だめ」

「勿論だ。そもそも、他の女になんか勃たない」

「ほんとに？」

「結花以外の女と寝ることを一瞬想像しただけで、一気に萎えたぞ。ほら」

ぎゅ、とぴったり密着して抱きしめられると、さっきから布越しにごりごりしていたものがうっすら柔らかくなっているのを感じた。けれど結花は「想像するのもだめ」と呟き、自分でドレスから腕を抜く。

「——私で、私だけで……貴臣さん、満足できる……？」

そう囁いて貴臣の手を取り、シリコンブラで申し訳程度に覆われた乳房の上にそっと乗せる。

「子供を産むと、線が崩れるって。私の身体で、まだ、貴臣さんを、誘惑できる……？」

「もうしてる」

きっぱりと一言で返した貴臣は、ドレスを床に落とした結花を再びベッドの縁に座らせ、

「どういえば結花は納得するんだろうな？」と苦笑した。

「私は常に、結花に飢えてる。できることなら、一日二十四時間ずっと、結花を抱いていたいくらいだ。膝に乗せて繋がったまま食事をして、繋がったまま書類を眺めて、繋がったままオンライン会議に出て——ああ、勿論映像は出さない。音声のみだ」

「…………」

「繋がったまま風呂に入り、繋がったまま横になって、朝まで繋がったまま眠り、寝て起きてもまだ繋がっているのが理想だ」

「……それはちょっと、さすがにあれじゃ……」

「わかっているからやらないが、やってみたいと思っているのは本当だ。つまり私は基本的に、常に結花に愛を乞う立場なんだよ」

そう言ってベッドの下に跪き、ばさりとドレスを脇へ除けてから、結花の脚を片方ずつ持ち上げる。八センチヒールのキラキラした靴を、片方ずつ優しく脱がせてから。

「要するに、結花の奴隷も同然ということだ。だからこうして這い蹲って、足を舐めろと言われればいつでも舐めるし、奉仕しろと言われれば喜んで腰を振る」

そう言い切るなり、ストッキングに包まれたままの結花の爪先へ唇をつけた。ぎょっとした結花が「ひ、」と小さく悲鳴を上げるが、意に介する様子もなく口を開けてかぶりつく。

「や、だめ、今日ずっと、靴履いたままだったから……汚い……！」

「汚い？　泥まみれでも舐められる自信があるね」

ストッキング越しにぬるりと舌を這わされ、驚いた結花が慌てて脚を引こうとするが、がっちりと両手で摑まれていて動けない。貴臣の手はそのまますするすると太腿へ這い上がり、短いコルセットのような下着から繫がったガーターベルトの留め具をつまんで器用に外してしまう。

「結花が私を満足させるんじゃない。私が、結花を満足させなければいけない立場なんだよ」

「そ、んなこと、ない、逆……ひあッ!?」

貴臣はそのままストッキングを引き下ろすと、今度は直接素肌に舌を触れさせた。親指をぱくりと口に含まれ、結花がびくんと大きく震える。足の指をそうして口で愛撫されるのは初めてではないが、何回されても恥ずかしくて申し訳なくて後ろめたくて――その感情がなおのこと、快楽を増幅させるのだ。

「何度でも言うが、選択肢を持っているのは結花の方だ。結花がほかの若い男に目移りしないよう、私はいつも必死だというのに」

「目移りとか、ありえな、あ、んんん……っ！」

「私が一から躾けたこの身体を、他の男に奪われると想像しただけで——そこらのものに当たりたくなるし」

カリ、と小指に容赦なく歯を立てられ、小さな悲鳴が鋭く迸った。けれど、痛いわけではない。その証拠に、おなかの深いところがじぃんと重く疼いて、熱いものがとろとろと流れ出たのを感じる。

そして、結花がそうなっているのを貴臣も知っていた。痛みと快楽の境目が曖昧になるよう躾けたのは、彼自身だから。

「なんなら、相手を殺してしまうかもしれない——リッカルドを刺したレナートのように」

笑みを含んだ声音で冗談めかして言っているが、貴臣ならそれができるし、本当にやるかもしれないと、結花は知っている。

「今夜だって、何人もの男が涎を垂らして結花を見ていた。ハーヴェイ一人でも腹が立つのに」

「う、そ……」

「そう思うか？　ここをこうして鷲摑みにしてかぶりつきたいと思った男が、一体何人いただろうな」

言いつつ貴臣は手を伸ばし、豊かなふくらみを覆っているシリコンブラをぺりりと剝がすと、無遠慮な手つきで思いきり揉みしだいた。まろい乳房はたっぷりとして豊かで、男どもが鼻を伸ばしたくなる気持ちはわからないでもないが。

「ん、でも、ちゃんとは、見えなかったはず……」

「見えないからこそ、妄想して昂るんだよ。ここがどれほどたっぷりしていて、どれほど柔らかいか。そしてこの乳首が、どれほど敏感か」

すぐにピンと尖ってしまう先端をつまんで嬲られ、結花の腰がびくんと跳ねた。

「皆、頭の中で想像しただろうな……私の妻だというのに。確かに美しいドレスだが、美しすぎるのも考えものだ。人目を引き過ぎる」

結花の右足の足枷《アンクレット》にそっと唇を押し当ててから、貴臣がベッドに乗り上げてくる。そうして。

「結花を見て、こうやって欲情していいのは、私だけだ」

低く呟きながら腰をくつろげ、血管を浮き立たせて上向きに屹立した剛直を見せつけた。先端から滲み出た透明な粘液が、細く糸を引きながら結花の腹の上に垂れ落ちる。その液体を指先でぬぐい取り、結花の口元へと差し出すと、素直に舌が伸びてきて。

それはまるで媚薬のようで、ほのかな苦みを感じた途端、結花のおなかの一番奥が熱く煮え滾った。思わず「もっと」と指に吸い付いてしまう。

「結花は私の――妻で、恋人で、私だけの愛玩動物《ペットのウサギ》だ。そうだな？」

「はい、貴臣さん。」

「この身体を、好きにしていいのは、私だけ」

「……ん。」

舐めなさい、と指の代わりに差し出されたペニスの先端へ、結花はちゅうっと愛おしげにキスした。欲情した雄の匂いと、あのほろ苦い香水の香りが絡みあって、頭の中がぽうっとしてくる。舌なめずりして吸い付き、あむっとまろい切っ先を食み、口の中にたまっていた唾液をまぶしてとろとろに濡らして。

「いい子だ。そのまま吸ってごらん。――そう。もっと奥まで咥えて」

そうしてすりすりと指先で喉を撫でられるだけで、結花は嬉しくて頑張りたくなってしまうのだ。すうと息を吸い込んでから、そろそろと奥へ迎え入れる。

「……そう、上手だ。旨そうにしゃぶって、いやらしい顔をしてる。可愛いな。――動くよ」

褒められて喜んだ次の瞬間、喉の奥へ抉りこまれる衝撃に目を見開いた。ぐぽ、ぬぽ、と亀頭が喉奥を出入りするたび、両目からぶわりと涙が滲む。

でも、辛くない。苦しくもない。こうやって貴臣に執着されるのが、嬉しいから。

「――もういいよ」

何度かそうして喉を犯されてからずるりと引き抜かれ、けほけほと咳きこむと、一度ベッドを降りた貴臣が先ほどの白ワインを口移しに流し込んできた。だいぶぬるくはなっていたけれど、でも美味しい。

「まだ、だいじょ、ぶ。できる……」

ゆっくりと飲みこんでからそう言って顔を上げると、服を全部脱ぎ捨てた貴臣の裸体が目に入った。きちんと鍛えてしっかり筋肉をつけた、美しい肉体。その上に乗った、息を飲むような美貌。ただただ見惚れることしかできない、極上の男。

「私が、我慢できないんだ。早く結花と――繋がりたい」

恥ずかしいくらいぐっしょりと濡れそぼったショーツをゆっくり引き下ろされ、両膝に手をかけられる。結花は自分から脚を開いただけでなく、どうぞとばかりに自分の両手で秘裂を左右に広げてみせた。いい子だ、と呟いた貴臣がそろりと指で触れると、物欲しげにひくついているそこは滔々と蜜を溢れさせ、雄を誘う甘酸っぱい香りを放っている。

いつもなら指で慣らしてやるところだが、もう待てないなと無言で先端を宛がった。ぬち、くち、と蜜を馴染ませるように花弁を擦りあげ、ぷくりと膨らんだ花芽を裏側のくびれで引っ掻く。くりゅ、にゅる、と敏感な陰核を嬲られ、それが気持ちいいけどもどかしくて、結花は無意識に腰を揺らしてもっととねだった。か細い嬌声を上げながら、自ら剛直に手を添えて蜜口へと導く。

「ここに、これ、全部……入れて？」

「ん……奥まで、ほしい……」

「全部か」

いっそ拙いおねだりにも「いい子だ」と満足げに囁いた貴臣は、両手で結花の細腰を摑むと、引き寄せながらゆっくりと貫いていった。

指で馴らしてもいなかったそこは、たっぷりの蜜で潤ってはいてもみっちりとして狭い。そこを半ば力尽くで押し開き、抉りながら根元まで捩じ込み、突き当たった一番奥を切っ先でぐぅっと押し上げる。たったそれだけで。

「あ――……ッ！」

甲高い悲鳴のような声を喉から絞り出し、結花は優美な背中をしならせながら絶頂していた。白い腹が小刻みにひくつき、呼吸は止まり、睫毛の際に涙が浮かんでいる。けれど。

「気をやるのはまだ早いよ、結花。私は全く満足してない」

虚空を見上げて放心している結花を見下ろし舌なめずりした貴臣は、そのままゆっくりと腰を前後させ始めた。単純に腰を振って快楽を貪るのではなく、ここから更に深い快感へ導こうとする動き。

「あ、ぁ、まって、今だめ……っ」

悦を極めた直後の身体には刺激が強すぎて、反射的にもがいた結花が膝をぎゅっと引き寄せると、貴臣は片方の足を摑み取って再び爪先へ唇を寄せた。先ほどとは逆の足指をしゃぶって吸われ、甘噛みされながら雄芯で胎をゆっくり抉られて、結花の唇からこらえきれない嬌声が溢れ出る。

「っは、ぁ、あ、だめ、いまだめ、そんな、したらぁ……っ！」

口ではだめと言いつつも、結花の身体は貴臣の雄を悦んで咥えこみ、襞をうねらせて食い締めていた。奥から掻き出された蜜が滴り、じゅぷ、ぐちゅ、と淫らな音を立てて泡立つ。そうして発情しきった粘膜が、いきり立った雄へ淫らに絡みついて扱きたてている。

「うあ、んんッ、や、それ、だめ、いぃ、そこぉ……っ！」

発情期の雌猫のように甘い声で啼く結花を見下ろしながら、貴臣は小ぶりな指の一本一本をねっとりと舐め転がした。結花の腹がピクピクと小刻みに痙攣し、小さな絶頂を繰り返している。

上気した顔の瞳を潤ませ、唾液に濡れた唇を薄く開いて口接けをねだる結花は、今まで目にしたどんな女より淫らで美しかった。

「ん、ぁ、たかおみ、さ……っ、あうぅっ」

下肢を更に密着させながら、上体を伏せて唇を重ねる。自分から舌を差し出した結花が、流し込まれた唾液をこくりと飲み下しながら両腕を首に絡みつかせて。

「……ね、貴臣さん。私が、上でも……いい？」

恥ずかしそうに言いつつも、繋がったままの膣洞が期待にうねっているのがわかる。やってごらん、と返して体の位置を入れ替え、結花に腰を跨がせて。

「……そんなに、まじまじ、見ないで」

食い入るように見つめる貴臣を、恥じらって目を逸らした結花がそっとたしなめる。が、見ないでいられるわけがない。これ以上ない絶景なのだから。

「貴臣さん、これ、好きでしょ……？」

目を逸らしたまま貴臣の手を取り、己の乳房に押し当てる。結花だって好きだろう、と返しつつ先端をきゅっとひねってやれば、「ひあん」と愛らしく啼いた。

「じゃあ、あの。動く、ね」

そう宣言してから、ん、と膝に力を込めた結花が腰を上下させ始める。浅く、深く、じれったいようなゆっくりした動きだったが、いかにも一生懸命な顔つきが可愛くてたまらない上、ゆさりと揺れるふくらみがそそる。

思いきり突き上げたいのをこらえながら、貴臣はしばらく結花の好きにさせておいた。黙っていても、そのうち結花の方が焦れてきて、動いてくれとねだってくるのは目に見えている。

「……ね、貴臣さん。わたし、がんばる、から」

ん、んっ、と愛らしい声を上げて腰を上下させながら、結花が甘い溜息とともに呟いた。

「しろって言われたら、がんばるし、わたしのこと、すきにして、いいから。だから、」

貴臣の腹に両手をついていた結花が、身体を倒してしがみつき、か細い声で囁く。

「……ほかのひとと、こういうこと、しないで……」

――するわけがないだろう。と、即座に言い返そうとしたが。

口で何と言おうとも、結花の不安は消えないのだと、貴臣ももう理解していた。寄ってくる女どもが、心底鬱陶しい。顔に傷でもつければいいのか？　いや、この顔は結花も気に入っている。となると……

「一切誰にも会わないように、二人でどこかへ閉じこもるか」

そうだ、それがいい。そのひらめきを貴臣は自画自賛したが、結花は突然の提案にきょとんとしていた。

「仕事は全てオンライン。必要なものは何でも届けさせて、家から出ない。ジムやプールや庭のついた広めの家なら、運動不足も解消できる。そうやって閉じこもって、毎日毎晩好きなだけこうやって――セックスに没頭する。どうだ、いい考えじゃないか。ん？」

徹底的に他人を排除して暮らすのは、別にそう難しいことじゃない。むしろそういう時代だ。

結花が嫌だというのなら、この先一生他人と会わない生活をしても構わない。それでもちゃんと仕事はできるし、金も稼げるし、立派に暮らしていける。

「あの祖父だって、ああして引き篭もって隠居できたんだ。やろうと思えば簡単にできる。

そうすれば、結花の不安もなくなるだろう？　私には、結花より優先するものなどない」

妙に楽しげに言い切る貴臣に、結花はぽかんとしていた。あれ、こんな話だったっけ？

違う、貴臣にそんなことをさせたかったわけじゃない。自分はただ――

「私のために、頑張ろうとしてくれるのは嬉しい。だが、前にも言ったが、別に頑張らなくてもいいんだ」

貴臣はゆっくり体を起こすと、胡坐をかいた膝の上に結花を乗せ、正面から抱きしめて胸の中に閉じ込めた。

「私のために、何をしてもしなくても、私は結花を、愛してる。結花はただ、私のものとして、死ぬまで私の傍にいてくれるだけでいい」

「……そばにいる、だけ？」

「まあもちろん、傍にいたらこうしてキスもしたくなるし、抱いてめちゃくちゃにしたくもなるが。それだって、結花は拒んでもいい。……拒まれないよう、全力で誘惑するが」

「拒むわけ、ない。だって、私が――そばにいる、だけじゃ、足りなくて……こういうこと、したくなる」

こういうこと、と口にした結花が、胎の奥に穿たれたままの楔をきゅっと締め付けた。

そうして全身から力を抜き、くったりと貴臣に身を任せる。

「……へんなこと言って、ごめんなさい……。ちょっと酔ってるのかも」

小さな呟きにそっと苦笑し、貴臣は両手で結花の顔を持ち上げじっと覗き込んだ。

「あんな連中と、引き合わせたのがまずかったんだ。まあ、ああいう手合いがどこにでもいるのが、ニューヨークだが」

「……ん。何か言われる度にいちいち悩んでちゃ、だめなんだなって、思い知った。……やっぱり、まだまだ子供だなぁ……」

「人生経験の差だろう。それに、……私としては、少々嬉しくもある。結花のそれは、一種の独占欲だろう」

「独占欲……そっか。これって、独占欲なんだ」

いつか貴臣から離れることばかり考えていた結花が、独占欲を抱くようになった。貴臣にとっては、かなりいい変化である。

「ああ。遠慮なく、独占してくれ。勿論これも」

これ、と口にした貴臣が、下からトンと突き上げた。結花はビクンと背中を震わせ、小さく喘ぐ。

「これはもう、結花専用だ。何度でも言うが、結花にしか勃たない。責任もって、面倒を見てくれ」

「——ッ、ふ、あっひッ」

「当然私も、結花を独占する。こうして結花を抱きしめるのも、奥を思いきりいじめてやるのも、私だけだ」

徐々に激しくなる律動に、結花はただぶんぶんと頭を上下に振った。耳にぶら下がったままのイヤリングが大きく揺れて、貴臣の肩の上で左右に転がる。

ああそうか、と結花もようやくうっすら理解した。

自分が、貴臣に、独占されたいと思うのと同じように。

貴臣も、自分に、独占されたいと、思ってくれているのか。

——嬉しくて、胸が締め付けられた。死ぬなら今がいい、と思うほど、幸せだった。でも、死ぬのも貴臣と一緒がいい、なんてことを思って。

「……貴臣さんは、ぜんぶ、わたしのもの。ですよね……？」

「そうだ」

「じゃあ、……ぜんぶ、わたしのなかに、出してくれるんですよね……？」

何を出すのかなど、わかり切っている。勿論、結花の言う通り。

「——ああ。結花の中に出すから、ちゃんと全部、のむんだよ」

潤んだ瞳をうっとりと細め、結花が幸せそうに微笑んで頷いた。

「はい、貴臣さん。」

――貴臣の言う「全部」が果たして何回目まであったのかは、結局結花にも分からなかった。

何度悦を極めても終わらない、際限なき交わりに身体が音を上げ、途中で意識を失うように眠りに落ちてしまったからである。

こうして、記念すべき一夜は、いつものように強烈すぎる快楽に塗りつぶされて、終わった。

終章

　それから数日経ったある日のこと。

　フィラデルフィアの老マエストロ宅のキッチンでは、血走った目でタブレット端末を凝視していた美沙が、興奮して足をドンドン踏み鳴らしていた。

「……やったやったやりましたよ結花様……！」

「なになに、どうしたんですか？」

　すぐ横で双子の離乳食を準備していた桜井が、タオルで手を拭いてから近寄ってきて横から覗き込んでくる。そして「おおぉ！」と驚きの声を上げた。

「結花様と貴臣様じゃないですか！　え、しかもこれ、あの超有名ファッション誌ですよね!?」

「オンライン版ですけどね。日本人の、しかも一般人が掲載されることなんか、まあまず滅多にない雑誌ですよ。そこに！　これ！　これですよ結花様万歳！」

　画面に映し出されていたのは、某高級ファッション雑誌の英語オンライン版で、メトロポリタン・オペラのオープニングナイトガラでのファッションスナップ特集。ドレスのデザイナー別に何枚も掲載された中に、二人の姿があったのだ――着物姿の越智夫人も、旦那様とも紹介されていたが。

「うっわー。もしかしてと思ってたけど、ほんとに雑誌に載っちゃいましたね。え、ちょっと凄くないですかこれ？」

「間違いなく凄いことですよ。しかもこれ、貴臣様が微笑んでる顔なんて、レア中のレア、激レアですよ！」

美しい背中を見せつけながら、深紅の階段を上がっていく結花。上から手を差し伸べる貴臣は、滅多に見ることのできない微笑を浮かべている。こんな瞬間を見逃さないのだから、プロのカメラマンというのは凄い。そして、ああ、ドレス姿の結花様の美しさときたらもう！　美沙は再び興奮のあまり地団太を踏み、小さなガッツポーズを繰り返した。

「でも、名前しか載ってないですね。ケイトのこと、もうちょっと書いてくれたらよかったのに」

ほんの数日だが一緒に働いたケイトのことは、黒服全員が既に仲間の一人と認識している。せっかくのチャンスだったのに……と残念そうに呟いた桜井に、美沙は「とんでもない」と言い切った。

「この媒体に、しかも外国版に、デザイナーとして名前が載るって、とんでもないことらしいですよ。さっき真野さんから電話が来て教えてくれたんですけど、真野さんもすっごい興奮してましたから」

写真に添えられた説明文は、ごく簡素なものだ。"Yuka Kuze in Kate Shimomura and Takaomi Kuze"、「ケイト・シモムラのドレスを着たユカ・クゼとタカオミ・クゼ」。それしか書かれていない。だが。

誰一人名前を知らない無名のデザイナーが、ファッション業界で最高の権威を誇るこの雑誌に認められた。数多の超一流デザイナーと同列に並び、名前と作品を紹介された。ただそれだけで、注目に値すると判断した業界人は国内外に何人もいたのだ。

結花のスタイリストとして業界内で知られている真野のもとには、既に「このケイト・シモムラって誰？　日本人なの？　それとも日系人？　今どこにいるの？　どこで会えるの？」という問い合わせがいくつも来ているという。「主人」という名前を「Keito」ではなく「Kate」と表記したせいで、皆女性だと思っているらしいが。

今どこなのかは私も知らない、このガラの後から連絡がついていない、と言い続けている真野の手帳には、面会希望者リストが長くなる一方らしい。結花の方へ問い合わせが行くのも時間の問題だから、と予め美沙に知らせてくれたのである。

それから数日後、今度は同じ雑誌の日本語オンライン版に、更に詳細な記事が出た。

こちらは「CUSEアメリカ副社長の久世貴臣さんと結花さんご夫妻」とばっちり記載され、ドレスのデザイナーも「日本人のケイト・シモムラ」と明記された。写真も数枚追加され、大階段の踊り場で取材を受ける結花と貴臣のバストアップ、それにドレス姿の全身写真まで、余すところなく紹介されている。曰く、「この夜のためにデザインしてもらった一点物のドレス」を纏い、「英国貴族に嫁いだ義姉から借りた」年代物の宝石を身に着け、「婚約指輪として夫に贈られた」巨大なダイヤモンドの指輪をはめて、云々。

『……オペラがお好きで、出会いの場もベルリンの歌劇場だったというお二人。貴臣さんの赴任に伴ってニューヨークへ引っ越してきた際は、まず真っ先に歌劇場に近い物件を探したほどだとか。結花さんは現在、慈善団体フラワーリンク財団を主宰しながら、フィラデルフィアのペンシルベニア大学の大学院で社会学を学んでいるという。

メトには結婚前から何度も来ているが、オープニングナイトガラのレッドカーペットには初参加だそう。この日のためのドレスをデザインしたのは、結花さんの友人でデザイナーのケイト・シモムラ。まだ自前のブランドを立ち上げてもいない若手だというが、結花さんは「単に親しい友人であるだけでなく、その才能を心の底から信頼しており、今後デザイナーとして成功するだろうことを全く疑っていない」と断言した。……』

「結花様ばんざあぁぁぁい！」

「……相変わらず美沙さんて、結花様大好きですよね。いえ、私も敬愛申し上げておりますが。え、どうしましょう、御赤飯とか炊きます？」

その時はまだ大学にいて、そんな記事が出たことなどまるで知らずにいた結花は、帰宅後にびっくり仰天することになるのだが。

マンハッタンにいる貴臣も当然、その記事の存在を承知していた。

「よく、このような記事を許可されましたね。お二人のお写真まで。ここまで大盤振る舞いなさる必要はなかったのでは？」

うっすら非難がましい口調で述べたのは、阿久津である。

「オンライン版に限定したがな。大したことは書かれていないから、特に害もないだろう」

そう、まったくもって無害な記事だった。結花とフランシスのやり取りも聞いていたはずだから、その気になれば面白おかしく書くこともできただろうに、完璧に抑制している。

こんな記事なら可愛いものだ。──「メトで見かけたよ」と、思わせぶりに言ってくるような連中に比べたら、天使の福音である。世間というのは案外狭いが、社交界はもっと狭い。あの数日後にレジー・ホワイトストーンから電話でランチに誘われ、トルコ人の店で大きなケバブにかぶりつきながら「聞いたぞ。あのユカが、ハーヴェイ・フィッシャーのガールフレンドに嚙みついたらしいな」と根掘り葉掘り訊かれる始末。なかなかの見物だったと噂で聞いて、妻ミリアムも興味津々だとか。──全て無視だが。

「それに、結花の教育のためと思えば、この程度は許容範囲内だろう」

そろそろ結花も、影響力の行使の仕方を覚えてもいい頃だ。ワイングラスを弄びつつ呟けば、阿久津も黙って頷く。

自分の名前が、言動が、どんな範囲にどの程度の影響を及ぼすか。それを計算しながら振る舞い、相手も言葉も選んで発言する。持ち物一つ、衣装一つでも、自分が選び取ったという事実が世間で何某かの意味を持つ可能性がある。そのことを常に想定し、それを前提に取捨選択する。そうした意識が必要だということを、実体験で理解させるため。

「結花は賢い。どんな場に連れ出しても、必ず何かを学んでくる。こうやって実例を知れば、あとはわざわざ教えてやらずとも自ら学んで理解するだろう」

ボウルが大きく膨らんだグラスを持ち上げ、ほんのり褐色がかったルビー色の赤ワインをするりと飲み干す。故・貴嗣氏から相続した熱海の別邸に保管されていたもので、もしもオークションなどにかけたら天井知らずに値が上がるのは間違いない、リリース初年のクロ＝パラントゥである。もう四十年も経つ代物だが、今なおお若々しく美しい色合いを誇示している。味の方も言わずもがな。

「久世家の奥方として、大変得難い資質をお持ちかと」

言いつつごく慎重な手つきで籠《パニエ》ごとボトルを持ち上げた阿久津が、ゆっくり静かに二杯目を注ぐ。グランメゾンのシェフソムリエ並の知識と経験を、実父と貴嗣氏から叩きこまれていているらしい。

「……本当は、結花のこの姿を世界中の人目に晒すなど、到底容認できないのだがな」

グラスの中で優しく揺らして香りを聞かせつつ、貴臣が物憂げに息を吐く。……そんなお顔をなさるくらいなら、マスコミの前になど出さなければよいものを。阿久津はこっそり苦笑した。

「御前様も、生前仰っておいででした、結花様は、まだまだこれからどんどん美しく成長されるだろうと。——見届けられないのが、残念だと」

「ああいう気難しい老人連中に気に入られるのも、結花の才能の一つだな。大したものだ」

掛け値なしの本心から貴臣が呟けば、阿久津も大きく頷く。だが、そんな結花様を目ざとく見つけて我がものとした貴臣様も、相当な慧眼の持ち主だと内心独り言ちて。

「できれば次はオンラインではなく紙の方で正式に、という取材の依頼が、本邸の方に来ているそうですが」

「無論断れ。……いや、一応結花に選ばせるか。リスクとリターンを秤にかける訓練になる」

「では検討中ということで」

「そういえば、肝心のケイトがどうなったのか、さっぱり情報が入ってこないな」

貴臣もうっすら気にかけていたケイトのその後について、カレンがようやく詳細を説明しにやって来たのは、あの夜から十日ほど経ってからのことだった。

いつものごとくプライベートジェットで乗り付け、「いやもーほんっと大変だったよー！」と盛んにぼやきつつ、なぜかパリの土産を持参して遊びに来たのだ。

「真貴くーん、花音ちゃーん、元気にちてまちたかぁ？　カレンおねえちゃんでちゅよぉ！　あぁん可愛いぃぃぃぃ！　さらって帰りたい！」

パリのセレブ御用達ブランドの可愛いベビー服を大量に双子へ押し付け、ぽわぽわした髪に鼻を押し付けたカレンがひたすらくんかくんかしまくる。そんなに好きなら自分で産んだらどうだ、と冷ややかに言い捨てたのは貴臣だ。

「ところでカレン、あれっきり連絡ないけど、ケイトはどうしてるの？」

「それよそれ！　よくぞ聞いてくださいました、なんと今パリにいます！　引っ越し手伝ってたんだけど、めっちゃ大変だったー！」

なるほどそれでパリ土産なのか、と一瞬納得した結花だが。

「ヘル・クーツェがいっぱいギャラくれたから思い切って決断できたって、ケイトすっごく感謝してたよ！　特別ボーナス弾んでくれたんだって？」

立派に役目を果たしてくれたのだから、その労には報いるべきだろう。そう判断した貴臣は、事前に打ち合わせておいた金額のほかに、数日分のメイドとしての給与と称してボーナスを付け加えていた。もし万が一デザイナーとして芽が出なかったら、使用人として雇うことも考慮する、と一言添えて。

「御礼するにはどうしたらいいかなって相談されたから、ユカのサイズでちょっとエッチ

な服でも縫ってあげたらいいんじゃない？ って言っといた──

「は？ ちょ、カレン！」

「そしたら早速、ドレス用の生地の端切れでスケスケ超ミニランジェリー作ってたよ。はいこれ！」

結花が顔を赤くして抗議する前に素早く貴臣が受け取り、「それで？」とすぐさま話題を変えると。

どっかりソファへ座り込んだカレンは、桜井に向かって堂々と「抹茶ラテ飲みたい」と要求してからようやく説明し始めた。

「あの夜、あそこがお開きになった後でね。あの辺のテーブルの連中に、二次会やろうってバカラホテルのバーへ連れていかれて」

「……あの辺のというと、アニー・サマーズもか」

「そうそう。んで、酒飲みながら根掘り葉掘り訊かれたり、作品の写真を見せろって言われたりして。あたしはもう、ケイトが誰かにさらわれて手籠めにされたら大変だからって、ずっと横に張り付いてたんだけど」

「ケイト可愛いもんね。確かに心配」

「張り付いて邪魔しても無駄ってくらい、ケイトを気に入っちゃった人がいてさあ。自分のアトリエで雇うから、アシスタントになれってパリへ連れてっちゃったのよ」

カレンのその言葉に、貴臣は無表情のままずっと視線を上げ、結花は目をまん丸にした。

「――……、はぁ!?」

「あ、別に変な人じゃないよ。デザイナーとしてちゃんと成功して、何度かパリコレにも参加してる若手の注目株」

こんな人だよ、とカレンが見せてくれたのは、結花も最近載ってしまった例のファッション雑誌のオンライン記事。「ユニセックスクチュールファッションの新星」と紹介されているそのデザイナーは――

「これ……女性？　男性？」

「一応女性。いわゆる男装の麗人てやつ。めっちゃかっこいいっていうか、美しい人でしょ!?」

「……割れ鍋に綴じ蓋か」

それこそ身も蓋もない言い方をしたのは貴臣である。途端にカレンが細眉を吊り上げて「ちょっとぉ！」と抗議したが。

結花も貴臣の横に並んで、まじまじ画像を注視した。かなりの美人で、顔には化粧も施しているが、衣装は光沢のあるサテン生地で作り上げたディナージャケット。ランウェイショーのフィナーレの写真らしく、周囲にはモデルらしき人々が集って皆笑顔で手を叩いているが、どれもこれも性別がはっきりしないメイクと服装をしている。

「昨今の流行はよくわからんな」

「ま、ヘル・クーツェにはそうかもだけど、これが現代世界の潮流なのよ。で、この人は、こっち系では知らぬもののいない有名人てわけ。そんな人のアシスタントなんて、ケイトからしたら大出世もいいとこよ。そりゃもう、フランス語できなくたってビザがなくたって、とりあえず飛び込むしかないわ」

それは確かに、と結花も貴臣も頷く。

「でもさー。さすがに、『住むところならうちの部屋貸す』ってあちらに言われても、それにはちょーっと賛同しかねるわけ。そこまで依存しちゃうのは色々危険じゃない？ そう思って、大急ぎでアトリエに近い物件探して、ケイトに初歩のフランス語教えながらライフラインの準備して、どうにか暮らせる状態にまでしてようやく、こうしてご報告に上がったってわけよ。あーもー、ほんっと疲れた！」

三人掛けのソファに倒れこんでぐでっと寝そべってしまったカレンに、桜井が「お疲れさまでした」と優しく声をかけながらご所望の抹茶ラテを差し出す。もはや誰の使用人かわからない態度だが、それくらいは目をつぶろうと貴臣でも思うくらい大変だったことは間違いない。

「ほんとに頑張ったねえ、カレン。偉い！」

「でっしょー!? これならさっさとシャーリーおばさんのアトリエに放り込めばよかった

って思ったけど、ケイト本人が『ロンドンはちょっと違う』って前から言い張ってたからさー。でもほんと、いいチャンスを摑んだよね！」

カレンは色々と無茶苦茶ではあるが、仲良くなった相手に対してはいつも親身で面倒見がよく、何かあれば自分自身で身体を張って骨を折って一生懸命動いてくれるのだ。結花もそうして面倒を見てもらったことがあるからよくわかるが、この行動力と実行力には本当に頭が下がる。

「ところで、そのケイトに取材依頼やら何やらが来ているのは知っているのか」

「あー、マノさんから連絡来た。今は無理、それどころじゃないってひとまず全部断ってる。ケイトも、自分の居場所《ポジション》をちゃんと確立するまでは、知り合いにしか服は作らないって。あ、ちなみにユカの依頼ならいつでも受けるって言ってたよ！　それくらいしか御礼できないからって。それと」

マシンガンのような口調でまくし立てていたカレンが、ふと貴臣に目を向ける。

「ヘル・クーツェのために服を仕立てたら、着てくれるかって。どう？」

「……私か？」

「変な服じゃないよ、真っ当な紳士服ね。ケイトの師匠になった人、テーラードスーツが得意な人だから、そこらへんは大丈夫。で、どうかな」

どうかな、と言われて貴臣は小さく息を吐く。シャツもスーツも、仕事着は全て馴染みの仕立屋に任せていて、それ以外の選択肢を考慮したことがない。それ以外のいわゆる私服は、結花と街を歩きながら目についたものを、適当に買えばそれで済む。――だが。

「ケイトが、貴臣さんのスーツをデザインするの？　それって普通のスーツとは違うのかな。ちょっと気になる！」

「でしょ！　しかもあれね、頭の中にもう、デザインあるんだと思う。うちの店でも山ほど書き散らかしてたしね」

　結花とカレンがそうして楽しそうに盛り上がっているのを見ると、貴臣としてもすげなく一蹴するのはなんとなく気が引ける。結花はあのケイトを気に入っているようだし、土産だか賄賂だかも受け取ってしまったし。――となると。

「――そうだな。自分の名前で店を出したら、考えてもいい」

「はあぁぁ？」

　黙って見ていた結花の向かいで、カレンが激しく顔を引き攣らせる。ようやくアシスタントになったばかりのデザイナーに、自分の名前で店を出せとは。

「きっつー……何それ鬼！　一体何年かかるのよ!?」

「私の仕立屋に張り合うなら、その程度の実力は最低限必要だと思うが」

「ぐむむ……！　あーもー、ぐうの音も出ないご意見ありがとうございます！　それくらいの目標を持てと激励してたって、本人に伝えておきます！　その代わり、本当に店出すことになったら、ちゃんと二人でケイトの服着てレセプション出てよね！」

「無論それくらいはしてやるさ」

「言ったね！　言質取ったからね、覚えておいてよ！」

こうしてカレンは嵐のようにやって来て、嵐のように去っていった。

ネット版のみとはいえ画像が載ってしまったため、結花は一時期大学でも色々な人に好奇心満載で質問されたが。

ケイトが「ダサすぎて小学生以下のセンス」と吐き捨てた格好をしているだけで、認識されなくなることがわかり、しばらくはそれで乗り切った。


「――ただオペラを観に行くだけだったはずなのに、いろんなことがあったなぁ……」

結花がそうしみじみ呟いた場所は、あの夜にも訪れた歌劇場近くのホテルのルーフトップバーである。

「しかも、こんな大事になっちゃうなんて、思ってもみなかった」

大学が秋休みのこの日は、特別なドレスは着ていないし、宝石もいつものダイヤモンドの首輪と足枷と結婚指輪くらい。貴臣も、仕事帰りのスーツ姿だ――それでも人目を引いてしまうのが、彼には面倒なところだったが。

「知名度や、それに伴う影響力というものを、結花も少しは理解したんじゃないのか」

「それもあるかも。あの、アニー・サマーズさんだっけ？　物凄い影響力っていうか、発言力っていうか、間違いなく最強の部類だなって」

自分自身の影響力について自覚を促したつもりの貴臣だったが、結花は少々勘違いしているらしい。

「……確かに彼女は特別だが、結花だってなかなかのものだったよ」

「ううん。力があったのは私じゃなくて、ケイトのドレスの方。私はただ、着せてもらっただけ」

結花は真顔でそう言い切るが、誰が着ても話題になるわけではない。話題になり得る人間が、相応しい場で着て見せて、自らの言葉で発言するからああして取り上げられるのだ。

「ケイトの実力が、ちゃんと評価されてよかった。才能って、ああやって花開いていくんだなって……思い出すと今でもドキドキしちゃう」

そう、才能は、正しい人間に見出されてこそ意味がある。正しく見出され、適切に手をかけられてこそ、立派に花開くのだ。ケイトだけではない、結花も同じ。貴臣に見出され、丁寧に育てられ躾けられて、数多くの素質と才能を開花させてきた。そして今や、自分以外の才能を開花させるだけの力をも、身に着けつつある。

「貴臣さんのそばにいると、いろんなことが起こるなぁって」

「結花、それは違う。私のせいじゃない」

「そうかなあ……？」

他愛もないやり取りをしながら「うふふふ」と小さな笑い声を上げる結花は、どうやら少々酔っているらしい。甘めのショートカクテルを立て続けに二杯飲んで、三杯目を飲みながらふわふわしてきたようだ。

そんな結花が飲んでいるのは、バーテンダーに勧められた「ニューヨーク」。ライウイスキーにライムジュースと真っ赤な柘榴《グレナデン》シロップを加えてシェイクした綺麗なオレンジ色のカクテルは、マンハッタンに林立するビルの狭間に沈む夕陽の色だ。甘味があって飲みやすいが度数は高く、酔っぱらうのも無理はない。

「この街だったから、かもしれないな」

「あー……アメリカンドリーム的な？」

「ああいうことが、しばしば起こりがちな街であるのは確かだ。だから皆、この街に吸い寄せられてくる。人も金も権力も、何もかも」

貴臣は、この街が決して好きではなかった。何もかもがギラついて、上昇圧力が凄まじく、うわべだけの人間が多い上に騒がしすぎて。大学に在籍していた四年間でうんざりしてしまい、卒業後は別の街へ移ったのだが。

今はそれほど気にならない。別に嫌じゃない。理由はただ一つ、結花が傍にいるから。

「……御影《みかげ》が以前、結花のことを、四葉のクローバーをくわえてくる幸運のウサギだと言っていた。アメリカンドリームより、むしろそっちなのかもしれない」

貴臣がそう呟くと、結花は「何それ？」と不審げに首をかしげた。私別に何もしてない、と。

「自覚していないだけで、周囲の人間にいろんな幸運をもたらしているんだよ。ケイトも多分、そのおこぼれにあずかったんだろう。ああ、あの生意気なヴァイオリニストもそうだな。来年のプロムスに呼ばれたそうじゃないか」

「そんなことない。ケイトもデイヴィッドも、あれはほんとに二人の実力！」

うっすら呂律が怪しい口調で言い張る結花に、貴臣は苦笑する。そうは言っても、あの二人だけじゃない。子供を授かった千煌に奈央、事業拡大の足掛かりを得たラリー。貴臣自身、結花の存在をきっかけに転がり込んできたビジネスチャンスに日々翻弄されている。

「幸運に恵まれずに成功する人間など、ほぼいない。最終的に全てを左右するのは、大抵の場合、運だ」

「確かに私も、ベルリンで貴臣さんの隣の席に座ったのは、物凄い幸運だったと思うけど」

「――いや。あれは幸運なんかじゃない、運命だ」

同じ運でも、偶然と必然では大きな違いがある。私たちの出会いは必然だった――なんてことを極上の美貌で真剣に言われ、気恥ずかしくなった結花は紅くなった顔を貴臣の胸に押し付けて隠す。

きっかけが偶然でも必然でも、どちらでもいい。単に運がよかったのでも、何でも構わない。

貴臣が自分を選んでくれた、その事実が結花にとって全てだから。

「あ、そうだ。貴臣さん、私ちょっと冬休みにでも、マナースクールで上級コースのレッスン受けてこようかと思うんですけど」

突然そんなことを言い出した結花に、貴臣がほんの少し両目を見開く。

「マナースクール？　モントルーの？」

「ん。前に受けたのは未婚の令嬢向けのプログラムだったから、今度は既婚女性向けのビジネスマナー込みのクラス。一度ちゃんとレッスン受けておいた方がいいなって、色々と痛感して」

相変わらず謙虚で健気な結花は、自分のためではなく貴臣のためにひたすら努力しようとする。貴臣さんに恥をかかせたくないから、夫がいる女性に相応しい立ち居振る舞いを学びたい。そんなことを言われては、「長期休暇中くらい毎日一緒に暮らしたいのに」なんてとても言えないではないか。一体結花は、どこまで成長しようというのか。

「あの夜にも言ったが、そうやって頑張ろうとしなくてもいいんだよ。結花は結花であるだけでいい」

「でもね、貴臣さん。何度も言うけど、貴臣さんの隣にいると、ほんとにいろんなことが起こるんだもん」

隣にいたいから、成長する。誰に遠慮することなく隣にいたいから、そのために頑張る。頑張らなくてもいい、なんてことは言うだけ無駄。頑張ればちゃんと結果に繋がることを、結花はよく知っているから。

であれば、貴臣が言うべき台詞など一つしかない。

「いい子だな、結花。私のために、頑張っておいで」

果たして結花は、飛び切りの笑みを浮かべて軽やかに返した。

「はい、貴臣さん。」

fine.

ヒトではない秘書は恋に落ちてヤり捨てられる

Das Liebespaar der Oper

ベルリン大聖堂でのあの華燭の典から、半月あまり。

新婚旅行は後回しにして帰国した結花と貴臣は、翌年からのアメリカ赴任に向け、本格的な準備を開始していた。

手配しなければいけないものは無数にある。ビザ関連をはじめとした事務処理だけでも相当だ。現地で新たなスタッフを雇う必要もあるし、マンハッタンの新居のあれこれもある。

二人に付き従って渡米する使用人達も、諸々の準備に追われて大忙しだった。

——が。

……はぁぁぁ、となんとも浮かない顔で溜息をついているのは、結花付きの専属使用人、通称『黒服』の中でも筆頭を拝命する美沙である。

無論、主人の前ではそのようなたるんだ態度はちらとも見せない。鍛え抜いた美沙の外ヅラは常に完璧だ。けれど作業が一段落してふと手が止まった瞬間など、虚空に視線を泳がせながらさも憂鬱そうに深い溜息を零している。それも日に何度も。

日を追うごとに深くなっていくその溜息に、同じ黒服仲間の立花はどうしたものかとしばらく迷っていたのだが。

美沙が溜息製造機と化してから一週間ほど経ったある日のこと。少々早めに帰宅した貴臣は、愛する妻との二人きりの時間を満喫すべく、いつもよりも早い時間に使用人を下げた。

よしチャンスだ、と立花は御前から退出した直後にひそりと声をかける。

「美沙さん。今日久しぶりに、あっちで一杯どうですか」

あっち、というのは、久世本邸の敷地内にある久世興産社員寮、そしてそこに設置された社内居酒屋のことである。

美沙も立花も、結花付きの黒服となった際に母屋の中に私室を与えられたため、ここしばらく寮の方に全く顔を出していなかった。

「いいですね。一度部屋に戻って着替えて……九時頃でどうですか」

「ＯＫです。じゃあまた後で」

貴臣と結花が暮らす母屋本館、その最上階に並ぶ八畳ほどの洋室が、結花付きの黒服達の住まいである。風呂トイレは共同なのだが、共有するのが二人なのでほぼ専用みたいなものだ。もう一人、絢子夫人から譲られた先輩黒服がいるのだが、既婚者のため本邸の外で暮らしている。本当はもう少し人数を増やすべきなのだが、黒服になれるような人材は元々そうはいないので、簡単には増やせない。

自分も部屋に戻った立花は、ささっと日報を書いてからパンツスーツ型の黒服を脱いで私服に着替えた。一目で〝専属〟とわかる黒服は、社員寮《あそこ》ではちょっと目立ちすぎる。

九時になるのを待ってから部屋を出ると、ちょうど隣の美沙もドアを開けたところだった。良いタイミングですね、と頷き合って使用人用の出入り口から外に出る。

「だいぶ秋めいてきましたね。空気がひんやりしてる」

ベルリンに比べれば十分あったかいですけど、と立花が話題を振ると、美沙も頷く。

「ベルリンも東京も、昼間はまだ暖かいんですけどね」

「そうなんですよ。結花様、お茶のお稽古の日は着物が暑いってふぅふぅ言ってますもん」

「一応、多少なりとも涼しいように、麻のお襦袢をご用意してるんですけれど。十月からは袷といっても、やっぱり晴れた日はまだお暑いでしょうね……そこへ羽織まで」

「あれどうにかならないんですかね。寒くもないのに上着着るって」

「私もそう思うんですけど、『久世家の嫁が、帯付きで出歩くなんてはしたない！』なんて仰る方もいそうだし……」

「まあ、千壽《ちとせ》様は間違いなく仰るよね」

久世本邸は何しろ敷地がだだっ広く緑が多いため、まるで夜の公園を歩いているような気分になる。今は二人ともこうして悠長に会話しながらでも辿り着けるが、新人の頃は何度も道を外れかけて肝を冷やしたものだった。真冬に日本庭園にでも迷い込んだら、冗談抜きに敷地内で凍死しかねない。

「お、立花じゃん。久しぶり。美沙ちゃんもだいぶご無沙汰だね」

寮に入るなり、顔見知りの使用人が声をかけてくる。

「美沙ちゃん、最近全然会わないね。元気?」

「結花様と一緒にチラっと写真に写ってるの見たよ。色々話聞きたかったんだ!」

すぐにわらわらと、好奇心に満ちあふれた使用人仲間が何人も群がってくるのだが。

「はいはいすいませーん。悪いけど、今日はサシで飲むって決めてるんで!」

美沙が何も言わないうちに立花がさっさと断りを入れ、社内居酒屋の奥の席に美沙を誘う。どうやらわざわざ予約していたらしい。

「私今日はもうガンガンビールいっちゃいますけど、美沙さん何飲みます?」

「そうですね……保坂《ほさか》さん、何か新しいの入りました?」

「美沙さんしばらく来てなかったから、だいぶ色々増えてると思いますよー。お好みは焼酎ロックでしたよね」

九州出身の美沙は、もっぱら焼酎党である。店員役の女性社員はお品書きの焼酎のページを開いてみせると、一箇所を指で示した。

「芋でよければ、最近のお勧めはこれ。甘くフルーティーで女子にも人気の焼き芋焼酎、〝農家の嫁〟です!」

「……嫁……」

どういうわけか、美沙がそこでがっくり肩を落とし、またもやふかぁぁぁい溜息をついた。え、駄目でした？　じゃああとは……と慌てるのを手で制し、とりあえずそれでいいですと注文する。

それぞれジョッキとグラスを持ち、「乾杯」と小さな音を鳴らしてぐびぐびぐびぐびぷっはぁと喉を潤してから、立花が真っ正面から問いかけた。

「美沙さん、最近一体どうしたんです？　毎日溜息ばっかりついてるじゃないですか」

うっすら香ばしい焼き芋焼酎をロックで飲んでいる美沙は、グラスの中身をちびりと一口含んだまま沈黙している。

「悩み事があるなら、私でよかったら聞きますよ。もしすっごく深刻な話なら、早めに嶋田さんに相談したほうがいいし……」

自分をそうして心配してくれる立花の言葉をありがたく思いつつも、美沙は俯いてグラスをもてあそびながら黙りこくっていた。

人間誰しもそれぞれ何かしら事情がある。なんてことは立花もよくわかっていて、答えを急かすつもりはなく、しばらく黙って待っていたのだが。

一杯目のジョッキが空になり、二杯目を注文し終えてもまだ美沙は沈黙している。

うーん、やっぱ私じゃだめですかねー、あてにしようがないですよねー。なんて、あえておどけた口調で自虐気味に言ってみると、美沙が横目でぎこちなく苦笑した。そういうわけじゃないんです、と幾分心苦しそうに（↑作戦通り）呟いて。

「実は、なんていうか……実家に、手を焼いていて」

「ご実家？　ってことは、親御さんですか？」

　立花の再度の問いかけに、小さく頷く。

「結花様も無事ご結婚されたんだし、お前もそろそろ帰ってきて、見合いして結婚しろって言い出して」

「――――へ？」

「年明けからアメリカへお供しますなんて、とても言い出せる雰囲気じゃなくて……」

はあぁぁぁ。ここ数日ですっかりお馴染みの深い溜息に、立花はしばし絶句した。なんだその、恐ろしく前時代的な言い分は。

　主人が結婚したからって、美沙には何の関係もないではないか。それを、既に言い交わした相手でもいるならともかく、見合いまでして結婚しろなんて。

「そりゃまたなんていうか……おっそろしく昭和な発想ですね。今時まだそんなこと言われちゃうんだ……」

「田舎なんてそんなもんです。三十過ぎたら立派な嫁《い》き遅れだからって、親が焦ってて」

　来年にはもう三十五になる娘に、今更何を言ってるんだって感じですよね。と美沙はグラスを傾けながら苦笑いするが、立花はもはや唖然としている。

「三十で嫁き遅れって、一体いつの時代の話!? あれ、美沙さんご実家どちらでしたっけ」

「福岡《ふくおか》です。亭主関白の名産地ですよ。ほんと最低……」

「まあ、九州男児が全員亭主関白ってわけじゃないでしょうけど。にしてもなぁ……」

呆れかえったような立花の口ぶりに、美沙も憂鬱な表情で頷きながらちびりちびりと酒を含む。

「あのさ。そもそも、美沙さん結婚する気あんの?」

「あるわけないじゃないですか。私は一生結花様のお側で、楽しい楽しいメイドライフに邁進ていうか爆進するって決めてるんですから!」

「だよね。そう思ってた。……なのに見合いで結婚しろとか、なんつーかもう……」

「もうね、絶望的に話が通じないんですよ……。一体何をどう話せば納得するのかと、ほんとに頭が痛くて」

それで溜息ばかりついていた、ということらしい。ようやく得心した立花はしかし、すぐに同じように頭を抱えて項垂れる。

親。親はちょっと荷が重い。というか、他人が口を出せる問題じゃない。

「どうせ言っても無駄なんだし、このまま放置してさらっとアメリカ行っちゃおうと思ってたんですけど」

「まあ、最終的にはそれしかないよね」

「毎日のように電話が来るのを無視してたら、留守電に『見合いをセッティングしたから出てこい、断るなら自分で先方に言え、親の顔を潰すな』って入ってて。ちょっと軽く絶望したのが一昨日の夜で」

「勝手にセッティングまでしたの⁉　え、それいつなんです？」

「来月頭の三連休。交通費は出してやるから、いい加減帰ってこいって。ほんとどうしてくれようかと……ああもう頭痛い……」

両手で顔を覆いつつ深い深い溜息を零す美沙を、立花は同情を込めて見つめた。それにしてもひどい話だ。昭和の頃なら割とよくある話だったのだろうが。

「ちなみにお相手はどんな感じなんですかね」

「九大出身の医者だそうですよ。歳は四十近いそうですけど」

「まあ、今時年齢だけでどうこうは言えないけど。貴臣様だって四十超えてるし」

「あんな四十代、日本中探したって貴臣様しかいませんよ。比較するだけ無意味です」

「超絶ウルトラハイスペックチートアラフォーだからなあ。旧帝大出身の医者だって、十分ハイスペックですけど。もしかして親御さん、結構頑張っちゃったんですかねぇ」

「……だから余計に頭が痛いんですよ。一体誰になんて言って話を持ちかけたのか……」

立花の冷静な分析に、美沙は両手で頭を抱えながら再び「はあぁぁぁ」とどこまでも深い溜息を吐き出した。

「農家の嫁ならぬ、医者の嫁を期待されてるわけですね。ある意味玉の輿?」

「嫁っていうより、無償奉仕の家政婦が欲しいだけだと思いますよ。玉の輿に乗った奴隷なんて、真っ平御免です」

「確かに……医者って生活能力ない人多いって言うしなあ……」

ケッと吐き捨てた美沙に哀れみの目を向けながら、立花は「これはちょっと思ったより深刻だわ」と無言で考えを巡らしてみる。

助けてあげたいのは山々だが、自分にできることといったら、相手にちょっと怪我でもしてもらって見合いの当日来られないようにする程度。保安部の上の方にごにょごにょすれば、一歩進んで相手の家を軽く破滅させるくらいのことはできるかもしれないが。

問題の根幹は、見合い相手ではなく、美沙の両親の側なのである。ここをどうにかしないことには、今度の見合いを潰したとしても、また別の誰かを見繕ってきて宛がわれるのが関の山。

「うーん……これはやっぱり、嶋田さんに相談するのが……」

難しい顔をして呟いた立花に、美沙が血相を変えて「だめです!」と叫んだ。

「そんな状態じゃ黒服を任せるわけにはいかない、なんて言われたらどうするんですか!」

「や、そこまでは言わないと思いますけど。でもなぁ……私や美沙さん個人じゃどうにも」

なんてことを言っているそばから、美沙のポーチの中でスマホがヴヴヴと不気味に唸り始めた。ぎくりとして画面を確認する美沙の眉間に、ぎゅうっと深い縦皺が刻まれる。

「もしかして……」

「……もしかしなくても、母親です……」

すぐさま居留守を決め込んだ美沙は、スマホを凝視して呼び出し音が鳴り終わるのをじっと待った。なんとなく立花も息を詰めて見守ってしまったが。

ようやく途切れた、とほっと息をついて酒を喉に流し込んだ直後、再び鳴り始めたスマホを見下ろして「ああもう」と美沙は片手で額を押さえた。きつく眉根を寄せながら、仕方なくスマホを手にとって「もしもし」と小声で返す。

「もしもし。なんね」

『美沙？　なんねじゃなかろうもん！　ちっとも電話に出らんで……お見合いのこと、少しは打ち合わせしとかんと！』

「お母さん、私お見合いはせんって言いよるやない。なんで勝手に決めるとよ！」

片手でジョッキを持ち上げたまま、立花は思わずぽかんとしてしまった。美沙の話すコッテコテのネイティブ博多《はかた》弁が、東京生まれ東京育ちの立花にはとても新鮮だったのだ。

『ちょっと会ってみるくらい、よかろうもん。それとも誰か、そっちで付き合っとる人でもおるとね？』

「別にそういう相手はおらんけど、そこ関係ないけん。あんね、いきなり帰って来いって言われたって、そんな急にお休みとか取れんと！」

『そんなこと言ってもう一年以上帰ってきとらんやない。久世さんち、家政婦に休みもくれんとか、こき使いすぎやないと？』

「ちょっと、変なこと言わんで！　そういうんじゃないと、私が休みたくないと！」

『まったく……せっかく東京の短大へ行かせたのに、家政婦なんかになるとか。いっくらお勤め先がああいうお家だっていっても……』

母親のその言葉に、美沙の理性がプチンと切れる。家政婦なんかとはなんだ、何も知らないしわからないくせに。

「バカにせんで！　メイドは私の天職と!!」

思わず叫んだ美沙の声に、通りすがりも含めたその場の全員がぎょっとして振り向く。幾人かは、「すげえな言い切ったよ……さすが『家政婦の美沙』……」と驚きつつも感嘆していたが。

『わ、わかったけん、そんな怒鳴らんくてもいいやない。とにかくちゃんと帰って来んね。先様だってお忙しい中お時間取って下さるんやけん、すっぽかしたりせんでちゃんと来てくれんと困るとよ！』

電話の向こうの母親の必死な声音にも、美沙はとことん冷ややかだった。

「勝手にセッティングしとってそんなこと言われたって、こっちにはこっちの都合があると。結花様のお出かけのご予定だってあるんやし」

『そんなの、どうせ久世様のお屋敷には家政婦なんて何人もおるっちゃろ？　なにもあんたが張り付いとかんくたって、誰か他の――』

「私でないとだめと！　だって私は！」

筆頭黒服なんやけん、と叫ぼうとして咄嗟に口をつぐむ。相手が親でも、久世家の内部事情をペラペラ喋るわけにはいかない。そもそも、多分言っても通じない。

はあぁ、と美沙の溜息はどこまでも深い。

「……とにかく、今おそばを離れるつもりはないけん。休みがあっても取らんのは、私の意思。相手には適当に断り入れといて」

『そんなことできるわけなかろうもん！　ちょっと美沙、いいから一度帰って――』

「無理。ほんと勘弁して。じゃ」

プチ、と心底忌々しげに通話を切り、そのまま電源まで落とす。息を詰めて見守っていた立花も、緊張が解けて思わずはぁぁと息を吐いていた。

それから、生ぬるぅく微苦笑して肩をすくめる。

「……大変だねえ」

「まったくです。親じゃなかったらとっくに着信拒否ってますよ」

立花の哀れみの眼差しに憤然としつつそう返してから、そういえば、と美沙は焼酎のお代わりを注文しつつ相手の顔を覗き込む。

「立花さんは、親御さんから何か言われたりしないいんですか。その、仕事の内容っていうか、護衛なんて危険だ、とか」

「ないですね。実は私、二世なんで」

立花は、あっさり短くそう答えた。

二世。つまり、親の代から久世家の使用人ということである。

「父親は、唯臣様の護衛チームの一人です。母親は、一昨年まで奥棟で働いてたんですけど、姉のところに子供ができて、今は子守りのために長期休暇取ってます。保活に失敗して、待機児童になっちゃったんで。ちなみに姉は、久世家とは全く関係ない会社で働いてます」

そうだったのか、と美沙も無言で両目を見開く。同じチームになってそこそこ長いのに、そんなことも知らなかった。まあ、親の職業なんてあえて尋ねたりしないけれど。

「なんで、仕事にケチつけられるどころか。貴臣様から黒服を賜った時なんて、拝領した赤飯食べながら父親に『身を粉にして働け、死ぬ時は結花様の盾になって死ね』って真顔で言われましたよ。なんて言うと、なんだかうちもちょっと異常ですよねー」

「いえ。ご理解のある親御さんで、本っ当に羨ましいです」

「それを羨ましいって言っちゃう美沙さんも、なかなかアレですけどね……」

本気で羨んでいる様子の美沙に、立花が苦笑する。

この久世家には、それこそ明治の御一新前から代々仕え、主家に対する忠誠心は人一倍どころか人万倍くらいの使用人もいる。二代目の立花だって、まだまだ新参者なのだ。

けれど時たま美沙のように、外からやってきて短期間のうちに久世家に染まりきる人間がいる。得てしてそういう人間は、生涯独身でひたすら主家に尽くすか、でなければ久世家の塀の中で結婚相手を見つけ、絶対的な忠誠心をもって代々久世家に仕えていくようになるというが。

こんな将来有望な人材を手放すなんて、とんでもない。嶋田に話せば、望まぬ見合いなんて速攻で叩き潰してくれそうなものなのに。

「いいなぁ……親交換したい……」

甘みとこくのある焼酎をちびりと飲みつつ、美沙が溜息と共にそんな台詞を吐き出した時だった。

「お！　なんだなんだ、ちょうどいいのがいたじゃねえか！」

場違いに楽しげな声をかけてきたのは、久世興産保安部の警護課長、立花の上司である。

その後ろからついてきたのは野元だ。

相変わらず、なんというか冴えない男である。どこがどうとは言えないのだが、スーツ姿でもどうにもいまいち印象が締まらない。ある意味哀れだ。あれでも一応、東大卒のエリートカッコワライなのに。

「立花が母屋《あっち》に行っちまってから、なかなかメンツが揃わなくてよぉ。ここで会ったが百年目ってか」

にんまり笑いながら両手で麻雀牌をかき混ぜる仕草をする警護課長に、立花が「またそれですかぁ?」と呆れた声をあげる。

「美沙も結構いけるんだろ? 美沙さん麻雀やるんだ? 実は強いって聞いたぞ」

「え、マジすか? 美沙さん麻雀やるんだ」

興味津々の野元を尻目に、「今日はそんな気分じゃないなぁ」なんて一瞬思った立花だったが。

どういうわけか、グラスの中身をくっと喉へ流した美沙があっさり「いいですよ」と返していた。

「半荘《ハンチャン》一局限り。飛びあり」

ちなみに「飛びあり」というのは、誰かの持ち点がゼロになった(=飛んだ)らその時点で終了、というローカルルールである。

「おう、いいじゃねえか望むところだ。保坂ちゃん、生大くれや。おら、お前ら最初の一杯だけ奢ってやるから、飲みもん持ってけ！」

飲み物持参で遊戯室へ、とすっかりやる気満々の警護課長に、立花は肩をすくめて「はいはい」と自分も生大を注文する。野元も「すいませんごっそうさまっす！　じゃあ俺、いつもの黒霧島《くろきりしま》で！」と毎度代わり映えのしない注文を繰り出すが。

「保坂さん。自腹切るんで、大魔王《だいまおう》ボトルでお願いします」

どことなく据わった目をした美沙が、焼酎をさらっと一杯ではなく一本注文する。他の面々が全員耳を疑ってぎょっとした。しかも大魔王って、何それなんかちょっと怖い。

「え。あ、はいあの、小瓶でいいですよね……？」

「さすがに一升瓶はないですね」

うっすらひやりとしたものを感じつつ、全自動雀卓のスイッチを入れてからわずか小一時間後。

「――ロン。小三元。リーチ一発ドラ一、いえ四」

「ッでえぇぇぇ親の倍満直撃って嘘だろぉ!?　何そのえげつない裏ドラ……！」

「こっわー。さっすが美沙さん、マジ容赦ないわー。そこでドラ振り込む野元もアレですけど」

「だって、だって俺役満でテンパってて！」

「馬ァ鹿、何が役満だよ。野元お前、今ので飛んだんじゃねえのか？　あーあ、まだ東一局だぞ。情けねえなぁ」

「っつか美沙さん引き強すぎでしょぉぉ！　なんすかそれあり得ないんすけど!!」

　情けない顔で叫ぶ野元を無表情に見やり、美沙がごく淡々と答える。

「うちの実家は、盆暮れに一族が集まったら麻雀大会が始まるような家だったんですよ。すみません。じゃ、一人飛んだのでここまでで」

「いやいやいやいや美沙よぉ、そりゃちょっと勝ち逃げにもほどがあるだろうよ。まあ今のはなかったことにして、こっから改めて仕切り直しってことに」

「いえ。せっかくですが、明日の準備もありますので、この続きはまたの機会に。飲み残しのボトルはキープしていきますので」

　飲み残し、と言ってももう半分も残っていない。くいくいするする飲んでいた美沙は、どう見ても全くの素面だというのに。あらゆる点で負けを悟った野元はただただ呆然としている。

　燃え尽きている野元を放置して母屋へ戻る道すがら、美沙は「なんだかちょっとだけすっきりしました。誘ってくれてありがとうございます」と立花に礼を言った。

「いえいえこちらこそ。でも、さっきのあの啖呵で、親御さんがおとなしくなってくれるといいんですけどねぇ……」

「そう祈ります。ええもうほんとに。ま、だめなら当初の予定通り、黙ってアメリカへ高飛びしますけど」

「いやいや、本邸《ここ》に押しかけて来られても困るからさ。そうなったらやっぱ嶋田さんに相談しましょうよ、ね⁉」

そうですね、と美沙は明らかに気が進まない様子で曖昧に微笑んでいたのだが。

その数日後、実家から相手の釣書と一緒に新幹線の切符が届いて更にがっくりきた。せめて飛行機にしてくれよと思いつつ、親の本気度を察した美沙は渋々、「渡米前に一度実家に顔を出しておきたくて……」と（断腸の思いで）結花に休暇を願い出たところ。

「勿論お休みしてください！　あの、私は全然大丈夫なので、一泊と言わずもう少しゆっくりしてきたらどうですか？」

なんてあっさり言われて、逆に落ち込む美沙である。そっか……私がいなくても別に全然大丈夫なのかそっか……なんて頭の中で悶々と考えてしまうのだが。

「あのでも、お休みしたら、ちゃんと帰ってきてくれますよね？　やっぱりアメリカはちょっと……とか、ないですよね⁉」

「勿論です結花様。すみません、やっぱり帰省は取りやめ――」

「いえいいんです！　大丈夫です行ってきてください！　あの、お気をつけて……！」

行かないでなんて言っちゃいけない、だから言わない。というのがまるわかりの態度に、心底安堵すると同時に和んで癒された美沙は、相手に一言断りを入れたら即その足で帰ってこようと密かに決意するのであった。

◆

帰省当日、美沙は、かの千壽大刀自から茶事に招かれた（＝呼び出しを食らった）結花の身支度を世話してから、午後の新幹線に乗ることにした。

実家に早く帰っても、別にやることもない。高校時代の親友と、久しぶりに会って食べて飲むくらいだ。第一、結花様の衣装選びや髪結いのお世話といった最高に楽しい仕事を、他人に任せるなんて冗談じゃない。美沙がお勧めした水柿色《みずがきいろ》の風通御召は、独特の美しい光沢が結花の輝くような若さを品良く引き立てていた。

「美沙さん。あの、本当に、お気をつけて。なんならその、もう少しゆっくりしてきて下さっても……」

「いいえ結花様。所用が済みましたら、すぐに飛んで帰って参りますので」

実に数年ぶりで帰省する美沙のために、結花はわざわざ都内の老舗菓子店に手土産の菓子折を手配した。それだけではない。警護課に依頼して、新幹線が発着するターミナル駅まで美沙を送らせることにする。

そんなことまでしていただかなくても、と美沙は心底恐縮して遠慮しようとした。別にそれほど遠いわけでも、不便なわけでもないのだしと。けれど結花は納得しなかった。乗り換えがちょっと面倒だし（※一回だけ）、荷物もあるし（※主に手土産）と。

最初は立花に頼もうとしたのだが、「自分は結花様の護衛なのでおそばを離れることはできません」と言われてしまい、美沙本人も「立花はあくまで結花様の護衛ですので」と固辞し、代わりに送迎を引き受けたのは、貴臣が海外出張中でヒマしている野元であった。

「わざわざ車を出して頂かなくても、電車で行った方が早かったりするんですけどね」

恐れ多くも主家の車で駅まで送られる羽目になった美沙が、助手席のドアを開けて苦笑する。野元は慌てて「いやいや後ろに乗ってくださいよ」と後部座席のドアに手をかけたが、それこそ恐れ多いと美沙はさっさと助手席に乗り込んでしまった。

「まあほら、結花様のお気持ちっすから。乗り換えの手間だって省けますし」

「たかが帰省のためにそこまでして頂くのも、なんだか申し訳ない気分です」

「そんだけ大事にされてるって、最高じゃないっすか。それに美沙さんも、帰省はだいぶ久しぶりなんじゃ？」

「そうですね。〝専属〟を拝命してからは、一度も帰ってませんから」

今回だって、帰らないで済むなら全然帰りたくないんですけど。そう呟いて憂鬱な溜息を吐く美沙に、運転席の野元はうっすら首を傾げたが。

「帰ってきて見合いしろって、親にねじ込まれたんですよ。ほんとうんざりですよね」

その言葉に「え、」と呟いたきり、野元は何も言えずに黙り込む。見合い？　美沙が？　見合い、見合いか、そうかそうだったのか……見合い……。

そのまま何も言えないまま、車は品川《しながわ》駅の港南《こうなん》口に到着する。いつもの癖ですぐさま車外に飛び出した野元だが、ドアを開けて差し上げるまでもなく、美沙は自分で助手席から降りてきた。

「わざわざすみませんでした。私が不在の間、くれぐれも結花様をお願いします」

「へ。は。はい」

「見合いが終わり次第、速攻で帰ってきますので」

そう言い残すと、美沙はさっさと駅構内へ歩いて行った。一泊なので荷物も少なく（結花が持たせた手土産の方が大きいくらいだ）、実に身軽なものである。

なんとなく呆然としたまま久世本邸に戻った野元は、外出から帰宅していた結花に「送ってきました」と報告しに出向く。

けれどその野元の様子がなんだか妙なことに、結花はすぐさま気づいた。それで、どうかしたんですか？　と小首を傾げて問いかけたのだが。

「や、その……美沙さん、実家に帰って見合いするって言ってたんで、ちょっとびっくりしたっていうか」

で……」

「――え。お見合い……？」

「はあ。なんとなく、美沙さんはずっと、結花様のおそばにいるもんだと思い込んでたの

美沙が見合いと聞いた結花の顔つきが、一気に強張る。室内に控えていた立花は「バカ野元、余計なこと言いやがって」と内心舌打ちしていたが、直後に結花から「立花さん！」と呼ばれてすぐさま姿勢を正した。

「あの、立花さんは、ご存じでしたか？　美沙さんがお見合いって……」

「あー……はいまあ、一応、本人から聞いておりますが。でもその話はあくまで――」

親御さんにねじこまれただけで、本人も断りに行っただけで、と立花が言うのを待たず、動揺した結花は「うそ、そんな……！」と呟いて一気に身を翻す。そのまま部屋を飛び出すと、使用人頭の嶋田を探しに階下へ駆け下りた。走りにくい和服姿でよくそこまで、と感心して眺めていた野元と立花も、慌てて後を追いかける。

その時嶋田は、絢子夫人の御用聞きで奥棟の日本家屋の方へ行っていた。五所宮にそう聞かされた結花は、「戻りましたらすぐに参上するよう申し伝えます」と言われるも、黙っておとなしく待っていられずそのまま絢子夫人のもとへ押しかけてしまう。

大正浪漫なサロンで優雅に紅茶を味わっていた絢子夫人は、作法も何もかもすっ飛ばして駆け込んできた結花の姿に目を丸くしてカップを置いた。

「まあ結花ちゃん。そんなに慌てて、どうしたの？」

「お義母様、すみませんお邪魔します……！　嶋田さん、あの、美沙さんが！」

ちょうど絢子夫人の用件が終わった所だった嶋田は、結花のただならぬ様子にも落ち着き払って「いかがされましたか」と返しつつ、騒ぐならここではなく母屋で、とさりげなくその場から引き離そうとしたのだが。

「美沙さんが、ご実家に帰って、その、お見合いするって……！」

「——なんですって？」

息を荒くして喘ぐように訴えた結花の言葉に、語気も鋭く反応したのは嶋田ではなく、絢子夫人であった。結花を追ってきてその瞬間を目にした立花が、「あっちゃー、一番ヤバい人に……」と密かに頭を抱える。

「筆頭黒服が、里に帰って見合いですって？　嶋田。一体どういうことです」

「申し訳ございません奥様、私も初耳でございまして。——立花？」

美沙に懇願されて嶋田にも報告を上げていなかった立花だが、ことここに至っては観念するより他ない。実はかくかくしかじか、と客観的な事実のみをその場で報告するが、絢子夫人の目の前で報告するのは恐ろしく緊張した。

「——では美沙さんは、先方には断りを入れるつもりで？」

「はい、そのはずです。嶋田さんに相談するよう、何度か勧めてみたんですが……」

結花様の専属から外されることを恐れて言い出せなかった。と、立花が言外に訴えたのを嶋田も無言で察していた。

「お相手については、何か聞いていますか」

「名前までは存じませんが、なんでも九大出身の医師とか」

「お医者さん……」

動転したまま聞いていた結花が、落ち着かなげに両手を揉みつつ悄然と俯く。

一般的に、医師というのが見合いの相手としては高級な部類に入ることくらい、結花にだってわかる。いわゆる良縁、というものだろう。美沙にとっては、このまま久世家で家政婦というか侍女というかメイドとして働くより、そういう人と結婚して温かい家庭を築く方がむしろ幸せなんじゃ……。

「結花様、どうか誤解なさらないでください。美沙さんには、話を受ける気なんてこれっぽっちもありません」

その様子を目にした立花がきっぱりと断言するが、結花は素直に頷けなかった。

「でも立花さん。最初はそのつもりでも、相手の方がすっごく素敵な方だったら……」

そのつもりがなかったとしても、美沙だって気が変わってしまうかもしれない。もしそうなったら。

どんなに寂しくても、それを止めるわけにはいかない、と結花は自分に言い聞かせた。

だって結花は、美沙のことが大好きなのだから。美沙個人の幸せを、邪魔したいだなんて思わないし思ってはいけない。

「美沙さんが、もし、そのほうが、幸せなら……」

そうして正論を吐く結花の顔は、言葉とは裏腹に悲愴そのものだった。まさかこんなに突然なんて、どうしよう、ほんとにどうしよう……！

「結花ちゃん。久世家の嫁が、そう慌てるものではなくってよ」

艶然と微笑みながら、絢子夫人が優しげな声音で言い諭す。

「貴臣がいないときでよかったわ。いいこと、久世家の嫁が慌てるとね、夫たちが——暴走してしまうの。そうなったらもう大変よ」

久世家の男が、暴走。想像するだけでぞっとすると、使用人一同がこっそり震え上がる。

「誰もそこまでしろとは言っていないのに、いつの間にか話がどこまでも大きくなって、ますます面倒なことになっちゃうのよ」

「う。な、なんとなく、わかり、ます……」

結花もはっと息をのみ、神妙な顔つきで頷いた。

「ですからね。そうならないよう、私たちは落ち着いてにっこりして、慌てるのは周りに任せたらいいの。」

落ち着いてにっこり、の手本を示しつつ、絢子夫人は結花の手を取りソファに座らせると、自分もその横へ腰を下ろした。お茶でも飲んで少し落ち着きましょう、と夫人が言えば、すぐさま黒服がティーカップを差し出してくる。絢子夫人の黒服は、全員がプロ中のプロであった。

「結花ちゃん、大丈夫よ。黒服というのはね、そう生半可な気持ちでなれるものではないの。しかも筆頭。彼女の資質は誰もが認めるところですもの、ちゃんとお断りして帰ってきます。でももし、それでも心配なら」

そこで一度言葉を切り、絢子夫人はそれはそれは麗しい笑みを結花に向けた。

「主として堂々と、迎えに行ったらいいわ」

「……迎えに?」

「ええそう。博多座でお芝居を観るついでに、迎えに来たのよって」

そう聞いても結花はすぐには頷けずに逡巡した。絢子夫人が言うなら説得力もあるだろうが、自分のような小娘では鼻で笑い飛ばされるのがオチだ。

あくまで不安げな結花に艶然と微笑みかけた絢子夫人は、静かに「嶋田」と使用人頭を呼んで命じた。

「お相手について調べなさい。見合いが明日のお昼なら、朝一で飛べば十分間に合います。今日のうちに報告を」

「かしこまりました。奥様」

「結花ちゃん、大丈夫よ。采配は嶋田に任せて、結花ちゃんはあたくしと衣装を選びましょう。明日は久世家の嫁として、表に出なければなりませんからね」

そう言われた結花の顔が、う、とあからさまに引き攣る。初対面の相手と、「久世家の若奥様」として相対するのはまだ慣れない。見知らぬ相手にやたらと愛想良く持ち上げられたり、かと思うと陰で激しくこき下ろされたり、それに気づかぬふりをしなければいけなかったりと、色々面倒で。

「大丈夫。いつも通り、矢野が同行して側に控えますからね。結花ちゃんは、普段通りにきちんとご挨拶して、丁寧にお話しすればいいのよ」

矢野というのは、絢子夫人から貸し出されてそのまま結花付となっている女中である。久世家の嫁としての振舞い方を指導する家庭教師のようなものであると同時に、筆頭黒服となった美沙の教育係をも任されている、プロ中のプロ黒服であった。

「ああそれと、野元さん」

そこで絢子夫人は思い出したように、壁際に黙って佇んでいた野元へ声をかけた。ビクッ！　と大袈裟に反応した野元が即座に直立不動の姿勢を取る。

「あなたにも一緒に行って頂きます。よろしいわね」

「――か、かしこまりました！」

諸々の疑問を押し殺して返事をした野元は、単に護衛か運転手として同行するんだろうと思って拝承したのだが。

絢子夫人に無言で全身まじまじ凝視され、脂汗なのか冷や汗なのかよくわからないものが背筋を伝う。え、な、なに、なんですかどっかおかしいですか俺……!?

「……嶋田。誰かに言って、身なりをしっかり整えさせなさい。九大卒の医者よりはましに見えるよう」

「承知致しました、奥様」

「野元さん。もしもの時はあなたに当て馬になって頂きますから、そのおつもりで」

たおやかながらも断固とした口調で命じられた野元は、意味がわからずぽかんとして固まってしまった。え、あ、当て馬？　当て馬って、なんだそれ一体どういう……!?

耳を疑って不躾に絢子夫人を凝視していた野元を、嶋田はすぐさまその場から引きずり出して己の事務室へと引っ張っていった。そうして服飾担当の男性使用人を呼ぶと、何事か言い含めて野元を引き渡す。

「へ？　は？　ま、なに、ほえええぇぇ!?」

わけがわからず目を白黒させたまま、野元はまず手始めに麻布十番《あざぶじゅうばん》の外れにある久世家御用達の理容室へと連行された。そこで散々頭だの顔だの手だのをいじくられ、それで終わりかと思いきや今度は百貨店の紳士服フロアへと連れていかれて。

……おかしい。普通こういうことされるのは、脇役《モブ》（しかも男）なんかじゃなくヒロインだろ。一体なんで俺がこんな、貴臣様ばりにお肌のお手入れされたり爪磨かれたりして、その上こんなクソ高いスーツなんか着せられてんだ……!?

これが物語のヒロインなら、頬を染めてはにかみながら「どう？　似合う？」なんて男の前で一人ファッションショーを繰り広げるのだろう。それこそ結花様なんか、パリでもミラノでもそんなことやらされてるに違いない（でもって贈り主に脱がせる権利を主張されちゃったりするんだろう）。そう、女性で想像するなら楽しい。俺だって、一生に一度でいいから可愛いカノジョ（名前はまだない）にそんなことしてみたい。なのに。

「まだ若いのに、全身筋肉落ちきってますね。この辺もうたるんできてますよ。ここが太いと、どうしたってシルエットがしまらないんですよね」

何が悲しゅうて、おっそろしく冷ややかなプロの目でじろじろ見られ、渋い顔で溜息をつかれた挙句に身体的特徴（殆どは欠点）をあれこれあげつらわれなきゃならないんだ。

ノンアイロン仕様の化繊とは肌触りも値段もまるで違うシャツを着せられ、自分じゃ絶対買えない価格のスーツを次々宛がわれ。さりげなくディスられながら着たり脱いだりを繰り返して疲労困憊した野元は、少々ぷよついたウエスト周りを見下ろして密かに決意した。最近サボり気味だったけど、もうちょい真面目にトレーニングしよう、と。

◆

翌日の博多は、今にも降り出しそうな曇り空であった。

もういつ雫が落ちてきてもおかしくない、雨の匂いのする空気の中、結い髪に着物姿の美沙は心底辟易していた。草履に白足袋で雨に当たったらどんな悲惨な目に遭うか、想像するだけでもうんざりである。

「お母さん、私もう三十五よ？　せめてもう少し色柄考えてくれん？　こげん恥ずかしい格好で初対面の人に会えってあり得んかろう……！」

「ちゃんと着物で正装しとるとに、どこが恥ずかしいとね？　ちゃんと貸衣装のお店の人に相談ばして選んだとよ。娘のお見合いなんよって」

「未婚の娘って言っても、二十代と三十代じゃ全然別物なんやけんね！」

見合いの場所は、博多駅にほど近い航空会社系列のシティホテルだった。それなりにお高い日本料理店の、しかも個室を取っているという。仲人もいない見合いで今時そこまでと思ったが、どうやら相手方の指定らしい。お高くとまった人種なのかと、心底げんなりしたが。

逆に気合いを入れまくった美沙の母は、この日のために貸衣装で着物を用意していた。それが、なんとも派手派手しい友禅ものの訪問着だったのである。しかも地色は明るいピンク。

アラサーどころか来年には四捨五入で四十、おまけに可愛くも美人でもない地味顔の自分に、こんな可愛らしいピンクの花柄の着物を着ろなんて。あり得ない、最悪だ、と美沙は洋装で行こうと主張したのだが、代金支払い済みの母親は一歩も引かなかった。

「綺麗な着物やないの。何がそげん気に入らんとね」

「全部」

ただでさえ、ここ最近の美沙は着物を見慣れている。ピンキリのピンの頂点クラスばかりを毎日眺めている目には、色も品がなく柄もうるさく、細工も仕立ても粗雑で安っぽく、一言で言うなら趣味が良くない。微妙に寸法が合っていないのは、貸衣装だから仕方ないにしてもだ。

ああイヤだ、今すぐ脱ぎたい。黒服が恋しい。

何もかもに嫌気が差しつつ、仲居に案内された個室の前で「愛想良くしーよ」と横から母親に言い含められる。悪いけど、とてもじゃないが愛想なんか振りまける気がしない。

「失礼します。榎本《えのもと》でございます」

挨拶する母親にならって一応三つ指をついてみせるも、これっぽっちも気乗りがしないせいでどうしても所作が雑になる。いっそここで何か奇行をやらかせば、すぐさまあちらから断ってくれるんじゃ。なんてことを一瞬想像するが、そんなことをやらかせば久世家の名に泥を塗りかねない。

仕方なく美沙は、流れに任せてこの場を乗り切り、穏便に断りを入れるという作戦を実行しにかかった。

――が。

「……宅《たく》の隆《りゅう》ちゃんは、まあ小さい頃から神童なんて呼ばれましてね。なんだかお恥ずかしい話ですけれど、人様の言うことにケチはつけられませんでしょ。修猷館《しゅうゆうかん》から主席で九大に入って、卒業するときまでずっと医学部首席で。指導教授から是非にと請われて、大学に残って研究の道に……」

冒頭の自己紹介から延々と、上品ぶった母親による息子自慢が続いている。

全く食べる気にならない会席膳を見下ろしつつ、美沙はひたすら右から左へ話を聞き流そうとしていた。というか、四十にもなろうという息子を「隆ちゃん」て、大丈夫なのかこの親子。

「ほんとに真面目な子なんですのよ。ただ、ちょっと真面目すぎたのか、ずぅっと研究に夢中で。女性の方とお付き合いするなんてこともなく、論文ばかり書いてますの。放っておくと食事も摂らないものですから、もう心配で心配で……」

上機嫌にぺらぺらと一人で喋り倒している母親。その隣に座った男は、名乗る以外はむすりとして一言も喋らず、退屈そうに箸で料理をつついてはビールばかりがぶ飲みしている。酌をする気にもならない勢い。

美沙は一目で察した。こりゃだめだ。絶対結婚できない、しちゃいけないタイプだ。

「仕方なく私が世話してきましたけれど、そうするとますます何もしなくなって。情けないことに、生活能力皆無なんですのよ。こうなったら是非とも、家庭的でしっかりしたお嫁さんをと思っていたところへ、今回のお話でございますでしょ。美沙さんは、あの久世家で行儀見習いをされてらっしゃるとか。まあ本当に、願ってもないお話ですわぁ！」

医者と聞いて目の色を変えた母が無理やりねじ込んだのかと思いきや、先方も結構乗り気らしい。しかもなんだその行儀見習いって、一体どれだけ話を盛ったんだと美沙は内心母親を罵る。

どうやらあちらは、甘やかしまくって育てた息子の世話を全て嫁に押し付けるつもりらしい。あれはどう見ても、ママにお世話してもらわないと一人で着替えもできないタイプだ。恐らくパンツのしまい場所さえ把握していないに違いない。おまけに研究馬鹿で社会性ゼロ、挨拶もろくにできないコミュ障ときた。なんという救いのなさ。

冗談じゃない、と美沙は無言で吐き捨てた。あの貴臣様だって、遥かに桁違いの御曹司だけど料理はするしお茶も淹れるし、ご自身はもちろん結花様のお世話だって完璧になさるというのに。

「ゆくゆくは責任ある立場となるからには、お嫁さんにもやはりそれなりのお作法を身につけて頂かないとと思っておりましたけど。久世家でお暮らしなら、全く問題なさそうですわね。なんといっても極めつきの名家でいらっしゃいますし」

確かに久世家はそういう家だし、昨今は特に結花様のお供できっちりした作法を学んでいるが。

それはあくまで結花様のおそばにお仕えするためであって、断じてあんな根暗コミュ障な医者もどきの世話をするためじゃない。第一、あんなのが出世して教授なんかになってしまったら、本気でヤバいだろう色々と。

内心断言する美沙だが、美沙の母はそうでもなかったらしい。そうなんですよぉとにこにこしながら話を合わせ、ここぞとばかりに娘を売り込みにかかる。

「確かに、こちらにいた頃とは比べ物にもならないくらいお淑やかになりましたよ。やはりああした御宅は違いますわねえ。しかもあの若奥様、テレビでご覧になりました？　そうそう、結花様と仰いましたか、うちの美沙を随分と気に入って下すって。外国へも何度もお供させて頂いたとか」

「まあ、ご洋行にまで！　もしかして美沙さん、英語もお話しになるの？　まあま、素晴らしいわ。外国での学会にもご一緒できますわねぇ！　なんて、あらちょっと気が早かったかしらほほほほほ……」

美沙は心底げんなりしていた。ありえない。今も美沙と目を合わせることすらせず、ビン底眼鏡越しにチラチラと横目で窺ってくるだけの貧相な男ももう、それだけであり得ないのだが。

何もかも、うんざりするほど予想通りだ。彼らは嫁が欲しいのではない。死ぬまで無給でこき使える、嫁という名の家政婦が欲しいのだ。こんな男と結婚したら、乳幼児並みに手のかかる夫と口うるさい姑の世話で、身も心もボロボロにくたびれ果てて一生を終えることになる。勿論そんなのは真っ平ご免だ。

「すみません。この度はせっかくのお話ですが――」

黙っていたら親同士で勝手に合意されてしまう。そう危機感を抱いた美沙は、自分の口できっぱり断ろうと箸を置いて口を開きかけたのだが。

そこで不意に控えの間への襖が開き、仲居がすっと三つ指をついて頭を下げていた。どことなく困惑顔で。

「失礼致します。お連れ様がお見えでございます」

「連れ？　でももう、全員揃っておりますけれど……」

男の母親が眉を顰め、上座からそちらを見やって訝しむ。それを見ていた美沙はふと、嗅ぎ慣れた甘やかな香りを微かに感じていた。夏の終わりを思い起こさせる、瑞々しい桃の香り。

弾かれたように振り向いた美沙の目に入ったのは、気が遠くなりそうなほど目の細かい極鮫小紋《ごくさめこもん》。裾濃《すそご》に暈《ぼか》しを入れたその着物は一見地味だが、お顔映りを何度も吟味して人間国宝に誂えで染めてもらった高級品で——

「お食事中、失礼します」

うそ、まさかと息を飲んだ美沙の耳に、響いた声。緊張を孕んだ硬い声音は、それでも高く澄んで愛らしい。このお声を、美沙が聞き間違えるはずはない。一生お仕えするのだと、この方こそが己の主人だと認めた方。美沙の大事な、お嬢様——いいえ奥様。

「このような場に突然押しかけました無礼を、どうかお許し下さい。久世と申します。美沙さんには、いつも大変お世話になっております」

着物姿で三つ指をついて淑やかに頭を下げている結花の姿に、美沙が小さく悲鳴を上げる。

「結花様!?」

「美沙さん。勝手に来てしまって、ごめんなさい。どうしても、お母様とお話をさせて頂きたくて」

狼狽する美沙に小声でそう返してから、静かに身を起こした結花は決然とした眼差しを美沙の母に向けた。そうして。

「お母様。美沙さんは、私どもにとって、大変得がたい人材です。私も主人も、久世家当主も、できることなら末永く当家に仕えて頂きたいと願っております」

結花の口上を聞いていた美沙は、あまりのいたたまれなさに小さく身を縮めた。敬愛する主人にそんなふうに言ってもらえる喜びと、それを上回る申し訳なさと。そして——ぽかんと馬鹿みたいに口を開けて呆けている己の母が、ちょっぴり恥ずかしく情けなくて。

「お母様が、こういった形で——お嬢様の幸せを願うのも、当然のことと理解しております。その上で、不躾ながらお願い致します。どうか」

結花が再び、美しい所作で丁寧に三つ指をつく。

「今しばらく、美沙さんを当家にお預け下さいませんでしょうか。お願いします……！」

自分の母親に向かって深々と頭を下げるその姿に、美沙はいてもたってもいられなくなった。ああ、結花様が、そんな真似をなさる必要などないのに。そんな、うちの母親なんかに頭を下げられるなんて。そもそも自分は、辞めるつもりもおそばを離れるつもりもこれっぽっちもないのに！

「まあま、久世家の若奥様が、わざわざご丁寧に……ありがとうございます。どうぞお顔をお上げ下さいまし」

美沙の母親はしばし呆気に取られていたが、相手が自分に対してかなり下手に出てきたのを見て、なんとか気を持ち直した。——というよりむしろ、気が大きくなった。

「ただ、そう仰られましてもねえ。大事に育てた可愛い娘に、より良い人生を送らせてやりたいと思う親心は、おわかり頂けるかと思いますけど。いつまでも外で働くより、結婚して子供を産んでという、ごく当たり前の女の幸せを願うのは、当然のことじゃありませんか？」

「勿論です。美沙さんご自身が、郷里に戻って家庭に入りたいと仰るのなら、私どもも決してお引き留め致しません。ですが――」

「それはやっぱり、女の幸せは結婚でしょう！　若奥様だって、ご結婚なさってお幸せでしょ？　ご主人様、あぁんなに素敵な方ですものねえ。本当に、惚れ惚れするような美男子で、しかも久世家の御曹司なんて！　お若いのに、立派な旦那様を射止められましたわねえ！」

「ちょっとお母さん、やめてよ！　それ以上結花様に失礼なこと言わんで……！」

己の母の言い草に、美沙はもう、耳を塞いで逃げ出したい気分だった。だめならせめて、母親の口をガムテープで塞ぎたい。

「美沙さん、いいんです。……お母様、確かに私は結婚して幸せです。そして、お母様と同じように、美沙さんの幸せを心から願っています。でも――何が美沙さんの幸せなのかは、お母様や私ではなく、美沙さんがご自身で決められることだと、思います」

その時結花が、つ、と美沙を見た。その今にも泣き出しそうな瞳が、美沙の胸にズギュンとキた。何度目だろう、この感覚。ああ結花様、勿論私の幸せは！

「結花様の仰るとおりです。お母さん。私の幸せは、私が決めます。今日この場に来たのは、自分の口でお断りするため。せっかくのお話ですけど、私は結婚するつもりはありません。今後もずっと、結花様のおそばにお仕えするのが、私の幸せですから！」

言い切った！　言ってやった……！

その瞬間の美沙は、やり遂げた満足感でいっぱいであった。こうまで言われればぐうの音も出ないはず、もういいさっさと帰ろう。無駄足を踏ませてしまった件については、結花様にも貴臣様にも幾重にもお詫びしなければ。

けれどその場にはあと二人、当事者がいた。

すっかり鳴りをひそめて傍観者と化していた男の母親が、そこで突然両手を打ち鳴らして拍手し始めたのだ。

「まあぁ、素晴らしいわ！　榎本様、今のお話を伺って、あたくしますます、お嬢様をお嫁に頂きたく思いました」

ほほほほほ、と上品ぶって笑う顔の、頬がうっすら歪んでいる。

久世家のあの若奥様が、わざわざ東京からこうして引き留めに来るなんて。よほどお気に入りなのね、と無礼なくらいに結花をじろじろ眺め回して。

「確かに美沙さんは、今はご結婚するおつもりはないようですけど。こちらとしても、何も今すぐにとは申しません。どうでしょう、まずはお付き合いしてみたらいかがかしら。

男女のことは、やっぱりお付き合いしてみないとわかりませんでしょう?」

にこやかに言われ、結花もぐっと押し黙る。

「ね、美沙さんどうかしら。試しにちょっと、息子と二人でお話でもしてみたら。もしかして気が合うかもしれませんでしょ?」

「いえそれは――」

まずないと思います、と言い切ろうとして、さすがに言葉を選ぶべきかと一瞬逡巡した美沙の目の前で。

頭を上げてまっすぐ背筋を伸ばした結花が、「仕方ありません」と静かに言った。やけに落ち着いた顔つきで。

「連れをこちらへ」

控えていた仲居にそう命じるのを見て、美沙はこっそり首を傾げた。連れって誰だろう。貴臣様はまだお帰りではないはずだし、ついてきているとすれば立花か、それとも矢野か。でも、黒服をこの場へ呼んでも意味ないんじゃ?

美沙の予想は外れた。失礼します、と入ってきたのはなぜか――野元だったのだ。多分野元だ。うん、なんかいつもと感じが違うけど、あれは野元だろう。

「美沙さん同様、当家に仕えてくれている、野元です」

「野元と申します」

美沙はちょっと驚いた。野元が現れたこと自体にも驚いたが、それよりもこうなんというか、まるで別人のようだったから。

半端に伸びてもっさりしていたはずの髪が、すっきりカットされた上にきちんと整髪料で整えられている。いつもどこかしらだぼついて垢抜けないスーツ姿も、今日はやけにぴしりとフィットし、仕立て上がったばかりのように皺一つない。おろしたてのように綺麗なシャツ、やけに趣味の良い高級そうなネクタイと、どこをとってもまるで野元らしくない。何やら緊張した顔つきといい、若干雰囲気イケメンのようになっていて、一瞬目を疑ったほど。

へえええ、ずいぶん化けたじゃないの。なんて、暢気に眺めていた美沙だったが。

「実はこちらの野元は、前々から美沙さんとお付き合いしていると」

結花のその言葉に、はあぁぁ!? と叫びそうになって慌てて口もとを押さえた。今なんて、と耳を疑いつつ呆然と二人を見比べていると、野元が突然美沙の母親に向き直り、がばっと勢いよく頭を下げる。

「突然で申し訳ありません。美沙さんと、けっ結婚を前提にしたお付き合いを、お許し頂きたく！　ご挨拶に伺わせて頂きまひ、ッ！」

噛んだ。決め台詞の最後で噛んだ。なんと情けない。

けれど言葉の意味は通じた。——通じたけど、わけがわからない。唖然としながらそろりと結花の顔を見ると、物言いたげな眼差しで美沙をじっと見ている。

それでわかった。なるほどこれは——狂言か。相手を穏便に引き下がらせるための。

「ご、ご挨拶って、結婚を前提にって……ちょっと美沙！　お付き合いしとる人がおるとか、一言も言っとらんかったやない！」

母親にそう食ってかかられたが、自分も初耳だなんて言えるわけがない。けれど、わざわざ結花様が骨を折って下さったのだ、ここは黙って話を合わせるべきだろう。美沙は内心そう決意して答えた。

「言う必要も無いし、お見合いは断るつもりでおったけんよ。紹介するほどの仲でもない、つもりやったし。でもそうやね、確かにお付き合いはしよる。やけん、お試しであれなんであれ、他の男性とお付き合いはできん」

こうなれば、これ以上の文句は言えないだろう。美沙も結花も、だったら仕方ないと席を立つのを期待して、男とその母親に目を向けたが。

相手方の母親は、むしろ意固地になっていた。彼氏ですって、冗談じゃないわ。あんな男より、うちの隆ちゃんのほうがお相手としてはよっぽど上じゃないの、と。

「でもまだ、美沙さんにとっては結婚を考えるような段階ではなかったんでしょう？　でしたら、ここで改めて、どちらが結婚相手に相応しいか比べてくださったらどうかしら」

余裕たっぷりに笑みを浮かべ、自信満々に言う。何しろ息子は医者なのだ、比べればどちらが良いかはすぐにわかるだろうと。動転していた美沙の母も、そう言われてそれもそうかと改めて野元に向き直る。

「ええと、野元さん？　失礼ですけど、ご職業は——」

多分そういった釣書的なことを訊かれるだろうと踏んでいた野元は、すらすら答えた。

「役員秘書です。そちらにいらっしゃる結花様の御夫君、ＣＵＳＥ社外取締役である久世貴臣様の、個人秘書を務めております」

「まあ、久世家の方の個人秘書。それはそれで、きっととっても優秀なんでしょうけれど」

でも、たかが秘書でしょ。宅の息子は医者ですのよ。

なんていう声が、今にも聞こえてきそうな口ぶりだった。医師免許を持つ息子がよほど誇らしいのだろうが、美沙には全く理解できない。大体、見合いの席がこんなことになっているのに、己も当事者だというのに、退屈そうに手酌で飲んだくれている息子がまともだと本気で思っているのか。

「野元さんは、失礼ですけど、どちらのご卒業ですの？」

九大卒の息子を自慢したいがためのその台詞に、美沙はつい無意識に生ぬるい笑みを浮かべていた。あーあ、野元にそれ聞いちゃう？　こいつ、そこだけは日本最強クラスなのに。

待ってましたとばかりに背筋を伸ばした野元は、おかしなニヤけヅラを晒さないよう顔の筋肉を引き締めつつ、まっすぐ相手を見つめ返して堂々と言い放った――くらえ、必殺の……！

「東京大学です」

ヒャッハァ俺ＴＵＥＥＥＥＥ！　と野元は脳内で怪しい雄叫びを上げた。東大出ててよかった、なんて思うのは一体何年ぶりだ？

「え。まさか、東大……!?」

「はい。東大の工学部です」

美沙の母が、ぐりんと娘の方を向く。あんたの彼氏、東大卒とね!?　と。

くっだらない、と思いつつも美沙は頷いて見せる。実際は彼氏ではなく単なる同僚だが、相手の母親が言葉を失って呆然としているので、どうやら作戦は功を奏したらしい。

東大卒ごとき、久世家周辺では珍しくもなければさして評価もされないが、世間一般の反応はこうなのだろう。たかが東大、されど東大。東大無双という奴だ、地方の旧帝大など敵ではない。東大卒の無駄遣いと言われて久しい野元でも、たまにはこうして役立つこともある。一浪一留してるなんて、言わなきゃバレないし。

「……そげん人がおるんやったら、お見合いを進めるわけにはいかんね」

さっさと言ってくれればよかったのに、と母親が溜息交じりに呟くのを聞いて、美沙も結花もそして野元も、ようやくこっそり胸をなで下ろす。

「申し訳ありません。今回のお話は、なかったことにさせて下さい」

「榎本さん……！」

「そもそも、私どもには過分なお話でした。ご子息のような立派な方には、うちの美沙などではとてもとても……。もっと相応しいお嬢様が、いくらでもいらっしゃるでしょう」

お見合いのセオリー通り、大分謙《へりくだ》ってそう断りを申し入れたのだが。

プライドを打ち砕かれた相手方は、それでも腹に据えかねたらしい。美沙親子ではなく、今度は結花を標的にしてくどくど言い始めた。

「久世様ともあろう御方が、酷いじゃありませんか。お気に入りの側付を手放したくないからといって、お見合いを邪魔しにおいでになるなんて……！」

「ですがそれは、美沙さん本人の意向も確認した上で」

「あなたがこの場においでになったから、そうせざるを得なかっただけじゃないんですか？　そちらの方をお連れにならなければ、あるいは――」

「ママ、もういいよ」

意外なことに、繰り言を止めたのは飲んだくれの息子の方だった。四十路間際の男が口にしたまさかのママ呼びに、当の母親を除く誰もがうっすら寒気を感じたが。

「別にいいよ。僕だって、そんな年増よりもっと若くて可愛い子の方がいいし」

大変失礼なことを言われた本人は、まあ事実ですしとさらりと聞き流した。その直後。

ぷつん、とどこかでささやかな音を立てて何かの糸が切れた。

「――でしたら今すぐお引き取り下さい」

なぜかそこで、美沙本人ではなく結花が静かに不快感を爆発させていた。もっとも、結花だけでなくその場の久世家側の全員が、大なり小なり額に青筋を立てていたのだが。

「あなたが美沙さんを幸せにできるとは思えません。この場のお代は全て私どもで持たせて頂きますので、どうぞお引き取り下さい」

お前なんかに美沙はやらない、絶対やらない、と。どうにもこらえきれない怒りと苛立ちをそれでも懸命に抑えつけながら、結花はきっぱりと言い放った。こんな相手は論外だ、あらゆる意味で。

男の母親は「なんですって!?」と一瞬気色ばんだが、男のほうはそれさえも全く意に介さないようだった。それどころか。

「だから別にいらないって。それより、あんたの方がいいなぁ」

直後に男が結花に粘ついた視線を向けるのを見た全員が、言葉を失う。このバカは一体何を言い出したんだ……!?

「あんた人妻なの？　どうせろくな旦那じゃないんだろ？」

え、とその場の誰もが耳を疑った。言うに事欠いて一体何を……！

けれど、無知と非常識故の暴言はそれで終わりではなかった。

「離婚しなよ。そしたら僕が結婚してあげるからさ」

「――――は？」

侮蔑もあらわに質す声は、やけに低い。あまりにも理解不能な戯言《たわごと》に、結花の脳味噌が理解を拒否している。

男はなんと、久世家を知らなかった。一般常識も社会性もなさ過ぎて、CUSEの久世家と聞いても何も思い出さなかったのだ。久世家がどんな家かも知らないし、テレビも新聞もろくに見ないから、結花の顔だって勿論知らない。知らないから恐れない、正に怖いものなし。

久世家の嫁が最も避けるべき相手がこういう男だと、結花は警護課の課長に何度も口を酸っぱくして言われていた。そういうのにもし万が一ぶち当たってしまったら、護衛がどうにかするからとにかく真っ先に逃げて下さい、と。

上座にいた男はゆらりと立ち上がると、ビール臭い息をまき散らしながら結花の目の前に立ち塞がった。そうして、薄気味悪さに後ずさる結花を分厚い眼鏡越しに凝視する。

「うん、やっぱりあんたの方がいいな。若いし。ママ、僕こっちの子にするよ」

やばい、こいつマジでヤバいやつだ！　心の中で叫んだ野元は、慌てて結花と男の間に身を割り込ませようとしたが。

それよりも一瞬早く、美沙がすっと前に出た。結花の方へと伸ばしかけた男の手首を素早く摑んだ直後、袂《たもと》がひらりと翻《ひるがえ》る。あ、と野元が短く声を発した刹那、男はズダンと畳の上に引き倒されていた。

「結花様！」

襖の向こうに待機していた立花が、物音に気づいて飛び込んでくる。硬い表情の結花を庇いつつ立たせて奥へ退避させる間、美沙は着物の裾が乱れるのも構わずに男の背中へ膝小僧をめり込ませていた。

「ッ隆ちゃん！　ちょっとあなた何をするの、隆ちゃん！」

「い、ぃい痛い！　離せよ痛い！　ママ！」

金切り声を上げる母親の目の前で、美沙は摑んだ腕を後ろへひねり上げて関節技を決めていた。見ていた野元も慌てて取り押さえに協力する。

「私は、結花様の側仕えと護衛も兼ねております。危険が迫ればこうして排除致します」

「危険って何よ、隆ちゃんは何もしていないじゃないの！　離して、離しなさい早く！」

「何かされてからでは遅いのです」

そう、結花様が暴力を振るわれたりしてからでは遅いのだ。美沙の脳裏にまざまざと甦るのは、大事なお嬢様が自分の目の前で実の父親に殴り倒されたあの場面。今でも耳の奥にこびりついている、殴られた瞬間のあの無残な音。

あの日、美沙は誓ったのだ。もう二度と誰にも、自分がいる場で、お嬢様に危害を加えさせたりしないと。そこからの修行の成果が、この体術である。

「医者の肩書きだけで釣れる相手は、他にいくらでもいるでしょう。若い女がいいそうですから、中洲《なかす》辺りで金をばらまいて適当に見繕ったらよろしいんじゃないですか」

「なんですって！」

冷笑交じりの美沙の言葉に男の母親はキィキィ食ってかかろうとしたが、息子の方が先に音を上げた。離せ、痛い、もう嫌だ、帰る、こんな女金輪際ごめんだと。美沙が身構えつつ手を離すと、必死になって振りほどきながら這々の体で部屋から逃げ出す。

肝心の息子がその有様では、母親一人が意地を張り続ける意味などない。失礼させて頂きますわ！　フン！　と捨て台詞を吐き、慌ててバッグを引っ掴んで息子の後を追う。

……はあぁぁぁ。と、急に静かになった室内に美沙の深い溜息がこだまし、全員に伝染した。

誰もが束の間呆然としていると、襖の影から仲居がそっと顔を出してきて、「お膳をお下げしてもよろしいでしょうか」と恐る恐るお伺いを立ててきた。

——結局その場は見合いではなく、久世家と榎本家の顔合わせのような有様となった。

食後のお茶が振舞われ（誰一人まともに料理を食べていないが）、結花は改めて居住まいを正すと、恐縮して遠慮する美沙の母親を上座に座らせてきちんと挨拶し直した。

「突然お邪魔した上に、あのような騒動になってしまって、本当に申し訳ありませんでした」

「いいぃえぇ。いいんですよぉ。私から見ても、アレはちょっと失敗だったなと、肩書きだけで目が眩んだ自分を反省しているところで」

いくら医者でもあれじゃあちょっとねぇ、と美沙の母も苦笑していた。それからじろりと、すっかり結花の黒服然として隅に控えている娘の顔を恨めしげに見やる。

「……ろくに連絡も寄越さんでどうしとるのかと思ったら、いつの間にかちゃっかり東大卒の彼氏ば作って。それならそうと言っといてくれたら、ここまでせんかったのに」

どうだかな、と美沙は白けた眼差しをわざとらしく背けた。

母親が、将来的には娘に地元に帰ってきて欲しいと思っているのを、美沙は知っている。地元で、というより親のそばで、結婚して孫を産んで、そうして老後の面倒を見てくれと。けれど肝心の美沙にそんな気がさらさらないのを、母親もとっくに察しているはずだ。単に男がいるというだけでは、引き下がりはしなかっただろう。役立たずと思っていた野元の東大無双も、案外捨てたものじゃない。

「野元さん、でしたね。この通り、可愛げのない娘ですけれど、今後とも宜しくお願いしますね」

「は！　はい、いえ、可愛げがないなんてことは決して！」

「あらまあ、美沙、よかったやないの。お母さん、別に反対せんよ」

美沙は野元をぎろりと睨み、「余計なことを言うな」と怨念を送った。この場限りの話だというのに、ややこしくするな、と。

「久世様、うちの美沙はちゃんとお役に立ってるんでしょうか。久世様のお宅には、家政婦なんて掃いて捨てるほどいるって聞きましたけど」

その質問に、結花は真剣な顔つきで深く頷いた。お役に立ってるどころか。

「お母様。私にとって美沙さんは、ただの家政婦ではなく、頼れる姉のような存在なんです」

結花の口から「姉のよう」なんて言われて、美沙はどぎまぎしてしまう。やだそんなどうしよう恐れ多い、結花様の姉だなんて……！

「私はその、ご覧の通りの若輩者で。久世家のような家は正直……荷が重いと言いますか、どうしていいのかわからないことだらけで。正式に久世の家に入る前から、美沙さんには何かと良くして頂いて、どれだけ助けてもらったかわかりません。本当に、いつも甘えさせてもらうばかりで……」

初めて美沙に会った時のことを、結花はあまり思い出せない。代わりに思い出すのは、初めて個人的に頼み事をした時だ。天麩羅デートに着ていく服を、選んでもらった。そこからだ。以来美沙は、絶妙な距離感でつかず離れず、万事控えめで押しつけがましくなく、いつの間にかするりと馴染んでいた。

美沙はいつも優しかった。優しい上に家事万能のプロ家政婦である美沙を、結花はかなり本気で尊敬していた。それだけではない。父親に殴られた自分のために号泣し、家出した自分のためにも号泣し、いつも自分のために泣いたり怒ったりしてくれて。結花にとって美沙はもはや他人ではない、大事な身内だ。

「私や主人にとって、美沙さんは既に家族も同然です。だからこそ私たちも、美沙さん自身の幸せを、心から願っております。それでも……美沙さんの人生に口を出す権利は、私達にはないって、ちゃんとわかってます。わかってるんですけど、でも、できれば」

この先もずっと、できるだけ長く、一緒にいて欲しいんです。我儘言ってすみません。必死に言い募る結花の瞳が、いつの間にかうっすら潤みを帯びている。

結花様、私も！　私もおそばを離れたくないです！　どこへ行くにもお供したいんですさせて下さい！　感動した美沙も心で絶叫した。

「ありがとうございます。美沙もちゃんとお役に立ってるんだって、安心しました」

ふ、と美沙の母は表情を緩め、何度も小さく頷いた。こくりと冷めたお茶を飲み、娘の方へと向き直る。

「久世様のお屋敷で一体どうしとるのかと思ったけど、ちゃんと真面目に働いとるんやね」

「……そんなの当たり前やない。娘を何だと思っとると？」

「そんなに家政婦がやりたかなら、福岡《こっち》で同じ仕事すればよかやないねと思ったけど、ただの家政婦じゃ、ないってことやね」

　何しろ専属ですからね、とは言わなかった美沙だが、久世家のお給料は段違いなのだということは控えめに主張しておいた。

　そうした話を聞いているうちに、母親もようやく納得したらしい。

「そんなに良くして頂いとるなら、これからもちゃんとお役に立たなよ。それはそれとして、野元さんとのお付き合いもちゃんと真面目に考えりーよ。結婚する気はなかとか言っとらんで」

　ぐひゅ、といきなり話を振られた野元が喉の奥で咽せる。そういやすっかり忘れてたけど、そんな話になってたんだった。

　美沙は生ぬるく「まあそうね」と適当に生返事をしたが、妙齢の娘を気にかける母親は勿論そんなことでは納得しない。

「そうだ！　あんたたち、二人でちょっとその辺出かけて来んね！　明日まで休みっちゃろ？　せっかく来てもらったんやけん、どこかでデートでもしてから東京に帰ったらよかたい！」

名案だ！　とばかりに両手を打ち鳴らし、目を輝かせて娘とその彼氏（偽）を見つめる。しかしこれに焦ったのは美沙だ。

「え。いや、そういうのは別にいいけん！」

「ねえ久世様、構いませんよね？　連休中、二人で出かけてもらっても！」

「えっはっはいっ勿論！」

「なんなら野元さんも、うちへ泊まっていかれたらどう？　ねえ！」

「あ、いやその、実は明日は出勤なので――」

「結花様も、ジャパンカップのお衣装の打ち合わせがございますから！　今日のうちに本邸へ戻られませんと！」

「じゃあせめて夕食だけでも！　野元さんに、何か博多の名物でも食べさせてあげんね！」

もはや完全に「あとはお若いお二人で」状態である。結花もまさか「あれは単なる口実で」とは言えず、美沙の母の言うとおりにさせるしかなかった。

「美沙さん、野元さん。私は先に東京へ戻るので、後から二人で戻ってきて下さい。あの、明日で全然かまいませんから！　野元さんも、貴臣さんに言っておきますね！」

「結花様……！」

「さ、じゃあ二人で行ってきー！　時間が勿体なかろ！　久世様、私も失礼させて頂きますね。どうもわざわざご足労頂きまして……」

「あ、いえいえこちらこそあの、本当に突然お邪魔しまして！」

美沙の母と結花が互いにぺこぺこしているのを微妙な顔で眺めつつ、立花はそっと美沙と野元へ手を振った。埒があかないからもう行け、と。

仕方なく二人はひとまずその場を離れ、落ち着いてからまた一行に合流しようと、近くで待機することにしたのだが。

『──あ、美沙さん？　立花ですけど、あのですね、実はさっき貴臣様がこちらへお着きになって。ええ、ミラノからの便で昼前に成田《なりた》に着いて、結花様が福岡にいるって知ってそのまま国内線に乗り継いでこられたんだそうで。それで急遽、秋月《あきづき》温泉に宿を取ることになりましたから』

「はぁぁぁ!?　何それ……！」

少し離れた喫茶店でスマホを眺めて時間を潰していた二人は、立花からの電話を受けて絶句した。なんだその意味不明な展開は。

『せっかくここまで来たんだし、何もせずに帰るのもあれだからって、高級温泉旅館の離れでしっぽりなさるんですってー。ま、貴臣様が考えそうなことですよね。なんだけど、結花様が実は温泉初めてらしくて、めっちゃはしゃいでて。帰りは明日の朝どころか夜になりそうな』

「あー……そのご様子ならあり得る……」

『ってことで、ひとまず明日の朝まで福岡《こっち》で待機ね。明日全員で東京に戻るつもりらしいから、適当なとこ泊まってて。あ、ちなみに宿泊費も飲食も全部経費で落としていいって！　この際だから遠慮なく、高くて美味しいもの食べたらいいんじゃないですかね！』

「マジか……」

電話を切るなり二人はがくりと肩を落とした。まさかの貴臣様登場とか、どんだけ奥様の尻を追っかけたら気が済むんだと。

まあ、貴臣様ですしね。と、上司の無茶ぶりに馴れた野元が先に立ち直る。

「とりあえず、さっさと宿だけ取っときますか。美沙さんは、ご実家帰られます？」

言われて少し考えた美沙は、すぐに首を振る。

「いえ。ここでまた親と顔を合わせると、また色々言われて面倒なんで。私もどこか泊まります」

「じゃ、シングル二つ取れるとこ探しますね。連休中なんで混んでそうすけど、ＣＵＳＥの名前出せばどうにかなるかな……美沙さんどっかご希望あります？」

「いえ、特には。――ああでも」

スマホに地図を表示してホテルを探し始めた野元に、美沙が逆に問いかける。

「野元さん、何が食べたいですか。散々ご迷惑おかけしましたし、ちゃんと案内しますよ。

それによって、どの辺りでホテル取るか決めましょう」

「え？　いやでも、美沙さんが俺にそんな気遣わなくて大丈夫っすよ。なんかその辺で適当なもん食ったら、ホテルに引きこもってソシャゲやってるんで！」

「野暮用でこんなところまで来てもらっちゃいましたから、それくらいのお礼はさせて下さい。結花様にもそう言われてますし、経費で落ちるなんてラッキーですしね」

気を遣って遠慮しようとした野元だが、どうやら美沙は本気でどこかへ連れて行ってくれるつもりらしい。いやでもそんな、ほんと気にしないでいっすよ別に、と固辞するはずが、ぐぅうぅと派手に腹の虫が鳴いた。それはもう、美沙の耳にもばっちり聞こえるくらい。やべえ、これはちょっと恥ずかしい……！

「す、すいませんその、朝食ってから何も腹に入れてなくて！」

「……そういえば、私もさっき、全然食べる気にならなくて、結構お腹空いてるんでした。じゃ、ちょっと微妙な時間帯ですけど、ひとまずこの近くで何かお腹に入れますか」

腹に入るなら何でもいい、と野元は勢いよく頷いた。すると美沙はスマホを手に取ってどこかに電話をかけ、「あ、春代《はるよ》ちゃん？　美沙だけど、急にごめん。あのさ、今博多の駅前なんやけど、この辺でどこか美味しい店ない？　ものは何でもいいんやけど」とやり取りし始めた。確かに、ネットで調べたりするよりも、地元民の生の情報が一番頼りになる。ていうか美沙さん、標準語だと隙がなくてちょっと冷たい感じだけど、博多弁だとなんか妙に可愛いな……。

——ん？　と野元は、たった今自分が無意識に脳内で呟いた言葉に思わず首を傾げる。可愛い？　誰が？　美沙さんが？　いやいや、可愛いなんつったら超絶冷たい目線で冷やか〜に睨まれそう。や、別に、そんなん上司で慣れてるからいいんだけどさ……。

なんてことを考えているうちに、美沙は段取りよくどこかの店に席を確保してくれた。博多座の裏手にある重厚な門構えの店は、水炊きの有名店らしい。立派な構えに一瞬ビビった野元だが、メニューを見るとお値段はそれほど高くないことに安堵し（小心者なので経費で落ちると言われても不安）、まだ日も暮れぬうちからビールで乾杯する。

「……っつかビールより何よりこの出汁うっめぇ……！」

鍋の世話は全て店員がやってくれるらしく、野元は黙って出されたお通しをつまみながら、浅葱《あさつき》を浮かべた出汁を一口啜っては感動していた。

「それはよかったです。他県から来た方にご馳走するなら、水炊きが一番好き嫌いもなく無難に美味しいんですよね」

「いやこれマジ旨いっす……！　この出汁で、〆に雑炊っすよね。やっべえ超楽しみ」

半日近く空っぽだった胃にいろんなものが染みこんでいく感覚に感動する野元を眺め、美沙が含み笑いと共に問いかけてきた。

「それで、その格好は一体どうしたんです？」

そう、野元はまだ見合いの席に乱入したときの格好のままだった。日帰り予定だったので当然着替えなど持ってきておらず、後でパンツと肌着と靴下くらいは買わなきゃ駄目だなと思っていたところである。

「いやこれ実は、絢子奥様のご指示で――」

野元の口から絢子夫人の名前が出た途端、美沙がカッと目を剝いて叫んだ。

「絢子奥様⁉　まさかこれ、絢子奥様のお耳にも入ってるんですか……⁉」

「はあ、そりゃもう。いざとなったら俺を当て馬にするって仰って、九大卒の医者よりマシに見える外観にしろなんて言われて、服飾係にあっちこっち連れ回されて」

「……なんでそんなことになっちゃうの信じられない……！」

野元の答えに愕然とした美沙が、両手で顔を覆って呻いた。なんというか、気持ちはわかる、というか想像がつく。本邸に戻ったら、きっと呼び出しを食らうだろう。うっへぇ。

けれど美沙の切り替えは早かった。今更どう足掻いても無駄ですね、と諦めたように一息ついて、再び野元に目をやる。

「それも含めて、大分ご迷惑おかけしたようですね……本当にすみませんでした」

「や。それはもう、気にしないでいっすよ。絢子奥様が言い出したら、誰にも逆らえませんしね。俺もまあ、タダでイメチェンさせてもらって、ある意味役得だったたっつーか」

「確かに、九大出のイカレた医者よりはよっぽどマシな、東大卒のエリートっぽく見えますよ。なんならこれからは、ずっとそんな感じでいたらいいんじゃないですか」

「え、そ、そうすか？　マジで？」

個人的な要望は何一つ反映されず、一方的に押しつけられた高級品がちゃんと似合っているのかいないのか、自分じゃいまいちよくわからない野元だったが。客観的な他人の目線で似合っていると評されて、かなりほっとした、というか、正直に言えばちょっと嬉しかった。やっぱ高い服着てると、ちゃんとそれなりに見えるのか。でもなぁ、自腹じゃこんな値段のスーツ買えねえしなぁ……。

「そういえば美沙さんも、今日は珍しい格好ですよね。着物姿で座技とか、めっちゃかっこよかったっす！　俺だって護衛のはずなのに、すっかりお株を奪われたっていうか」

「……若作りして見苦しくてすみません。あれはもう、あの男があんまり気持ち悪くて、もう反射的に身体が動いてました。警護課の皆さんとの稽古の賜物です」

「でもあいつ、マジでヤバかったっすね！　あれ貴臣様の目の前であんなこと言ってたら、今頃間違いなく学会からも社会からも抹殺されてますよ」

「むしろこの世から抹殺されてしまえって思いますけどね。あ、ほら、浮いてきたからもう食べられますよ」

出されたものを旨い旨いと平らげながら話していて、野元はふと気がつく。なんとなくだがうっすら苦手意識を持っていた美沙が、全然普通に見えてきたのだ。

それどころか。

途中美沙が化粧室に立っている間、一人で冷静になって状況を分析してみた野元は、ふと「あれ、なんかこれ、デートみたいじゃね……?」なんて思いついてしまい、一気に顔が熱くなった。誤魔化すためにおしぼりで手荒に顔を拭っていると、戻ってきた美沙が新しいおしぼりを手渡してくれる。袂を手で押さえる仕草が、なんだか妙に綺麗というか色っぽくて、「顔真っ赤ですよ」と呆れたように言った顔がちょっぴり優しげに微笑んでいたりして――

――あれ、なんかおかしい。なんだこれ、胸の辺りがやけにそわそわする。

空きっ腹にいきなりビール入れたから、変な酔い方してるんだきっとそうだ。そう自分に言い聞かせた野元は、これ以上悪酔いしないようウーロン茶に切り替えたが、心臓近辺の奇妙な感覚は一向に収まらなかった。

一方その頃、可愛い嫁を連れて高級温泉旅館の離れにしけ込んだ久世貴臣氏は、山海の珍味をふんだんに盛り込んだ美食と地酒を堪能した後、艶めかしく着物をはだけさせた奥様としこたまいやらしくいちゃいちゃし、その後専用の露天風呂でも再び組んずほぐれつして、めくるめく一夜を満喫していたのであった。

そんなこんなで無事に親を説得した美沙は、その年の暮れに主夫妻とともにアメリカへ飛び立った（ちなみに野元は、逆に万歳三唱で実家から送り出された）。

引っ越してから二、三ヶ月は、日本から同行した使用人全員、新しい環境に適応しようとただただ必死だった。特に野元は、貴臣の第一秘書であった河合《かわい》が一月いっぱいで離任して以降、あまりに役立たずな己に毎日絶望するような有様だった。

アメリカ的常識を肌で実感して飲み込むだけでも大変なのに、マンハッタンとフィラデルフィアの二重生活が更に追い打ちをかける。貴臣でさえ、平日別居の週末婚となった結花との生活をどう快適に機能させるかに、相当心を砕いていた。……といっても、結花にはそんな素振りはチラとも見せず、表面上は完璧に余裕綽々の態度だったが。

ただでさえそんな有様なのに、渡米直後から貴臣も結花も恐ろしく多忙で。断り切れない予定の数々に振り回されている間にいつの間にか馴染んでいた、というのが実情だろう。中でも最も重要なイベントだった、ラリーと絵里の全四回ノンストップエクストリーム結婚式&披露宴がようやく終わった直後。

◆

結花が、妊活《ピル》を宣言した。五月の半ば過ぎのことだった。

その日から薬を飲むのを止め、カレンダーとにらめっこして指折り数え、ここだという週末に二人で妊娠旅行にまで出かけて。

そうして六月、目論み通りに結花は一発で妊娠してのけた。しかも双子を。

「まさか双子とはな……」

愛する妻をいつものように膝に乗せ、まだぺったんこの腹の辺りにそっと手のひらを押し当てながら、貴臣が苦笑交じりに呟く。その手に自分の手を重ねた結花も、夫の胸に身を預けて安心しきった様子でくつろいでいた。

「早めにきょうだいが欲しいとは言っていたが、最初からセットで産むとは」

「私はラッキーって思ったけど。貴臣さん、あんまり嬉しくない……？」

「まさか。三つ子でも四つ子でも、無事生れるなら大歓迎だよ」

そう、子供は何人いてもいいと、貴臣のみならず久世家の全員が結花に力説していた。金も人手もふんだんにあるから、その気があるならバンバン産んでくれと。

「三つ子以上はかなり大変だけど、双子は結構どうにかなるってネットに書いてあった。でも、千煌さんがすっごく心配してくれて。イギリスのなんとかっていう有名な乳母学校《ナニースクール》に、予約入れておいてくれるって」

「なるほど。そうだな、乳母《ナニー》は必要だろうな」

「でも、ここまで来てくれるのかなぁ？」

小首を傾げて呟いた結花はなんとなしに、白磁のカップにオーガニックのルイボスティーを注ぐ美沙を眺めていた。

「……いっそ、美沙さんが乳母になってくれたりしたらいいんだけどな」

そうしてぽそりと漏らした言葉に、美沙が若干耳を疑いつつ主の方を振り返る。

「結花様？」

「美沙さんが乳母になって、一緒に子育てしてくれたら、すっごく心強いのに……」

美沙は思わず両目を瞬かせた。乳母？　結花様のお子様方の、乳母？　――私が？

「そしたら、美沙さんの子供がこの子達の乳兄弟になるでしょ。乳兄弟って、なんかいいですよね。生まれたときからずっと仲良しって、すっごく憧れるっていうか……」

乳兄弟。ああ、ありますね、特にファンタジーにはよく出てきますよね。そういえばこの前、ホームシアターでご覧になってた映画にも出てきましたね。皇太子の乳兄弟で一番の側近っていう、正統派の美味しいポジションでしたよね。でもって乳母も、皇太子でさえ乳母には頭が上がらないっていう、なにげに最強ポジでしたね。確かにいい。なんて良い響きなんだろう、乳母！

内心そうして妄想を滾らせている美沙に、貴臣が感情の読めない声で問いかける。

「美沙。不躾な質問だが、結婚する予定は？」

ぐさっ、と何かが勢いよく心臓に刺さった気がして、美沙はこっそり「あいたたた」と心中呻いた。

「……ありません」

「結婚する・しないにかかわらず、妊娠する予定は」

「ございません」

「おかしな質問をして悪かった」

「いえ……」

おかしなというか、このご時世では恐らくセクハラと言われてしまうような発言だったが、美沙は咄嗟に言い訳したくなった。私は結花様にお仕えするのが生き甲斐ですから、結婚・妊娠などしている暇はありません、と。――けれど。

彼氏の一人もいないことを、美沙は生まれて初めて悔やんだ。多分今妊娠すれば、結婚する・しないにかかわらず、自分は乳母、子供は乳兄弟という素晴らしい肩書きを手に入れることができるのに！

その日一日中、美沙は悶々とそのことを考えていた。これまで読んだ物語の中に登場する乳母や乳兄弟達が、頭の中に代わる代わる浮かんでは消えていった。どれもこれも、実に美味しいポジションだった。特に乳兄弟。

貧乏くじだと言いながら主の子息を補佐する乳兄弟、これが基本形だろう。全年齢でも美味しいが、思いをこらえきれずに主の子息を押し倒し下剋上する乳兄弟もいい。逆に主の子息に押し倒され、囲い込まれる乳姉妹とか、主の子息にこっそり思いを寄せつつ感情を押し殺す乳姉妹、それに主の令嬢に懸想する乳兄弟も捨てがたい。ああっ、どれもこれも美味しすぎて甲乙付けられない！　全裸待機で至近距離から眺め倒したい……！

「……妊娠したい……！」

マンハッタンはアッパーウエストサイド、主夫妻の住まいにほど近い古いタウンハウスを改装したアパート。そこに久世興産名義で何部屋か借り上げられているスタジオ《ワンルーム》の一室が、今夜の美沙の宿舎であった。フィラデルフィアにいる時間の方が長いので、ニューヨークに来るときはいつも出張扱いなのだ。

極小スペースでシャワーを浴びる間も、延々乳母について考えてしまう。

妊娠。妊娠したい。今すぐ。そして乳兄弟を産み、乳母になりたい。だってこんな美味しい話が現実にあるだろうか。今を逃したら、多分チャンスは二度とない。今年三十五になった自分は妊娠適齢期とは言い難いが、妊娠不可能ではないだろう。生理だってちゃんとあるし。

足りないのは種だ。男はどうでもいい、というか面倒だからいっそいらない。乳兄弟として育てるなら、久世家の庇護も頂けるだろうし、母一人子一人でも多分どうにかなる。種だけでいいから、誰かちょっとくれないものだろうか。いっそそこらで引っかけるか。っていっても、いきなり外国人相手はさすがにちょっと怖い。しかもここはニューヨーク、どんな凶悪犯罪に発展しないとも限らない。

ああでも、種。種が欲しい。この際どんな男でもいい、痛いことせず穏便に中出しさえしてくれれば……！

その思考がどれほど異常かを冷静に指摘する人間は、残念ながら誰もいなかった。

「どこかに黙って中出ししてくれる男はいないもんかしら。ちょうど今日辺り危険日なんだけど……」

なんてことを素面で大真面目に呟きつつ、シャワーのコックをきゅっとひねる。部屋に備え付けのリネンを身体に巻き付けていると、不意に上の階からガタン！　と大きな物音が聞こえてきた。それで思い出す。

「――いたじゃない、男。」

美沙の部屋の真上は確か――野元の部屋だった。物音がしたと言うことは在室で、まだ起きているのだろう。

ためらったのは一瞬で、美沙はすぐ欲望に負けた。男が欲しいという欲望ではない。乳母になりたいという欲望である。

無意識ににんまり笑みを浮かべ、鼻歌を歌いながら己のスーツケースを開く。休日用の私服を取り出し、新しい下着も手に取りかけて、やっぱり戻した。ちょっと上の階まで行くだけだし、どうせ脱ぐんだからなくてもいいだろう。服の上からコートを着たらわからないし、洗い物を増やしたくない。

それから更に奥の方へ手を突っ込み、引っ張り出したのは簡素な透明のプラスチックボトルが二本。中には淡いピンクとオレンジのとろみのある液体。

実はこれ、主夫妻の寝室に置かれた例の黒い宝石箱に、尻尾とセットで入っているあのオイルである。色違いで二種類あるが、色と香りが違う以外にどう異なるのかは聞かされていない。補充するために持ち歩いているのだが、減るのは大抵ピンクの方でオレンジはあまり減らない。つまり在庫が豊富。というわけで、美沙はオレンジの方をコートのポケットに突っ込んだ。

その時野元は、チープなパイプベッドに転がり、いつものようにスマホでゲームに興じていた。深夜一人でこっそりやる系の、有り体に言えばちょっとエッチなやつである。まだやり始めたばかりのゲームで、これからどんどんオカズ系スチルが増えていくはずだったのだが。

特殊イベントで課金までしたガチャで爆死し、野元は少々苛立っていた。んがぁっ！と叫んでベッドの上で暴れた直後、枕元にあった私物のラップトップPCが床に落ちてヤバそうな音を立てる。げげげっ！　と性欲も一気に引っ込む勢いで慌てて飛び起き、拾い上げて電源を入れてみると。

ＯＳは、無事起動した。だが当たり所が悪かったらしく、バッテリーへの充電が不安定になっている。うっわやべえ……！　と焦りつつ、あちこちチェックしていると。

コンコン、とドアをノックする音がした。ああ？　と胡乱な眼差しをそちらに向ける。こんな時間に誰かが訪ねて来たことなどない。いやなくはないか、緊急事態で河合さんに叩き起こされたことならあるわ。でももう河合さんもいないし。とはいえ、あるとすればやっぱそれ関係か？

黙って様子を窺っていると、もう一度、さっきより少し強めにノックされた。誰かいるのは間違いなく、渋々ドアの前まで行って「Who?」と短く誰何してみると。

「野元さん。美沙です」

「——へ、ぇえぇ!?」

驚いた野元は慌ててチェーンを外し、最初はそっと、そしてすぐに大きくドアを開く。そこにいたのは、確かに美沙だった。なんだけど、いつもとだいぶ見た目が違って、野元はついまじまじとガン見してしまった。何しろ美沙は、濡れ髪にノーメイクで、まるで風呂上がりか何かのようだったから。

「夜分にすみません。お疲れ様です」

「は、はい、お疲れ様です。え、まさかなんかありましたか!?」

「いえ、特には。——中に入れて頂いても？」

「え、あ、はい！　あああの、すいません、散らかってますけど！」

「お気遣いなく」

黒服ではなく私服姿を見るのは久しぶりだな、と思いながら野元は美沙を室内へ招き入れた。といってもここは主夫妻の豪邸ではなく、使用人用のいわば社宅だ。日本のワンルームよりはさすがに広いが、辛うじて小さなソファとダイニングセットがあるほかは、ベッドくらいしかない。

「それで美沙さん、一体どうし――」

「ちょっとお願いしたいことがありまして」

どうして良いかわからずにドアの所に突っ立ったまま問いかけると、美沙が淡々とした声でそう言った。

お願いしたいこと。美沙が自分に頼むというと、なんだろう、パソコンとかスマホとかセキュリティとかそういう系か。それくらいしか思いつかない。けれど美沙の要求は、そのどれとも違っていた。

「ちょっとベッドに横になってくれませんか」

「…………はい？」

「いいから」

美沙に促され、野元は目を白黒させながらとりあえずベッドに腰を下ろしてみた。寝て下さい、と口にしながら薄手のコートを脱いだ美沙は、ストンとしたシンプルなシャツワンピースのようなものを着ていたが。

──胸の、ふくらんだとこの、さきっぽ、なんか……ぽちってしてないか。え、あれ、まさかノーブラ……⁉

無意識に凝視した野元を見下ろし、美沙がもう一度ベッドに横になるよう要求する。わけがわからず混乱しつつも、野元は素直にベッドへ仰向けに横たわった。すると。

「失礼します」

そう一声発した美沙が、何を思ったかおもむろに靴を脱いでそこへ乗り上げてくる。しかもその場所が、少々都合がよくないというか、ちょうど野元の腰の辺り、ぶっちゃけてしまうとアレのあるあたりで。そこをひょいと跨いで、ぺったり座り込んできて──

「野元さん、ちょっとお願いがあるんです」

「へ、は、はひ、な、なん、ですかッ」

「黙って私に中出ししてくれませんか」

「──、はいぃぃぃ⁉」

え、い、今、なか、中田氏って言った？　いやまさか、でも、え、待って中田氏⁉

「面倒な関係は要求しません。前戯とかも結構です。ちょっと入れて、中で出してくれればとりあえず」

待って何それ待って！　ちょっとどこにナニを入れてナニを出すの⁉

一瞬でパニックに陥った野元の目の前で、腰を跨いだ美沙がおもむろにワンピースのボタンをいくつか外し、裾から一気にがばりとめくり上げる。

……美沙さん、隠れ巨乳だったんだ。やべえ尊い。

なんてことを呆然と考えながら凝視する以外に、野元は何もできなかった。しかも、え、ちょっと待って。美沙さん下着、下着つけてな……！

「美沙さん!? な、ちょっと待ってください一体どうしたんすか！」

「野元さんは、そこに転がっててくれれば結構です。こんな年増の身体を見てもそうそう欲情できないでしょうが、勃ててもらわないと入らないので、ちょっと色々頑張ってみます。あ、見てるとかえって萎えるとかだったら、服着ますけど」

「いや全然そんなことないですけどでも待って！　一体どうし……！」

血相を変えて問い質す野元に、美沙はさらりと落ち着き払って答えた。ちょっとどうしても、妊娠したくて、と。

「種が欲しいだけなので、それ以外は一切何も要求しません。なのでちょっと一発だけ、我慢して付き合ってもらえませんか」

焦りまくる野元に対し、美沙はとにかく淡々としている。にこりともしていないのが不気味でさえある。なのに惜しげもなく裸を見せつけて、おまけに野元のゆるゆるスウェットをトランクスごとずり下げようとしている！　いやいや待って、やばいそれやばいから
ちょっと待って！

「大丈夫です。いいものを持ってきました」

美沙がずいと、透明なプラスチックのボトルを見せつけた。とぷん、と中で透き通ったオレンジ色の液体が揺れている。

「な、なんすかそれ？」

「媚薬入りのオイルです」

「――はい⁉」

野元は耳を疑った。今この人、真顔でなんつった……⁉

「貴臣様と結花様もお使いの、安全安心完全無添加の超高級植物性オイルです。媚薬効果がどの程度かは、私も存じ上げませんが――」

「待って美沙さんそれちょっと……！」

「互いにこれを塗りたくれば、多分目的は達成できると思うんです。大丈夫、一応処女ではないので、これで濡らせばいけると思います。ちょっと塗ってみますね」

「え、ま、ちょ……！」

野元が止める間もなく、美沙は無造作にボトルのキャップを開けると手のひらにたっぷり出した。それから、野元の下履きを今度こそ容赦なく引きずり下ろし、「ひぇぇぇぇ！」と情けない悲鳴を上げる野元のそれを――なんとなく既に半勃ちのそれを――オイルごとぬちょりと鷲掴みにした。

「美沙さん、待って、ヤバいってそれ美沙さん……！」

ねちょ、ぬちょ、ぐぷ、と、ＡＶでしか聴いたことのないようなエロい音がして、同時に甘ったるい匂いが立ちこめてくる。ビターオレンジとヴァニラを合わせたような、甘くて深くていかにも高級そうな匂い。

「――よかった。いけそうですね」

何がどうよかったのかと、野元は三擦《みこす》り半でギンギンになった愚息を見下ろして絶望した。すいません、いけそうっていうかイきそうです。早すぎるというか正直すぎるというか露骨すぎるというか、もう何もかもが許容限界を超えている。

その馬鹿正直な愚息を、美沙の手がにちゃにちゃ言わせながら扱くのが見えて、野元は思わず両手で顔を覆った。恥ずかしいのか嬉しいのかやめて欲しいのかもっとして欲しいのか、もう全然わからない。わからないけどめっちゃくちゃ気持ちいい、クソ……っ！

「そんなに効きますか、これ」

媚薬云々というより、美沙の手そのものが効いてるんじゃないかと野元は思う。こんなクッソエロいことしてるくせに、口調は相変わらず淡々としてるのがまたクる。お姉さまに弄ばれてる感満載というか、え、俺Ｍっ気ある⁉　みたいな。

口ごもりつつ指の隙間からそっと窺った野元の目の前で、再びボトルを手に取った美沙が、手のひらに落としたそれを無造作に自分の足の間に塗りたくっていた。

「え。ちょ、待ってちょっとそれ！」

なんで俺にやらせてくれないの、と言おうとして慌てて言葉を飲み込む。おいこら、何だその論理は。いやでも！

「大丈夫です。何もしないでいいので、そのまま転がっていて下さい。そのうち効いて、きたら……自分で、ちゃんと、慣らす、ので」

美沙のその台詞に、野元はまたしても耳を疑った。自分で慣らすって、え、それ俺の目の前でやってくれんの!?　何そのご褒美ってかでもやっぱ俺がやりたいんですけどやらせて下さいお願いします……！

「――ん、……ぁ？」

ほんの少し腰を浮かせ、自分で指を這わせていた美沙が、不意にぴくりと震えた。顔一面に疑問符を浮かべ、当惑しているように見える。

あれ、どうした、まさか何か!?　と身を起こそうとした野元の、既に完勃ちになっているアレの上に、美沙が突然へたり込んだ。だけでなく、もぞもぞと腰を蠢かせて――擦り、つけて、いるって、いうか。

「や、これ、な……っ、なに……ッ」

むずむずむずと、強烈な感覚がいきなり湧き上がってきて、美沙は一気に混乱した。まずい。媚薬。そう、媚薬だ。こっちだけなかなか減らないのは――効果が強すぎるから、なんじゃないのか。

「みさ、さ、ちょ、だめそれ、やばい、……ッ！」

美沙は無意識に、オイルで濡れた秘所を野元の愚息に押しつけて前後に擦っていた。そうでもしないとてもじっとしていられない、堪え難いむず痒さ。しかし、いてもたってもいられないのは野元の方も同様で、というかこちらの方がより切羽詰まっていて。

「ッやべ、そこ裏筋……ッやばい、出る、やばいどいてそれやめて！　美沙さんッ」

何度も必死に訴えるが、美沙の動きは止まらない。その腰つきを見ながらぐちゅぐちゅいう音を聞いているだけで、快感と危機感が増していく。せり上がってき始めたらもう止まらない。やべえすげえ気持ちいい。出したい、出したいめっちゃ出したい出る……！

「美沙、さ、も、でる、すいま、せん……ッ、――ぐぅ……ッ！」

正に暴発だった。酷い暴発っぷりだった。どっぷりと大量に放たれた白濁が、着古したよれよれのスウェットをべったり汚す。直後。

だめです、と美沙がそれに手を伸ばした。指先ですくい取り、そのまま足の間に塗りつける。というか、多分――自分で、膣内《ナカ》に、押し込んでいる。

「……中に、出してって、言ったでしょう」

睨んでいる、つもりなのだろう。けれどいつもの涼しげな双眸はもうとろっとろで、落ち着き払ってうっすら冷たい声が甘ったるく鼻にかかって、語尾がいやらしく震えている。

びやく、きいて、ますね。妙に嬉しそうな笑みとともにそう言われて見下ろすと、確かに愚息は早くも完全復活を遂げていた。おい、誰も復活呪文《ザオリク》なんかかけてねえぞ。つかむしろ狂戦士《バーサク》化してないかお前、なにそんなガッチガチのバッキバキになってんだよおい。未だかつてないほど凶悪な様相となった愚息を、美沙の手が再び摑んでぐちょぐちょちょねちょ言わしながら扱いた。手つきが結構容赦ないのが、むしろキく。ああっだめやめてっ今イったばっかりなのお願いらめぇ！　なんてアホなことを本気で考えている間に、美沙が無言で引き起こした愚息に乗っかってきて――

――そこからはもう、めちゃくちゃだった。というか、ぐちゃぐちゃだった。や、ぐちゆぐちゅっていうかぐちょぐちょっていうか、何それエロい。

うん、マジでエロかった。しかも途中から、野元にも媚薬が回ってきて。

翌日は日曜、お互い非番でほんとによかったと野元は心底安堵した。何しろ、起きたらもう昼を過ぎていたのだ。それくらい、へとへとになるまで以下略だった。

あんな媚薬使ってて、大丈夫なのか結花様……？　と、心配になってつい呟いた野元だったが、美沙は冷静に「媚薬なしでも抱き潰されるんだから同じですよ」なんてあっさり言い放った。そうして、汚れたベッドリネンを両手に抱えたメイド然とした姿で、淡々と自分の部屋に帰っていった。すっぴんにノーパンノーブラで。

……明日からどんな顔すりゃいいんだよ！　と、その週末中禿げそうなほどに悩み抜いたのは野元だけだったらしい。

そもそも彼らは、そうしょっちゅう顔を合わせるような関係ではない。美沙はフィラデルフィアにいる方が長いし、ニューヨークに来ても殆どの時間は結花のそばに控えている。野元が主の自宅に伺うことも、あまりない。夜は同じアパート内にいるかもしれないが、いくつか契約してある部屋のどこにいるのかわからない。

気になった。ものすごく気になった。何しろ野元は、美沙と避妊せずにセックスして中出ししているのである。妊娠したい、と言っていた美沙は果たしてあれで妊娠できたのか。もし妊娠していたら、子供の父親は自分だ。どうする。どうするも何もない。自分の子供だとわかっているのに、放っておく選択肢なんかない。だが美沙は、面倒な関係は求めていないと言っていた。子供が欲しいだけだと。

つまり、美沙には自分は必要ないのだ。妊娠するための種が必要だっただけで、自分は単に都合よくそこにいただけ、という。

野元はようやく自覚した。自分は美沙に、ヤり捨てられたのだ。好き放題に搾り取られて、目的を果たしたら一回でポイだ。酷い。何それ酷すぎる。ああでも、めっちゃ気持ちよかった。生まれて初めての生本番は、死ぬほど気持ちよかった。っていうかあれから毎晩オカズにしてるんですけど……！

ヤり捨てられたと自覚するなり落ち込んだ。めちゃくちゃ落ち込んだ。プレイし始めたばかりだったエロいゲームも、全くやる気が起きなくなった。ガチャなんかに課金していた自分が本気でアフォだと思った。そんな金あったら指輪でも買えよ俺。って、指輪なんか買ってどうすんだよ。そもそもサイズだって知らねえだろ。誰のだよ。今更かよ。

野元はじっとスマホを見つめた。放置したままのゲームの画面ではない。貴臣夫妻付き護衛チームの、グループチャットだ。その気になればいつでもこれで、美沙にコンタクトできる。けれど。

「……なんて言えばいいんだよ。首尾よく妊娠しましたかなんて、訊けねえだろ……」

ネットで何度もリサーチした。ヤってからどれくらいで、妊娠が判明するのか。つわりっていつからだ。つわりがない人もいるって聞いたことあるぞ。自覚症状なかったら、何ヶ月くらいで気付くんだ。いやでも、欲しがってたくらいだから多分検査薬使うんじゃ。

一ヶ月間、美沙に個人的にコンタクトもできないまま、ひたすら悩んで悶々とした。偶然会うことを期待して、無意味にしょっちゅうアパート内をうろついてみたのだが、結局一度も会えず。

そうこうしているうちに、大学が夏休みに入った結花が黒服を連れてマンハッタンへやってきた。そしてようやく美沙を捕まえたのだ。

「美沙さん！」

アパートの入り口ですれ違いかけた美沙に、慌てて声をかける。

お疲れ様です、と目礼しながら返してくる美沙は、野元を見ても顔つき一つ変えなかった。いつも通り落ち着き払っている。……あの夜の乱れに乱れた彼女は、幻だったんじゃないかと思うくらい。だが野元は、怖気付きそうな自分を懸命に奮い立たせた。

「あの今、時間ありますか！　ちょっと話したいことが……！」

「かまいませんが。なんですか？」

「いやそのここじゃちょっと！」

「そうですか。——まだ全然片付いてませんが、こちらの部屋でも構いませんか」

勿論です、と答えた野元を、美沙は夏の間の仮住まいに招き入れた。と言っても、ドアのすぐ内側で立ち話だが。

「美沙さん、あの！　あの時って、その……」

いてもたってもいられず、必死の形相で切り出した野元へ美沙は静かに返す。

「安心して下さい。妊娠は、しませんでした」

その瞬間の心境を、野元は言葉にできなかった。安心したのか、落胆したのか、嬉しかったのか、悲しかったのか。けれどそれでも、大きな衝撃ではあった。

なのに美沙は、あくまで淡々としている。

「すみませんでした。あの時の私は、なんていうか、ちょっと見境なくなっていて——あんなことを強いてしまって、後悔しています。本当に、申し訳なかったなと」

「……後悔？」

「はい。媚薬で無理やりその気にさせて、私なんかの相手をさせるなんて——」

「美沙さん俺は！　後悔なんかしてません！　美沙さんめっちゃエロくて最高でした！」

断言してから、やべぇ何アホなこと言ってんだ俺、と頭を壁に打ち付けたくなった野元だが。

どうしよう軽蔑される、と恐れながらそうっと美沙の顔を窺ってみると、何やら——視線が泳いで、半開きになった唇から、何か言いたいけど言わない言えないみたいな気配が漂っていて、でもって顔がじわっと赤くなっていて。

「あの、美沙さ——」

「本当に、申し訳ありませんでした。あのことはどうか忘れて下さい。もう二度と、あんな真似は致しませんので」

「え。や、でも、忘れててそんな、あんなの忘れられるわけ——」

「忘れて下さい！」

ぐいと廊下に押し出され、ガン！　と目の前でドアが閉められた。呆然とそのドアを凝視したまま、野元はしばしその場に佇んでしまう。

……ドアに鍵をかけた美沙は、振り切るように背を向けて部屋に駆け込むと、ベッドにダイブして枕に顔を押しつけた。

本当に、心底後悔していた。なんであんな馬鹿なことをしでかしたのかと。あの日の自分は頭が沸いていたのだ、そうとしか思えない。

乳母になりたいから妊娠したい、それはまあいい（いいのか）。だからって、野元を押し倒して媚薬を使って無理やり勃たせて中出しさせるって。痴女だ。痴女以外の何物でもない。野元はエロいと言っていたが、そういうレベルではない。もはや犯罪だろうあれは。

無理やりこんな年増の相手をさせて、野元には本当に悪いことをしたと思っている。自分を妊娠させたんじゃないかと、不安だったのかもしれない。妊娠したとしても責任を取らせるつもりは毛頭なく、無視してもらって一向に構わなかったのだが、常識人な野元にとってはそういう問題でもなかったのだろう。孕ませたのではないかと、きっとこの一ヶ月間一人で悶々とし続けたに違いない。そう思うと本当に申し訳なかった。悩みすぎてハゲたりしていないといいが。

枕に額をぐりぐり押し付け、美沙ははぁぁと深い溜息をついた。まったく、合わせる顔がないとはこのこと。しかも、一発出してもらうだけのつもりが、媚薬が効きすぎてぶっ飛んだ挙句、朝まで激しくやりまくってしまった。五回やそこらは中に出されたと思う。それでも妊娠しなかったのだから、やはり年齢的に厳しいのかもしれない。それはそうと。

……あちこち記憶が飛んでいるが、ＡＶも真っ青の痴態を晒した自信がある。ああもう本当に、なんであんな馬鹿な真似をしでかしたのか。まさかあんなことになるなんて、せめてピンクのオイルを使うんだった……！

美沙は美沙で、こちらも煩悶していた。だいぶ方向性が異なるが、悩んでいるのは同じだった。だからこそ、野元に合わせる顔がないと徹底的に避けていたのだが。

野元の中で自分がどう捉えられているかなど、美沙には全く想像がつかなかった。エロいセックスで虜にして散々搾り取っておきながら、一晩でヤリ捨ててポイした悪女なんていう風に思われているとは、夢想だにしなかったのである。

あーあ、なんであんな馬鹿なことしたんだろう。そう思って避け続け、後悔しまくる美沙とは対照的に、野元はどうにかして美沙を捕まえたいと日夜思い悩んでいた。

あの夜のことについては、責めたりするつもりはない。むしろ両手を合わせてご馳走様でしたと言わなきゃいけないくらいだが、それより何よりとにかく話がしたい。できればちょっとオサレな店で、美味いメシでも食いながら。なんなら酒にも付き合うし、勿論奢る。大丈夫、貴臣様ほどリッチじゃないけど、各種お手当で財布はそこそこ潤ってる。

もし美沙さんが何か欲しいものとかあれば、自分の予算で買えるなら買ってプレゼントするし、だからできればその、もう一回したいっていうか、いや違うそうじゃなくて。決してそんな、即物的な下心満載なものじゃなくて！　だあぁぁもう！

「美沙さん！　野元です！　いるのはわかってます、開けて下さい！」

貴臣と結花が二人でベルリンへバカンスに行き、日本も盆休みで完全に休みとなった八月。野元はついに、美沙の部屋へ押しかけた。

何度訪ねても居留守を使われるので、仕方なく野元も裏技を使った。美沙のスマホにこっそりお邪魔し、位置情報を常に把握できるようにしたのだ。貴臣に命じられて結花のスマホに入れたものと、同じアプリである。ちなみに開発者は俺。

「美沙さん！　開けてくれるまでここにいますから！　ずっと待ってますから、美沙さん！」

何度かそうして廊下で叫ぶと、美沙がいかにも渋々といった感じでドアを開けた。すぐさま隙間に手先を押し込み、閉じられないようにしてチェーンを外すよう要求。若干無理やり中に入り、すぐ後ろ手にドアを閉める。

「……何の用ですか。外出したいので、手短におねがいしま」

「美沙さんお願い捨てないでえぇぇ！」

唐突にがばりと、野元はその場に膝をついて美沙の足にしがみついた。や、別に蹴られたいとか思ってるわけじゃない。逃さないよう必死なだけで。案の定ぎょっとした美沙は慌てて引き剝がそうとしたが、がっちりホールドされていて逃げられなかった。

「美沙さん酷いっす……！　ヤりたいだけヤって搾り取っといて、一晩でポイとか！　男の純情踏みにじるにも程があるっすよ！」

「だ、だから、あのことは、悪かったと……！」

「そんな口先で謝られたって納得いきません！　責任取って結婚してください！」

「——は？」

野元が大声でわめいた言葉に、耳を疑う。結婚？

理解不能な単語が出てきて、美沙はまじまじと足元に縋りつく野元を見下ろした。結婚て、責任取れって、え、何それ。はぁ？

美沙はそっと眉をひそめた。たった一度寝たくらいで結婚て、何をそんな大袈裟なことを言い出すのか理解できない。お前は処女か。童貞ではなかったようだが。それとも、一度ヤったらもう自分のモノとでも思っているのか？　野元の分際で？

馬鹿かこいつは。と思わずゴミクズでも見るような目で見下ろしてしまったが、美沙の向こう脛にタックルする勢いでしがみついている野元の顔はさっぱり見えなかった。なんなのだこれはとちょっぴり途方に暮れる。

「……いいからまずは立ってください。一張羅のスーツが台無しになりますよ。しかもなんでそんな、真夏に冬物のスーツ着てるんです。暑苦しい」

野元が着ていたのは、美沙が見合いに引っ張り出された際、狂言で交際相手を装うために久世家から支給された高級スーツの一揃えだった。ただ、あれは秋の終わりのことだったが、今は真夏だ。スーツの素材も作りも色柄も、こんな季節では見るからに暑苦しい。

なのに。

「だって美沙さん、あの時、これ着てると……俺でもそれなりに見えるって、言ってたから」

「……はあ。まあ、そうですね」

「マジっすか！　みっ、美沙さんに、その、結婚を、申し込むために……ちゃんとした格好しなきゃ、と」

美沙はちょっぴり啞然とした。何を馬鹿なことを言っているのだ。結婚を申し込む云々以前に、貴臣様の個人秘書として、久世家の使用人として、ちゃんとした格好をするのはお前の義務だろうと。

違うんです、と野元は必死に言い募った。そういうんじゃなくて、と言いかけながら、何やらスーツのポケットをごそごそやる。不自然にぼこっと膨らんでいたそこから引っ張り出したのは、特徴のある緑がかった水色の小箱。

「美沙さん！　〝えのもとみさ〟じゃなく、〝のもとみさ〟に、なって下さいお願いします……!!」

——まさかそれ、と美沙は、自分に向かって突き出された水色の箱を凝視した。その色、それあれだろう、五番街のあの有名な宝飾店。野元があたふたと蓋を開けると、中に納まっていたのはやはり、よくある一粒ダイヤの指輪。

なぜいきなりこんなことになるんだ。と、美沙はむしろ白けきった視線で指輪と野元を見下ろし、深い溜息をついた。なんというか、ひたすら頭が痛い。さっぱり意味がわからない。

「一度セックスしたくらいで、いきなりプロポーズなんかされても困ります」

「いきなりなんかじゃないっす……！　確かに直接のきっかけはそれでしたけど、でもあのそれだけじゃなくて！」

あの夜のことだけではない、と言われて美沙は眉をひそめた。心当たりがまるでない。……ああ、あれか、見合いの席で当て馬になってもらったことか。でもあれは、最初から狂言だってこいつも理解してるはずだし。

黙りこくって真剣に悩んでいる美沙を見上げ、野元はちょっぴりしゅんとしながら一旦指輪を引っ込めた。

「確かに、いきなりこんなの出されたって、なんじゃそりゃですよね」

「それ以前に、なぜ買ったのかと胸ぐら摑んで問い詰めたい気持ちでいっぱいですけどね」

できれば胸ぐらではなく股ぐらを摑まれたい。なんて思ったことはさっと隠し、野元は精一杯真面目な顔を作って美沙をじっと見つめた。聞いて欲しいんです、話をさせてくれませんかと。

頷く以外の選択肢はどうやらなく、美沙は仕方なく野元を立たせてソファを勧める。

そうして、自分が飲みたいからという理由で美沙が淹れたコーヒーに口をつけることなく、野元はぽつぽつと話し始めた。

「美沙さんのことはずっと、ただ『凄い』って思ってたんす」

野元が美沙の存在をはっきりと認識したのは、貴臣の恋人となった結花が、ウサギ小屋で久世家に世話されるようになってからのことである。それまでも、寮ですれ違ったことくらいはあったはずだが、全く覚えていなかった。

そもそも、久世邸内で働く美沙と、外で秘書兼護衛の任に就く野元では、職域が違いすぎて殆ど交流がないのだ。女中という存在についても、まあ住み込みの家政婦だろ、という程度の認識しかなかった。

けれど美沙はただの女中ではなかった。同僚たちが冗談交じりに口にする美沙の二つ名の意味を、野元もすぐに理解することとなる。そうしてすぐに、「美沙は凄い」と思うようになったのだ。

いつも落ち着いていて、なんでもお見通しって感じで、とにかく仕事ができる。貴臣や結花はもちろん、使用人頭であるあの嶋田にも信頼されていて。いつも身内にいじられ小突き回されている自分とは、何もかも大違いだった。そう、美沙はすごく仕事のできる、かっこいい年上のお姉さん的な存在だったのだ。

「でも、あの時。そう思ってたのが、ちょっと変わったんす」

「あの時？」

「……結花様のウサギ小屋に、父親が乗り込んできた時っす」

野元の美沙に対する印象ががらりと変わったのは、彼らの大事なお嬢様が、こともあろうに実の父親にぶん殴られた事件の時だった。野元は勿論その場には居合わせなかったのだが、監視映像はバッチリ見た。

大の男が、見るからにか弱い実の娘を、渾身の力でぶっ叩いた。しかも二回も。平手打ちとは思えないほど重たい音がして、お嬢様の身体が崩れるように床に転がって。映像を見ているだけの野元も、ショックと怒りで全身びっしり鳥肌が立ったが。

殴られたというのに奇妙に落ち着いた様子のお嬢様の横で、美沙が思い切り取り乱していた。常に冷静に職務をこなす、完璧なプロ家政婦であるあの美沙が。

「――は!? な、なんでそんなの見てるんですか！」

「しょうがないじゃないすか。映像チェックしろって言われて観たら、結花様と一緒に映ってたんすもん」

映像の中で、美沙はぼろぼろ泣きながらお嬢様に謝罪していた。

お守りできなくて申し訳ありません、自分が身を挺して庇うべきだったのに。床に座り込んだお嬢様の足元にひれ伏し、縋りつくようにして何度も何度も泣きながら詫びては、お嬢様の父親を罵って報復を主張して。落ち着き払ったいつもの美沙とのあまりの落差に、お嬢様の方が対処に困って途方に暮れるほどの取り乱しようだった。

野元も、正直言って驚いた。あの美沙が。貴臣並みに淡々として、河合並みに何でもそつなくこなす美沙が、まさかあんな風になるとは、と。

常に冷静沈着なプロ、そう思っていた彼女の生々しい姿に興味を引かれた野元は、それ以来（お嬢様の護衛監視活動をするついでに）美沙の様子をなんとなく観察するようになっていた。

——美沙は本当に、完璧な女中だった。

決して主張せず出しゃばらず、むろん余計な差し出口もせず。けれど主人に意見を求められれば、控えめながらも的確な言葉を返す。影のように静かに、風のように素早く立ち働いて、お嬢様の身の回りのあらゆる物事をさりげなく完璧に整える。その仕事ぶりは貴臣様にも認められて絶大な信頼を置かれ、正に専属に相応しい仕事ぶりだと誰もが認めていた。女中として、だけではない。

「あの事件の後、結花様をお守りするために、体術の稽古まで始めたじゃないすか。あれはちょっと、警護課全員の心に刺さりましたね。黒服とはいえ女中にお株を奪われていいのかって、上から檄が飛びましたもん。俺あの時、美沙さんのこと、マジで尊敬したっす。そこまで尽くせるのって、すげえなって」

そう言われると、美沙はなんと返していいのかわからなくなってしまう。ラノベばりのスーパーメイドに憧れてるだけですなんて、この展開で今更言えないではないか。

それ以降も、貴臣に付き従う野元と、結花のそばに仕える美沙は、接点もそこそこ多く、言葉を交わす機会もあり。野元は半ば一方的に美沙を見続け、大変優秀な女中として尊敬すると同時に、同じ貴臣・結花チームの一員として親近感さえ抱いていた。けれどそれでもまだ、野元にとって美沙はあくまで「家政婦の美沙」であり、一人の女性という感じではなかったのだが。

それが覆ったのが、あのお見合い事件だったのだ。

「俺あの時、すげえ久しぶりに、東大出ててよかったって思って。あんな奴に負けたくない、美沙さんを取られてたまるかって……その割に、全然カッコつかなかったっすけど」

「……いえ。実際あの時は助かりました」

「あん時に、美沙さんのことをそういう目で、ていうか……女性として見てたことに、気づいたんす。……気づいたからって、自分じゃどうにもできないビビリなのが情けないっすね。ほんと」

ははは、と乾いた笑いを漏らして自嘲した野元は、不甲斐ない己を誤魔化すように冷めたコーヒーに口をつけた。ちょっと酸っぱくなっていたけれど、美沙が手ずから淹れてくれたコーヒーだと思うと全く気にならなかった。

……己の感情に気づいたところで、自分から行動を起こす勇気なんかなくて。アメリカに来たら接点が激減して、顔を合わせる機会すらあまりなくなってどうしていいかわからなくなって。情けないなと思いつつ、どうきっかけを作ればいいのかわからなかった。

そんな小心者の野元に起こった大事件が、あの夜の出来事である。

密かにいいなと思いつつ、なんらアプローチもできなかった女性と、あんなことになったのだ。これでもまだ動けないなら、自分は本当に最低最悪の腰抜け野郎だ、とついに決意した野元は。

「こっそり、結花様にお願いしました」

「──は？　……何を」

「美沙さんにプロポーズするために指輪を買いたいんですが、サイズがわからないので教えてもらえませんかと」

美沙はあんぐりと口を開けた。そういえば先日、結花が「友達にサプライズでプレゼントする指輪を買いたいんだけど、サイズがわからないから参考にさせて」と美沙の指のサイズを測っていたのだ。今にして思えば、おっそろしくベタなフェイクである。

「……つまり結花様は……このことを知ってるってことですね……？」

恐る恐る問い質せば、野元はしれっと頷いた。それはかりか。

「今朝、ご出発の際にわざわざ『野元さん頑張って！』とメッセージ下さいました。それとその、貴臣様も」

「え。なんで貴臣様まで……⁉」

「プロポーズの結果が出たらすぐ報告しろと」

「報告してどうするんです⁉」

「それとその、新婚旅行は結花様の臨月までに行っておけって」

「それもう結婚する前提ですよね⁉」

美沙は両手で頭を抱えて叫んだ。ありえない。ありえない何それありえない嘘でしょ信じられない……！

その様子を見て、野元はこっそりほくそ笑んだ。主夫妻を巻き込んだのは、勿論野元の作戦である。将を射んと欲すれば……とはよく言うが、この場合は逆である。馬に言うことを聞かせたかったら、将に命じてもらうのが一番確実だから。

事実、美沙は呻き声を上げながら激しく苦悩していた。一言で切って捨てずに悩む余地があるのは、主夫妻の存在があるからである。

美沙は悩んだ。もしここで断ったら。野元を応援しているという結花は、一体どんな顔をするか。貴臣は。自分に振られた、と報告する野元を、冷たく罵倒するのだろうか。そして自分は、それを知っていてもなお、主人夫妻のおそばでこれまで通り働けるのか。

――答えは否だ。気まずいことこの上ない。だからと言って、この仕事を辞めるつもりなんてない。これっぽっちもない。

　美沙の正直な心の声を代弁すると、『は、結婚？　ないない。男なんかのために、この楽しいなんちゃって侍女ライフを手放すなんて冗談じゃない。お二人のお暮らしを生ぬるく眺めながら、実写ＴＬを至近距離で正座して拝見させて頂く権利は、何があろうと絶対に誰にも譲れない！』といったところ。

　美沙は仕事を愛していた。結花の侍女兼メイドという、時代錯誤もいいところな職務内容を心の底から気に入っていた。貴臣様の大事な大事な奥様の筆頭黒服に任じられ、日々間近でご夫妻にお仕えし、日々の雑用からお茶のお支度、社交用の身繕いから濃密な閨事の後始末まで、全てお任せ頂けるほどにご信頼頂いているのだ。こんな光栄なことはない。おまけに、一家政婦では到底望めないような額の給与まで支払って頂ける。使うあては特にないが、金はあって困るものじゃない。つまり、こんな素晴らしい生活はない。

「あの、美沙さん。俺、美沙さんが結花様最優先でも全然気にしませんから！」

　こんな時だけやたらと勘のいい男である。確かに都合のいい男ではあるが。

「……またヤりたいだけなら、こっそりセフレとかでもいいんじゃ……」

「って美沙さんが言ってるんですがって、結花様にご相談してきていいですかね」

「っだあぁぁぁもぉぉぉぉ……！」

　だめだ。詰んだ。おしまいだ。なぜこうなった。

「美沙さん」

嬉しいのを押し殺したような声で、野元が呼ぶ。

「あの夜、俺を襲いにきたのは、美沙さんですから。責任取って、ちゃんと結婚してください
ね」

——あの日の自分は頭が沸いていたんだなんて、今更言い訳しても無駄だろう。

「やっぱ妊娠したいってことでしたら、俺……精一杯、頑張るんで！」

そんな嬉しそうに言うなバカ。変態。

「さすがにご両親にはちゃんとご報告してからでないとまずいっすよね。ちょうど今日から休みに入ったし、福岡行きの航空券、取っときますね。俺また水炊き食いたいっす！　あん時の味が忘れらんなくて……」

……なんだろう、と美沙はテーブルに突っ伏したまま考え込んだ。

嫌なら断固嫌と言えばいいと思うのだが、そこまで嫌ではないらしい。するしかないならしょうがないか、と簡単に諦めがついてしまうっぽい。あれ、私どうした。

「美沙さん。その、……結婚、して、くれます……よね？」

唐突に不安げな声を出した野元に、深々と溜息をつく。

やがて美沙は、息を詰めてじっと様子を窺っている野元に、無言で片手を突き出した。

左手を。パーにして。

「——その指輪がちゃんと入ったら、諦めます」

投げやりにそう言い放つと、野元は途端にあわあわしつつケースから指輪を取り出し、恐る恐るといった感じで美沙の薬指へそぅっとはめていった。が。

「ッうぇえええええ!?」

狼狽した声で悲愴に叫ぶ。第二関節から先へ、どうやっても進まない。ぴたりと止まってしまった指輪を、最初はそっと、それからぐいぐい押し込んでみたが……入らない。

野元は一気に真っ青になると、慌ててガタガタと立ち上がりながら半泣きで叫んだ。

「こっ、交換してもらってきます！　店すぐそこなんで！　だからお願い美沙さん待ってて、捨てないでぇぇぇ!!」

本当に、何から何まで格好のつかない男である。だが。

何もかも格好がつきすぎる男は、日頃から見飽きている。正直あれは自分には無理。

自分には、これくらいがちょうどいいのかも。……簡単に転がせそうだし。

「……本当に、詰めが甘い」

はあぁ、と深い溜息をついた美沙だったが。

その顔は、ほんのちょっぴり、微笑んでいた。

fine.

奥様は侍女

Das Liebespaar der Oper

美沙は侍女である。メイドでもいい。

おはようからおやすみまでお嬢様（今は奥様）のお傍に侍り、日々の暮らしのあらゆる場面で世話を焼き（ただしやり過ぎは厳禁）、話しかけられればお相手して（しょっちゅうくる）、あらゆる要望を（口には出さないものまで）伺う。

秘書の真似事をしてスケジュールを管理し、様々な店の予約を手配したり、久世家の各方面とのやり取りなどを補佐したりもするが、やはり最も大切なのは、奥様ご自身の物理的なお世話である。

頭のてっぺんから爪先まで手間暇かけて磨き上げ、特別な衣装や宝石で美しく装わせ、歌劇場やガラパーティーやレセプションへと送り出す。そうして翌朝には（乱れ切った）ベッドを整え、貴重な素材で誂えられたお道具類をしっかり手入れしつつ、過労と睡眠不足でぐったり気味の奥様を細心の注意をもって気遣う。

自他ともに認める、侍女の鑑である。

……当初は「なんちゃってメイドライフ」をネタ的に楽しんでいたはずの美沙だったが、結花の専任として仕えるようになり、いつしか本物の忠誠心に目覚めてしまった。貴臣にさえ認められ、結花に仕える女中の中で最も地位の高い「筆頭黒服」を拝命するほど。

そんな美沙だから、自分が結婚したからと言って、優先順位が変化するようなことは全くなかった。

結花様一番・貴臣二番、三・四がなくて五に自分、くらいなものである。結花が出産した後は三・四に双子の子供たちが入ったが、（一応）夫である野元などベストテン入りも危うい。

そんな美沙は、かなりの記録魔であった。

ただし、記録する対象は大事な大事なお嬢様、いや奥様に関することに限られる。

結花に関する事なら全て、日常の細々したことまでこっそり記録しているのが美沙だった。

最初からそうだったわけではない。きっかけはやはり、結花の専属に任じられたこと。

貴臣から正式に結花の専属担当を任じられたその日から、美沙は久世家の奥向きの上級使用人である「黒服《くろふく》」の一員となった。

専属の証である黒い衣裳を初めて下賜された日には、本邸内の一室で深夜にささやかな歓迎会さえ開かれた（ただしノンアルコールのティーパーティーである）。絢子夫人付きと和佳子付きが、それぞれ揃いの黒いお仕着せ姿で居並ぶ様は壮観で、美沙は緊張と興奮のあまり終始のぼせ上がっていたが、皆まるで歳の離れた姉か叔母のように厳しくも優しい言葉をかけてくれた。

職務内容が特殊なのと、しばしば互いに補助し合うため、黒服達の結束は固い。その席で古参の黒服から贈られたのが、黒の本革で装丁した分厚い日記帳である。

自分のための日記帳ではない。主の日々の出来事や、体調管理について記録しておくためのものである。主の全てを把握しておくこと、それこそが黒服にとって最も大事な仕事ですよ、というわけだ。

美沙は早速、その日の夜から日記を書き始めた。勢いに任せて書きつけた最初のページには、青臭いまでにやる気に満ち溢れた情熱的な文言が並んでいて、今読み返すとちょっぴり赤面ものである。

そうして初めて黒服としての職務に就いたのは、お嬢様が初めて当主夫妻へ正式なご挨拶にお見えになった日。

車寄せに勢揃いしてのお出迎えに始まり、お衣装替えの詳細やアフタヌーンティーのおもてなし、主達の会話の内容にその後の顛末まで書き残したいことがありすぎて、その夜は一人で興奮しながら延々何ページも書き連ねた。

これが、美沙の記録魔人生の始まりである。

以来毎日、丁寧にまめまめしく書き込んできた。元々それほど几帳面なたちではなかったが、お嬢様に関することとなると書くのが楽しくてたまらない。お嬢様本人のことのみならず、貴臣（の避妊具の消費具合）についてや、様々な（閨での）お道具について、また絢子夫人が手配している結婚準備の品々など、書きつけておくべき物事が無限に増えていき、今となっては日記を書かずに一日を終えることに抵抗を感じるくらいだ。

ただの一文字も書かずに翌日を迎えたのは、一度だけ。

今すぐ妊娠して乳母になりたい！　などと馬鹿なことを考え、トチ狂って野元に阿呆なことをしでかした、あの夜のみであった。


「……美沙さんて、ほんっと真面目ってか、律儀っすよねぇ」

今日も今日とてまめまめしくペンを走らせる姿を眺め、ほとほと感心したとばかりに呟くのは、一応正式に結婚して美沙の夫となった野元である。

結婚したとはいっても普段は主人夫妻同様、ニューヨークとフィラデルフィアで別居婚状態。結花がニューヨークへやって来る際は美沙も付き添いとして同行するため、そういう時だけこうして夫婦らしく同じ住まいで夜を過ごす。

つまりこの夜は大変貴重な夫婦水入らずの時間、というわけだが、だからといって日記を書く時間を削るような美沙ではない。じっくり時間をかけて書きつける間、野元は黙って大人しく待つよりほかないのであった。

実はこの日は、主夫妻が揃って社交に出かけてそのまま外泊のため、久しぶりに定時で仕事を終えた野元は、気合を入れて美沙をお食事デートに誘っていた。

マンハッタン島の最南端、金融街フィナンシャル・ディストリクトにある純日本風の割烹居酒屋は、主夫妻が最近好んで訪れる店の一つだ。テーブルではなくカウンターに席を取り、完璧に日本仕様のメニューを眺めて「ここは恵比寿《えびす》か中目黒《なかめぐろ》か」と舌を巻きつつ、野元はどこかそわそわしながら美沙を待つ。

「すみません、お待たせしました」

そうして美沙が現れるなり喜色満面で立ち上がる姿は、飼い主に向かって尻尾を振りたくる犬さながらであった。

「いや全然！　今日もお疲れ様っす！　すいません、一番搾りの生二つ！」

「先に始めていてくれてもよかったんですよ。……ありがとうございます。お疲れさまでした、乾杯」

レベルの高い居酒屋料理と日本の酒に美沙も表情を綻ばせ、互いに近況を報告しながら食べて飲んで。自他ともに認める酒豪の美沙だが、やがてふんわり酔った気配を漂わせ始め、かなりいい雰囲気だった。

――とくれば当然、夜は夜で夫婦らしくムフフフ……！　なんて妄想を膨らませる野元だったが。

かなり飲んでいるにもかかわらず、帰宅するなり美沙はすとんとテーブルに腰を下ろし、いつものごとく日記を書き始めたのである。……ああ、と野元が内心がっくりと肩を落とす。

まあでも、仕事だからなしょうがないよな……。なんて心の中でこっそり涙していると、先にバスルームを使うよう言われ、シャワーを浴びて戻ってくればなんと五ページ目に突入していた。しかもまだまだペンが止まる気配がない。

「今日は朝から色々と盛りだくさんで、書くべきことが山ほどあるんですよ」

視線を上げることすらせず、手を動かし続けながら美沙が言う。ですよね！　と野元はしょぼくれた顔にへらりと笑みを浮かべて見せた。

「でもほんと、営業の日報だってそんなにきっちりしてませんよ」

「そんなものと同列に語られるのは、少々心外ですね」

「はいっすいません！　勿論美沙さんの方が全然立派で優秀ですはい！」

「……別に、そういうことを言えと言っているわけじゃ、ないんですよ」

潔いまでに尻に敷かれている、というより、喜んで美沙の尻の下に這い尻尾を振る野元である。ほんとにこんなのがあの貴臣様のお役に立つのかと、美沙は常々不思議でならない。……まあ最近では、馬鹿な子ほど可愛い、という気持ちがほんのちょっぴりなくもないが。

「まだ少しかかりますから、先に休んでくれても」

「いえいえどうぞお気になさらず！　まったり酔いを醒ましてるんで、どうぞごゆっくり！」

なんて物分かりの良いことを言っているが、もちろん本音は別だと美沙も知っている。

わかっていてさらっと無視しているわけだが。

浄水ポットからコップに水を注いだ野元は、向かいに座ってちびちび飲みつつ（スマホに手を伸ばしたいのを我慢して）お行儀よく待っていた。さらさらとボールペンを走らせる美沙を黙って見つめ、思案を巡らせる。……今日は、その、大丈夫かな、と。

野元だって健康な成人男子であるからには、たまには嫁と夫婦らしいことを致したい。もっと具体的に言えば、あのけしからん隠れ巨乳を生で拝んだり、ちょこっと触らせてもらったり、童心に返ってちゅうちゅうしてみたりと、致したいことは色々多々ある。ただでさえ、こうして二人きりになれる時間はごく稀なので、なんとしてもこの機を逃したくない。が。

何しろ美沙は忙しい。早出遅番当たり前で労働時間は野元より長く、睡眠だっていつも少ない。筆頭黒服という管理職でもあるので、雑多な書類仕事だってある。疲れているなら、自分は遠慮すべきだろう――でも、それでも。

ちょっとくらい、ほんとにちょびっとでいいから、いちゃいちゃさせてくれないかな。俺今日、めっちゃ念入りにシャワー浴びておいたんだけどな。いや勿論、疲れてるって言われたら諦めるけど、もしかしてちょっと気分が乗ったりしたら、いちゃいちゃだけでなくその先まで……いやいや、そんな都合のいいこと考えるな俺のバカ！

なんてことを悶々と考えながら、野元は一心不乱に書きつける美沙をチラチラと盗み見ている。その期待に満ちた物欲しげな視線が、美沙には少々（……いや、だいぶ）鬱陶しい。

「……そうしてじっと見ていられると、かえって気が散るんですが」

はぁ、と小さく溜息をついた美沙に言われ、野元は慌てて両手をぶんぶん振りながら謝罪した。

「そっそうですよね！　すいません俺バカで！　なんつーか察しが悪くて！」

「一応とはいえ東大出てる人が、そんなこと言うものじゃありません」

放っておくとどこまでも己を下げる《ディス》野元に、美沙がちょっぴり眉根を寄せてそう返したが、野元は「あははは」と苦笑してあっけらかんと言い放つ。

「でも、東大にいる連中なんて、半分以上は本物のバカですよ。東大受かるのに必要なのは、記憶力と正しい受験テクニックで、知能はあんま必要ないっすから」

「そんなものですか？」

国内最高学府出身者のそんな言葉に美沙が胡乱気に問い返すと、野元はふっと煤けた笑みを浮かべ、どこか遠くの方を見やった。

「――貴臣様みたいな異次元レベルの化け物クラスを毎日見てれば、本物との格の違いは嫌でもわかるっす」

まあ確かに、あの貴臣が相手では野元如きは比較対象にもならないと、美沙でも思う。

CUSE社内では時折「東大卒の凄腕ハッカー」なんて噂されたりもする野元だが、本人を見ているととてもそんなふうには思えない。学歴だけはそこそこ立派な、ただの間抜け。ちょっと胸をゆさゆさしてやればなんでも言うことを聞く、アホな男だ。……まあ、アホな子ほど（以下略）。

「美沙さん、それ、どんなこと書いてるんすか。めっちゃいっぱい書いてますけど、結花様の日々の記録なんすよね？」

「まあ、そうですね。今日はどこで何をなさったか、という日誌です。特別なご予定がない日は、朝は何時に起床して朝食は何を召し上がり、何時に大学へ行かれて何時にお帰りになり、マエストロとのレッスンが何時間、ご夕食は、といったことを書く程度ですが」

「思ったより普通っすね」

久世家の嫁の一日というのは、もっとこう、一般人とは全然違うイベントが散りばめられてるんだろう。なんとなくそう想像していた野元の言葉に、美沙が苦笑して頷く。

「ですが貴臣様との外出となると、それだけでは済みません。どこで誰のどんな演奏をご覧になったとか、お食事はどちらへ行かれたとか、どのような身支度をされたとか。今日のように社交行事がある日は、更に詳細に記録します」

「メトロポリタン歌劇場の、シーズン初日でしたっけ。なんか、マスコミとかハリウッドセレブもいっぱい来るって、第一秘書のミズ・ウォルフが言ってたような」

「ええ。ショービズ界の有名人から文化人から政財界のお偉方まで、かなり華やかな催しだそうですね。こういう日は全身徹底的にご準備頂くので、朝から予定がびっちりです」

「はあ、朝から……?」

ドレス着るのにそんな時間かかるのか、と首をひねった野元へ、「勿論です」と美沙が静かに滔々と語る。

「まずは専門のサロンで、全身のお肌を磨き上げます。それからお髪のカットとトリートメントに、お爪のお手入れ。ヘアメイクもいつもの数倍時間をかけます。その後ようやく下着やドレスのお着付け《フィッティング》ですが、合わせてご用意した靴やバッグや宝石に関しても、詳細に書き残しておきます。全く同じ装いは、二度はできませんから」

うへぇ、と頬をヒクつかせた野元が、なるほどそういえばと思い出す。今日は貴臣も昼で仕事を切り上げ、会員制の紳士専門サロンとかいうところで時間をかけてめかしこんでいたはずだ。元からあんな顔なのに、あれ以上磨いてどうすんだ、ケッ。とつい卑屈になってしまう野元では、とても美沙のような熱意は持てない。

ああ俺だめだなあ、なんてうっすら落ち込む夫を尻目に、妻の興奮はどんどん高まっていく。

「それにしても、今日の結花様のお支度の見事なことと言ったら! 今日のためだけにドレスを一からデザインして仕立てるとか、どちらのお姫様ですか状態ですよもう最高です！　お手伝いするこちらもそりゃもう気合入りまくりで、しかもあの、千煌様から拝借した宝石の凄いこと！　私本当に、結花様にお仕えしてよかったと心の底から大歓喜で――」

熱の篭もった口調で語る美沙の表情は歓喜に輝き、心から陶酔しきっているのが一目でわかった。なんか妙に微笑ましいなーと思いながら（生ぬるく）見つめていると、鼻息が荒くなっているのに自分で気付いたのだろう、一瞬の沈黙の後に美沙はすっと表情を引き締め、こほんと咳払いしてから付け加える。

「――ちなみに、これとは別に立花さんも、毎日護衛記録をつけているはずですよ」

「あーまあ、それは大体想像つくっていうか、俺も似たようなの書いてるっすけど」

ちなみに野元も一応貴臣付きの専属使用人みたいなものだが、野元の日報には時間と場所と相手の名前くらいしか書いていない。

自分に向ける注意力の百万倍くらいを結花に注いでいる美沙に、野元は素直に感嘆すると同時にちょっぴり泣きたくなった。

いいな。たまには結花様だけじゃなく、俺のことも構ってほしい。いやいや何を言ってるんだ。美沙さんの永遠のナンバーワンは結花様だってことくらい、結婚前から知ってるじゃないか。俺なんか、一応籍入れてもらえただけでも御の字だ……。

いつの間にか俯いて暗い顔をしている野元をちらと眺め、無言で肩をすくめた美沙がぺンを置いてパタンと日記帳を閉じる。

「――そろそろお風呂を頂いてきます。ベッドメイクはお任せしてもいいですか」

その一言で、野元ががばっと頭を上げた。馬鹿口を開けて美沙を見上げる眼差しは、飼い主に飛びかかってじゃれつきたいのを我慢している飼い犬さながらである。

美沙が得意とするベッドメイクを、あえて野元に命じるというのは、二人にとってある種の符牒であった――今夜は、そういうことを、してもいいよという。

「どっ、どうぞ！　どうぞゆっくりあったまってきてください！　着替えも出しときます、任せてください！」

すぐに美沙をバスルームに追い立てると、グラスをきちんと洗ってから寝室のドアを開け、丁寧にベッドメイクする。そうそう、結婚祝いでもらったアロマキャンドルってやつも使ってみよう。

そうして、自分用のクローゼットの奥から、用意しておいた包みを引っ張り出した。先日、貴臣のロンドン出張に同行した際にこっそり買ってきたものである。

ピカデリー近くのバーリントン・アーケード裏手にあるその店は、貴臣がしばしば愛妻のための何かを買いに行く店で、何を売っているのか野元にはよくわからなかったが。

あの上司が嫁のために買うくらいのものなら、美沙だって喜んで受け取ってくれるだろう。そう考えた野元は、さりげなく高級そうな店構えに怖気付きそうになりつつも、決死の思いでクレジットカードを握りしめてドアを開けた。そうして出てきた美しく品の良いマダムに、「妻へのプレゼントを選びたい」と必死に話したところ。

「素敵ですわね、お手伝いできて光栄です。こういったお品を贈るのが初めてなら、この辺りから始めてみるのはいかがでしょうか」

上品な微笑みを浮かべたマダムが優雅な手つきで差し出してきたのは、見たこともないほど美しく、そして――とんでもなく卑猥な、スケスケレースの高級ランジェリーだった。

……あの上司は、いつも結花様にこんなどエロいもん着せてんのか。なんてことを、つい想像してしまった野元である。いやでもそんな前からだわ、うん俺知ってた。

頭の中でブツブツ言いつつ、小さな値札に書かれた数字に「嘘だろ」とこっそり息を飲み、さりとて今更「やっぱいいです」とは言えず。サイズや好みなどあれこれ確かめられながら、「よろしければ同じシリーズでこんな商品も」と出された品は、チラ見しただけではただの紐にしか見えない。秘書として日々鍛えているポーカーフェイスも役に立たず、生唾を飲み込む音がごきゅりとみっともなく響いたが、マダムは無反応を貫いてくれた。

やばい、このままだと鼻血が……！　と焦った野元は、初心者向けだというそのセットを、清水の舞台からフリーダイブする心境でえいやと購入した。

上司御用達の店だけあって、想定をはるかに超える出費だったが、痛いとは思わなかった。男のロマンのためだから仕方ない、いわば必要経費だ。……問題は、美沙がどう思うかだが。

こんなしょうもないもん買って、お前は馬鹿かって冷たい目で蔑まれるかな。無駄遣いすんなって怒られるかな。でも、夏のボーナスだって手をつけてないし、小遣いの範囲内ってことで許してくれないかな……。

っていうか、そもそも着てくれるのか。見た瞬間ビリビリに破かれたりして。う、あ、あり得る、ような気がする。いやでも安くはなかったし、ってかぶっちゃけ高かったし、一度でいいから、ほんとに一回だけでいいから、着て見せてくれないかな……見るだけでいいよ、我慢するよ。踊り子さんには触っちゃいけないんだ俺知ってる！

じっと見下ろした包みをそろりとバスルームのドアの内側に差し入れ、美沙に「ごゆっくり」と一声かけてからリビングに取って返した野元の心臓は、ばっくんばっくんと激しく脈動していた。恐怖と期待が入り混じった興奮でとてもじっとしていられず、用もないのにリビングをうろうろしていると。

テーブルの上、美沙が置いていった分厚い手帳が目に入る。……そろりと後ろを振り返り、美沙が出てくる気配がないのを確かめてから。

——そろそろと手を伸ばし、ごくりと生唾を飲み込みながら適当なページを開いてみた。

◆

「……はふうぅぅ……」

久しぶりにバスタブでゆっくり湯に浸かり、美沙は脱力しきった息を吐いた。そうしてぐるりと辺りを見回す。

男の一人暮らしなんでろくなものじゃなさそうだと思っていたが、意外にも野元は住まいを小綺麗に保っていた。気になっていた水回りも、それほど荒れていない（と考えながらもついつい磨いてしまう美沙だが）。

一応結婚したものの、一緒に過ごす時間などほとんどない二人だが、野元はどうしても「二人で暮らせる新居を探す」と息巻いた。

いくら会社で家賃補助が出るとはいえ、マンハッタンの住居費の高さは摩天楼ばりに突き抜けている。おまけに主人宅の近所といえば、ニューヨーク屈指の高級住宅街だ。そんなエリアで部屋を探すとなったら、予算がどれだけあっても足りない。

無理して広い部屋を借りなくたって、今まで通り会社契約のワンルームを二部屋でいいんじゃ？　と言ってみたが、野元は絶対に引かなかった。たまにでもいいから、二人きりで寛いでいちゃつく場所が欲しい、と。

決意した野元は、ＣＵＳＥ御用達の不動産エージェントに頭を下げまくり、主夫妻の住まいになるべく近い場所で、掘り出し物の物件を見つけ出してもらった。それでももちろんかなりの額だが、ああ見えて野元はそこそこ高級取りだし、家賃補助もCUSEと久世興産の両方から出る。おまけに。

「貴臣様を庇って負傷した際の傷病手当の残りを、全額ぶち込みます!」

などと清々しい笑顔で言われては、そこまでしてヤることヤりたいのかと呆れつつも、どうぞ好きにしてくださいとしか言えないではないか。

ゆっくりと顎まで湯に浸かりながら、美沙は両手でたぷたぷと自分の乳房を揺らしてみた。こんな脂肪の塊の、何がそんなにいいんだか。本人にとっては重くて邪魔で厄介なだけで、尊いことなど何一つないというのに（これを言うと立花にも盛大に睨まれるのだが）。

「美沙さん、着替え置いておきますね！　ごゆっくり！」

シャワーカーテンの向こう側でドアが開き、野元が叫ぶ。一体何を期待しているのか、聞いている美沙が恥ずかしくなるくらい露骨に弾んだ声だった。ごゆっくり、という言葉とは裏腹に何やら催促されたような気がして、美沙は憮然とした表情のまま湯から上がって手早く全身洗い上げたが。

着替えがあるはずのところに、何やらリボンのかかった高級そうな紙袋《ショッパー》が、これ見よがしに置かれている。あの馬鹿、何か無駄遣いしやがったな、とつい舌打ちが漏れた。しかも、紙袋に書かれた店名には見覚えがある。美沙の大事なお嬢様のクローゼットに、その店で購入された品がいくつか（いくつも）あった。

一生かかっても使いきれないくらいの資産を持つ貴臣様なら、毎日でも嫁に好きなだけ貢げばいいけど、自分たちはそうじゃないだろう。バスタオルで全身の水気を拭ってから、美沙は溜息まじりに包みを開けてみた。

やけに軽い不織布の袋を引っ張り出し、中身を両手で広げてみる。直後、「あの馬鹿……」と今度は声に出して吐き捨てた。片手で額を押さえるが、その頰がうっすら赤い。どうしようと一瞬躊躇ったものの、他に着るものもない。

渋々身に付け、鏡に映った己の姿に叫び出したくなる。いやいや結花様が着るならいいけど私にこれはいろいろやばいでしょうと。……だが、見た目はともかく、肌触りは素晴らしい。触れ心地は前から知っているが、自分で着ることになるとは思わなかった。

これしか着るものがないんだから、仕方ない。仕方なくだ。自分にそう言い訳しつつ、化粧水をはたいて髪を乾かす。身動きするたびに素肌を撫でる極薄の生地はえもいわれぬ柔らかさと滑らかさで、くせになりそうなたまらない感触。

悔しいが、着心地がいい、というか気持ちがいい。それでも、こんな格好を人目に晒すのはコスプレみたいで気恥ずかしく、着た上からバスタオルを羽織ってドアを開けると。

リビングのテーブルに置きっぱなしにした日記帳に手をかけていた野元が、ぎくりと大袈裟にびくついて両手を引っ込めた。あんなところに放置した自分が悪いのだが、つい微かな溜息がこぼれる。

「す、っすすすいませんちょっとだけ！　ちょっとだけチラっと見ただけで！」

「別にそう面白いことは書いていなかったでしょう」

「いやまあ結花様のことしか書いてなかったですけど！」

「そういうものだと説明したはずですが。——それはそれとして」

スタスタと歩いてきて日記帳を手に取り、自分の仕事用バッグへ無造作に押し込んだ美沙が、虫ケラを見るような無感動な眼差しで野元を見据える。

「一体いつの間に、こんなしょうもないものを買ったんですか」

詰問する声が低い。背筋がぞわっとするほど。

すいません、と呟きながらそろりそろりと目線を下げると、残念なことに上半身はバスタオルで隠されているのだが。

むっちりしたフトモモの半ばくらいまでを覆っているのは、防御力ゼロどころか、あれではむしろマイナスでしかない装備品。黒アゲハの羽のような光沢を持つ極薄の黒いシルクが、ひらりふわりと揺れている。絶対領域はかろうじて隠れているものの、その下のショーツが思わせぶりにぼんやりと透けて見えて。

一目見た瞬間、ギュンと股間が上を向くのを野元はありありと感じた。

「なんなんですか、この透け透けランジェリー」

「お、お、男のロマンですすいません……！」

「一体いくらしたんです。しかもこれ、貴臣様が買い物するような高級店でしょう」

「あの、でもその、ボーナスも出たし……！」

「何ヵ月前の話ですか。第一、日本企業のヒラのボーナスなんてたかが知れてるんですよ。しかも、この一枚でも大枚はたいたでしょうに」

能面のような顔をした美沙がすっと手を下に伸ばし、無造作に裾を持ち上げた。ただでさえ、絶対領域辺りまでしか隠していないのに（しかも透けてて隠れてないのに）。

現れた腰から太腿にかけての曲線に眩暈を感じた直後、何やら細く黒い紐が見えた。しかも、さあどうぞ引っ張ってみてと言わんばかりに垂れ下がっている。野元は慌てて両手で顔を押さえた――鼻の穴から熱い何かが迸りそうな気がして。

「なんなんですか、この紐パン」

冷たく問い質す美沙の局部を覆うのは、これまた紙装備以下のちっぽけなレース生地。両脇を紐で結ぶだけという原始的な作りの、正に紐パン。

なんなんだ、と言われた野元は一瞬たじろいだものの、直後に開き直っていっそ堂々と主張した。股間に立派なテントを張りながら。

「ひ、紐パンは、紐パンです！　男のロマンです！」

男のロマンなどという馬鹿げた言い分に、うっすら鼻で嗤った美沙が淡々と問い返す。

「ロマンだか何だか知りませんが、私みたいな年増が着るものじゃありませんよ」

「違います！　美沙さんは年増じゃなくて、年上のお姉さんです！　俺、綺麗なお姉さん大好きです！」

……アホな子というのはこういうことか、と脳内で呟きながら美沙がはぁぁと溜息をつく。

「しかも、これに一体いくら払ったんです」

「たっ大したことないっす！　課金ゲーでレアガチャ回しまくるのに比べたら！」

「まさかまだ、そんなことに無駄なお金と時間を費やしてるんですか」

「今はしてません！　ほんとに全然してません！」

「……どうでしょうね」

低く吐き捨てた美沙が、とうとうバスタオルを床に投げ捨てる。

がばっと大きく開いた胸元を申し訳程度に覆っている、黒レースの三角ブラ。見事な谷間がくっきりむっちりと盛り上がり、鳩尾から下は生地が薄くなって色っぽく肌が透けている。

「ごっふぅぅ……ッ！」

やばい。あれはマジでやばい。あの下着だけで既にヤバすぎるのに、あのけしからん谷間がガチでやばい。ってか尊い。今すぐあそこに顔突っ込みたい。いや、正直に言えばナニも突っ込みたい。ローション垂らしてねちょねちょにしてから、挟んでぎゅってしたままずぽずぽさせて欲しい……！

なんてことを考えながら涎を垂らさんばかりの顔で凝視する野元を、美沙はごく冷ややかに睥睨していた。

「――で？　私にこんなもの着せて、どうしようって言うんです」

野元はもはやあうあうと意味不明なことを言うばかりで、まともに言葉も出てこない。

「結花様じゃあるまいし、私がこんなもの着たって痛々しいだけですよ」

けれどそんな自虐を含んだ美沙の言葉に、野元はぶんぶんと頭を左右に振った。何回も。

「そんなことないっすめっちゃ綺麗で尊いです！　なんつーか跪いて拝みたいですマジで！」

「ほんと、男って馬鹿ですよね」

呆れ返って囁きながら、ゆっくりと野元のほうへ歩み寄る。

「……とはいえ、あの貴臣様だって、結花様に似たようなことして喜んでるんですから。あなただけを責めるわけにもいきませんね」

そうして野元の目の前に立ち、両腕を組む。すると当然、谷間は一段と深くなり、大きな乳房がさらに強調されることになって。

拝みたい、拝んでいいですか、いやもう拝んでますすいませんマジ尊いですああっ！

俺の女神様っ！　なんてことを脳内で叫んでいる野元へ、美沙がいっそ冷ややかに言う。

「ちょっとそこへ正座して」

「はいっ！」

何の疑問も持たず、涎を垂らして尻尾を振りながら言いなりになる野元。すぐさま膝を折って正座しようとして、自分の股間がどうしようもない有様になっているのをようやく思い出したが。

狼狽した野元をじっと見降ろした美沙が、不意に片足を上げた。え、と凝視する野元の目の前で、絶対領域の奥がちらりと見えそうになり——

「なんなんですか、これ」

突然ぎゅうと踏みつけられたのは、とっくに固くなっていた野元の股間の一物。素足だから感触は柔らかいが、遠慮なく体重をかけてぐりぐりと踏みにじられる。——痛くはない。痛いどころか。

や、やばい。俺今、新しい扉を開きかけてる。

「こんなもので、そこまで興奮するんですか。ガチガチですけど」

ぐりぐり、ぎゅっぎゅっと、痛めつけるというよりマッサージでもされているようだった。勿論、ピンクなサロンのエロマッサージである。しかも、色っぽい太腿の奥が、時折チラチラ見えるのだ。見ちゃいけないものを盗み見しているようで、余計に昂る。

「いいいいやだって、こんなの見たら無理です美沙さん……！」

「──見るだけで、いいんですね？」

美沙はそこでにやりと笑うといったん足を離し、自分もその場にしゃがみこんで、今度は片手をゆるゆるスエットのウエストへ突っ込んだ。

ぎょっとして腰が引けかけた野元だが、至近距離にある美沙の身体からシャンプーだかボディソープだかのいい香りがして、それだけでも一層煽られる。束の間陶然としていると、穿き古したトランクスの内側までごそごそ探られ、とうとう生身の煩悩を摑まれて息が止まった。

「見るだけでいいなら──見ているだけでイったら、それで終わりですよ」

「へ⁉　ぅあ、へあ……ッ、ま、ちょっ美沙さ、やばッ」

「イったらそこでおしまいです。さあ、どこまで我慢できるでしょうね？」

悪魔か淫魔のように微笑んだ美沙が、豊満な胸の谷間を目の前で見せつけながら、ゆるやかに手の中のものを扱き始める。指を添えて機械的に上下に動かしている、ただそれだけなのに。

「うえッ、あ、待って、やばい待ってそれっ！　ちょ、そこ弱い……！」

「知ってますよ」

「つだあぁぁぁマジ無理っす美沙さぁぁぁん！」

やば、やばいむり、無理だって、マジで出る……！　でっでも出たらそこで終わり？　そっから先はやらせてくんないの⁉　何それどんな拷問ですか美沙さんの鬼！　悪魔！　俺のえっろい女神様！

頭の中ではとっくに美沙をその場に押し倒し、胸の谷間に突っ込んで先走りを擦り付けまくっていたが、そんな妄想のせいで更に切羽詰まってくる。

「先っぽから垂れてますよ。さっさとイっちゃったらどうです」

「だ、って、俺、俺ちゃんとッ！　ベッド、綺麗にしたのに……うひッ⁉」

「ここ好きですよね。ほら、びくびくしてますよ。我慢しないで、出しちゃえばいいのに」

悪魔のごとき囁きに、野元は死ぬ気で耐えていた。ここで耐えなければ、せっかく整えたベッドもアロマキャンドルも無駄になる。いやだ、だめだろそんなの！　今夜は絶対に、ベッドでエロエロいちゃらぶセックスするんだ……！

「こんなにガチガチになってるのに、結構頑張りますね。どこまで耐えるか、見ものです」

くすっ、とどこか淫蕩な笑みを浮かべた美沙がぺろりと舌なめずりした瞬間、一気に暴発しそうになった滾りを野元は死ぬ気で抑え込んだ。だめだ、ここでイったら終わりだ。その先だ、もっと先まで味わってからでなきゃ死んでも死にきれない……！　でなきゃ一体何のために、大枚はたいてあんなエロ下着買ったんだ俺は！

顔中真っ赤にして奥歯を噛みしめ、必死に腰に力を入れる野元をよそに、美沙の手つきはどんどん卑猥になっていく。親指の腹で先端の窪みをぬるぬると撫で回され、冗談抜きで腰がカクカク震えた。

「ふぅん。……まあせいぜい、頑張ってくださいね」

——野元がどこまで堪えられたのか、美沙がどこまで許したのか。

その夜の詳細についても、黒革の日記帳のどこかに、きちんと記録されている——かもしれない。

fine.

特別書き下ろし短編

ヒトではない秘書はライバル出現に懊悩する

Das Liebespaar der Oper

二人は、以前から一応、顔見知りではあった。

貴臣の運転手である野元と、貴嗣氏の運転手であった阿久津は、主に駐車場などで、会えば互いにお仲間として会釈する程度には、見知った仲だった。

だがその頃からして、阿久津は少々雰囲気が異なっていた。

いつも真っ白な手袋を付けていて、その手の動きが、なんというか、優雅なのだ。無論、カマっぽいとかそういうことではない。阿久津はどこからどう見てもれっきとした男性だが、爪の先まで神経を行き渡らせているのがわかる、優美でしなやかな所作だった。

運転手専任だからだろうと、野元は思っていた。自分は秘書なのでそこまではしないが、運転専門のスタッフなら、ハンドルを握る時は当然白手袋くらいするのだろうと。……そうしてあれこれ想像しつつ、「ただの運転手」と自分より下に見ていたことは否めない。

いろんな意味で「そうじゃない」ことを知ったのは、貴嗣氏の初盆法要を終えた貴臣に、新しいスタッフとして紹介された時のこと。

「新しく我が家の使用人頭となった阿久津と、料理人の八雲だ。阿久津は、米国《あちら》では一般的に言う執事《バトラー》という扱いになるだろう。久世家の使用人としては、本邸の五所宮と同格となる。今後は何かあればまず、この阿久津に指示を仰ぐように」

阿久津は、単なる運転手ではなかった。

貴臣一家付きの使用人頭として家政（主に財政）を取り仕切り、会社人ではない一個人としての貴臣の侍従となりアシスタントとなり。

久世興産の社員としては、野元よりも遥かに序列が上の人間となった。

「——それでは。若干今更ではありますが、遅ればせながら、阿久津さんと八雲さんの歓迎会をささやかに催したいと思います」

ここが異国の地とはとても思えぬ、白木の香りも清々しい純和風居酒屋の個室に集ったのは、貴臣邸に仕える使用人の一団。

新たな使用人の着任と同時に始まった主一家の怒濤の引越を終え、ようやく少し落ち着いたタイミングでの、使用人同士での歓迎懇親会である。

「ほら、なんだかんだ言いつつ飲みニケーションて大事だっていうじゃないですか。今週末は家族でフィラデルフィアで過ごすので、皆さんはNY《こっち》でゆっくり羽を伸ばしつつ、親睦を深めてください！」

結花にそう言われ、会費のカンパまで頂いては「いいえ結構です」とも言えず。

急遽の開催となったこの日の顔ぶれは、主役二人のほか、筆頭黒服である美沙（幹事）と立花及び桜井、それに（若干無理やりついてきた）野元という、まあいつものメンバーだ。リリー・マエダと運転手のジェレミーは、生憎自身の家族で予定があり欠席。

「皆さん、グラスをお取りください。よろしいですか？　それでは改めまして、阿久津さん、八雲さん、マンハッタンへようこそ。乾杯！」

スーパード◯イの生中片手に、全員が美沙の掛け声に続いて「乾杯！」と唱和する。主賓の阿久津もにこやかに、八雲はいつもながらに控えめに、「ありがとうございます」と返してジョッキを傾けた。

「良い店ですね。まさか、マンハッタンにこんな店があるとは」

プライベートでは流石に白手袋を外している阿久津が、穏やかに微笑んで静かに息を吐く。っぷはぁぁ、と派手にビール臭い息をまき散らす野元とは大違いの品の良さだ。

「ほっとしますよね、この雰囲気っていうか空気。日本マニアのカレン様のこだわりがいっぱい詰まってるだけあって、何もかも日本そのままです」

主催者である美沙がそう言えば、誰より早く中ジョッキを飲み干した立花もうんうん頷く。

「あとはやっぱり、本職の八雲さんの舌に適うかどうかですよねー。私たちには十分美味しいんですけど」

そう水を向けられたのは、貴臣一家の料理人として阿久津とともにやって来た八雲だ。歳はもう六十過ぎ、渋味も苦味も持ち合わせた職人気質の男だったが。

「食べる前に、出汁を引いている香りでわかります。真っ当な店ですよ」

「八雲が言うなら本物ですね、これは楽しみだ。日本酒も大分あるようですし」

もともと熱海で貴嗣氏に仕えていた阿久津と八雲には、既に阿吽の呼吸というものが出来上がっている。更には美沙も、驚くべき速さで彼らに馴染んでいた。

「お二人とも、ビールの後は日本酒にします？　いいひやおろしが入ってきてるそうですよ」

「ひやおろしとは、ますますここがマンハッタンとは思えませんね。いいですね、そうしましょう。ところで、こちらへは美沙さんもよく？」

「よく、というほどではありませんが、何度かお邪魔しています。どれをとっても全く違和感のない、完璧な日本食です。ちなみに、貴臣様と結花様もいらっしゃいますよ。〆の特製生姜焼き丼は、結花様のおねだり《リクエスト》で誕生したメニューだそうです」

　主人の最側近である使用人頭と、女主人の最側近である筆頭黒服。限りなく同等に近い立場の二人は、既にお互い相手を受け入れ尊敬し合い、引越したばかりの邸内で抜群のチームワークを発揮している、と野元も漏れ聞いていた。

　……何だかそれ以上に親しげに見えるのは、きっと自分の主観の問題だろう、うん。と野元は、モヤモヤしまくる自分をどうにか納得させる。

「ところで、阿久津さんは、あの黒川さんの息子さんなんですよね」

　お通しの小鉢（本日は人参と砂糖人参《パースニップ》のきんぴら）をさっさと平らげて躊躇なくプライベートに踏み込んだ、いや切り込んだのは、立花である。

「はい。まあ、そうですね。父というより、上司という感覚の方が強いですが」

「すご、筋金入り。もしかして、お母様も？」

「ええ、両親ともに久世家の使用人です。立花さんと同じですね」

「やっぱり！　そうじゃないかなって思ってたんですよね～！」

なるほど立花は、二世三世の使用人仲間として、阿久津が気になっていたらしい。

そして桜井も、同じ料理人として、八雲に興味があるようだった。

「あの、八雲さんは、どうして先代様に？」

立花を見ていて、これくらいは訊いても大丈夫かな、と判断した桜井が、それでも遠慮がちに問いかけると。

「実は昔、刃傷沙汰を起こして事件になりかけたところを、御前様に助けて頂きまして」

抑揚に乏しい低い声で言われたその言葉に、桜井が笑みを引きつらせて「――はい？」と固まる。今なんだか、全く想定外の単語がいくつか聞こえてきたような。

お恥ずかしい話ですが、と前置きしてから、八雲は低い声で呟くように続けた。

「当時働いていた店の、仲居の一人といい仲だったんですが、先輩料理人に遊びで手を出されて、孕まされてしまいまして。自分もまだ若かったので、つい頭に血が上って……」

大事な恋人を遊び人の先輩に寝取られて孕まされ、逆上して刃物を摑んでやり返した、ということらしい。すげえ、まるで昭和の任侠映画だ、と野元が胡瓜と大根のお新香をぽりぼり貪りながら目を剝く。

「御前様が、その件について話されるのを聞いたことがあります。目をかけていた料理人がつまらんことで潰されかけて、勿体ないから久世家で引き取った、と」

「ありがたいことです。御前様は、前科者になりかけた自分を雇ってくださっただけでなく、働いていた店の主人や先輩も、きっちり黙らせてくださいました」

　想像以上にヘヴィでディープな話だった……とテーブルが一瞬静まり返る。けれどすぐにはっとした美沙が、気を取り直して更に問いかけた。

「それで、結局その仲居さんとは……？」

「もう一緒にはなれんと、泣いて拒まれまして。別れた後、彼女は一人で子供を産んで、立派に育て上げました」

　遠い目をしてうっすら微笑む八雲の顔は、怒りに任せて他人に刃を向ける修羅ではなく、仏の如き慈愛に満ちていた。その隣で阿久津も頷く。

「八雲はずっと、給金の大半を、その方と生まれたお子さんのために送金していたんです。なかなかできることではありません」

「いやぁ……御前様にお仕えしていると、金なんかそうそう使いませんから。自分は無趣味でつまらん人間なので」

「謙遜ですよ。八雲の趣味は料理研究で、しかも非常に熱心です。元々和食の料理人ですが、今は洋食でも菓子でも何でも作ります。貴臣様や結花様がお客様を招いてホームパーティーを開かれるのが、今から楽しみです」

その言葉で気を取り直したのが、言い出しっぺの桜井だった。あまりの展開に言葉を失って呆然としていたが、突如拳を握って力説し始める。

「そ、そうです！　八雲さん、ほんとに凄い、超凄腕の料理人なんですよ！　私もう、勉強させて頂くことばかりで、なんかもう師匠と呼ばせてくださいって感じです！　ね、美沙さん！」

「八雲さんが離乳食を準備されると、真貴さまと花音さまの食い付きが全然違うんです。悔しいですが、あんな小さいお子様でもわかるんだなって、かえって納得しました」

「八雲さんがお休みの日とか、教わった通りに作ってお出ししても、なんかいまいちお二人ともテンション低いっていうか……すぐ遊び食べになっちゃうし」

「大した違いはないと思うんですけどね。でも、お子様方に喜んでいただけると、自分も嬉しいです」

うっすら照れたように下を向く八雲も、非常に得難い、優秀な使用人だったが。

やはり何と言っても、阿久津の有能さは飛び抜けていた。

経歴もまた、見事なものだった。ついつい気になってこっそりデータ（＝個人情報の塊である久世興産の従業員リスト）を盗み見た野元が、見るんじゃなかったと後悔するほど。

アメリカの大学を卒業後に久世興産入社、つまり貴嗣氏に正式に仕え始めたが、その数年後に今度は社費留学の扱いでスイスとオランダの執事学校（なんてものが世の中にはあるのだ）に入り、最優等で卒業している。使用人頭としての英才教育を余すところなく受けてきた、と言っても過言ではない。

「阿久津さん、執事学校ってどんなことを勉強するんですか？　そもそも何語ですか？」

美沙も興味があるようで、焼酎ロックを水のように飲みながら身を乗り出して熱心に質問している。阿久津の方も、日本酒を上品に味わいながら丁寧に答えていた。

「オランダの学校は英語でイギリス式、スイスの学校は言語も作法もフランス式でしたね。英語はともかく、フランス語は苦労しました」

「そういえば結花様も、スイスのマナースクールでフランス語を勉強されたそうです。セレブの世界って、やっぱりフランス語も必須なんでしょうか」

「セレブと言っても様々ですので、単なるお金持ちであれば特に必要ありませんが。結花様の通われたスクールは、ヨーロッパの貴族御用達の名門花嫁学校《フィニッシングスクール》ですから。できて当然、というスタンスなのでしょう」

そう答えながら美沙に優しく微笑みかける阿久津を見て、野元はますますモヤるのを自覚しつつ、店にキープしておいた黒霧島のボトルを手酌で飲み始める。

「もし美沙さんが、久世家の外での人生を少しでもお考えなら、執事学校の修了証書は強くお勧めしますよ。国外でも立派に通用しますし、インターンで結果を出せば欧米の超一流ホテルで職を得るのも簡単です」

「インターンというと、職場体験ですよね。執事学校でもやるんですか?」

「やりますよ。期間は大抵二、三か月で、派遣先は人によって様々ですが、私はロンドン市内の五つ星ホテルと、ルツェルンのシャトーホテルでした」

阿久津はさらりと言ったが、名門ホテルでのインターンはそもそも成績優秀な生徒しか指名《アサイン》されない。同期の中で首席だったからこそのインターンであった。

「執事だからどこかのお屋敷に行くのかと思いましたが、ホテルなんですね」

「そうですね。新米の執事が職を得るのは、今ではもっぱら高級ホテルになりました。ですが、そこでお客様に気に入られて声をかけられることもありますよ。私もありがたいことに、インターン中に何度かお声がけを戴きました」

「凄いじゃないですか。お相手はどんな方だったんですか?」

「アラブ人と中国人のご家族で、どちらも相当な大富豪でいらっしゃいました。日本人の執事というのが、毛色が変わっていて興味を惹かれたのでしょう。お仕えする先はもう決まっておりますので、と丁重にお断りしましたが」

美沙と阿久津は、そうして盛り上がっている。なかなか親密な雰囲気だ。

なんかムカつく、と一人でむすりとしている野元の姿を横目で見ていた立花は、しょうがない奴だなあとこっそり溜息をついた。表情筋の制御もへったくれもない、そんなだからお前はいつまでたっても雑用係なんだよ、と。

阿久津という男には、凡そ欠点などないかのようだった。少なくとも、野元にはそう見えた。

どこをどうやったのか恐るべき速さでビザを取得した阿久津が、片道航空券でマンハッタンに到着した日のこと。

連絡を受けた貴臣はまず自分のオフィスに阿久津を呼び寄せ、顔見せと称して個人秘書たちに引き合わせた。スケジュールを共有する必要があるためだという。

「部下ではない。一言で言うなら、執事《バトラー》だ」

そう紹介された阿久津は、謙遜するでも恐縮するでもなく淡々と自己紹介し、丁寧に頭を下げ——るのではなく、微笑みを浮かべて会釈していた。第一秘書のミズ・ヴォルフと握手する所作を見ても、欧米式の身のこなしがごくごく自然に身に付いているのがわかる。

見た目も非の打ちどころがなかった。身長は一八〇cmに少し欠けるくらい、肥満とは無縁な身体にはよく見ると筋肉もそれなりについているのがわかる。人目を引くような美男ではないが整った顔立ちをしており、知性が滲む細面に浮かべた微笑が誰かに似ているなと思ったら、カレンの兄であるラリー・陳と同じ種類の微笑みだった。

常に落ち着きはらっており、身のこなしはしなやかで優雅。歩く時も速すぎず遅すぎず、決して余計な足音を立てない。他人に対する距離感が絶妙で、サーブしやすい・されやすい位置取りを訓練されているのがわかる。話し声が耳に心地よいのは、聞き取りやすい発音と声量を常に意識しているためらしい。

何より、主人である貴臣の態度が全く違った。

「よく来てくれた。来て早々に引越で、面倒をかけるな」

「問題ありません。どうぞお任せください」

「早速だが、今夜にでもファミリーオフィスの担当者と引き合わせる。物件もそちらで探させているから、候補が出次第、比較検討するように」

「かしこまりました」

「直近の財務状況をざっとまとめておいた。早いうちに目を通して把握しておいてくれ、何か提案があればいつでも聞く。プライベートバンクの担当者が来週スイスから会いに来るから、夕食を兼ねた会談のセッティングを。お前も同席するように」

「承知致しました」

貴臣の矢継ぎ早の要求にも、阿久津はゆったりと微笑んで頷く。まるで何を言われるのかを予め承知しているかのようだ。実際予想はついているのだろう、無駄な質問を一切返さない。主人の時間を無駄にしないよう、受け答えは丁寧ながらも最低限だ。

あれでほんとにわかってんのかな、と野元はこっそり阿久津の顔を盗み見てみたが、何もかも把握しておりますと言わんばかりのその態度は確かに、本邸の嶋田や五所宮を彷彿とさせる。

「ここ最近、財務顧問とやり取りする時間もなかなか取れない有様でな。お前がある程度見てくれるなら助かる」

「そうだろうと予想しておりました。ご家族の皆様のお役に立てるよう、全力を尽くします」

「ああ、頼りにしている」

阿久津は新参者でありながら、貴臣の前第一秘書である河合と同等レベルの関係性を既に築いているように見えた。その全ては、貴嗣氏から受け継いだ秘密を共有しているが故の特殊な親近感だったが、野元がそんなことを知る由もない。

野元はただただ、新顔とは思えない阿久津の態度や溶け込み具合を横目で盗み見ては、いまいち頼りない我が身と比較して溜息をつくばかりであった。

◆

そうは言っても、会社で部下として働く野元と、自宅で使用人頭として働く阿久津には、ほとんど接点はない。野元が貴臣の自宅へお邪魔することは滅多にないし、阿久津が会社に来ることもない。何かしら必要があって阿久津とやり取りする際は、第一秘書が担当する。

だから、普通ならそのまま何となく疎遠になり、顔を合わせれば挨拶くらいはするという、日本にいた頃と大して変わらない関係性を保つはずなのだが。

「阿久津さん、本当に凄いんですよ……！」

と、会話するたび美沙の口から名前を聞かされ賛美され、いやでも意識するようになってしまっていた。

ちょうどその頃。

結花の大学の秋季休暇《フォールブレイク》で貴臣一家が揃ってマンハッタンに滞在しており、美沙も野元も珍しく定時に仕事を終えた金曜。自宅近くのスーパーマーケットで二人で夕食の買い出しをしていたところ、美沙に突然「明後日の日曜、阿久津さんをランチに招こうと思うんですが」と言われた野元は、持っていたオレンジを思わずぽろりと取り落としていた。

「ちょうど土日が休みになったことですし、先代様のこととか色々と聞いてみたくて。かまいませんか？」

――かまいます！　と反射的に返しそうになった野元はしかし、咄嗟に言葉を飲み込んだ。そして。

「べっ別にいいんじゃないですかね！　俺もその、そういえば貴臣様に、阿久津さんからコーヒーの淹れ方教わっとけって言われてたっす！」

「ああ、確かに。余りを少しだけ頂いたことがありますが、阿久津さんのハンドドリップコーヒーは絶品です。じゃ、あとで連絡しておきますね。となると、うーん、メニューどうしよう……」

やせ我慢してへらへら笑いながら応諾した野元だが、内心ではノーと言いたい気持ちでいっぱいだった。

二人が結婚してもうすぐ一年になるが、美沙は常に結花に付き従ってマンハッタンとフィラデルフィアを行き来しているため、自宅で夫婦水入らずで過ごせる時間は決して多くない。それでなくとも美沙は、週末になれば必ず休みというわけでもないため、二人の休日が重なる機会はかなり少ないのが現実だった。

その貴重ないちゃいちゃタイムに、なんでほかの男を割り込ませなきゃならないんだ！　だったら二人でランチデートとか、どっか郊外にお出かけとか、なんなら一泊旅行とかしてみたいのに！……と言いたいのは山々だったが、美沙に「器の小さい男」と思われたくなくて無理やり口を噤んだのである。

だがその二日後。

「お招きありがとうございます」とやってきた阿久津が、持参した花束を美沙に手渡す姿を見て、野元は無性に叫び出したくなっていた。

「通りすがりのグリーンマーケットで、目について買ってきたんです。日本では見かけない色と形だなと思いまして」

そう言って差し出されたのは、様々な色や種類のコスモスの花束。日本で見かけるコスモスといえば大体は一重の白・薄ピンク・濃いピンクだが、阿久津が持ってきたのは二重だったりギザギザしていたり、色もピンクではなくボルドーレッドや深いルビー色それに濃淡で色が混ざっているものと、確かに物珍しい。そして見るからに洒落ている。……負けた、と野元は内心がっくり膝をついた。

「わぁ、素敵ですね。わざわざありがとうございます。仕事でなく自宅に花を飾るのは、ずいぶん久しぶりです」

「そうなりがちですよね、特に我々のような職業は。もしよかったらなんですが、花瓶も仕入れてきました。セットでお安くしてくれたので」

「助かります。実は今、何に活けようかって悩んでました」

嫌味なくらいそつのない男だと、野元は悔しさに歯ぎしりしながら無理やり笑みを浮かべて突っ立っていた。言われてみれば確かに、この家に花なんか飾ったことはなかった。だって、美沙がここにいる時間は短いし……。い、いやでもほら、もうすぐ結婚記念日だし！　結婚記念日にはさすがにバラの花束とか贈ろうと思ってたし！

なんてことを一人で悶々と考えている野元にも、阿久津は愛想よく微笑みかけてくる。

「コーヒーの淹れ方をということでしたので、豆を買ってきました。淹れ方も大切ですが、やはりそれなりの豆が必要ですからね」

「え、あ、わざわざすいません。あの、おいくらでしたか！」

「いえいえ。私も飲ませて頂く予定ですから、今回の分はお気になさらず」

自分にまでそうして気配りされてしまっては、文句など言えるわけもない。野元は内心「ぐぎぎぎぎ」と歯ぎしりしつつも大人の対応を心掛け、「狭い家ですがどうぞどうぞ！あ、上着お預かりしますね！」と努めて愛想よく迎え入れた。

美沙は受け取った花束をそのまま無造作に花瓶へ投げ入れ、外の光が入る窓辺の特等席に置いた。それだけでずいぶんと部屋が明るくお洒落になる。

どうぞ座って寛いでください、と既に位置皿が置かれたダイニングテーブルへ案内すると、阿久津は控えめに品よく、だが興味深そうに室内を見渡していた。

「すぐに準備しますので。軽くアルコールいかがですか？　休日ですし」

「ありがとうございます。そうですね、では遠慮なく。――所々ヴィンテージっぽくて、素敵なお宅ですね。美沙さんが物件を選んだのでしょうか、それとも野元さんが？」

「あ、はい、一応俺です。まあその、八割方独り暮らし状態なんで……」

阿久津が会話を先導する間、美沙は作っておいた料理を温め直して皿に盛り、てきぱきとテーブルへ運ぶ。無駄のない動きは、さすがプロ家政婦といったところ。

「和食は本職にはかなわないし、ありきたりな洋食は食べ慣れていらっしゃるでしょうから、今日はちょっと変わったものを用意してみました」

美沙は料理人ではないが、一般的な家政婦の仕事の範疇として家庭料理はお手の物だ。前日のうちに食材を買い集め、夜から仕込みを始めた料理は、野元も初めて見るものばかりだった。阿久津も少し驚いた顔をしている。

「これは……ヨーロッパのどこかの料理でしょうか。東欧あたり？」

「さすが御名答。マエストロ・シュレジンガー宅の家政婦のミセス・タルスキから教わった、ポーランド料理なんです」

美沙が用意したのは、老マエストロが好んで食べる伝統的なポーランド料理だった。こういう物珍しい料理なら上手い下手はあまり関係ないだろう、という冷静な計算も働いている。ちなみに野元にも初めてで、自分には作ってくれなかったのに……とこっそり拗ねている。

すり下ろした胡瓜のピクルスとチキンブイヨンで角切りにしたじゃが芋や根菜を煮込んだ、オグルコヴァという酸味のあるスープ。ディルを散らしてサワークリームを添えてあるのが、なんとなく東欧っぽいなと野元も思った。付け合わせに、表面をカリッと焼き上げたプラツキというじゃが芋のパンケーキ。焼き餃子そっくりに見えるのはポーランド名物として知られるピエロギ、メインの仔牛肉と茸のサワークリーム煮込みは秋の味覚だ。

「これはすごい、ご馳走ですね。全部美沙さんがご自分で？」

「勿論です。と言いたいところですが、実はポーランド料理のデリを見つけて。ピエロギは、そこで買ったものを焼いただけです。デザートも桜井さんに頼んでしまいました」

「それ以外はお手製ということですよね。十分です、これは楽しみだ」

「味もお口に合うといいんですが。この飲み物も、ポーランド産のウォッカを林檎ジュースで割ったものなんですが、あちらのご家庭でよく飲まれるものなんだそうです。シャルロッカというそうですが、結花様もフィラデルフィアでよく飲んでらっしゃいます。野元さん、私にも一杯頂けますか」

「はい！」

「男性には、甘くて物足りないかもしれません。ワインも用意してありますので、遠慮なく仰ってくださいね」

そうしてランチが始まると、和やかに会話は弾んだ。阿久津は愛想の良い笑みを浮かべて快活に喋りながら、少々大袈裟なくらいに美沙の料理を褒めちぎる。

「ポーランド料理は初めてですが、美味しいですね。日本人の味覚でも違和感なく食べられますが、これはもともとそういう料理なんですか？　それとも美沙さんがアレンジで？」

「そうですね。スープは少しだけ酸味をマイルドにして、あとは来客用に作ったのでちょっと具材が多めです。アレンジはそれくらいでしょうか。でも、ミセス・タルスキのオリジナルも、とっても美味しいんですよ」

「そういえば貴臣様も、フィラデルフィアのマエストロのお宅で出てくる料理が、ポーランド出張で現地で食べた料理より美味かったって言ってたっす。あと、ポーランド料理に詳しすぎて、現地で驚かれたとか」

「貴臣様が仰るなら間違いありませんね」

最初はそうした当たり障りのない話ばかりだったが、二杯目三杯目と酒が進むにつれ、突っ込んだ話になってくる。

「阿久津さん。先日少しだけお聞きした、執事学校の件。もうちょっと詳しくお聞きしてもよろしいですか？」

わくわくと好奇心を隠さぬ表情は、美沙には珍しい。なんか美沙さん可愛いな、とうっとりする野元を尻目に、阿久津は「いいですよ」と穏やかに微笑した。

「執事学校では、あらゆることを学びます。執事としての心構えは勿論、正しい言葉遣い、正しい姿勢、正しい歩き方。正しい掃除の仕方に、正しいグラスの磨き方、正しいアイロンのかけ方。正しい靴磨き、正しい銀磨き、正しい目玉焼き……」

阿久津がずらずらと述べていくのを聞いていた野元が、途中で目を丸くする。

「え、そんなに仕事あるんすか？」

「はい。今時の執事は多忙です。人が多くて分業化されていた昔と違って、一人で何役もこなさなければなりません。執事兼、侍従兼、フットマン兼料理人といったところでしょうか。しかも全てに完璧を求められます」

うんうん、そうですよね、と頷いていた美沙が、興味津々で更に問う。

「なんにでも〝正しい〟があるんですね。ちなみに、正しい目玉焼きって、何がどう正しいんですか？」

「目玉焼きの黄身が、白身の中心にあることです。そうでないと、朝食のカリキュラムで及第点を頂けません」

なんでも、目玉焼き一つ焼くのでも、型《セルクル》を使って真ん丸にし、なおかつ黄身をど真ん中に美しく配置しなければならないらしい。黄身が破けるなどしたら、問答無用で作り直しだとか。

「そういえば、王宮の晩餐会の給仕レッスンがあるって言ってたじゃないすか。さっぱり想像つかないんですけど、レストランとかの給仕とはまた別物なんすか？」

「ああ、テーブルサーヴィスですね。よかったらお見せしましょうか？　燕尾服《テイルコート》も白手袋もなしでは、いまいち格好がつきませんが」

野元の質問ににこやかに答えた阿久津は、すっと静かに立ち上がると適当な皿を一枚持って玄関まで戻り、ふうと一つ息を吐いてから両足の踵を合わせてびしりと背筋を伸ばす。一瞬で顔つきまで変わったのに驚いた野元が無言で凝視する前で、左手に皿を持ちつつ右手を腰の後ろに添え、顎を引いてまっすぐ前を向きながらダイニングテーブルの方へ歩いてくると、美沙の左側からすっと手を伸ばし音もなく皿を置いた。

最後にぴしりと指を揃えて一瞬停止してから下がるなど、身体さばきや手の動きは非常に洗練されており、「執事のバレエ」と呼ばれるのも頷ける美しさである。

「皿を持ち、歩いて、置く。これだけの動作なんですが、一つ一つにそれぞれルールがあり、全てを美しく流れるように連動させるにはそれなりの訓練が必要になります。やってみるとわかりますが、最初はあちこち筋肉痛になりました。これを特に意識せずともできるようになるまで、ひたすら訓練です。ちなみに、歩く速さも歩幅も全て決まっています」

「うへぇ、そこまで……」

「数十名、数百名単位の晩餐会では、それこそ何十人もの給仕がぴったり揃って動く必要がありますから。そうですね、ノーベル賞の公式晩餐会などは、テレビで目にする機会があるんじゃないでしょうか」

「そういえば見たことがありますね。確かに、かなりの数の給仕が立ち働いていました」

「あれはスウェーデン王室主宰の晩餐会ですが、千人を超える招待客のほとんどが一般人ですので、実はそれほど格式張ってはいません。私程度でも、その気になれば潜り込めるんじゃないでしょうか」

王室の晩餐会で給仕する。それは使用人ライフとしては、非常に特別なことかもしれないのだが。

正直、あまり興味を引かれないなと美沙は思った。そういうんじゃないんだよなあ、と。

「美沙さんは、こうした仕事にはあまり？」

元通り椅子に座りつつ、阿久津が微笑みを浮かべて問いかける。美沙は少しだけ考えこみながら、三杯目のシャルロッカをするりと飲み干した。

「そうですね……学校でどんなことを学ぶのかは、興味あるんですが。なんというか、久世家の外で働く人生というのが、ちょっと考えられないといいますか。もし久世家で晩餐会を開いてくれることがあったら、大喜びでお仕着せを着て給仕させて頂くんですが」

「働くなら、あくまで久世家の中がいいと」

「そうですね……私はこの仕事を愛していますし、天職だと思ってます。でも、お仕えする相手は誰でもいいわけじゃなくて——あ、ありがとうございます。すみません」

冷蔵庫で冷やしていたロゼワインのボトルを持ってきて、新しいグラスに手酌で注ごうとすると、素早くボトルを取り上げた阿久津が向かい側から注いでくれた。気が利く人だ、さすが執事、と感心しつつ、美沙があれこれ考えながら言葉を継ぐ。

「結花様付きになる前は、女中として唯臣様ご一家を担当していました。ですが、その頃と比べると、なんでしょう、やりがいといいますか……貴臣様ご一家は、久世家の中でもまたちょっと特別でいらっしゃって」

「あ、なんかわかる気がする。唯臣様のところは、なんていうか、結構普通の家っぽいっすよね」

生まれながらにして特権階級の一員だった唯臣と和佳子夫妻は、家庭を持つにあたって「(浮世離れした大金持ちではなく)普通の家」を目指したという。使用人の数も最低限で、和佳子付きの黒服は二人しかいない。

それに対し、生まれも育ちも庶民そのものだった結花は、貴臣との結婚によって「普通」の二文字から遥かに遠ざかった。貴臣がいないフィラデルフィアでの居候生活はまだ普通の大学生っぽいが、マンハッタンでの暮らしぶりはもうセレブといって差し支えないものである。そしてそのセレブライフのお手伝いをするのが、美沙には楽しくて仕方ないのだ。

二人の趣味であるオペラだけでも、もともと十分華やかだった。それが渡米して以降、レセプションだ食事会だバカンスだホームパーティーだと、セレブらしい社交の機会は枚挙にいとまがない。その度に下着から靴まで衣装を選び、髪を整え化粧を施し、貴臣がお気に召せばお褒めの言葉を頂くこともある。そうした身繕いを外注する際にも必ず同行し、結花もまた「美沙さん、どうですか？　変じゃない？」と真っ先に意見を求めてくるのだ。

それだけではない。日本のマスコミが何かとネタにしたがる貴臣のプライベートや久世家の内情だって、誰にも言わないが知りたい放題だ。夫妻が世界中のどの店でデートするのかも知っているし（自家製グルメガイドブックができそう）、自宅のベッドでどんな風に戯れ合うのかも大体知っているし（ウサギさんの首輪や尻尾の手入れも大事な仕事）、なんなら貴臣のスキンの（つまりはアレの）サイズまで知っている。使わなくなって久しいけれど、縮んではいないと思う。多分。

主夫妻のおセレブいちゃラブ生活を、黒子となって過不足なく整える——美沙にとって、これほど楽しくてやりがいのある仕事はなかった。

「正直に言えば、結花様に仕える以外の人生を、ちょっと思いつかないという感じで」

美沙が若干遠慮気味に、それと同じくらい誇らしげに告白すると、阿久津はごくごく真面目な顔で深く頷く。

「その忠誠心、さすがは筆頭黒服ですね。お気持ちは、とてもよくわかります」

静かに呟いた阿久津に「ですよね！」と返す美沙の両目が輝くのを、野元は見た。うっすらムカつきながら。

「執事学校の同級生の中には、主人ではなく札束に仕えているような人間もいました。彼らは大抵、中国やシンガポールなど、アジアのスーパーリッチの家庭に仕える道を選びましたが……むしろ哀れに思いましたね。お仕えするに足る主人を持った時、どれほどやりがいを感じるか。教えてやれないのが残念でした」

「――あの。阿久津さんは、最初から、貴臣様にお仕えする前提で……？」

貴臣に仕えるためだけに、将来の使用人頭として育てられたのか。そんな人生に不満はなかったのかと、美沙は質問したのだが。

自分のグラスにもロゼを注ぎつつ、阿久津は小さくかぶりを振った。

「いえ。実を言えば、ノーと言っても許される立場でした。御前様は、まず私の側に、選択肢を与えてくださったんです。貴臣様にお仕えするかしないかは、自分の目で見て判断すればいい、と」

美沙にも野元にも、少々意外だった。使用人としての阿久津の優秀さは、どこからどう見ても人為的かつ意図的に作り出されたものだろうと思っていたから。

阿久津はしばし迷うように黙り込んでから、やがて小さく息を吐いて語り始めた。

「……小学生まで、熱海の街中で母親と暮らしていましたが、週に一度は必ず御前様にお目通りしておりました。短い時間でしたが、御前様は、幼い私をしっかり見つめて、様々なお言葉をかけてくださいました。今は何を勉強している、美術や音楽は好きか、運動はどうだ、試験の結果はどうだったと」

「あの相談役と、毎週……」

「子供でしたから、別に怖いとは思いませんでしたよ。ただ、父や母の態度から、とても偉い人なんだということは察していましたが。……父である黒川とは、親子として会話する時間があまりなかったので、御前様の方が話した記憶が多いくらいです」

あの（偏屈で気難しそうな）相談役と、毎週逢って尋問――ではなく質問されまくるとか。うへえ、俺には無理。声には出さずにそう呻いた野元だが、阿久津には何でもないことだったらしい。

「まだ子供でしたが、それでも私はだいぶ早熟だったんでしょう。小学校の教師はともかく、同級生とは価値観も話題も合わなくてだめでした。虐められはしませんでしたが、クラスの中でかなり浮いてしまったので、大人たちから無駄に心配されてしまいましてね。鬱陶しいくらいでした。それで色々調べ始めて、特待生として合格すれば無料で通える全寮制の中高一貫校があると知って、そこを目指しまして」

野元にも美沙にも、なんとなく想像がついた。小学六年生の阿久津はきっと、今と大して変わらない、大人びた落ち着きと分別のある子供だったのだろうと。そんな子供が同じクラスの中にいたら、どう扱っていいかわからず遠巻きにするしかない。

「御前様がどれほど『偉い人』なのかを知ったのは、中学に入ってからです。なんとかお近づきになれないか、と打診してくる友人がいて、ようやく理解しました。勿論、自分は御前様に誰かを紹介できるような立場じゃないと、断りましたが」

「中学生でもそんな話になっちゃうんだ。こわ……」

「高校生になって、学校の長期休みで熱海に戻ると、アルバイトをするようになりました。ホテルの雑用なんかをしましたが、ホテルマンの真似事をするのに父親の仕事ぶりを参考にしていたら、今すぐにでも就職しないかと誘われたりしましてね」

「それはもう、使用人頭とか執事とかって、対人サービス業の中では最高ランクに位置する職種ですもんね」

「はい。話は勿論断りましたが、それをきっかけに、将来について考えるようになって――特にやりたいこともなく、流れに乗って漫然と進学し就職するよりは、御前様のお傍でお仕えした方がよほどやりがいがありそうだと想像するようになったんです。それで、どうすれば御前様にお仕えできるかと、まず母親に尋ねました。そうしたら、その日の夕食には珍しく父親が帰って来て、食卓には赤飯が出てきて」

どこかで聞いたような話だ、と美沙はふと思い出し笑いしそうになった。そう、立花だ。立花が結花様付きとして黒服を賜った時も、赤飯が出たって言ってた。

「本気なのかと、何度も確かめられましてね。その頃はまだそこまで真剣に考えていたわけじゃなかったんですが、父の顔つきを見たら『本気だ』としか言えなくて。そうしたら、まず英語は必須だと言われたので、留学を決めました。通っていた学校のカナダの提携校から、奨学金ももらえましたので。大学卒業後は父の勧めで数年現地で働いてから帰国し、久世興産に入社しました。まあ、そこから今度は父や御前様からの、教育というか訓練がスタートしたわけですが」

「……大学より、むしろそちらの方が大変そうですね。そこからはもう、貴臣様付きの使用人頭へまっしぐらですか?」

美沙の問いかけに「いいえ」と短く答えた阿久津は、詳しい経緯をお話しすることはできないのですが、と断ってから説明した。

「そこに至ってもなお、御前様は、貴臣様にお仕えすることを私に強制なさいませんでした。久世家ではなくCUSEで働いてもいいいし、久世家ともCUSEとも関係ない、全く別の仕事を選んでも構わないと」

それだけの能力を身に付けておいて、社会的な地位も何もないただの使用人ではさすがに勿体なかろうと、貴嗣氏は言っていたのだった。能力を生かす場はいくらでもある、やりたいことがほかにあるならその道を選んでも構わんと。それくらい、阿久津は単なる使用人としておくには優秀過ぎた。

「ですが、それで余計に、御前様のお役に立ちたいという気持ちにさせられてしまいました。今思えば、うまいこと乗せられたのかもしれません。執事学校を修了して数年後、貴臣様に仕える気はあるかと御前様から問われた時には、指名されたことが嬉しくて仕方ないくらいでした。その時も、強制はしない、自分の目で確かめて、仕えるに足る相手だと納得できればでいいと言われておりましたが」

貴嗣氏直々のご指名とあらば、どんなことでもやり遂げただろう。だが、阿久津は貴嗣氏に仕えたいから使用人になったのであって、他の誰かのために働くことは想定していなかった。それを理解していたからこその、選択肢。

「……お二人にもお判りいただけるかと思いますが。お仕えする相手を自分の意思で選べるというのは、我々使用人には非常に幸運なことです。私は、御前様の外出にお供する形で、貴臣様や結花様の実際の人となりを拝見し、己の主たり得るかと吟味しました。結果、心酔したとまでは申しませんが――自分の意志で貴臣様を主と認め、生涯お傍でお仕えすると決めたのです」

――実際にはそれもまた、貴臣が貴嗣氏の後継者として認められるかどうかの試金石だった。久世家の裏の当主の座は、非情に秘匿性が高くかつ危険なもので、何があっても絶対に信用できる腹心なしでは成り立たない立場だ。そのために育てられた阿久津という存在を、貴臣は見事に屈服させたのである。

「はぁぁ……改めて、凄いっすね。なんつーかこう、ドラマチックっていうか」

ふひぃぃ、と妙な溜息を零しながら感嘆の声を漏らす野元に、阿久津はくすりと小さな笑みを向けた。

「野元さんが貴臣様にお仕えするに至った経緯も、なかなかドラマチックだと思いますよ。

ヒューマンドラマというよりは、刑事ものになるかもしれませんが」

「ぐふッ。そ、それ知ってるんすか、そっすよね、使用人頭ですもんね……」

忘れかけていたことを改めて指摘され、ただただ耳が痛い野元を尻目に、美沙が「決め手は何だったんですか？」と質問すると。

「そうですね。やはり、伴侶として結花様を選ばれたことでしょうか」

その言葉に、美沙はぱぁぁっと満面に笑みを浮かべて「ですよね！」とはしゃいだ声を上げた。あまりに嬉しそうなその様子に一瞬面くらった阿久津だが、すぐにいつもの微笑を浮かべて深く頷く。

「一日でも早く、一人でも多くの子供を、と皆に期待されていた貴臣様にとって、あれ以上の選択肢はありませんでした。誰も選ばず独身を通すのは悪手、妥協して適当な相手を見繕うのは更に悪手で、もはやリスクしかない。よくぞあのような女性を見つけ出されたものだと、父や私だけでなく、御前様もほとほと感心しておられました。唯臣様のご結婚が密かに物議を醸しましたから、余計に……っと、少し口が緩み過ぎました。ご放念ください」

阿久津の言葉にこくこくと何度も頷く美沙の両目が、とろりと潤んでいるのに野元が気付く。酒には強い美沙だが、珍しく酔っているようだった。そういえば、焼酎には強いけどチャンポンに弱いと言っていたような気が……いやでも、ウォッカのジュース割とワインだぞ？　あの美沙さんが、まさかそんなんで？

「わかります。すっごくよくわかります！　私も、侍女になって何もかもを世話して差し上げたいって思ったのは、結花様だけです！」

「なるほど。家政婦や女中ではなく侍女、Lady-in-waitingですか。さすが美沙さん、目指すところが違いますね」

阿久津の言う「Lady-in-waiting」とは、王族や皇族の女性たちにつく、お付きの女官のことである。女主人のちょっとした用を聞き、アシスタントとしてスケジュールを管理し、外出の際にはひっそりと付き従う——正に今の美沙そのもの。

「そうですそこなんです！　もう毎日楽しくて仕方ないんです、結花様専属侍女ライフ。黒服に任じてくださった貴臣様には、一生感謝し続けます！」

己の理想、あるべき姿をすぐさま理解して賛同してくれた阿久津に、美沙は盛大に笑顔を弾けさせた。ちょっと酔っていたことを差し引いても、かなり珍しい光景で。

野元に至っては、あんな顔初めて見た、と息をのんで愕然としていた。

「しかも筆頭だなんて……阿久津さんみたいな方ならわかりますよ。立派な経歴をお持ちですし、専門教育も受けて、黒川さんからも英才教育受けてるし。私なんて、頭もよくないし短大しか出てないし……」

この地位に対して自分は実力不足なんじゃ、としょんぼり俯いた美沙へ、阿久津はふわりと優しい笑みを向けた。

「とんでもない。美沙さんのような献身的な黒服を持った結花様は、お幸せです。執事学校でも教わりました。良い執事に必要なのは、立派な学歴や経歴ではなく、まず相手に奉仕する心だと。その点、美沙さんは完璧です。素晴らしいことだと思います」

熱心に誉めそやされて、美沙がそっと照れたように視線を逸らす。目許がほの朱く染まっているのは、酒に酔っているのかそれとも。

「……ありがとうございます。でも私、全然そんな、完璧なんかじゃ」

「貴臣様からも伺っています。美沙さんほど有能で気が利く人間はそうはいない、貴重な人材だと。本当です」

阿久津の言葉に、美沙のもじもじは増すばかり。互いにテーブルに身を乗り出し、手に手を取りそうな雰囲気で互いを称え合っている。——横で黙って見ている野元の疎外感たるや半端ない。

「ありがとうございます。……阿久津さんがいらしてくれて、本当に良かった。不出来な部下で恐縮ですが、これから色々と教え導いてください。宜しくお願いします」

深々と頭を下げつつ阿久津を見つめる美沙の眼差しには、尊敬と敬愛の念がこれでもかとこもっているのが見て取れた。そして。

「不出来だなんてとんでもない。私の方こそ、美沙さんのような黒服がいてくださって本当に助かりました。ご一家については美沙さんの方が先任ですから、私の方こそ教えを請わねばならない立場です。頼りにしていますので、改めて今後も宜しくお願いします」

阿久津の態度や視線にも、使用人頭として部下に接する以上の熱がこもっているように見えて。

……こんな二人が、同僚として、一つ屋根の下で長い時間を過ごすのか。そう思った途端、言いようのない不安が足元から這い上がって来る気がして、野元はそれを無意識に振り切ろうと頭を左右にぶんぶん振った。

「——美沙さん！　そろそろ一度片付けて、デザートにしませんか？　俺、阿久津さんに、コーヒー実演してもらわないと！」

無理やり笑顔らしきものを作った野元が声を張り上げると、美沙は夢から醒めたように目をぱちくりさせる。

「あ。そう……ですね。そうしましょうか。阿久津さん、デザートだけは桜井さんに頼んで作って頂いたんですが、絶品ですよ。カルパトカというケーキなんですが、ポーランド料理のデザートで一、二を争う人気のメニューだそうです」

「そちらもマエストロの家政婦直伝ですか？　それは楽しみですね。じゃあ早速、コーヒーを淹れてみましょうか」

阿久津もすっと居住まいを正し、まるで何事もなかったかのように（まあ実際ないのだが)、正しい執事スマイルを浮かべて振り向いた。

「では野元さん、まずはお湯を多めに沸かしていただけますか。……」


その日から、野元は不安でたまらなくなった。

美沙は——野元の妻であるはずの美沙は、自分と比べて阿久津の方を、好ましく思っているのではないか。

阿久津に惹かれているのではないか。

今はそうでなかったとしても、いずれそうなるのではないか。

そうして、自分と結婚したことを、後悔するようになるのではないか——。

美沙に何か言われたわけではない。単に野元が、自分に自信がないせいで、悪い想像ばかりしてしまうだけ。

だが、あの阿久津と比べて自信が持てることなど何一つないのも事実だった。

◆

普段なら貴臣の自宅に足を踏み入れることなどほぼない野元だが、電子機器類のシステム関係でたまにお邪魔することがある。

その日も、OSの大型アップデートに伴うCUSE基幹システムの設定変更だなんだで、邸内にあるPCをまとめて処理すべく、週末に休日出勤扱いで訪問していた（ちなみに美沙は先に出勤している）。

食堂の大きなダイニングテーブルを作業台として借り受け、自分のモバイルPCを開いてラップトップ型から次々処理していく。いの一番に結花のPCを処理し、黒服たちのPCを複数台並べながら操作していると、見かけない顔に興味を引かれた真貴が高速はいはいで寄って来て、野元の足元にべたぁっとしがみついた。

「おわっ⁉」

「あ、ちょ、マキくん！　野元さんお仕事してるから、お邪魔しないようにしよ。ね？ほら、あっちで一緒にピアノ弾いて遊ぼ！」

そう言って結花が慌てて抱き上げリビングへと連れ戻すのだが、入れ違いに今度は花音がやって来て同じことをする。結花が抱き上げた真貴も、野元の方に思い切り身体を伸ばして声を上げ、「あっちがいい！」と全身でアピールしていた。落ちそうになって慌てて床に下ろすと、また猛スピードで野元に寄っていく。その後ろを、苦笑しながら立花が追いかけた。

「カノちゃん！　マキくん！　もう、二人ともそんなに野元さんが気になるの？」

両足に一人ずつ子供をくっつけた野元は、思わず手を止めて屈みこむと、ほわほわの頭やぷにぷにのほっぺをそうっと撫でてみた。うお、やわらけ。いい匂いする。くっそー、なんでこんな可愛いんだティキショウ。

「結花様、大丈夫っすよ。俺割と、小さい子供には懐かれるっていうか、よく寄ってこられるんで。甥っ子姪っ子で慣れてます」

「へえぇ、そうなんだ！　でもほら、カノちゃん、マキくんも、野元さんお仕事中だから。お仕事終わったら、ちょっと遊んでもらおうね。そうだ、そろそろおやつ食べよっか！　八雲さんが、とぉっても美味しい栗ボーロ作っておいてくれたんだよ～」

そんなことをしていると、自分も書斎で仕事をしていた貴臣が阿久津を連れて出てきた。

貴臣は休日なのでボタンダウンシャツにパンツ程度の装いだが、阿久津はといえばきっちりプレスされたダークスーツ。糊のきいた白いシャツにきっちり結ばれたネクタイ、ピカピカの革靴そしていつもの白手袋。この主にしてこの執事あり、と誰もが納得するスタイルである。

「――では、スイス側の担当者には、私の方から今後の方針について返答させて頂きます」

「ああ。こっちのファミリーオフィスとやり取りして、よく連携するようにと伝えてくれ。あちらで継続中の案件は、引き続き物件を探すようにと」

「承知致しました。では早速連絡してまいります」

何やらスケールのでかそうな話が漏れ聞こえてくるが、野元は意識してそちらを見ないようにしながら黙々と作業を進める。……やっぱ有能そうだなんて、思うけど気にしない。気にしないったら気にしない。

「野元。書斎のPCでの作業は、とりあえず一段落ついた。早めに完了させておいてくれ」

「はい、貴臣様。じゃ、これの次にそちらを」

「結花のPCは終わったのか？」

「ん。最初にやってもらっちゃいました！」

そう声をかけつつ結花の腰を抱いた貴臣は、そのままダイニングの椅子に腰掛けると無造作に膝の上へ座らせた。秘書の目の前だろうがなんだろうが気にしないし、野元も正直もう見慣れてなんとも思わない。……ちょっぴり羨ましい、とは思うけど。

「マキくんとカノちゃんが、野元さんと遊びたくて仕方ないみたいで。下に放すとすっごい勢いで野元さんに寄っていくんです。野元さん、子供によく懐かれるんですって！」

「ほう。案外秘書より子守の方が向いているんじゃないのか。——冗談だ」

いつもの皮肉めいた軽口だが、野元が目に見えてズゥンと落ち込んだため、思わずフォローを入れてしまう貴臣であった。その様子を黙って見ていた立花が、「ほんと人間味が増したよなぁ、貴臣様」とこっそり感心する。

そこから野元は黙々と作業を進め、何台ものＰＣに同じ処理をし、リストと照らし合わせて残りを確認すると。

「あとは……阿久津さんで最後か。立花さんすいません、阿久津さんのお部屋ってどちらですかね」

「あ、はい。こちらです」

自分のＰＣを抱えて室内の階段を降り、使用人専用スペースへと案内してもらう。

「あのドアです、奥の方。多分中にいらっしゃるかと」

「すいません。ありがとうございます」

指さされたドアの方へ歩いていく途中、手前のドアが少し開いていた。柔軟剤っぽい香料の香り……ランドリールームか、とそのまま通り過ぎようとしたが。

「――本当に残念です。あと一年早く、同僚になりたかった」

うっすら開いたドアの中から、聞こえてきたのは阿久津の声。そればかりはどうしようもありません、と苦笑まじりに返す声は――美沙だ。ぎく、と思わずその場に硬直し、無意識に耳を澄ませる。

一年早く、阿久津が美沙の同僚になっていたら――美沙はまだ、自分と結婚してはいなかった。そう思い浮かべつつ、ひゅっと息をのむ。

「もし気が変わったら、どうぞいつでも声をかけてください。大丈夫、遅すぎるということとはありません。いつであれ」

もし気が変わったら。――俺と、別れる気になったらってことか？

野元の頭の中で、嫌な想像がぐるぐると渦を巻く。え、これ美沙さん、あいつに口説かれてるよな？　どうしようもないって言ってるけど……気が変わったらって、まさか俺、今度こそ美沙さんに捨てられるのか？

……だめだ、これ以上聞きたくない。気が変になる！

無意識の動きでどかどかと足音を立てながら阿久津の部屋のドアまで行き、コンコンではなくドンドンと手荒にノックした。

「阿久津さん、野元です！　ＰＣの設定しに来ました！　阿久津さん、いらっしゃいますか！」

ドアに向かってわざとらしいくらい声を張り上げると、背後のランドリールームから阿久津が出てくる。

「こちらです。すみません、アイロンがけをしていました」

「阿久津さんのＰＣで最後です」

「そうでしたか。お手数おかけします、中へどうぞ」

そうして阿久津に促されるまま、事務室と寝室の二間構成になっている部屋へ素早く足を踏み入れる。

……背後のランドリールームから美沙が出てくるのを、見たくなかった。

悶々としながらも作業を終え、上階のリビングへ戻ろうと階段を上がっていくと、どうやら客が来ているようだった。

なんとなく聞き覚えのある声だなと思ったら、どうやらカレンとラリーの兄妹らしい。

一応見知った相手ではあるが、お客さんの前に顔を出すのはまずいだろうか。躊躇って階段の途中で立ち止まると、耳を澄ますまでもなく、兄妹は何やら騒々しく言い争いをしているようだった。

「だーかーらぁ！　うちに来てくれたら、今の五倍のお給料払うから！」

「こんなうるさい小娘の相手などしたくはないでしょう。二年後にオープン予定のレジャンス京都《きょうと》で、バトラーサービスのマネージャーはいかがですか。年俸は——」

「ちょっとラリー、割り込んでこないでよ！　あたしが先に目ぇつけてたのに、なにしれっと横取りしようとしてんの!?」

「お前の子守だけさせておくには、あまりに勿体ない人材だろう。考えなくてもわかることだ」

「ヘル・クーツェ！　いいからアクツをあたしに譲って！　紹介料ちゃんと払うから！」

「どちらも断る。用件がそれだけならさっさと帰れ。ラリー、お前は確か千煌さんの屋敷でも執事を引き抜こうとして、出入り禁止を食らったんじゃなかったのか」

なんと、阿久津の奪い合いらしい。スーパーリッチの執事か、高級ホテルの執事長か。どちらも迷うポジションだが、貴臣も手放す気はないらしい。

そう察した野元は、はあぁぁぁと大きく溜息をついた。超富裕層が札束を積んで奪い合うような、優秀な人材。既に十分高給取りなのに（データを見たので知っている）、カレンの誘いに応じれば更にその五倍。あり得ない金額だ。

単なるサラリーマンでしかない自分とは、全く違う世界。比べるのも馬鹿馬鹿しいくらいの。

「……こんなところで何をしてるんです？」

階段の途中でへたり込んでいた野元に声をかけたのは、同じように下から上がってきた美沙だ。いえそのなんでも、ともごもご返しつつあたふたと立ち上がり、美沙の後について貴臣に報告しに行く。

「貴臣様、失礼します。作業完了しましたので、俺はこれで……」

「あ、野元さん！」

もう帰ろう、さっさと帰ろうと辞去しかけた野元を引き留めたのは、結花である。

「そこまでご一緒してもいいですか？　子供たちを連れて、セントラルパークへ散歩に行こうと思って！」

見ると再び双子が猛烈な勢いで床を這って来て、きゃっきゃと声を上げながら野元の両足にしがみついてくる。摑まり立ちして抱っこをせがまれるが、PCを持っているため難しい。

けれど、全身でむぎゅうと抱き着いてくる双子の姿に、野元は物凄く癒された。ああ俺、必要とされてるな、と。単なる遊び相手としてでも、嬉しかった。

「喜んでご一緒させて頂きます。すぐに荷物をまとめてきますので」

「結花様、でしたら私もご一緒に。お戻りがお一人になってしまいますので」

「あ、そか。じゃ、立花さんもお願いします！」

貴臣が「うるさいからカレンも連れていけ」とうんざり顔で手を振り、なによぉぉ！と噛みつくカレンを宥めながら一緒に玄関を出て、専用エレベーターで地上へ降りる。

広大なセントラルパークで、双子はベビーカーに見向きもせず、ひたすら野元にだっこをせがんだ。広々とした芝生の上でも、ひたすら双子にくっつかれた。カレンと立花には「意外な才能」と驚かれ、結花には「重いですよねすみません！」とひたすら恐縮されたが、双子からの熱烈な好意（？）にはだいぶ癒された。

だがそれでも、野元は悶々と考え込んでしまっていた。

◆

その日の夜から、美沙は再び結花と一緒にフィラデルフィアへ行ってしまい、もやもやが解消できないまま別居生活が再開した。

悶々としている野元は仕事でもミスを連発し、毎日のように貴臣の凍てつく眼差しで氷漬けにされていた。

第一秘書のミズ・ヴォルフには、「ちょっと疲れてるんじゃない？　大丈夫？　何かあるなら相談に乗るわよ」と言われたが、くだらない男のプライド的に、女性に相談する気になれず。

だって一体なんて言えばいいんだ。奥さんに捨てられるかもって？　お互いよく話し合って、とか言われるのがオチだ。むしろ話なんか聞きたくない。聞くのが怖い。だって、「やっぱり別れましょう」なんて言われたらどうする？

そうこうしているうちに美沙もまた、野元の態度がおかしいのにようやく気付いた。結花の変化には敏感だが、それ以外の人間（自分を含む）の機微は割とどうでもいいと思っているため、些細な違和感は受け流す癖があるのだ。そんな美沙でも気付くほど、野元の態度がおかしいのである。

二人は結婚一年未満の、まあ新婚といってもいい夫婦だが、元々いちゃいちゃべたべたするほうではない。嫁にだけまめなどこかの御曹司とは違い、毎日電話して「おはよう」

「おやすみ」の挨拶もしないし、ビデオ通話で画面に向かってチュウもしないし、ショートメッセージですら一言も言葉を交わさないまま一日が終わるのもしょっちゅうである。まあ原因としては、美沙の仕事の拘束時間が長いせいだが。

それにしても、と美沙はスマホを見下ろして眉根を寄せる。もう丸三日、野元からうんともすんとも言ってこない。二日にいっぺんくらいは、遠慮しいしい何かしらメッセージを投げてくるのが普通だったのに。

仕方ないので、美沙の方から送ってみた。

『月末のサンクスギビングはどうしますか。結婚記念日だからと、結花様がお休みをくださいましたが』

そう、十一月末のサンクスギビング休暇中に、二人の初めての結婚記念日がやってくるのである。結花はしっかり覚えていて、「野元さんと二人でゆっくりしてください！　私たちはフィラデルフィアにいますから！」と、気前よく一般人と同じ四連休をくれたのだが。

メッセージは、秒未満で既読がついた。――けれど、数分待っても返信《レス》が来ない。

『特に予定がないようでしたら、お休みは返上して、私もフィラデルフィアへ同行しようと思いますが』

催促するように再び送信すると、ようやく野元の方からメッセージが飛んできた。

『店、予約してあります』

『マンハッタンですか?』

『はい』

『わかりました』

以上、終了。——やっぱりおかしい、と美沙は眉間に皺を寄せつつ首をひねる。野元のいつものバカっぽさが、まるで感じられない。あれならＡＩの方がまだ人間味がある。

その野元は、一人きりの自宅で紙パックの黒霧島を飲みながら、スマホを前にひたすら落ち込んでいた。喧嘩した小学生かよ俺は、と。

本当は、もっとちゃんと話したい。結婚記念日ディナーだって、ミズ・ヴォルフに相談して、とびきりお高いけど雰囲気が良くて美味しいという高級鮨店を予約してみた。日本人がやってる花屋も見つけて、結婚記念日用に気合の入った花束が欲しいって注文してあるし、そもそも四連休なんて知ってたらどこかへ旅行に行きたかった。クソッ。

でもさあ、と野元は自分に向かってくだを巻く。どうするよ、そこで「別れませんか」とか言われちゃったら。俺もうマジで立ち直れないよ。でも、あの阿久津さん相手じゃ、これっぽっちも勝てる気がしない。だって無理じゃん、あんなの敵うわけないじゃん。最初から、貴臣様のために育てられて、必要なスキルを全部身に付けた上でやってきた相手なんて。

しかもあれ、絶対俺より頭いい。到底勝ち目ないじゃん。俺なんて、東大卒以外何の取り柄もないのに。そりゃ美沙さんだって惚れちゃうよ、俺だって惚れそうだよ。コーヒー一杯淹れるのさえ敵わないのに、更にここまで……無理ゲーにもほどがあるって。なんだよ、一体どうすりゃいいんだよ……！

ふと気が付くと、野元はへべれけに酔っぱらっていた。酔っている自覚もないままスマホの画面に指をすべらせ、通話ボタンを押していた。

『――もしもし。なんですかこんな時間に』

滅茶苦茶不機嫌そうに、それでも電話に出てくれたのは。

「……河合さんんんん！」

『だから何ですか。わかってますか、今東京《こちら》は土曜の昼ですよ。久々の、真っ当な、休日出勤のない週末です。荒んだ心と身体をリフレッシュに、伊豆《いず》でゴルフの真っ最中でしたが』

「うえぇぇすいませせぇぇぇん！」

貴臣の、元第一秘書の河合である。つまりは元上司だ。

阿久津のこと、美沙とのこと、貴臣とのこと。全てを相談できる相手といったら、河合しかいなかった。

野元はそのまま酔った勢いで、電話に向かってベラベラとまくし立てた。貴臣付きではなくなった河合に果たして言っていいのか否か、そんなことも考えずに全て話した。

『──先代の使用人頭だった黒川さんの息子が、貴臣様付きになったことは聞いています。……まさか、職位が使用人頭とは思いませんでしたが』

電話口で考え込んでいる河合に、野元はひたすら泣きついた。

「河合さん。だめです、河合さんレベルじゃないと太刀打ちできないっす。おれ、秘書なのに、もう何年もお仕えしてるのに、いつまでたってもろくにお役に立てなくて。もういっそ、阿久津さんを秘書にしたら、貴臣様も喜ぶんじゃないかって……」

『──ますますバカになったんですか？』

情けなくべそべそしている野元に、河合は冷たく言い捨てた。

『久世家の使用人と張り合ってどうするんです。我々と彼らじゃ立場が違う、同じ仕事で競う関係でもない。我々秘書は、ＣＵＳＥのために働く貴臣様をサポートする。使用人達は、久世家の一員としての貴臣様の私生活をサポートする。たまに交わることはあっても、基本的には全く別の領域ですよ』

「そ、そんなのわかってます。わかってますけど！　でも俺、どっち側でも役に立てなくて、阿久津さんは、どっち側でも凄くって……マジでこう、河合さんみたいで！」

『……ちょっと落ち着いて考えなさい。あなたは別に、久世家のプロ使用人を目指しているわけじゃないでしょう。私と比べる必要もない。自分の職務を果たせばいいだけなのに、なぜそんなに対抗しようとするんです？』

「だって、だって美沙さんが。美沙さん獲られちゃいます……！」

そう、肝はそこなのだ。美沙が阿久津に惹かれてしまったら、自分では阿久津に勝てない。だからどうしようと焦っているのだが。

河合は心底呆れたように、深い溜息をついてから野元に問い質した。

『美沙さんがそう言ったんですか。雑用係の第三秘書より、貴臣様の最側近である使用人頭の方がいいと？』

「そこまではその、言ってないけど、でもあの阿久津さんに誘われたら、きっと美沙さんだって……！」

『それ、本人に言ったら、むしろ怒り出しそうな気がしますけど。……いいですか、確かにその阿久津という男は、すこぶる優秀で、貴臣様のどんな要求にも応えられる下地があるんでしょう。おまけに、あなたより背が高くてイケメンかもしれない。ですが、あなたは一応、貴臣様の命の恩人ですよ。身を挺して貴臣様の命を守ったという、最強の実績があるんです』

——そういえば、そんなこともあったなぁ。言われて初めて思い出した野元は、何度も目を瞬かせながら顔を上げた。……がまたすぐ下を向く。だからなんだ。そんなこと、美沙さんだって知ってるし。

『知識やスキル云々じゃない。自分は貴臣様のために、身体どころか命を張ったんだぞと、堂々と主張したらいい。誰にも真似できない功績ですよ』

「……でもあれは、勝手に身体が動いただけで、そんな高尚なことじゃなくて……」

『勝手に動いたんでも本能でも条件反射でも、何でもいいんです。あなたが肉壁となって貴臣様の命を救った、この事実は変わらない。そこだけは堂々と自信をもって誇っていいと思いますよ。私だって、いざという時そこまでできるかどうかわからない。このことだけは、よくやったなと何度でも褒めてやれます』

まあ確かに、あの時の自分はよくやったと思う。まさか自分が、貴臣様の命を物理的に救うことになるとは思わなかった。結花様だって泣いて感謝してくれたし、護衛担当の連中にも「お株を奪われたな」って褒められたし。そう、美沙さんだって、すっごく心配してくれたし、めちゃくちゃ褒めてくれた。

『――つまりだ。その阿久津という男が、全てにおいてあなたに勝っているかというと、そうでもないということです。あなたにだって、ちゃんとあなたにしかない見どころがある。確かに、秘書課の一員としてはまだ一人前とは言い難いが』

「ですよね……」

ちょっと軽くディスっただけですぐに地の底まで落ち込む野元を「面倒だなこいつ」と思いつつ、河合は太平洋を見晴らす高台の売店で海風に吹かれながら励ました。

『あなたは単なる秘書じゃない。貴臣様専属のＩＴエンジニアも兼ねてる。あなたのそのスキルは、私だって太刀打ちできない。いいですか、そもそも同じ目線で比較する対象じゃないんです。そいつはそいつ、あなたはあなた、貴臣様にはどちらも必要だということです。それに』

そこで一度言葉を切ってから、河合は真剣そのものの声で言い諭した。

『美沙さんがどう思っているかは、美沙さんにしかわからない。勝手な妄想で落ち込んでいないで、きちんと話をしなさい。美沙さん自身の言葉で語ってもらうんです。女々しいとかそういう問題じゃない。人間には、言葉による相互理解が必要なんですよ。わかりましたね？　思い込みで判断しない。一人で勝手に諦めない。美沙さんにも失礼ですよ』

野元はスマホを耳に当てながら、ぐじぐじと泣いていた。飲み過ぎて目から焼酎が溢れたんだ、なんてアホなことを考えながら。

「うぅ……ずみまでん、がわいざん……おで、おで、がんばりまず……おやずびのどごろ、おじゃばじで、ずびばでん……」

『まったく。いいですか、貸しにしておきますからね。いつか必ず返してもらいます』

「あい。ぎもにめいじ、まず……その、坊垣《ぼうがき》ざんにも、ずいまぜんでじだ」

『……一体何の話ですか。意味不明ですね』

うすら寒いような優しい声で呟く河合を無言で拝み、野元はぷつりと通話を切った。持つべきものは、いい上司、いい先輩だ。河合さん、マジ神。

「……おで、がんばり、まず」

テーブルに置いたスマホを見下ろし、宣言する。そうだ、何も美沙に見限られたと決まったわけじゃない。見限られそうなら、頑張って挽回するしかない。

だって美沙さんは、俺の女神様なんだから。

ティッシュを引っ掴んでズビイィと派手に洟をかんでから、野元はふらりと立ち上がり、空にしてしまった黒霧島の紙パックをそそくさとゴミ箱に捨てた。

◆

サンクスギビング休暇前日、ギリギリまでオフィスで仕事をしていた貴臣は、フィラデルフィアへ行く最終のアムトラックに乗るべく十一時前にオフィスを出た。ペン駅まで荷物持ちを兼ねて同行した助手席の野元へ、貴臣が後部座席から声をかける。

「入れ違いで、美沙がこっちに来るんだったな。帰りはこの車を使っていい。ジェレミー、家まで送ってやれ」

「イエス・サー、何ならドライブデートのお供でも。ただし片道ですが」

「希望があれば叶えてやれ」

貴臣が珍しく優しいのは、少し前まで無様にヘタレた姿ばかり見せていたせいかもしれない。少々恥ずかしく思いつつ、野元は「ありがとうございます」とだけ返した。

十一時半過ぎの都市間列車《リージョナル》に乗る貴臣を見送ってから二十分後、最終の特急アセラエクスプレスから美沙が降りてきたのを首尾よく捕まえる。

「わざわざすみません」

「貴臣様を見送るついでなんで、わざわざってほどでもないっす」

「でも、結構待ったでしょう。ありがとうございます」

にこりと笑う美沙の顔をまっすぐ見ることができず、野元は（まるで童貞のように）そっと目を逸らしつつ美沙のキャリーケースを引き取った。

「……貴臣様が、車をそのまま使っていいって。ジェレミーが家まで送ってくれます」

「お気を遣わせてしまいましたね」

そうして並んで歩きだしたものの、どうにもぎこちない。美沙はこっそり溜息をついてから、すっと野元の二の腕の辺りに自分の手を差し込んだ。

「い!?」

「夫婦なんですから、たまには腕くらい組んだっていいでしょう。休暇中ですし」

野元は一瞬ぎょっとしたが、避けはしない。美沙がぐいと胸を押し付ければ途端におとなしくなって、耳の辺りを赤くしながら出口に向かって歩いていく。

「こんばんは、ミサ。久しぶりだ、元気にしていたかい？」

「ハイ、ジェレミー。ありがとう、元気です。家まで送ってくださるそうで」

運転手のジェレミーは、いつも通り助手席に乗ろうとした美沙を「今日はこっち」と高級仕様の後部座席へ導いた。おっかなびっくり尻をつければ、高級ソファもかくやという座り心地。主と使用人の階級の違いは、こんなところにも如実に表れる。

「ご希望があれば、家以外の場所でも連れて行くよ。残業代はボスが払ってくれるそうだ」

「凄いですね。こんな素敵な車に乗って夜のマンハッタンをドライブなんて、観光に来たみたいです。でも、さすがに今日は疲れているので、まっすぐ家に帰ります」

「OK、マダム。ゆっくり寛いでくれ」

車の中でも野元は悶々と考え込み、ずっと黙りこくっていた。帰宅して二人きりになってしまったら、何も会話しないわけにはいかない。どうしよう、何をどう切り出せば。ここ数日、考えて考えて考え抜いたはずなのに、美沙本人を目の前にすると何も言えなくなってしまうのが我ながら情けない。

夜の渋滞のピークは過ぎたのか、それほど時間はかからずに家までたどり着く。座り心地が良すぎたのか、美沙は大分うとうとしていたが、会話に乏しいのを誤魔化すにはちょうど良かった。

けれど車が自宅アパートの前で停まると、野元は途端に気が重くなってきた。いっそ胃が痛い。あ、そういえば晩飯食い損ねてるじゃん……。

「さて」

そうして玄関のドアを開けた途端、美沙は野元の腕をぐいと摑むと、ダイニングの椅子に座らせてから自分も正面に座った。コートも脱がないまま。

「ここ最近、明らかに様子が変です。何か言いたいことがあるのでしょう。さっさと言ってしまってください」

美沙が真正面から先制攻撃をぶちかましてきて、野元が脳内で考えていたあれやこれやは全部吹っ飛んだ。

こうなればもう腹を括るしかないのだが、どう括ればいいのかがわからない。無言でじっと見つめられ、目線を合わせることもできないまま、野元はテーブルの下で両手を忙しなく揉み合わせていたが。

「その……」

「はい」

美沙はびしりと背筋を伸ばし、これから生徒を説教しようとする教師か何かのように座っている。理不尽な罪悪感のようなものを感じつつ、野元はどうにかこうにか質問を絞り出した。

「美沙さんは……阿久津さんを、どう、思ってますか」

「はい？　阿久津さん、ですか？」

怪訝そうに眉をひそめつつ、美沙は落ち着いて淡々と答える。

「素晴らしい上司、尊敬できる同僚です」

「そうじゃなくて。その、仕事仲間としてじゃなく、なんていうか……男として？」

「異性として、ということですか？　わかりません。考えたこともなかったので」

「その、かっこいいとか、好きとか、好ましいとかタイプだとか」

そこまで言われて、ようやく美沙も野元の言いたいことを察していた。途端に表情がきつく強張る。

「何が言いたいんですか。まさか私が、阿久津さんと、浮気したとでも？」

怒りを孕んだ硬い声音に、野元がびくりと肩を震わせる。

「そこまでは……言いませんけど」

「じゃあ何が言いたいんですか。どうぞはっきり仰ってください」

自分が責められているように感じて、野元は一瞬イラっとしていた。悪いのは俺じゃないのに、と。

「……だって、口説かれてましたよね」

ぼそりと口にしたその言葉に、美沙が「はぁ？」と間の抜けた声を上げる。それがすっとぼけているように聞こえて、野元はますますイラついていた。

「阿久津さんが、私を口説く？　まさか。そんなこと一度も――」

「だって、ランドリールームで言われてたじゃないすか！　あと一年早く出会いたかった、って！」

野元が小さく噴火するが、美沙には全く記憶がない。なんだそれは。いつの話だ。

「支給パソコンのアプデ設定で、貴臣様のご自宅に伺った時。阿久津さんと二人でランドリールームに篭もって、そんな話してたじゃないすか。俺確かに聞いたんすよ！」

「……パソコンの、アプデ………、あぁ！」

美沙も言われて思い出し、野元が何のことを言っているのかようやく理解した。そして。

「確かに言ってましたね。でもあれは、私に言ったんじゃありません。だから思い出せなかったんです」

「――は？　だって、あの時は」

「あの時、私と阿久津さんと、桜井さんも一緒にいたんです」

美沙の言葉に、野元が「ふえぇ……？」とアホの子丸出しの声を上げた。なるほど、あれを誤解したんですか、とうんうん頷きつつ、美沙は淡々と説明する。

「実は、桜井さんが、年内で職を辞すことになったんです。その前から相談を受けていたんですが、あの日はそれを決意した日でした。結花様や貴臣様に申し上げる前に、まずは使用人頭の阿久津さんにと、アイロンがけされていたところへ二人で押しかけたんです」

——桜井は去年から、今後について悩んでいたらしい。このまま、一家付きの軽食担当兼小間使いみたいな身分でずっと仕えていくのか、それとも……と。

「桜井さんはもともと、製菓製パンの専門学校を出ていますから。そちらの道を諦めきれずにいたところへ、阿久津さんと一緒に八雲さんという立派な料理人がやってきた。桜井さんと、職種がかぶってしまったんです。阿久津さんも貴臣様と、桜井さんの処遇について、一度本邸に戻すか、あるいは在外久世家のどこかに異動させるかと検討していたらしいんですが、その前に本人が——意志を固めた、ということです」

いったん久世家から離れ、もう一度パンの修業をしたい、と。そう申し出たのが、あの日あの瞬間だった。

「阿久津さんは、引き留めました。桜井さんは黒服の一員でもありますし、ご一家にも信頼されています。本邸に戻っても、任せられる仕事はいくらでもありますから。でも、こちら《ニューヨーク》に来て、色々な国の食文化に触れるうちに、やはりそちらの道をもう少し突き詰めたくなった、と」

「……それで、気が変わったら、いつでもって……」

「はい。いつでもまた久世興産で歓迎する、という意味でしたが。——一体、どう勘違いしたんです？」

美沙に存外に優しい言葉で問いかけられ、呆然としていた野元はつい馬鹿正直に口にしてしまった。

「その、俺と、結婚する前に、美沙さんと出会いたかったって……言ったのかと、思って」

「なるほど。それで?」

「美沙さん、そればっかりはしょうがない、って言ってたじゃないすか。そしたら阿久津さんが、気が変わったらいつでもって……つまり、離婚する気になったら、いつでもって、意味かと……」

「……………………ふぅぅん」

美沙の声が妙に冷ややかなのにぎくりとして、野元がはっとしながらがばりと顔を上げると。

「それであなたは、私が、あなたをさらっと捨てて、阿久津さんと再婚すると?」

「え、いえ、その、そこまでは」

「そんなに尻の軽い女だと思われていたなんて。正直ショックですね」

——むしろ美沙さんは、怒るんじゃないでしょうか。河合のセリフが、大音量で脳内に甦る。

「だ、だって俺、今度こそ美沙さんに、捨てられると思って!」

「今度こそって何ですか。私がいつ、捨てようとしたって言うんです」

「だってでも俺、最初から、土下座して拝み倒してようやく結婚してもらったから、だから！」

「そうですね。私なんかにそこまでするなんて、どうしちゃったんだろうこの人って本気で不思議に思いましたけど。それで？　もし私が、離婚してほしいと言い出したら、どうするつもりだったんです？」

野元がひくりと息を止める。

美沙に、離婚したいと言われたら？　――そんなの決まってる。

「美沙さん、俺を、捨てないでくださいぃぃ……！」

ガタンと椅子を蹴立てた野元は、その場に膝をついたかと思うとすぐさま見事な土下座をキめた。……前にも見た光景だわ、と美沙が遠い目をする。

「俺、俺その、阿久津さんには、全然かなわないっすけど……！　阿久津さんの方が、優秀だし、なんでもできるし、イケメンだし背も高いし高給取りだけど、でもあの、俺、嫌です……！　絶対離婚なんかしませんから！」

どうして阿久津さんのお給料なんて知ってるんだろう。見たんだろうな、気になって。そういうことばかりしていると、いつか誰かにバレてお縄になりそうで怖いから、やらないようにと言っておかなきゃ。

美沙ははーーっとこれ見よがしに溜息をつき、椅子をずらして脚を組んだ。無性に飲みたい気分だわね。大魔王の一升瓶、まだ中身入ってたかしら。

「……私、阿久津さんみたいなタイプ、好みじゃないんですよね」

退屈そうに、溜息まじりに言うのを耳にした野元が、恐る恐る上を向く。

「見るからに頭良すぎて、腹に何物あるかわからないでしょう」

確かに腹黒そうではあるよな、と思い、こくりと頷くと。

「それよりは、顔を見ただけで何を考えているか丸わかりの、ちょっとアホな子の方が、一緒にいて楽でいいですよね。そう思いませんか」

言いつつ美沙が、よく磨かれた漆黒の使用人パンプスの爪先で、土下座する野元の顎を持ち上げる。

何だろう、昔なかったっけ、こういう映画。美沙さんて、妙にこういうの似合うんだよな……。

「同僚としては最高だと思いますけど、男女の付き合いをしたいとは思いませんね。それに私、案外これを気に入ってるんですよ」

これ、と言いつつ爪先を、正座した脚の根元に押し付ける。——途端に血が集まり始めるのを感じて、野元は「うぎゃ!?」と短く叫んだ。いや待て。ちょっと踏まれただけで一体何をしてるんだ愚息よ！

「……せっかくの結婚記念日だっていうのに、まさかそんなことを考えてたなんて。ショックです。やっぱり、明日の朝一のアセラでフィラデルフィアに戻──」

「だ、だだだめです！　明日は西五十五番街の鮨屋で結婚記念日デートです！」

言いかけた美沙に叫んだ野元が、そのままがばりと両手で美沙の脚に抱き着いた。これまた、見覚えのある光景である。

「四日も休みがあるのに、まさか鮨屋で大枚はたいて終わりですか？」

「えっ。あの、でもその俺知らなくてっ。知ってたらちょっと旅行とか行きたかったなって思うけど、今からじゃ……」

「秘書って、そういうの得意じゃないんですか？　ＣＵＳＥの名前でごり押しできるような何かが、あったりするって聞いたことありますが」

──ピシャーン！　と野元の脳天を見えない雷が貫いた。

そうだ。上司が女子大生といちゃつくために、高級ホテルのスイート押さえたりしたじゃないか。あれと同じことを、自分のためにやればいいんだ。ここでプロの雑用係の能力を発揮せずして、いつするのだ！

「──美沙さん。今日のところはお疲れでしょうから、先にゆっくり休んでください。俺、ちょっと頑張ってみるっす」

「まあ、無理はしないでいいですよ。四日間家でダラダラ過ごすというのも、初めての結婚記念日としてはありっちゃありかも」

「なし！　絶対なしっす！　ほらほら、美沙さんはサクッと風呂でも入って寝ちゃってください。ね！」

完全にやる気を取り戻した野元が、みっともなく床に這い蹲ったまま、目を輝かせて美沙に言い募った。見えない尻尾をぶんぶん振っているのがわかる。やる気に満ち溢れる様はまるで、飼い主がフリスビーを投げるのを待っている犬のようだ。……こうなると、なんだか可愛く見えてくるから不思議だわね。と美沙はうっすら苦笑した。

「いいですか。私は少々怒っています。あなたの妄想は単なる誤解の産物ですが、非常に心外で不愉快です」

「……はい。美沙さん、色々とすいませんでした」

「すいませんで済んだら、警察は要らないんですよ。言っておきますが、非日常のどこかで仲直りするまでは、こちらはお預けです。——早く行き先を決めてくださいね」

もう一度、爪先を股間に優しくめり込ませてから、美沙は夫を振り払って立ち上がった。そのままéconomie すたすたとバスルームに向かう後ろ姿を見送った野元は。

パタンとドアが閉まると同時に、張りつめた股間を押さえてその場に蹲ってしまった。

——その翌日は、カレンの家の近所にある、セレブ御用達の超高級鮨店で、お一人様二五〇ドル（チップ・飲み物別）のお任せコースを食べた。

「……これなら、カレン様の店で豪遊した方が、よっぽど満足感高かったっすね……」

「ノーコメントです」

翌々日、野元は朝から美沙を連れてペン駅へ行き、「行先は秘密です！」とアセラエクスプレスに乗車した。貴臣一家のいるフィラデルフィアを過ぎ、一体どこまで行くのだろうとうっすら緊張しながら乗り続けること三時間。降りたところは、終点のワシントンD.C.。

「美沙さん、アメリカ観光ってほとんどしてないっすよね。俺もまだなんで、お上りさんしに行きましょう！」

野元がごり押しで確保した部屋は、貴臣が結花を連れ込むような五つ星ホテルではなく、出張族御用達の大手チェーンホテルだったが。

日本のビジネスホテルよりはよほど広い部屋で快適に過ごしつつ、ホワイトハウスを見たり、スミソニアンを見たり、二泊してひたすら歩き回って観光した。なんだか新婚旅行しに来たみたいだな、なんてことを美沙も思ったりしたのだが。

「……ちょっと、も、いいでしょう、いい加減に……っ！」

「やです。久しぶりなんで足りないっす。美沙さんが足でぐりぐりしてくれたせいで、余計だめっす」

「あれはちょっとした悪戯です！　ご希望ならもっと踏んであげますけど、とりあえず今は――」

「あ、やば。踏まれるとこ想像したら、また勃っちゃった」

お仕置き代わりの悪戯が、少々効きすぎたらしい。久しぶりなのは確かだし、まあ少しくらいは盛《サカ》っててもしょうがないか……なんて甘い顔をしたのが運の尽き。

「勃っちゃった、じゃないんですよ！　結花様くらい若いならともかく、私はもう体力的に……！」

「美沙さんは寝てていいっすよ。大丈夫っす、俺美沙さんなら多分死体でもイけるんで。寝てるだけなら余裕っす」

「静かに眠らせてくれって言ってるんですよ！　もう疲れました、今日はおしまいです！」

「じゃ、これが最後の一回ってことで。え、だってしょうがないじゃないっすか。踏まれたの思い出したら、ち○こ勃っちゃったんですもん」

「……じゃあお望み通り踏んであげますからそれでイってください」

呆れ果ててつい棒読みになった美沙だったが、野元は股間をガン勃ちにしたままきょとんとして言い返した。

「だめっすよ。俺が妙な癖《へき》にでも目覚めちゃったら、どうすんですか？　美沙さんも付き合うの大変すよ？　まだまともなエッチの方がいっすよね？　それともまさか……」

「わかりましたからそこへ寝てください。さっさと一発搾り取って終わりにしますから！」

――その一発で本当に終わったのかどうかは、神のみぞ知る。


連休明け、桜井がとうとう結花に、職を辞したいと申し出た。

結花は驚き、ショックを受け、辞める以外の選択肢はないのかと何度も尋ねて慰留したが、桜井は既に意志を固めていた。

「きっかけは、この街《マンハッタン》に来たことでした。ここには、今まで全く知らなかった美味しいものがたくさんあって、自分の幅をもっと広げてみたいと思ったんです。……黒服にまで任じて頂いたのに、我儘を言って申し訳ありません」

「ううん、それはいいんです。我儘なんかじゃない。桜井さんが自分で決めた道なら、誰にも止めることはできません。桜井さんの人生は、桜井さんのものですから」

若くして人生の様々な波を乗り越えてきた結花だからこその、妙な説得力があった。背中を押されて感極まった桜井の、涙腺がとうとう決壊する。

「結花様にお仕えしたおかげで、こうしてここにきて、新しい世界を知ることができました。本当に、感謝しています」

結花も懸命に涙をこらえながら、うんうんと頷きを返す。

「もし、いつか後悔することがあったら、いつでも戻ってきてくださいね。後悔しなくても、たまにでいいので、子供たちの顔を見に来てください」

「はい。……はい、結花様、ありがとうございます……」

そこからはもう涙涙、結花も使用人も全員が目を潤ませながら桜井の「卒業」を祝った。

その様子を、別室からこっそり見ていた阿久津は。

「――ああいうのを、使用人を誑しこむ、というのでしょうか」

後日、桜井の退職について貴臣に報告してから、そう言って苦笑した。

「御前様は常々、良い部下、良い使用人を魅了して従える、要するに誑しこめるようでないといかんと仰せでした。……私も、美沙さんや桜井さんのような良い部下を、巧いこと誑しこめたらよかったのですが」

私のような若輩者には、まだ難しかったようです。なんて言いつつ、貴臣の目の前に朝食をセットしていく。朝の紅茶は濃く淹れたウヴァ、注ぐ際はミルクが先。パンではなく無糖のシリアル、卵料理は硬めのオムレツ、少量のサラダにヨーグルト。最近は蜂蜜の代わりに橙マーマレードがお気に入り。

「確かに、誑しこむのは結花が得意だな。しょっちゅう誰かしら妙なのを引っかけて誑しこんでくる。一向に油断ならん」

「コツがあるなら是非、伝授して頂きたいものですね」

「結花のあれは、持って生まれた才能だと思うがな」

貴臣のその台詞に、「さすがは御前様に認められた御方です」と微笑み、それではごゆっくりお召し上がりを、と下がろうとしたが。

「――阿久津」

「はい」

「野元で遊ぶな。あれはあれで、お前とは全く別の領域で貴重な戦力なのだから」

完璧な無表情に、感情の色が一切ない声。感情ではなく、理性が発する言葉。こういう方だからこそ安心してお仕えできる、と微笑を深くした阿久津は、さらりと言い返した。

「それは心外なお言葉。上司として、貴重な部下にもう少し打たれ強くなってもらおうと、一策を講じたまでです」

「ものは言いようだな」

「さようでございますね」

――この主にしてこの執事あり。と、阿久津の名が知れ渡るのはあっという間だったが。

その阿久津の相棒として野元が名乗りを上げる日も、そう遠くはない……はず。

fine.

あとがき

紳士淑女の皆様、御機嫌よう。シヲニエッタでございます。

紙の書籍ではお久しぶりでございます。

当書籍の収録内容上、初めましての方は恐らくいらっしゃらない……と仮定しまして。

いつもながらではございますが、毎々ご愛読ありがとうございます。


この本は、拙著『オペラ座の恋人』の本編に続き、電子書籍として刊行されたいくつかの番外短編を、まとめて一冊の書籍にしたものです。

正直に申し上げますが、当初はそんな予定じゃありませんでした。初版が紙ではなく電子と決まった段階で、紙書籍はなし、のはずだったのですが。

紙書籍派の読者様方の、「電子も悪くはないけどやっぱり紙の本、現物が欲しい！」という熱いご声援ご要望が、作者のみならず編集部にも届き、ついに編集部の偉い人（※エロい人ではない、多分）をも動かして、まさかの再録&紙書籍化が実現してしまった！という顚末なのでございます。

……えー、率直に言って、作者もびっくりな展開です。え、紙も出してくれるんですか？　ほんとに!?　という。

『オペラ座の恋人』本編の紙書籍が二〇一九年に刊行されてから、今年は五周年という年に当たります。初版から五年も経って、未だに同じ世界観で作品を出し続けることができているだけでも相当な僥倖なのに、続きではなく番外編をも刊行して頂けて。今度はそれが電子のみならず紙書籍にまでなってしまうとか！……幸運すぎて怖いくらいです。

番外編を書くのは、作者にとっても娯楽のようなもので。本編の進行に全く関係ない、書いても書かなくても物語の行方には特に影響ない、純粋に「ここの裏側書きたい！」だとか「この人脇役だけど好きだから書きたい！」を追求してしまえる、楽しい物語なのですが。

物語の時間軸が先へ進んでいくので、結局、本編の続き（ただし寄り道多め）というような位置づけになっています。正に誰得俺得な話ではあるのですが。

本編を読んで楽しんで下さった皆様には、宜しければ是非ご一読頂き、「プッ」とか「くすっ」とか「へぇぇぇ」とか「なるほどね！」とか、それぞれに思って頂ければ嬉しいなと思っております。

『晩夏の残照』は、貴嗣じいさまの人生の終え方をきちんと書き残したかったのと、結花の母親のその後について書いておきたかった、というのが執筆に際しての大きな動機付けとなっています。じいさまの初盆から始めるのは決まっていたんですが、いざ書き始めたら私自身が「お盆」について全くと言っていいほど知識が足りない！　大真面目に「お盆とは」とグ○グル先生にお伺いしてみたものの、設定好きの私もさすがに久世家の宗派（！）までは考えておらず。お線香は何本立てるのか、特殊な作法はあるのか、ネットで調べただけでは不安で、なぜかそちら方面にやたら詳しい某S先生にいつもの如く質問しまくって、ようやく書き上がった作品でした。いつもご迷惑おかけしてすいません今度御礼させてください……！

『幕開けの夜』は、メトロポリタンオペラのシーズン初日をキラッキラに書きたい！　という、ただそれだけのために書き始めたお話でした。たった一晩の出来事を書くんだから、もっとさらっと短く書けたはず、なのに……いつの間にかキャラが増えて、いつもの如く長くなって、一体どうやってオチつけるのこれ？　と頭を抱えながらどうにか書き上げた作品でして。ただキラキラしてるだけじゃなく、その裏側の、今もアメリカに公然と存在する差別や偏見、そういうリアルな部分も織り込みたいと、うんうん考えながら書きました。……ちょうど今年がアメリカ大統領選挙の年であることも無関係ではないと思うんですが、面白かったのは私だけかも（汗）

『ヒトではない秘書は恋に落ちてヤリ捨てられる』『奥様は侍女』の二作はいずれも、『オペラ座の恋人』における不憫担当こと第三秘書の野元と、結花に仕えることを無上の喜びとする美沙のお話です。野元というやつは、客観的なスペックとしてはそこそこ高いはずなのに、書けば書くほどどんどん哀れな奴になっていくという、不憫の星のもとに生まれた男でして。不思議なことに、主役を張らせてもちっともかっこいいことができず、情けないアホ面を晒す以外に能がないというアホさ。しかしそんなアホな子だからこそ愛おしいという、一部の読者様の愛（と憐憫）を一手に勝ち取るキャラでもあります。突っ込み役の美沙もまた、その野元のアホさ加減を愛でてしまうタイプなので、案外いいカップルかなと思います。

今回も、おまけの小編をほんの三〇ページほど書くつもりが全く終わらず、倍の六〇ページ書いてしまったという二人です。是非皆様にも、生ぬるくニヤニヤしながらお読み頂ければ幸いです。

……本当にこんな内容で紙書籍にしてもらっていいのだろうか、と未だに思わぬでもないですが、秋の夜長のお供にぴったりな厚み（背幅はオペラ座本編とほぼ同じ）となっております。ご笑覧頂けましたら光栄です。

台風に全ての予定を台無しにされた、夏の終わりの週末に

シヲニエッタ　拝

オパール文庫をお買いあげいただき、ありがとうございます。
この作品を読んでのご意見・ご感想をお待ちしております。

◆ファンレターの宛先◆

〒102-0072　東京都千代田区飯田橋3-3-1
プランタン出版　オパール文庫編集部気付
シヲニエッタ先生係／篁 ふみ先生係

オパール文庫Webサイト
https://opal.l-ecrin.jp/

Opal

オペラ座《ざ》の恋人《こいびと》　番外編《ばんがいへん》

著　者――シヲニエッタ
挿　絵――篁 ふみ（たかむら ふみ）
発　行――プランタン出版
発　売――フランス書院
〒102-0072　東京都千代田区飯田橋3-3-1
電話（営業）03-5226-5744
（編集）03-5226-5742
印　刷――誠宏印刷
製　本――若林製本工場

ISBN978-4-8296-5555-9 C0193